历代名家精选集

吴文英 王沂孙集

邓乔彬 编选

凤凰出版传媒集团
凤凰出版社

图书在版编目（CIP）数据

吴文英王沂孙集 / 邓乔彬编选. -- 南京 : 凤凰出版社, 2013.1
（历代名家精选集）
ISBN 978-7-5506-1710-0

Ⅰ. ①吴… Ⅱ. ①邓… Ⅲ. ①宋词—选集 Ⅳ. ①I222.844

中国版本图书馆CIP数据核字(2013)第005380号

书　　名　吴文英王沂孙集
编 选 者　邓乔彬
责任编辑　郭馨馨
出版发行　凤凰出版传媒股份有限公司
　　　　　凤凰出版社(原江苏古籍出版社)
　　　　　发行部电话025-83223462
　　　　　南京市湖南路1号A楼,邮编:210009
出版社地址　南京市中央路165号,邮编:210009
出版社网址　http://www.fhcbs.com
经　　销　凤凰出版传媒股份有限公司
照　　排　南京凯建图文制作有限公司
印　　刷　江苏凤凰新华印务有限公司
　　　　　中国江苏南京经济技术开发区尧新大道399号,邮编:210038
开　　本　890×1240毫米 1/32
印　　张　10.875
字　　数　235千字
版　　次　2013年1月第1版 2013年1月第1次印刷
标准书号　ISBN 978-7-5506-1710-0
定　　价　28.00元
（本书凡印装错误可向承印厂调换,电话:025-68037411）

目 录

前 言

朱彝尊说:“世人言词,必称北宋。然词至南宋,始极其工,至宋季而始极其变。”[①]而他所推崇的张炎则云:“旧有刊本《六十家词》,可歌可诵者,指不多屈。中间如秦少游、高竹屋、姜白石、史邦卿、吴梦窗,此数家格调不侔,句法挺异,俱能特立清新之意,删削靡曼之词,自成一家,各名于世。”[②]五家之中,仅秦观为北宋人,其馀皆出南宋,且都是后来被称作“风雅词派”的词人。其中,姜夔“填词最雅”,“句琢字炼,归于醇雅”[③],以之为领袖,“史达祖、高观国羽翼之,张辑、吴文英师之于前,赵以夫、蒋捷、周密、陈允衡、王沂孙、张炎、张翥效之于后”[④],虽说其间还有清疏、密丽的大概区分,却道出了风雅词群体性发展的事实。

本书所选评,出自吴文英及王沂孙所作词,代表了风雅词派不同时期的创作成就。

一

风雅词派产生的主要基础是南宋时期的闲雅生活。

这一词派之所以能成为南宋后期词坛的主宰,之所以在

---

① 朱彝尊《词综·发凡》,朱彝尊、汪森编《词综》第 10 页,上海古籍出版社 1978 年版。

② 张炎《词源》,《词源注·乐府指迷笺释》第 9 页,人民文学出版社 1963 年版。

③ 朱彝尊《词综·发凡》,《词综》第 1 页。

④ 汪森《词综·序》,《词综》第 2 页。

该派词中似乎看不到多少时代的风雨，除作者自身的原因外，更与长期的和平环境有关。孝宗签订隆兴和议后，宋金间有四十年和平，开禧北伐失败后，嘉定和约又使得两朝间“通好”十年。其后虽与金有四十年的对峙、战争，由于战场主要在四川，对核心地区牵动不大。战争移至长江中游后，也对其他地方影响有限，尤其是以临安为中心的江浙一带，几无战火波及。灌圃耐得翁《都城纪胜序》有云：“圣朝祖宗开国，就都于汴，而风俗典礼，四方仰之为师。自高宗皇帝驻跸于杭，而杭山水明秀，民物康阜，视京师其过十倍矣。虽市肆与京师相侔，然中兴已百馀年，列圣相承，太平日久，前后经营至矣，辐辏集矣，其与中兴时又过十数倍也。”[①]虽有夸张，亦如《四库全书总目》所说，“考高宗驻跸临安，谓之‘行在’，虽湖山宴乐，已无志于中原，而其名未改……又史载端平元年，孟珙会元师灭金，是时旧敌已去，新衅未形，相与燕雀处堂，无复远虑。是书作于端平二年，正文武恬嬉，苟且宴安之日，故竞趋靡丽，以至于斯”[②]。故林升《题临安邸》云：“山外青山楼外楼，西湖歌舞几时休？暖风熏得游人醉，直把杭州当汴州。”

李格非《洛阳名园记》所记名园有二十四处，《都城纪胜》则记有杭州园苑五十多处[③]，《梦粱录》卷一九《园囿》所载尤详，又说：“杭州苑囿，俯瞰西湖，高挹两峰，亭馆台榭，藏歌贮舞，四时之景不同，而乐亦无穷矣。”[④]从所记看，虽规模比洛阳小，但在亭台花木外，还有官窑碗碟，骨董古玩等，铺列堂

---

① 灌圃耐得翁《都城纪胜》，孟元老等《东京梦华录》（外四种）第 75 页，文化艺术出版社 1998 年版。

② 永瑢等《四库全书总目》卷七〇，第 625 页，中华书局 1965 年版。

③ 参见灌圃耐得翁《都城记胜》，《东京梦华录》（外四种）第 87—88 页。

④ 吴自牧《梦粱录》卷一九，《东京梦华录》（外四种）第 288 页。

右，显较北宋时雅致。《武林旧事》卷五的《湖山胜概》，记载杭州的园、囿、寺、观、楼、堂、院、坊、洞、庵、墓、塔、堤、桥、泉、井等①，都非常详尽，与湖山相得益彰，也是自有典雅之胜。而据《梦粱录》卷一八《花之品》，南宋时期花的品种极多，赏花吟诗，同湖山园林之游相结合②，文人的题咏，较之唐代诗人漫游“得江山之助”，自有“盛唐气象”的开阔雄奇与雅致精巧的不同。

南宋时期，文人对于“雅玩”也充满情趣。赵希鹄说：“……殊不知吾辈自有乐地。悦目初不在色，盈耳初不在声。尝见前辈诸老先生，多蓄法书、名画、古琴、旧研，良以是也。明窗净几，罗列布置，篆香居中，佳客玉立相映，时取古人妙迹，以观鸟篆蜗书，奇峰远水；摩挲钟鼎，亲见商周。端研涌岩泉，焦桐鸣玉佩，不知身居人世，所谓受用清福，孰有逾此者乎！是境也，阆苑瑶池，未必是过。”③赵希鹄所说，虽包括两宋，但由于他是南宋人，上说足见宋光宗时期的文人心态、情趣。

南宋时期的民俗节序活动也胜于北宋。吴自牧《梦粱录》记载了自正月元旦至腊月除夜的诸多节序名目。周密《武林旧事》则对立春、元夕、灯品、挑菜、进茶、赏花、祭扫、浴佛、迎新、端午、中秋、观潮、重九、赏雪、岁除等，有更为深细详明的介绍。其卷十《张约斋赏心乐事》记载了张镃罗列自己一年十二个月的赏心乐事，竟然有一百三十九件之多，其中如“三月季春”条就有：生朝家宴、曲水修禊、花院观月季、花院观桃柳、寒食祭先扫松、清明踏青郊行、苍寒堂西赏绯碧桃、满霜亭北观棣棠、碧宇观笋、斗春堂赏牡丹芍药、芳草亭

① 参见周密《武林旧事》卷五，《东京梦华录》（外四种）第377—403页。

② 参见吴自牧《梦粱录》卷一八，《东京梦华录》（外四种）第278—282页。

③ 赵希鹄《洞天清禄集·序》第1页，丛书集成初编本，中华书局1985年版。

观草、宜雨亭赏千叶海棠、花院蹴秋千、宜雨亭北观黄蔷薇、花院赏紫牡丹、艳香馆观林檎花、现乐堂观大花、花院尝煮酒、瀛峦胜处赏山茶、经寮斗新茶、群仙绘幅楼下赏芍药等，其他如西湖泛舟、霞川观云、湖山寻桂、群仙绘幅楼观月、九日登高把萸、苏堤上玩芙蓉、诗禅堂试香、绘幅楼削雪煎茶、天街阅市、家宴试灯等，都属雅事①。而周密《齐东野语》则又有对张镃家中举办牡丹会的详细记载：

> 张镃功甫，号约斋，循忠烈王诸孙，能诗，一时名士大夫，莫不交游，其园池声妓服玩之丽甲天下……王简卿侍郎尝赴其牡丹会云："众宾既集，坐一虚堂，寂无所有。俄问左右云：'香已发未？'答云：'已发。'命卷帘，则异香自内出，郁然满坐。群妓以酒肴丝竹，次第而至。别有名姬十辈皆衣白，凡首饰衣领皆牡丹，首带照殿红一枝，执板奏歌侑觞，歌罢乐作乃退。复垂帘谈论自如，良久，香起，卷帘如前。别十姬，易服与花而出。大抵簪白花则衣紫，紫花则衣鹅黄，黄花则衣红，如是十杯，衣与花凡十易。所讴者皆前辈牡丹名词。酒竟，歌者、乐者，无虑数百十人，列行送客。烛光香雾，歌吹杂作，客皆恍然如仙游也。"②

虽如张镃者不多，但是，在"民物康阜"的杭州，"受用清福"或艳福，已经在南宋成为了一种潮流，这也成为了风雅词派产生的物质基础。

---

① 参见周密《武林旧事》，《东京梦华录》(外四种)第456—459页。

② 周密《齐东野语》卷二〇，《宋元笔记小说大观》第5683—5684页，上海古籍出版社2001年版。

风雅词派产生的另一基础是江湖文化。

我国古代的士人，大致有两条生活道路。这就是孔子所说的："天下有道则见，无道则隐。"(《论语·泰伯》)"仕"与"隐"是人生择向的两极，"仕"自不必说，这里说"隐"。自古以来就有隐逸之士，《后汉书》开始为"逸民"系统立传，并确立了隐逸的不同类型：

> 或隐居以求其志，或曲避以全其道，或静己以镇其躁，或去危以图其安，或垢俗以动其概，或疵物以激其清。①

虽如此，实际上也无外乎两条道路。"……光武侧席幽人，求之若不及……若薛方、逢萌，聘而不肯至；严光、周党、王霸至而不能屈。"②前者是政浊世乱时的政治性退隐，后者是政清世治时的社会性退隐，而这又成为后代士人走上隐居道路的两种基本模式。

在"仕"与"隐"之外有没有第三条道路可行呢？"子曰：'不降其志，不辱其身，伯夷、叔齐与！'谓：'柳下惠、少连，降志辱身矣，言中伦，行中虑，其斯而已矣。'谓：'虞仲、夷逸，隐居放言，身中清，废中权。我则异于是，无可无不可。'"(《论语·微子》)康有为认为，伯夷、叔齐"直己行道，不事乱人，故曰不降志辱身"，"柳下惠、少连食禄乱朝，道不能行，故为降志辱身"，而孔子的"无可无不可"，即郑注的"不为夷、齐之清，不为惠、连之屈"③，这既是孔子中庸思想的体现，也是他

---

① 范晔《后汉书》卷一一三《逸民列传》，《二十五史》第1042页，上海古籍出版社、上海书店1986年版。

② 范晔《后汉书》卷一一三《逸民列传》，《二十五史》第1042页。

③ 以上见康有为《论语注》第282页，中华书局1984年版。

不屈己、又食禄的人生选择。这一谨慎寻找第三条道路之举,则导致了两种隐逸基本模式的变化,“中隐”随之而确立。魏晋时期,王康琚《反招隐诗》云:“小隐隐陵薮,大隐隐朝市。伯夷窜首阳,老聃伏柱史。昔在太平时,亦有巢居子。今虽盛明世,能无中林士?放神青云外,绝迹穷山里……周才信众人,偏智任诸己。推分得天和,矫性失至理。归来安所期?与物齐终始。”①出仕为周才,隐居为偏智,以隐于山林为小隐,以隐于朝市为大隐,高下自明。到白居易,则明确提出“中隐”之说,其《中隐》诗写道:

> 大隐住朝市,小隐入丘樊。丘樊太冷落,朝市太嚣喧。不如作中隐,隐在留司官。似出复似处,非忙亦非闲……人生处一世,其道难两全。贱即苦冻馁,贵则多忧患。唯此中隐士,致身吉且安。穷通与丰约,正在四时间。②

虽统之为“隐”,而大隐、小隐、中隐之分,实际大为不同,也为士人的生活道路选择提供了不同的方式。

北宋的科举制度较唐代完备,每科取士远较唐代为多,士人的出仕也较唐代容易,虽也有如林逋这样的隐士,但时代的主流却绝对是士大夫的庙堂意识、进取精神,以至于发展出前代未见的政党政治,即使是像苏轼这样屡遭打击贬谪,却一直无改其济世之心。南宋却发生了很大的变化,由于奸相与权相相继执政,北宋的党争不再,却有“庆元党禁”

---

① 萧统《文选》卷二二,第1030页,上海古籍出版社1986年版。

② 白居易著,朱金城笺注《白居易集笺注》卷二二,第1493页,上海古籍出版社1988年版。

之类事情发生，史学家柳诒徵认为，庆元党禁“其事止类于后汉之党锢，与北宋之党争不同也”。[1]“争”与“锢”虽一字之差，实质大异，争者可见民主，锢者则是专制，威权之下，士风难以再振，亦使士人的政治、人生态度发生了很大改变。这一改变在宋词中的体现就是隐逸词的明显增多。这固然是入世、淑世精神退缩的结果，但隐逸、山居、渔歌、樵唱之入于词，不是剪红刻翠、侑觞佐欢，是以江湖隐逸的雅作脱离了酒宴文化，自是雅化的主要表现。

隐逸词作者身份各异，从皇帝到和尚都有，而南宋人虽言隐逸，却罕有言中隐者，个中原因何在呢？当与仕途过于拥挤、“中隐”颇难实现有关。宋初，为加强中央集权，实行官、职不等，名、实相分的差遣制，逐渐出现了冗官。南宋初，原来的官员多迁至江南，地小官多的矛盾顿现，新的选官制使冗官较北宋更多。这样一来，“隐在留司间”，“似出复似处，非忙亦非闲”就很难做到。于是，江湖作为隐遁之所的原义也发生了改变，而成为了很多人的奔走之地，形成数量可观的谒客。如钱谦益所说：

> 诗道之衰靡，莫甚于宋。南渡以后，而其所谓江湖诗者，尤为尘俗可厌。盖自庆元、嘉定之间，刘改之、戴石屏之徒，以诗人启干谒之风。而其后钱塘湖山，什伯为群。挟中朝尺书，奔走阃台郡县，谓之阔匾，要求楮币，动以万计。当时之所谓处士者，其风流习尚如此[2]。

---

① 柳诒徵《中国文化史》第 526 页，东方出版中心 1988 年版。

② 钱谦益《初学集·王德操诗集序》，钱谦益著，钱曾笺注，钱仲联标校《钱牧斋全集》第 946 页，上海古籍出版社 2003 年版。

谒客不仅是一种新"职业",实际上还改变了士人传统的或仕或隐的生活道路,形成了不同于"中隐"的生存、处世方式,同时,也以"江湖诗"改变了"江湖"的原义。其行径虽尘俗可厌,但其干谒之诗词则不可能铜臭熏天、俗不可耐。

"以诗人启干谒之风"的"谒客",只能是诗名甚著者,其他具一技之长或并无技艺之长的无名之辈,则成为了"闲人":"有训导蒙童子弟者,谓之'馆客'。又有讲古论今、吟诗和曲、围棋抚琴、投壶打马、撇竹写兰,名曰'食客',此之谓闲人也。更有一等不着业艺,食于人家者,此是无成子弟,能文、知书、写字、善音乐……""闲人"种类众多,其中的"馆客"、"食客"两种,与其他"闲人"的"甘为下流"、"猥下之徒"、"闲汉"、"涉儿"、"厮波"不同,这两类"闲人"所操者还都算是雅业。①

以上隐逸、谒客、闲人等三类人,构成了风雅词的社会、作者基础。

风雅词派的生成,又与文人结社有关。

北宋初,文彦博、富弼等人组成"洛阳耆英会",经常相聚,赋诗饮酒,由于与会者多系政坛的退休耆老,故并非文人结社。元祐时期,驸马都尉王诜的家,曾有众多知名文人的"西园雅集",谈文论艺,参禅悟道,却仍非结社。晁端礼词《醉蓬莱》下片云:"因念当时,乱花深径,画楫环溪,屡陪欢醉。踪迹飘流,顿相望千里。水远山高,雁沉鱼阻,奈信音难寄。吟社阑珊,酒徒零落,重寻无计。"词中的"吟社"当是文人所结之社,可见北宋末年已有结社活动。若比较《东京梦华录》和南宋时的笔记,可看到北宋与南宋的不同,其中之一就是南宋的临安城有明确的文人结社记载,而旧时东京却没

① 以上详见吴自牧《梦粱录》卷一九,《东京梦华录》(外四种)第294页。

有。有论者推测其形成原因:“宋室南渡以后,文人结社的风气越来越盛行。大约是受到工商业行社和艺人行社的影响,一些志同道合的文士也各自结成团体,也名之为社。”①至宋末,诗社、词社更盛,其中最著名的就是西湖吟社。吴自牧《梦粱录》载:“文士,有西湖诗社,此乃行都搢绅之士及四方流寓儒人,寄兴适情赋咏,脍炙人口,流传四方,非其他社集之比。”②查检诸多资料,西湖诗社并非一时一名,在不同的记载中多次出现关于这一诗社的活动,据考,南宋中后期在西湖活动的诗社有八个之多③。从文人所作看,“徐集孙《竹所吟稿》有《寄怀里中诸社友》、《寄里中社友》。又《中兴群公吟稿》戊集卷四有高九万《清明日招社友》、叶茵《顺适堂吟稿》丁集有《寄社友》、李涛《蒙泉诗稿》有《诗社中有赴补者》、楼钥《攻媿集》卷六有《适斋约同社往来,无事形迹,次韵》、邓充端专门有《题社友诗稿》等等,虽未曰诗社之名,但反映了集社之实。”④

南宋人的词中,常见写及词社及活动。如史达祖《点绛唇》有小序:“六月十四日夜,与社友泛湖过西陵桥,已子夜矣。”《贺新郎》(六月十五日夜西湖月下)前三句云:“同住西山下。是天地中间,爱酒能诗之社。”《龙吟曲》(陪节欲行留别社友)是明说“留别社友”之作,词中写道:“道人越布单衣,兴高爱学苏门啸。有时也伴,四佳公子,五陵年少。歌里眠

---

① 萧鹏《西湖吟社考》,《词学》第七辑,第 88 页,华东师范大学出版社 1989 年版。

② 吴自牧《梦粱录》卷一九,《东京梦华录》(外四种)第 292 页。

③ 欧阳光《宋元诗社研究丛稿》第 258—276 页,广东高等教育出版社 1996 年版。

④ 沈松勤《唐宋词社会文化学研究》第 213 页,浙江大学出版社 2004 年第 2 版。

香，酒酣喝月，壮怀无挠。”“同社诗囊，小窗针线，断肠秋早。看归来，几许吴霜染鬓，验愁多少。”可窥见社中生活之一斑。他的《齐天乐》（湖上即席分韵得羽字）有“画里移舟，诗边就梦”两句，是极其雅致的意境，也可见词社吟咏以追求工丽典雅为目标。姜夔词中未见结社事，但其词小序却常可见与游伴寻幽访胜、文酒之会，情趣也与诗社、词社相近。吴文英的《梦窗四稿》中未见明示的社中题咏，其“分韵”之作颇多，或系作幕僚时与幕友之作，亦与词社之作为近。至于宋季的临安，关于西湖吟社活动的记载，主要见于周密的作品。周密《蘋洲渔笛谱》卷一的《采绿吟》序有云：“甲子夏，霞翁会吟社诸友逃暑于西湖之环碧。琴尊笔研，短葛練巾，放舟于荷深柳密间……”甲子为景定五年（1264），此前一年，周密与张矩、陈允平同赋西湖十景，但其《木兰花慢》序未有只字提到词社一事。而据陈允平自跋，“十咏”作于景定四年，因此，夏承焘作周密年谱，将吟社的成立定在了景定五年，即宋理宗在位的最后一年。据考，西湖吟社大约经历了三个发展阶段：从结盟西湖开始，到吟社的领袖人物杨缵下世，为早期（景定五年——咸淳初年），此期活动以以音律授受、宴饮吟咏为主；自杨缵、施岳下世，直到宋亡，为吟社的中期（咸淳年间），此期多放浪山水之作，多有江湖气息；宋亡后为吟社的后期，《乐府补题》的五次活动即发生在此期。吟社先后人员不同，较为可靠的主要词人有杨缵、张枢、施岳、李彭老、周密、张炎、王沂孙、仇远、吕同老、陈恕可、唐珏、陈允平、李莱老等。①

以词社诸人为代表的寄兴适情之作，所表现出来的情趣多在清幽闲雅，不是柳永所热衷的帝里风光、太平景象，也不是北宋人常写到的元宵节庆、都市狂欢，亦非晚唐以来擅写

① 参萧鹏《西湖吟社考》，《词学》第七辑，第88—101页。

的琐窗朱户、华堂高阁，即使像张镃这样金玉满堂、罗绮成丛的富贵者，其自己所列的赏心乐事中，似仍以寻幽访胜、雪夕花朝之类的雅事为多。词本起于颂酒赓色，一直以来都带有特殊的富贵气、艳情味，而到南宋时期，随着词之提倡“复雅”，尤其是词社活动渐多，发生了显著的变化。

主要出于上述三个原因，风雅词派得以生成并发展，成为南宋后期最主要的创作流派。吴文英主要生活在宋宁宗至理宗时期，王沂孙则跨越了宋末与元初，分别是此派词不同时期的代表。

二

吴文英(1200？—1260?)，字君特，号梦窗，晚号觉翁，四明(今浙江宁波)人。原姓翁，与翁元龙、逢龙为亲伯仲，过继吴氏。终身不第，以幕客为生，居苏州、杭州、越州最久。有《梦窗甲乙丙丁稿》，又名《梦窗词》。

吴文英终身布衣，或谓之不乐科举，或云应试不中，或以其襟怀恬淡、不借藩邸以攀援，或以其词六涉荣王、两寿秋壑(贾似道)，足见曳裾王门、附声权贵，争议颇大。杨铁夫考其事迹，谓“以梦窗之才，乃竟不得一科名，何也？梦窗盖耽于诗词，绌于经义者也。否则，不乐科举也。”①日本学者则提出新看法：“与其说是他不想应举，毋宁说是他不能应试更为合理……在宋代，犯罪者及‘商工异类’的子弟就不能应试(异类指俳优等贱业者)”，②从出身而言，或有道理。夏承焘《吴梦窗系年》云：“梦窗交游，嗣荣王、吴潜、贾似道、史宅之诸人，皆

① 杨铁夫《吴梦窗事迹考》，杨铁夫笺释，陈邦炎、张奇慧校点《吴梦窗词笺释》第20页，广东人民出版社1992年版。

② 村上哲见《吴文英(梦窗)及其词》，王水照、保苅佳昭编选《日本学者中国词学论文集》第291页，上海古籍出版社1991年版。

一时显贵，与吴潜、宅之，投契尤深，而竟潦倒终身。全祖望答万经宁波府志杂问，谓其‘晚年困踬而死’，证之‘白发缘愁’‘路穷车绝’之句，此语近实。今读其投献贵人诸词，但有酬酢而罕干求，在南宋江湖游士中，殆亦能狷介自好者耶。”①此说可从。

吴文英主要生活在宋宁宗庆元至宋理宗景定年间。此时，金困于内政，无力南侵；宋习于偏安，无心北伐。小规模战争虽时有发生，但对时局牵动不大。统治阶级苟且偷生的风气影响了文学，南宋词坛一度轰鸣回响过的稼轩声音微弱衰歇了，流行的是表现别恨离愁、陶醉于自然风景和发泄伤感情绪的婉约词。“风云气少，儿女情多”，梦窗词就是这个时代的产物。吴文英大半生以词章曳裾侯门，交游多为显贵，自己却潦倒一生，以布衣终。他以清客的身份作了很多应酬投赠之篇，也写了些慨叹祖国沦亡的慷慨悲凉之作，但梦窗四稿中最有文学价值、最能充分显示其艺术特色的，是表现爱情、感喟人生的那些篇章。以作品数量论，宋代著名词人中，梦窗仅次于稼轩，吴、辛的生活时期相去不远，但二人经历不同，词风迥异。辛弃疾有兼济恢复之志，出将入相之才，吴文英奔走权门，终身布衣，前者是“大声鞺鞳，小声铿锵”②的钟鼓，后者却像“病翼惊秋，枯形阅世”（王沂孙《齐天乐》）的秋蝉。

对吴文英的评价，历来分歧很大。黄昇《花庵词选》曾引尹焕言：“求词于吾宋者，前有清真，后有梦窗，此非焕之言，四海之公言也。”③尹焕与吴文英同时，此语可见吴词的“即时

① 夏承焘《唐宋词人年谱》，《夏承焘集》第 1 册第 480 页，浙江古籍出版社、浙江教育出版社 1997 年版。

② 刘克庄《辛稼轩集序》，施蛰存编《词籍序跋萃编》第 200 页，中国社会科学出版社 1994 年版。

③ 黄昇《花庵词选·中兴以来绝妙词选》卷十，第 354 页，中华书局 1958 年版。

效应”。宋末元初的张炎则对梦窗兼有褒贬,除前引与秦、高、姜、史并称一段话外,又说:“词要清空,不要质实。清空则古雅峭拔,质实则凝涩晦昧。姜白石词如野云孤飞,去留无迹。吴梦窗词如七宝楼台,眩人眼目,碎拆下来,不成片段。此清空质实之说。”①自张炎之论出后,很长时期以来,吴文英一直处于被理解与被曲解之间。或因时势之变,造成了文学审美风尚之变,清代嘉、道之后,对吴词的评价几成一边倒之势,即使是倡“词史”说的周济,亦对吴文英评价很高。戈载、冯煦、陈廷焯、况周颐、陈洵尤甚。吴文英词的运意深晦,用笔曲折,以及临近末世的伤感情绪,尤其在清末得到了知音,引起了回响,以致造成晚清时期“学梦窗者,几半天下”②的局面。而自王国维直到吴世昌,则对吴词多加痛诋。在词的批评史上,很少能见到如吴文英这样歧见特出的词人,其实,他虽难以同苏、辛、周、姜等大词人相并,却仍是具有突出的艺术特色,不失为独具风格的重要词人。

一 雕缋满眼 其中难测

张炎对梦窗词的“七宝楼台”之喻,一直为后来的论者所重所用,无论是肯定还是否定,都无法回避。笔者以为,“七宝楼台,眩人眼目”之说,当缘于梦窗词字句之丽,而“碎拆下来,不成片段”则谓其词有句无篇。对于前者,多有论家说到吴词的“雕缋满眼”,而对“碎拆”、“片段”则看法不同。如彭孙遹云:“宋人张玉田论词,极推少游、竹屋、白石、梅溪、梦窗诸家,而稍诎美成。梦窗之词虽雕缋满眼,然情致缠绵,微为

① 张炎《词源》,《词源注·乐府指迷笺释》第16页。

② 吴梅《乐府指迷笺释跋》,《词源注·乐府指迷笺释》第92页。

不足。”[①]而戈载却说：“梦窗从吴履斋诸公游，晚年好填词，以绵丽为尚，运意深远，用笔幽邃，炼字炼句，迥不犹人。貌观之，雕缋满眼，而实有灵气行乎其间。细心吟绎，觉味美于回，引人入胜，既不病其晦涩，亦不见其堆垛。”[②]究竟如何呢？不妨择其最见“雕缋”之作论之。

先看被胡适、刘大杰等人所讥的梦窗四稿之首篇《琐窗寒》（无射商，俗名越调，犯中吕宫，又犯正宫。玉兰）：

> 绀缕堆云，清腮润玉，氾人初见。蛮腥未洗，海客一怀凄惋。渺征槎、去乘阆风，占香上国幽心展。□遗芳掩色，真姿凝澹，返魂骚畹。　　一盼。千金换。又笑伴鸱夷，共归吴苑。离烟恨水，梦杳南天秋晚。比来时、瘦肌更销，冷薰沁骨悲乡远。最伤情、送客咸阳，佩结西风怨。

此词所用丽字与典故甚多，确实难以明白所言者何，然而倘能循杨铁夫所说：“此纯为忆去姬之词。上片比体，下片兴体。”[③]细读之则能得其真意。由于此词是以花写人，故词的起二句是写女子的美发如云，脸如润玉，而“氾人”出于沈亚之的《湘中怨》，谓武则天时太学进士郑生于洛桥救得一轻生女子，挟归以居，号为“氾人”，能诵《楚辞》，后实告以是湘中蛟宫之娣，从之岁满而去。故以下有“蛮腥”之语、海客之自称，而乘阆风、占香上国，则当是指带着“氾人”经水路到了杭州，以下三句则继以花容写人，而借《离骚》之兰蕙写玉兰，故有“返魂骚畹”之说。下片继以花写人之美，用范蠡携西施

① 彭孙遹《金粟词话》，唐圭璋编《词话丛编》第 721 页，中华书局 1986 年版。

② 戈载《吴君特词选跋》，《词籍序跋萃编》第 347 页。

③ 杨铁夫笺释，陈邦炎、张奇慧校点《吴梦窗词笺释》卷一，第1 页。

之典，并出以"吴苑"语，当指携姬以归吴门。"离烟恨水"以下，则是衍姬之离去一事，以及心中之哀怨与离思。所以，透过幽邃的用词用典，可探得其意旨。故此杨铁夫说："梦窗忆姬之作，居全集四分之一。此词更于姬之来踪去迹详载无遗，可作一篇琴客小传读。"①

梦窗词或无四分之一皆为"去姬"而作，但深爱的姬人之离去，确是梦窗一生中痛苦之最。他在杭州与一湘女相识，在苏州同居，后又在杭州分手。对这个遣妾的怀念始终牵着他的心，这种感情蓄得深，藏得久，又不时有所表现，可又欲露不露，掩抑低回，常令人难以感知。再看一首因去姬而作之词《踏莎行》：

> 润玉笼绡，檀樱倚扇。绣圈犹带脂香浅。榴心空叠舞裙红，艾枝应压愁鬟乱。　　午梦千山，窗阴一箭。香瘢新褪红丝腕。隔江人在雨声中，晚风菰叶生秋怨。

此首为感梦之作。上片梦端午时伊人的容颜、睡姿、服饰，下片写梦后所感，"香瘢"句设想伊人此际此状，"隔江"两句，以眼前似秋天的凄凉景色作结。全词用语秾丽，而因时空腾挪，难以循迹，故吴世昌说："此词上用'榴心'、'艾枝'，是端午景象，下片又用'晚风'、'菰叶'、'秋怨'，一首之中，时令错乱，且上片晦涩，令人不堪卒读，盖先得末两句，然后硬凑出来。"②而刘永济则细发其意："'润玉'八字写人之肌肤、檀口皆秀丽无比。'绣圈'句写其装饰亦极其华艳。'榴心'句写红裙切五

① 杨铁夫笺释，陈邦炎、张奇慧校点《吴梦窗词笺释》卷一，第3页。

② 吴世昌《词林新话》，《吴世昌全集》第6册第224页，河北教育出版社2002年版。

月……‘艾枝’句写鬓饰，应端节……但‘犹带’、‘空叠’、‘应压’等词，明其人不在目前者。其所以如此描写，须至下半阕方知。此等处即陈洵所称留字诀也。换头八字始将上半阕所写点明是一场梦境。曰‘千山’，梦去甚远也。曰‘一箭’，梦醒甚速也……‘香瘢新褪’者，旧事无痕也。歇拍二句言午梦醒来，别无所见，惟有‘雨声’、‘菰叶’伴人凄寂而已。曰‘隔江人’，杨铁夫谓去吴之人，则是指其去妾在雨中生秋怨。如说自身是与去妾隔江，似较与词意相合。方端午而曰‘秋怨’者，愁人善感，‘雨声’、‘菰叶’之中，一梦醒来，凄然其如秋也。”①

梦窗有些虽非为去姬而作之词，也较难明其意旨，如《宴清都》(连理海棠)：

> 绣幄鸳鸯柱。红情密，腻云低护秦树。芳根兼倚，花梢钿合，锦屏人妒。东风睡足交枝，正梦枕、瑶钗燕股。障滟蜡、满照欢丛，嫠蟾冷落羞度。　　人间万感幽单，华清惯浴，春盎风露。连鬟并暖，同心共结，向承恩处。凭谁为歌《长恨》，暗殿锁、秋灯夜语。叙旧期、不负春盟，红朝翠暮。

此词咏物，所咏为连理海棠，词中托物言情，换头以下全以《长恨歌》之杨妃作比。刘永济既概括全首题旨，又逐句论析，尤其指出词中紧扣“连理”之处：

> ……起句“绣幄”，写海棠之繁茂，“鸳鸯柱”，即形容连理树。“秦树”，秦中有双株海棠，高达十丈最有名，故以比之……“鹣”，比翼鸟也，用来与下“钿合”作对……

① 刘永济《微睇室说词》第50—51页，上海古籍出版社1987年版。

下用“锦屏人妒”以关合人情，言海棠如此繁艳，美人见之亦不免生妒嫉之情也。“东风”二句以花与人合写。“瑶钗燕股”亦以燕钗为两股之物来形容连理……“嫠蟾”反衬连理。“嫠”者，妇人无夫之称……月中嫦娥无夫，故曰“嫠蟾”。此仍是加倍渲染海棠之繁艳语。换头六字，先用反衬之笔领起，以后皆以明皇与杨妃爱情敷写。“人间”句言人间夫妇离多会少，故曰“万感幽单”……“春盎”四字将杨妃华清出浴情态与海棠临风承露的鲜艳一齐写出，可谓兴到之笔。“同心”、“连鬟”皆以花与人并写。“凭谁”二句则明用白居易《长恨歌》，下文仍归到长生殿夜语事，又以“叙旧期、不负春盟”作结，语意仍是双关。①

又如《声声慢》（陪幕中饯孙无怀于郭希道池亭，闰重九前一日）：

　　檀栾金碧，婀娜蓬莱，游云不蘸芳洲。露柳霜莲，十分点缀成秋。新湾画眉未稳，似含羞、低护墙头。愁送远，驻西台车马，共惜临流。　　知道池亭多宴，掩庭花、长是惊落秦讴。腻粉阑干，犹闻凭袖香留。输他翠涟拍甃，瞰新妆、时浸明眸。帘半卷，带黄花、人在小楼。

此词开头就很费解，故张炎云：“‘檀栾金碧，婀娜蓬莱，游云不蘸芳洲。’前八字恐亦太涩。”②即使后面所写，也较难理解其意。陈洵言其整体：“郭希道池亭，即清华池馆，是觉

① 刘永济《微睇室说词》第 6—7 页。

② 张炎《词源》，《词源注·乐府指迷笺释》第 16 页。

翁常游之地。孙无怀只以别筵暂驻，平时之多宴，固未与也。‘知道’二字，为无怀设想，真是黯然销魂。‘腻粉’以下，纯作痴恋语，为惜别加倍出力。学者须听弦外音。人在、凝眸、瞰妆，纯用倒卷。共惜、知道、输他，是词中点睛。起八字殊有拙致。”①但如此解说仍未能破其语障，刘永济的详细析论始能让人理解周全：

夏承焘考“闰重九”当是绍定五年壬辰，梦窗此词作于此年……“西台”，唐高宗改中书省为西台，孙氏此行，当入京为中书省属官也。

起八字……皆设色描绘之词。“檀栾”，修竹之形容词，字出枚乘《菟园赋》：“修竹檀栾。”“婀娜”，杨柳之形容词，字出李商隐《赠柳》诗“见说风流极，来当婀娜时”。又魏曹丕《柳赋》：“柔条婀娜而蛇伸。”“金碧”指楼台之髹漆，因以代楼台。“蓬莱”，本海上仙山，今以代园中沼泽。如质言之，则为修竹楼台，杨柳池塘也。下句言天晴无风雨。凡词四字对句必密丽，对句之后，承以单句必疏宕，此词是也。“露柳”二句点秋景。“新湾”二句指新月，皆切重阳……过拍点明送别，《九辩》有“登山临水兮送将归”，故曰“共惜临流”。换头从郭园宴饮说。曰“知道”，曰“长是”，乃指平日此地宴会有歌舞之乐也。“腻粉”二句则今日想象之词。“输他”二句言今不如昔，今则已无“瞰新妆、时浸明眸”，故曰“输他”。“输”者，比昔则差也。歇拍仍收到饯别之宾主。“黄花”仍切重阳，杨铁夫以为人在小楼，或当时有倚阑窥客之人，不免节外生枝。②

① 陈洵《海绡说词》，《词话丛编》第4851—4852页。
② 刘永济《微睇室说词》第38—39页。

以上四首或系雕缋的典型，而梦窗似于此类者却实在不少，所以，“雕缋满眼”确实是吴词给人最突出的印象。由于梦窗用语、意象极丽，用典极多，而时空转换频繁，难循其思路，测其意旨，故张炎有“七宝楼台”之喻，及“碎拆下来，不成片段”之说。即使是传梦窗法乳的沈义父，也说：“梦窗深得清真之妙。其失在用事下语太晦处，人不可晓。”①

二 潜气内转 运意深远

事物的存在，总有其合理性，梦窗词雕缋满眼，却为何晚清时学之成风呢？因为当时词人多看到了梦窗对清真的继承，力反浙派尚“清空”而流为空疏，故倡导“由吴希周”的创作道路。周济说：“梦窗奇思壮采，腾天潜渊，返南宋之清泚，为北宋之秾挚。”②“皋文不取梦窗，是为碧山门径所限耳。梦窗立意高，取径远，皆非馀子所及。惟过嗜饾饤，以此被议。若其虚实并到之作，虽清真不过也。”③那么，对梦窗之学清真，却研炼过之而致雕缋难明，究竟应如何看待？其在艺术上又有何者可取呢？对此，不妨先作外围探访。

大多数词人思路易于循迹，形象与主题的关系清晰可见。吴文英则不然。他的词往往表面意义与内在意义有较大距离，题旨藏得深，其中消息难以从字面透露，但是，内在精神又始终维系着不断更换的形象。这种独特之处常使作品和欣赏者之间造成较大距离。所以，王国维非但称之为

① 沈义父《乐府指迷》，《词源注·乐府指迷笺释》第50页。

② 周济《宋四家词选目录序论》，《介存斋论词杂著·复堂词话·蒿庵论词》第12页，人民文学出版社1959年版。

③ 周济《宋四家词选目录序论》，《介存斋论词杂著·复堂词话·蒿庵论词》第14页。

“隔”，而且说：“梦窗之词，吾得取其词中之一语以评之，曰：‘映梦窗，凌乱碧。’”①然而，理解此中三昧的词论家却正欣赏这一点，他们把这称之为“潜气内转”。戈载以梦窗词“貌观之，雕缋满眼，而实有灵气行乎其间”，其实就是“潜气内转”。陈匪石论梦窗的《惜黄花慢》“送客吴皋”，更明确道出此语：“……此四句中翻腾转捩，则因‘怅断魂’以下六句全用平笔，特作波澜，亦潜气内转之法也。”②“潜气内转”一词，曾见于繁钦《与魏文帝笺》：“（车子）年始十四，能喉啭引声，与笳同音……潜气内转，哀音外激……凄入肝脾，哀感顽艳。”③梦窗词就有这种“潜气内转，哀音外激”的特点。但这里的“气”应理解为主题思想，而不仅是语言的气势风貌。梦窗词的“潜气内转”大致有以下几个特点。

第一、主观抒情，意在言外。

苏、辛的词兼有言志和言情之作，而吴文英的词，除少数在政治上有所讽喻（如《八声甘州》的游灵岩山，《贺新郎》的偕吴潜看梅），或抒发对祖国沦亡的感慨外，绝大部分都是写个人身世和怀人的纯粹言情之作。而且，他不是沿袭其他词人的因景生情或较单纯的情景交融的途径，而是以抒主观之情为主线，贯穿全篇，舍弃传统的写实手段，糅合“言在此而意在彼”的寄托手法及象征手段，写出气潜于内、音激于外的蓄之很深的作品。试看他的《花犯》（郭希道送水仙索赋）：

小娉婷，清铅素靥，蜂黄暗偷晕，翠翘欹鬓。昨夜冷

---

① 王国维《人间词话》，《蕙风词话·人间词话》第215页，人民文学出版社1960年版。

② 陈匪石《宋词举》，陈匪石编著，钟振振点校《宋词举》（外三种）第37页，江苏古籍出版社2002年版。

③ 见萧统《文选》卷四〇，第1821页，上海古籍出版社1986年版。

中庭，月下相认。睡浓更苦凄风紧。惊回心未稳。送晓色、一壶葱蒨，才知花梦准。 湘娥化作此幽芳，凌波路，古岸云沙遗恨。临砌影，寒香乱，冻梅藏韵。熏炉畔、旋移傍枕，还又见、玉人垂绀鬓。料唤赏、清华池馆，台杯须满引。

这首词的第一韵是明写花，暗写人，用人的形象来写花，写花却像是写人。第二韵点明第一韵是梦境中与人相遇。第三韵写梦醒之后，早晨果见水仙，梦人而见花，应准夜梦。下片展开想象：第一韵写水仙是湘娥所变，她凌波而来的路，而今是古岸云沙，伴着遗恨，暗示了难言的隐情。第二、三韵写水仙神韵及花似玉人，见花又如见人。最后一韵回到送花人身上，以敷衍其索赋之题。表面上这是一首咏物词，但细玩词意，却实是怀人之作。为什么有"古岸云沙遗恨"呢？从"湘娥"、"玉人垂绀鬓"联系其《琐窗寒》（玉兰）中所写的"绀缕堆云"的汜人，"蛮腥未洗"的"骚畹"，"南天"的湘中，那么，水仙花是"湘娥化作此幽芳"的意思就十分清楚了。这样一来，"昨夜冷中庭，月下相认"的"才知花梦准"，实是对湘人去姬不绝如缕的思念。反复回环地赋水仙，是怀念遣妾的抒情。从表面看来，是客观的咏物，实际上，是主观的抒情，在曲折变化的形象和情景交换中，跃动着"潜气内转"的灵魂。

第二、词旨隐蔽，取径曲折。

豪放派词人的作品，大多词旨显豁，苏、辛的有寄托之作，联系身世背景，也多可索解。至于婉约派词人，虽各具面目，其作品或意在言内，或意内言外，或意在言外，但隐约之题旨亦不甚难求。而吴文英的词，却是意思极为隐蔽，取径极其曲折的。如《风入松》（邻舟妙香）一词：

画船帘密不藏香，飞作楚云狂。傍怀半卷金炉烬，怕暖销、春日朝阳。清馥晴熏残醉，断烟无限思量。
凭阑心事隔垂杨，楼燕锁幽妆。梅花偏恼多情月，慰溪桥、流水昏黄。哀曲霜鸿凄断，梦魂寒蝶幽飏。

从字面看来，邻舟的香烟飘入，似与楚云、朝阳、楼燕、梅花、溪桥、霜鸿、寒蝶难于联系起来，确似不知所云，极为费解。然而，只要细读，还是可以找到它的脉络：邻舟的妙香进入梦中，香易燃尽，成为金炉中的灰烬，云承托着朝阳，烟消云亦散，怕朝阳亦逝，但因“晴熏”，日尚未消，香烟将断未断，馀香尚在。香烟梦境都在将断而仍续之时，人在迷朦和清醒之间，朦胧中，想起楼隔垂杨，燕锁幽妆，可见佳人已去。月影梅花、溪桥流水，往日的温情都成为过去的事，像秋鸿一样飞走了，而伴着回忆往事的今情，却像寒蝶一样随着自己飘飏。这首词的上片写香入梦中，香不可久，梦亦难留。下片是思量往事，触动今情，徒增烦恼。联系吴文英的身世和其他作品，可知这首词也是为怀去姬而作的。对她的怀念，几乎无时无处不在。在恍惚迷离的梦境中，由于香烟的飘入，又勾起无限思量。但除“思量”一词外，纯借写客观之物（多不是眼前所见的）来写主观之情，取径的曲折，使人难以直接感触、把握，只能从其经历、身世体味出词旨来。

第三、缘情布景，时空转换。

北宋词以就景抒情为多，如柳永、秦观，南宋渐开即事叙景一途，如稼轩、白石。吴文英词多为意胜于实的主观抒情，所以，另走缘情布景的道路，这就形成时空转换自由的特点。

吴文英之前的词人，作品中的时间推移和空间转换都很自然，易于循迹。如柳永，善写羁旅行役，极工铺叙，但其词中时空变化较为单调。至秦观，变化渐多。到了周邦彦，又有了更大发展，其时空变化的技巧比柳永高明多了。吴文英的词，时空转换交替极为频繁、复杂多变。除《琐窗寒》（玉兰）、《齐天乐》（登禹陵）这类长调外，小令、中调都具此特色。试看《点绛唇》：

时霎清明，载花不过西园路。嫩阴绿树。正是春留处。　　燕子重来，往事东流去。征衫贮。旧寒一缕，泪湿风帘絮。

此词也是为思去姬而作。词中首言清明，不知是今是昔，至“往事”，才知是追思与去姬邂逅于清明之日，而西园则为故居。“春留”衬人去，始知“嫩阴绿树”、“燕子”云云都是缘情所布之景，是想象之物，而非眼前所见。燕子重来，往事东流，既将上片追思作结，又微露感慨。最后三句点明眼前清明自己的孤凄：泪湿飞絮，只有“征衫”贮着“旧寒一缕”。在这里，景随情迁，时与情易，转换极为自由。

陈洵说：“飞卿严妆，梦窗亦严妆。惟其国色，所以为美。若不观其倩盼之质，而徒眩其珠翠，则飞卿且讥，何止梦窗！”[①]要不为珠翠所眩，如戈载所说，在雕缋满眼中寻绎其“实有灵气行乎其间”，“不病其晦涩，亦不见其堆垛”，就应从“潜气内转”理解梦窗词。况周颐这样评价梦窗：“即其芬菲铿丽之作，中间隽句艳字，莫不有沉挚之思，灏瀚之气，挟之以流转。令人玩索而不能尽，则其中之所存者厚。沈著者，厚之发见乎外者也。”[②]“灏瀚之气”未必尽当，可是，沉挚之思随气挟之以流转，词意玩索难尽，确实道出了特点。沈祥龙

① 陈洵《海绡说词》，《词话丛编》第 4841 页。

② 况周颐《蕙风词话》卷二，况周颐著，孙克强辑考《蕙风词话·广蕙风词话》第 34 页，中州古籍出版社 2003 年版。

说:"《说文》:'意内而言外曰词。'词贵意藏于内,而迷离其言以出之,令读者郁伊怆快,于言外有所感触。"①梦窗词是最典型的意藏于内而迷离其言以出之的作品。如果能把握住潜气内转、运意深远,就会加深对其"言外"之"内意"的理解,就不会有零乱眩目之感,并首肯其浑成。

三 绵密曲折 空际转身

张炎《词源》第一次确定了风雅词清空与质实两大流派的分野,后人或尊姜、张的清空,或尚周、吴的质实,双峰并峙,二水分流,达数百年之久。对于姜吴之别,陈锐所说甚好:"白石拟稼轩之豪快,而结体于虚。梦窗变美成之面貌,而炼响于实。"②吴文英对去姬的感情是深厚的,这"厚",就是况周颐所说的"沈挚之思",是"出乎致密之外,超乎致密之上,别有沈著之一境也"③,就是吴梅所说的"正在超逸之中,见沈郁之思"④。深沉、沉厚与密是同存的,故厚思出之以密词。此外,构思运意的潜气内转,又必以沈著拗怒的手法出之。所以,"密"之外,还有"曲"的特点。

与其他善作中长调的婉约派词人相较,梦窗词有柳永细密之处,而无其平叙之病;有周邦彦曲折之长,而更为绵密;与史达祖多角度的回环描写相较,梦窗词更多纵向的曲折。可概括如下。

第一、染多于点。

"词有点,有染"⑤,"点染"一词本是画家术语,中国传统

---

① 沈祥龙《论词随笔》,《词话丛编》第 4048 页。

② 陈锐《裦碧斋词话》,《词话丛编》第 4200 页。

③ 况周颐《蕙风词话》卷二,《蕙风词话·广蕙风词话》第 34 页。

④ 吴梅《词学通论》第 68 页,上海古籍出版社 2006 年版。

⑤ 刘熙载《艺概》卷四《词曲概》,第 119 页,上海古籍出版社 1978 年版。

的水墨画往往将画的主体用点笔或清晰的线条出之，背景用染笔出之。词论家借用这一术语来表示词中主旨和烘托渲染的关系。清空一派的词，气脉疏宕，点笔颇多。平叙之词，往往点染不甚分明。梦窗词的密，常表现在染多于点，即层层渲染，多方烘托，所以字面形象显得绵密质实。

吴文英词常用点提起一篇，醒明主旨，用染渲染环境，制造气氛。如《惜黄花慢》上片：

送客吴皋。正试霜夜冷，枫落长桥。望天不尽，背城渐杳，离亭黯黯，恨水迢迢。翠香零落红衣老，暮愁锁、残柳眉梢。念瘦腰。沈郎旧日，曾系兰桡。

开头的“送客吴皋”是点，以下数句从霜、夜、枫、桥、天、城、亭、水、荷、柳作多角度渲染，用景烘托情，一片密语如频拉的镜头，在更换的景物中，离情别绪自然流出。

又如《莺啼序》：

残寒正欺病酒，掩沉香绣户。燕来晚、飞入西城，似说春事迟暮。画船载、清明过却，晴烟冉冉吴宫树。念羁情游荡，随风化为轻絮。　　十载西湖，傍柳系马，趁娇尘软雾。溯红渐、招入仙溪，锦儿偷寄幽素。倚银屏、春宽梦窄，断红湿、歌纨金缕。暝堤空，轻把斜阳，总还鸥鹭。　　幽兰旋老，杜若还生，水乡尚寄旅。别后访、六桥无信，事往花委，瘗玉埋香，几番风雨。长波妒盼，遥山羞黛，渔灯分影春江宿，记当时、短楫桃根渡。青楼仿佛，临分败壁题诗，泪墨惨澹尘土。　　危亭望极，草色天涯，叹鬓侵半苎。暗点检、离痕欢唾，尚染鲛绡，亸凤迷归，破鸾慵舞。殷勤待写，书中长恨，蓝霞辽海沉过雁，漫相思、弹入哀筝柱。伤心千里江南，怨曲重招，断魂在否？

全词二百四十字，为词调中最长，共四遍，组织了众多的形象，追思悼亡，深情无限，却是如何做到脉络贯串的呢？陈洵作了一番论证，而对其全局安排则有此说："'望'字远情，'叹'字近况，全篇神理，只消此二字。"[1]可见，在作为"词眼"的两字以外，其馀多为濡染之笔，其开阖变化，是因为"眼"动而身随。

第二、勾勒工妙。

勾勒也是中国画的技法，亦称双钩法，画家画竹木草树勾出枝叶茎干后再设色，谓之勾勒。用勾勒之笔写词，能分清疏密，使形象鲜明。吴文英的词常有工妙的勾勒之笔。如《珍珠帘》头几句："蜜沉烬暖萸烟嫋，层帘卷、伫立行人官道。麟带压愁香，听舞箫云渺。""蜜沉"伏第三句的"愁香"，"烟嫋"伏第四句的"云渺"，"麟带"写旧意，"舞箫"写今情。这几句从听到贵人家箫鼓声，引出对去姬的怀念，旧意、今情的"麟带压愁香，听舞箫云渺"，两边勾勒对题旨渐出是极好的铺垫，也由于这工妙的勾勒之笔，使词藻堆砌，词章绵密。

勾勒之笔对词意转折往往很有作用。如《六丑》(壬寅岁吴门元夕风雨)一词，上片全写昔日无风雨的元夕繁盛景象，下片用"过眼年光，旧情尽别"作勾勒，风雨闲闲带出，着重表现天时人事之感，故国平居之思，这笔勾勒是不可少的。又如前引的《莺啼序》，陈洵亦论其勾勒：

> 第一段伤春起，却藏过伤别，留作第三段点睛。燕子画船，含无限情事，清明吴宫，是其最难忘处。第二段

---

① 陈洵《海绡说词》，《词话丛编》第 4848 页。

"十载西湖",提起。而以第三段"水乡尚寄旅"作勾勒。"记当时、短楫桃根渡",记字逆出,将第二段情事,尽销纳此一句中。"临分""泪墨","十载西湖",乃如此了矣。临分于别后为倒应,别后于临分为逆提。渔灯分影,于水乡为复笔,作两番勾勒,笔力最浑厚。①

吴词的勾勒之笔,使词意在绵密中能分清经纬,使所写事物有明晰形象。

第三、离合得法。

梦窗词的曲折见意和时空转换自由,颇仗其离合之得法。诗词的写作,固然要合,要扣紧题意,但一味泥煞本题,并非高手,有合有离,才能蕴藉隽永。读梦窗词,常令人激赏其离合的高明之处。试看《三姝媚》(过都城旧居有感):

湖山经醉惯。渍春衫,啼痕酒痕无限。又客长安,叹断襟零袂,涴尘谁浣?紫曲门荒,沿败井、风摇青蔓。对语东邻,犹是曾巢,谢堂双燕。　　春梦人间须断。但怪得,当年梦缘能短。绣屋秦筝,傍海棠偏爱,夜深开宴。舞歇歌沉,花未减、红颜先变。伫久河桥欲去,斜阳泪满。

有论者以此词是过故居而思故国,故感慨良多。开头三句,是作者晚年的自我形象,次三句是重过杭州的慨叹,下六句在直赋中夹用刘禹锡诗,从时光流逝中感叹兴亡。总之,上片是渐引而合。下片起三句宕开而说,"绣屋"三句追溯以往,"舞歇"三句将时间浓缩,感叹流年易逝,这六句与词旨乍离乍合,

① 陈洵《海绡说词》,《词话丛编》第4847页。

最后二句，收回其意，在“斜阳泪满”中，含不尽之味。

梦窗词常常是看起来似离题旁涉，实际上四面盘旋，仍然紧扣主题。这些作品，在离中能见变宕，在合中联贯情绪，在曲折中体现主题。吴文英既不像柳永那样细密联合，辞馀于意而笔尚未休，也不似史达祖的咏物之作，虽尽态极妍，多端变化，尚不免清新尖巧之感。梦窗词虽质实绵密，但因有离合纵送之妙，所以仍不失耐人体味之处。

第四、转折有致。

梦窗词重主观抒情，时空转换自由，情、景、真、幻、物、我、古、今常熔于一炉，所以起语多变。其起，有以景起、有以情起、有以典起，有实起、有虚起，有的顿入，直述本题，有的渐引，先言他物。其语，有以景语情、有以情语情、有情景同语、有在绕回中醒明本旨，有在宕开中转出别意。词是积字成句，合句为篇，起语之多变，使开合变化多端，加以点染、勾勒、离合的运用，必然导致整篇的多变，如常山之蛇，击首尾应，击尾首应，全身皆动，转折必多。王又华《古今词论》曾引毛稚黄语：“长调如娇女步春，旁去扶持，独行芳径，徙倚而前，一步一态，一态一变。”[①]梦窗词往往在频频转折中见其“娇女步春”的特色。如《扫花游》（春雪）：

水云共色，渐断岸飞花，雨声初峭。步帷素裊。想玉人误惜，章台春老。岫敛愁蛾，半洗铅华未晓。舣轻棹。似山阴夜晴，乘兴初到。　　心事春缥缈。记遍地梨花，弄月斜照。旧时斗草。恨凌波路锁，小庭深窈。冻涩琼箫，渐入东风郢调。暖回早。醉西园、乱红休扫。

---

① 王又华《古今词论》，《词话丛编》第609页。

陈洵即以“娇女步春”言其转折：“‘水云共色’，正面空处起步。‘章台春老’，侧面实处转步。‘山阴夜晴’，对面宽处歇步。‘遍地梨花’，复侧面空处迴步。以下步步转，步步歇，往复盘旋，一步一境。换头五字，贯彻上下，通体浑融矣。”① 又如《齐天乐》“烟波桃叶西陵路”一首，陈洵亦论其章法之转折云：“‘古柳重攀’，今日。‘轻鸥聚别’，当时。平入逆出。‘陈迹危亭独倚’，歇步。‘凉飔乍起’，转身。‘渺烟碛飞帆，暮山横翠’。空际出力。‘但有江花，共临秋镜照憔悴’，收合倚亭。”②

吴词有一般人常用的明转，如《祝英台近》（除夜立春），从上片“剪红情，裁绿意，花信上钗股。残日东风，不放岁华去”的人家守岁之乐，转入自己的守岁之愁：“有人添烛西窗，不眠侵晓，笑声转新年莺语。”吴词还有一般人不常用的暗转，如《霜叶飞》（重九）的“纵玉勒、轻飞迅羽，凄凉谁吊荒台古”，写的是重九日怀想宋武帝重阳登项羽阅兵的戏马台，转接自己的“记醉踏南屏，彩扇咽寒蝉，倦梦不知蛮素”。从前人凭吊英雄阅兵地的壮怀，暗转入自己的才人之思：对在西湖边与佳人幽会的怀念。梦窗词从明转中见曲折，在暗转中见幽邃，因为转折有致，所以含蓄能留，无一泻无馀之病，又有蛇灰蚓线之妙。

除通常的转折外，梦窗词由于绵密质实，常带来堆垛之病。为此，常用骤转、突接、逆挽、翻转等法来以疏济密。这一章法结构特点，就是周济所说的“梦窗每于空际转身，非具大神力不能”③。

① 陈洵《海绡说词》，《词话丛编》第 4851 页。

② 陈洵《海绡说词》，《词话丛编》第 4847 页。

③ 周济《介存斋论词杂著》，《介存斋论词杂著·复堂词话·蒿庵论词》第 7 页。

缘情布景所造成的时空转换自由，有如频换频接的电影镜头，有景语较多的特点，而“情以景幽，单情则露；景以情妍，独景则滞”①。吴文英作词，常在滞实的句子后，骤转入情语，以挽回灵气。如《齐天乐》(会江湖诸友泛湖)：

曲尘犹沁伤心水，歌蝉暗惊春换。露藻清啼，烟萝澹碧，先结湖山秋怨。波帘翠卷，叹霞薄轻绡，汜人重见。傍柳追凉，暂疏怀袖负纨扇。　　南花清斗素靥，画船应不载，坡静诗卷。泛酒芳筲，题名蠹壁，重集湘鸿江燕。平芜未翦。怕一夕西风，镜心红变。望极愁生，暮天菱唱远。

词中通过一系列景多于情的描写，将泛湖之举、眼中所见、心中之思写得淋漓尽致。在读者甚感滞重之时，用“平芜未剪”勾勒止住，趁联翩浮想的空际，用“怕一夕西风，镜心红变”来作突转，使泛湖之乐中透出的淡淡哀愁骤然凝聚，奔涌而出“望极愁生，暮天菱唱远”，既避去了芜累痴重之病，又结于虚实之间，颇饶隽永之味。

又如《八声甘州》(陪庾幕诸公游灵岩)：

渺空烟四远，是何年、青天坠长星？幻苍崖云树，名娃金屋，残霸宫城。箭径酸风射眼，腻水染花腥。时靸双鸳响，廊叶秋声。　　宫里吴王沉醉，倩五湖倦客，独钓醒醒。问苍天无语，华发奈山青。水涵空、阑干高处，送乱鸦、斜日落渔汀。连呼酒，上琴台去，秋与云平。

① 沈雄《古今词话·词品》卷下，《词话丛编》第849页。

上片先从远望写起，发奇思异想，“幻苍崖”以下，皆写吴王夫差当年所营馆娃宫，通过所见、所感、所闻、所想，亦真亦幻、亦时亦空的一系列意象，将馆娃旧址写足。换头承上的吊古之意，道出吴王沉醉而亡国、范蠡独醒而全身的历史教训。“问苍天”以下，则是空际转身之笔，换写吊古之意，兼出身世之感，二者融入青山碧水、乱鸦斜日的景色之中，最后再转一境，呼应开头。

梦窗词的“空际转身”常见于换头，如《夜合花》（黄钟商，自鹤江入京泊葑门外有感）：

> 柳暝河桥，莺晴台苑，短策频惹春香。当时夜泊，温柔便入深乡。词韵窄，酒杯长。翦蜡花、壶箭催忙。共追游处，凌波翠陌，连棹横塘。　十年一梦凄凉。似西湖燕去，吴馆巢荒。重来万感，依前唤酒银罂。溪雨急，岸花狂。趁残鸦、飞过苍茫。故人楼上，凭谁指与，芳草斜阳？

此首是泊舟葑门，感怀旧游之作。上片的“词韵窄，酒杯长，剪蜡花，壶箭催忙。共追游处，凌波翠陌，连棹横塘。”一串景语，颇感滞实，词外之意此时本可接入下意，却偏偏不入，使其在空中荡漾，以形成“转身”的“空际”。过片换头用“十年一梦凄凉”来突接，时间陡转，感情直下，既见词意，又得跌宕之致。

梦窗词还注意抒情主题笼罩下的频转。如《澡兰香》（淮安重午），其下片为想象中的因情设景：“薰风燕乳，暗雨梅黄，午镜澡兰帘幕。”一连串的丽辞密藻造出的是幽美而略带哀愁的意境。接着，趁空转身：“念秦楼、也拟人归，应剪菖蒲自酌”，点出欲归不得的主题，然后又是一转：“但怅望、一缕新蟾，随人天角。”在情景交融中作结，深情自现。

周尔墉《周评绝妙好词》云:“于逼塞中见空灵,于浑朴中见勾勒,于刻画中见天然,读梦窗词,当于此着眼。性情能不为词藻所掩,方是梦窗法乳。”梦窗词以其独到的“空际转身”本领,造就“于逼塞中见空灵”的境界,这确实是其词的高明之处。

四 隽句艳字 使事运典

《四库全书总目》云:“词家之有文英,亦如诗家之有李商隐也。”①戈载也说,梦窗“与清真、梅溪、白石并为词学之正宗,一派真传,特稍变其面目耳。犹之玉溪生之诗,藻采组织,而神韵流传,旨趣永长,未可妄讥其獭祭也。”②冯煦结合词史发展,又引诸论家之说而论吴文英,亦有老杜、义山与清真、梦窗之拟:“梦窗之词丽而则,幽邃而绵密,脉络井井,而卒焉不能得其端倪……《提要》云:‘天分不及周邦彦,而研炼之功则过之,词家之有文英,如诗家之有李商隐。’予则谓:商隐学老杜,亦如文英之学清真也。”③虽冯煦之说显见矛盾,但其以唐诗论宋词,将杜甫与李商隐之传拟之于周邦彦与吴文英,确实是很有道理的。

不满浙西派仅崇姜张的周济,力推梦窗,却仍然说:

> 况其佳者,天光云影,摇荡绿波;抚玩无斁,追寻已远。君特意思甚感慨,而寄情闲散,使人不易测其中之所有。④

---

① 永瑢等《四库全书总目》卷一九九,第1819页。

② 戈载《吴君特词选跋》,《词籍序跋萃编》第347页。

③ 冯煦《蒿庵论词》,《介存斋论词杂著·复堂词话·蒿庵论词》第69页。

④ 周济《介存斋论词杂著》,《介存斋论词杂著·复堂词话·蒿庵论词》第7页。

“天光云影，摇荡绿波；抚玩无数，追寻已远”，是既说梦窗词之丽语给人的感性印象，又说其理性意蕴的难知，故又有“使人不易测其中之所有”的补充。而梦窗词之与玉溪、长吉为近，主要表现在字句的绮艳，一如“天光云影，摇荡绿波”，其“寄情闲散”，“不易测其中之所有”，则与用典有关。因此，以梦窗词之似义山诗，当从下面两方面论之。

第一、精于造句，玩索难尽。

梦窗词以密丽为特点。况周颐说：“‘心事称吴妆晕红’，七字兼情意、妆束、容色。梦窗密处如此等句，或者后人尚能勉强学到。”①又云：“重者，沈著之谓。在气格，不在字句。于梦窗词庶几见之。即其芬菲铿丽之作，中间隽句艳字，莫不有沈挚之思，灏瀚之气，挟之以流转。令人玩索而不能尽，则其中之所存者厚。沈著者，厚之发见乎外者也。欲学梦窗之致密，先学梦窗之沈著。即致密、即沈著。非出乎致密之外，超乎致密之上，别有沈著之一境也。梦窗与苏、辛二公，实殊流而同源。其见为不同，则梦窗致密其外耳。”②此处不论其“沈著”与“厚”，亦不论其是否与苏辛殊流同源，“芬菲铿丽”的“隽句艳字”层出不穷，自然形成了梦窗词的“密丽”风格。

试看《霜叶飞》（黄钟商，重九）：

断烟离绪。关心事，斜阳红隐霜树。半壶秋水荐黄花，香噀西风雨。纵玉勒、轻飞迅羽。凄凉谁吊荒台古？记醉踏南屏，彩扇咽、寒蝉倦梦，不知蛮素。　聊对旧节传杯，尘笺蠹管，断阕经岁慵赋。小蟾斜影转东篱，夜冷残蛩语。早白发、缘愁万缕。惊飙从卷乌纱去。漫细

①② 况周颐《蕙风词话》卷二，《蕙风词话·广蕙风词话》第 34 页。

将、茱萸看，但约明年，翠微高处。

此首咏重九。词中断烟、斜阳、霜树、秋水、黄花、西风、寒蝉、小蟾、残蛩、惊飙、茱萸，是自然意象，南屏、东篱、翠微是地理意象，彩扇、蛮素、尘笺、蠹管、乌纱是人文意象，均由众多的隽句艳字构成，而表现感情的仅离绪、凄凉、聊对、缘愁数语而已，虽为“寄慨无尽”的“经意之作”①，其字句之隽艳却是给人最深的印象。

又如《祝英台近》(除夜立春)：

剪红情，裁绿意，花信上钗股。残日东风，不放岁华去。有人添烛西窗，不眠侵晓，笑声转、新年莺语。

旧尊俎，玉纤曾擘黄柑，柔香系幽素。归梦湖边，还迷镜中路。可怜千点吴霜，寒消不尽，又相对、落梅如雨。

此首写除夜立春之所感怀。首三句点明立春，“残日”两句为除夜，“有人”三句写他人此时之乐。下片转到自己，“旧尊俎”三句忆过去立春情事，因伊人纤手曾擘黄柑，故有柔香系幽素之说，“归梦”两句言欲归而不得，“镜中路”即湖上归路，因湖水似镜而有此说。歇拍从眼前写垂老逢春之意绪，“千点吴霜”可为实景，又可指白发，“寒消不尽”遥接除夜，“落梅”与春讯相应，且全首字非空设，却仍意象密丽。《古今词统》以“愁心什一，艳心什九”②二语评之。

第二、绮罗香泽，长于用典。

---

① 俞陛云《唐五代两宋词选释》第518页，上海古籍出版社1985年版。

② 卓人月、徐士俊辑《古今词统》卷一一，《续修四库全书》集部第1729册，第31页。

梦窗之似玉溪，又见于二人皆善写爱情，且痴情深语，温馨绮丽，极善用典。先说梦窗情词的温而丽，如《风入松》：

听风听雨过清明。愁草瘗花铭。楼前绿暗分携路，一丝柳、一寸柔情。料峭春寒中酒，交加晓梦啼莺。西园日日扫林亭。依旧赏新晴。黄蜂频扑秋千索，有当时、纤手香凝。惆怅双鸳不到，幽阶一夜苔生。

此为西园怀人之作，陈洵以为亦是思去妾。谭献《谭评词辨》评之曰："此是梦窗极经意词，有五季遗响。'黄蜂'二句，是痴语，是深语。结处见温厚。"[①]陈洵分析其词句用心，有云："'扫林亭'，犹望其还，赏则无聊消遣。见秋千而思纤手，因蜂扑而念香凝，纯是痴望神理。'双鸳不到'，犹望其到，'一夜苔生'，踪迹全无，则惟日日惆怅而已。当味其词意酝酿处，不徒声容之美。"[②]俞陛云尤赏其结处"幽阶"六字，谓之"在神光离合之间，非特情致绵邈，且馀音袅袅也。"[③]以上诸评可概其温而丽特点。

又如《齐天乐》：

烟波桃叶西陵路，十年断魂潮尾。古柳重攀，轻鸥聚别，陈迹危亭独倚。凉飔乍起。渺烟碛飞帆，暮山横翠。但有江花，共临秋镜照憔悴。　　华堂烛暗送客，眼波回盼处，芳艳流水。素骨凝冰，柔葱蘸雪，犹忆分瓜

---

① 谭献《谭评词辨》，黄苏、周济、谭献选评，尹志腾校点《清人选评词集三种》第164页，齐鲁书社1988年版。

② 陈洵《海绡说词》，《词话丛编》第4845页。

③ 俞陛云《唐五代两宋词选释》第480页。

深意。清尊未洗。梦不湿行云，漫沾残泪。可惜秋宵，乱蛩疏雨里。

刘永济深究“十年”二字而论道：“梦窗追念旧游之词，多提到十年前事。《夜合花》既有‘十年一梦凄凉’之句，《思佳客·癸卯除夜》词又有‘十年旧梦’之语。据夏承焘考《吴梦窗系年》，梦窗于绍定五年壬辰为苏州仓台幕僚，至淳祐四年甲辰冬始去吴寓越，在吴共十年左右。梦窗在苏州与其妾同居即在此十年内，此其词中所以屡提十年之故。”①俞陛云言其大概：“人当旧地重过，每生惆怅。况十年往事，潮上心头，古柳危亭，处处皆怀陈迹。以下若即咏怀人，便少回旋之地。‘凉飔’五句从空际著笔，写临江风景，所谓情景两得也。下阕追忆别时，临歧千万语，只赢得青眸回盼。偶忆分瓜往事，细细写来，见馀情之犹恋。后幅梦魂不到，清酹慵斟，但闻夜雨蛩声，洒一襟残泪耳。哀而不伤，自成雅调。”②此词的总体印象，当如陈廷焯所说：“遣词大雅，一片绮罗香泽之态。”③陈洵又指出：

“眼波回盼”，是将去时之客。“素骨凝冰，柔葱蘸雪”，是未去时之客。“犹忆分瓜深意”，别后始觉不祥，极幽抑怨断之致，岂其人于此时已有去志乎。“清尊未洗”，此愁酒不能消。“凉飔”句是领下，此句是煞上。“行云”句著一“湿”字，藏行雨在内。言朝来相思，至暮无梦也。梦窗运典隐僻，如诗家之玉溪，“乱蛩疏雨”，所

① 刘永济《微睇室说词》第103页。

② 俞陛云《唐五代两宋词选释》第493页。

③ 陈廷焯《词则·闲情集》卷二，第920页，上海古籍出版社1984年手稿影印。

谓"漫沾残泪"。①

刘永济更详言其使事运典与抒发感情的关系：

首句"桃叶"、"西陵"，皆指旧欢之人之地。"桃叶"本王献之妾……"西陵"则用《苏小小歌》……"烛暗送客"，用《史记·淳于髡传》……梦窗以淳于髡自比，客则同游宴之友也……陈洵说此词，"送客"为送去妾，非也。"眼波"二句正写留髡之人之美。"素骨"三句，又即此人剖瓜同吃之事。与周邦彦《少年游》词"纤手破新橙"同是写小小情节以点染一时情趣之语。②

再如《澡兰香》(林钟羽，淮安重午)：

盘丝系腕，巧篆垂簪，玉隐绀纱睡觉。银瓶露井，彩箑云窗，往事少年依约。为当时、曾写榴裙，伤心红绡褪萼。黍梦光阴渐老，汀洲烟蒻。　莫唱江南古调，怨抑难招，楚江沈魄。薰风燕乳，暗雨梅黄，午镜澡兰帘幕。念秦楼、也拟人归，应翦菖蒲自酌。但怅望、一缕新蟾，随人天角。

全首确实是"笔端幽艳，如古锦烂然"。③ 刘永济结合事典及风俗出处，言其词意甚确：

"盘丝"，《荆楚岁时记》："五月五日以五彩丝系臂名辟兵，一名长命缕。""巧篆"，《抱朴子》："午日朱书赤灵

① 陈洵《海绡说词》，《词话丛编》第 4847 页。

② 刘永济《微睇室说词》第 103 页。

③ 先著、程洪《词洁辑评》卷五，《词话丛编》第 1368 页。

符著心前以辟兵疫百病。"今日"垂簪",则是戴之头上也。"玉隐"句言玉肌之人睡于绀色纱帐中也。此三句皆指当年旧事。"银瓶"二句言唐、宋时风俗。李贺《五月乐词》有"井汲铅华水,扇织鸳鸯纹",即其事。"为当时"二句今昔之感,上句昔日之事,下句今日之情。"榴裙",切午日,苏轼有"石榴半吐红巾蹙"句,以榴花比红巾,此则以比红裙。"写榴裙"暗用王献之书羊欣裙事,是古人有书裙之习。"红绡褪萼"即就榴花说。曰"伤心"者,伤其"褪萼"也。过拍又从己亦老去,觉往事如一梦也。《枕中记》谓吕翁予卢生枕,梦中历尽一生荣辱而醒,翁方炊黄粱未熟也。"黍梦"用此。换头用招屈故事切重午。"江南古调",《楚辞·招魂》有"魂兮归来哀江南"句也。"熏风"二句为今日重午景物。"澡兰"用《大戴礼》"五月五日,蓄兰沐浴"事。"念秦楼"二句不言己之怀归,而以家人望己归说,己怀归之情自见。"翦菖蒲"酌酒,亦重午故事……①

五 仙思鬼境 即事寄兴

杜牧论李贺诗有云:"……瓦棺篆鼎,不足为其古也;时花美女,不足为其色也;荒国陊殿,梗莽邱垄,不足为其恨怨悲愁也;鲸呿鳌掷,牛鬼蛇神,不足为其虚荒诞幻也。"②而李商隐则除了善写爱情的深婉缠绵外,其著名的无题诗又颇多言外的寄托。吴文英之所以被认为是词中的玉溪、长吉,应

① 刘永济《微睇室说词》第96—97页。

② 杜牧《李贺集序》,杜牧著,陈允吉校点《樊川文集》卷十,第149页,上海古籍出版社1978年版。

是与上面所说的特点相近。

第一、真幻交织。

陈廷焯论词重沈郁，尚雅调，特拈出梦窗俚词，以为不雅，但却道出梦窗“用意造句，仙思鬼境，两穷其妙”，而这正是李贺的特点。陈廷焯云：

> 梦窗《赋女髑髅》(调《思佳客》)云：“钗燕拢云睡起时。隔墙折得杏花枝。青春半面妆如画，细雨三更花欲飞。情轻爱别旧相知。断肠青冢几斜晖。乱红一任风吹起，结习空时不点衣。”又《题华山女道士扇》(调《蝶恋花》)云：“北斗秋横云髻影。莺羽衣轻，腰减青丝剩(俗字俗句)。一曲游山闻玉磬，月华深处人初定。十二阑干和笑凭。风露生寒，人在莲花顶。睡重不知残酒醒。层城几度啼鸦瞑。”又《题藕花洲尼扇》(调《醉落魄》)云：“春温红玉，纤衣学剪娇鸦绿。夜香烧短银屏烛。偷掷金钱，重把寸心卜。(此三句亦平常浅俗，意虽非恶劣，究属疲庸，不谓梦窗蹈之。)翠深不碍鸳鸯宿。《采菱》谁记当时曲。青山南畔红云北。一叶波心，明灭淡妆束。”此类命题，皆不大雅。金应珪抉词中三蔽，似此亦在俚词之列，故为皋文所不取。然用意造句，仙思鬼境，两穷其妙。余录入《闲情集》中，不忍没古人之美也。①

兹举梦窗“仙思鬼境”一例。《浣溪沙》：

① 陈廷焯注，屈兴国校注《白雨斋词话足本校注》卷二，第156页，齐鲁书社1983年版。

门隔花深梦旧游。夕阳无语燕归愁。玉纤香动小帘钩。　　落絮无声春堕泪，行云有影月含羞。东风临夜冷于秋。

此词写梦，再回到现实，意象极其凄美。陈洵云：

"梦"字点出所见，惟夕阳归燕。"玉纤香动"，则可闻而不可见矣。是真是幻，传神阿堵，门隔花深故也。"春堕泪"为怀人，"月含羞"因隔面，义兼比兴。东风临夜，回睇夕阳，俯仰之间，已为陈迹，即一梦亦有变迁矣。"秋"字不是虚拟，有事实在，即起句之旧游也。秋去春来，又换一番世界，一"冷"字可思。此篇全从张子澄"别梦依依到谢家"一诗化出，须看其游思缥缈，缠绵往复处。[①]

再如"斗草溪根，沙印小莲步"(《祝英台近》)，"黄蜂频扑秋千索，有当时、纤手香凝"(《风入松》)，"离骨渐尘桥下水，到头难灭景中情"(《定风波》)，"时靸双鸳响，廊叶秋声"(《八声甘州》)等，其中多有真幻交织，属于"用意造句，仙思鬼境，两穷其妙"一类。

第二、言外寄慨。

李商隐诗，常有如纪文达所说的"感事托讽，运意深曲"[②]，沈德潜认为之所以如此，是因为"义山近体，襞绩重重，长于讽喻。中多借题摅抱，遭时之变，不得不隐也。"[③]梦窗词

① 陈洵《海绡说词》，《词话丛编》第 4849 页。

② 见朱庭珍《筱园诗话》卷一，郭绍虞编选，富寿荪校点《清诗话续编》第 2348 页，上海古籍出版社 1983 年版。

③ 沈德潜《说诗晬语》卷上，《原诗 · 一瓢诗话 · 说诗晬语》第 217 页，人民文学出版社 1979 年版。

之似于义山诗，亦在于言外寄慨，却出之温婉。如《贺新郎》（陪履斋先生沧浪看梅）：

乔木生云气。访中兴、英雄陈迹，暗追前事。战舰东风悭借便，梦断神州故里。旋小筑、吴宫闲地。华表月明归夜鹤，叹当时、花竹今如此。枝上露，溅清泪。遨头小簇行春队。步苍苔、寻幽别坞，问梅开未。重唱梅边新度曲，催发寒梢冻蕊。此心与、东君同意。后不如今今非昔，两无言、相对沧浪水。怀此恨，寄残醉。

刘永济言其创作背景："……南宋自理宗赵昀端平元年约元兵灭金后，复背约出兵北伐，连年为元兵所侵，国势日绌。吴潜主和主守而朝廷不省，卒以致亡。"①"追忆'英雄陈迹'，言当年尚可图恢复，今则国力日衰矣，恐后必更不如今也。言外有惜履斋和守之计不行，国家有危亡之惧意。此时此际，一念及此，但与履斋相对无言，但观沧浪之水，发思古之情而已。"②陈廷焯则在比较中肯定其温婉："激烈语，偏写得温婉。若文及翁之'借问孤山林处士，但掉头，笑指梅花蕊。天下事，可知矣'不免有张眉怒目之态。"③

又如《高阳台》（丰乐楼分韵得如字）：

修竹凝妆，垂杨驻马，凭阑浅画成图。山色谁题，楼前有雁斜书。东风紧送斜阳下，弄旧寒、晚酒醒馀。自销凝，能几花前，顿老相如。　　伤春不在高楼上，在灯前欹枕，

① 刘永济《微睇室说词》第24页。
② 刘永济《微睇室说词》第25页。
③ 陈廷焯《词则・大雅集》卷三，第123页。

雨外熏炉。怕舣游船，临流可奈清臞。飞红若到西湖底，搅翠澜、总是愁鱼。莫重来，吹尽香绵，泪满平芜。

陈洵作了逐句托意的笺释：

"浅画成图"，半壁偏安也。"山色谁题"，无与托国者。"东风紧送"，则危急极矣。"凝妆""驻马"，依然欢会。酒醒人老，偏念旧寒，灯前雨外，不禁伤春矣。"愁鱼"，殃及池鱼之意。"泪满平芜"，则城邑丘墟，高楼何有焉。故曰"伤春不在高楼上"，是吴词之极沉痛者。①

刘永济虽以为句句比附以求不妥，却仍认为：

此词写登高眺远，感今伤昔，满腔悲慨。作者触景而生之情，绝非专为一己，盖有身世之感焉。以身言则美人迟暮也，以世言则国势日危也。大有"举目有河山之异"之叹。②

再如前引的《三姝媚》（过都城旧居有感），刘永济《微睇室说词》云："今细读此词，确有感于昔盛今衰，但未必是国亡后作。考南宋当理、度二宗之时，外患日深，国力日弱，而贾似道一味蒙蔽，以败为捷，虽朝廷信之，有志之士固已有国亡无日之惧。梦窗素怀忧国之心，前录数词可见，然而无权无位，徒托空言，其一种苦闷之况，不难想见。加以曾客贵盛之门，久预宴游之乐，今当暮年，遇此危乱，其伤感年岁，怀念旧

① 陈洵《海绡说词》，《词话丛编》第 4851 页。

② 刘永济《微睇室说词》第 30 页。

游，自非止一身之事，固无疑问。至文人抒情，术亦多门，有时即一小景物、小事件，而包蕴甚广。此词题曰‘过都城旧居有感’，盖亦即小事而发兴。旧来里曲，景象全非，此际都城，凋敝何如，故不必指实国亡，而亡国之惧，固已充满字里行间矣。”①“旧日游乐之地，转瞬荒凉，则今日都城，亦远非昔时繁盛可知。因小见大，国事日非，兵祸连结，御侮无人，危亡可念，俱在其中矣。但此意只可从言外得之，不可一一指为托词。”②虽作期难定，寄意难断，但“即小事而发兴”，言外有寄，身世之感与家国之慨合为一体，当是玉溪长技之沿用。

以上两点之外，又如玉溪之长于律诗，梦窗词对格律的推敲亦为人所称道。此处仅举万树《词律》论梦窗的《惜黄花慢》“送客吴皋”一例：“梦窗词，七宝楼台，拆下不成片段，然其用字精审处，严确可爱。如此调有二首，其所用正、试、夜、望、背、渐、翠、念、瘦、旧、系、凤、怅、送、醉、载、素、梦、翠。怨、料诸去声字，两篇皆相合。律吕之学，必有不可假借如此。”③梦窗词之精审守律可知。

郑骞《成府谈词》曾论吴文英出现的必然性：“梦窗词为倚声变调，梦窗以前，未有如是雕琢者。凡一种文体至极盛将衰之时，多以雕镂刻画为工。词至南宋末年，已渐老熟，正合有此一格，以结三百馀年之局。”④梦窗是南宋词发展至“精能”的主要代表，其词字句藻绘富艳，格律精工，写人情物态穷极工巧，长于比、深于兴，用典博丽，使事僻远，皆为继承、发展清真之处，且为此前所难到；但是，其长处可见，缺点也毋庸讳言：因为“潜气”会转于晦涩，绵密易入于堆垛；藻绘太

① 刘永济《微睇室说词》第 31 页。

② 刘永济《微睇室说词》第 32 页。

③ 万树《词律》卷十，第 249 页，上海古籍出版社 1984 年版。

④ 郑骞《成府谈词》，《词学》第十辑，第 155 页。

甚反而淹没了真情；对字句研炼太过，难免有刻削之弊；由于内容的限制，更有文秀质羸之感，而成为“狭而深”的典型。“篇篇长吉，阅者生厌；篇篇梦窗，亦难悦目。”[①]生活面小、题材狭窄，确实带来了致命的弊病，使之无法与苏、辛并驾，亦如长吉、玉溪，可为诗中一格，却难以与李杜相并。虽历来为梦窗词辩护者不少，晚清时更是学之成风，然而平心而论，以词之倚声而作，藉歌女之口传唱，自应是主声、主情，以明快易懂为宜，梦窗虽知音识律，非不知此理，却因烹炼研磨太甚，以致形成非止是因声而听的障碍，甚而是以目阅读的困难，张炎所讥并非无由。况周颐认为：“近人学梦窗，辄从密处入手。梦窗密处，能令无数丽字，一一生动飞舞，如万花为春，非若雕璚蹙绣，毫无生气也。如何能运动无数丽字？恃聪明，尤恃魄力。如何能有魄力？唯厚乃有魄力。梦窗密处易学，厚处难学。”[②]而实际上梦窗确实是厚处难学，而学之则常落雕琢之病，这应与梦窗词自身所具之病有关。周曾锦说：“白石道人《诗说》有云，雕琢伤气。予谓非第说诗而已，惟词亦然。梦窗诸公，恐正不免此。”[③]又云：“玉田于梦窗颇致不满，不但‘七宝楼台’之喻而已。梦窗‘何处合成愁’一阕，在梦窗为别调，而玉田亟称之，他词不如是也。以此取梦窗，则其所不取者可知矣。平心论之，梦窗雕琢太过，致多晦涩，实是一病，固不必曲为之讳也。”[④]此说应是公允的看法。

三

王沂孙（生卒年不详），字圣与，号碧山，又号中仙、玉笥

① 孙麟趾《词径》，《词话丛编》第2553页。
② 况周颐《蕙风词话》卷二，《蕙风词话·广蕙风词话》第33页。
③ 周曾锦《卧庐词话》，《词话丛编》第4653页。
④ 周曾锦《卧庐词话》，《词话丛编》第4651页。

山人，会稽（今浙江绍兴）人。入元，于至元中曾为庆元路学正。有词集《花外集》，又名《碧山乐府》。

王沂孙是歧见较多的词人。朱彝尊《词综》对其未作褒贬："王圣与又号碧山，《碧山乐府》又名《花外集》。词皆春水、秋声、新月、落叶、物情之句，往往止有赠方秋崖、周公谨数阕，而曼声为多。"[①]其《乐府补题序》以之与张炎"大率皆宋末隐君子"[②]。清代的词论家对碧山词都评价甚高，最为称道的就是词中的"君国之忧"。尤其陈廷焯，更将碧山推为"词坛三绝"之一："词法之密，无过清真。词格之高，无过白石。词味之厚，无过碧山。词坛三绝也。"[③]甚至认为："以碧山较之，觉白石犹有未能免俗处。"[④]他认为王沂孙可与诗圣杜甫相拟：

> 少陵每饭不忘君国，碧山亦然。然两人负质不同，所处时势又不同。少陵负沈雄博大之才，正值唐室中兴之际，故其为诗也悲以壮。碧山以和平中正之音，却值宋室败亡之后，故其为词也哀以思。推而至于《国风》、《离骚》则一也。[⑤]

受传统的知人论世说影响，现代以来，对王沂孙的价值判断也出现了不同意见。刘毓盘感觉到对其出处认定的困难："《延祐四明志》曰：至元中，官庆元路正。与《乐府补题》宋遗民之说不合。周密赠以《踏莎行》词，有'清平梦远沉香北'句。张

---

① 转引自沈雄《古今词话·词评》卷上，《词话丛编》第1011页。
② 朱彝尊《曝书亭集》卷三六，四部丛刊本。
③ 陈廷焯著，屈兴国校注《白雨斋词话足本校注》卷二，第175页。
④ 陈廷焯著，屈兴国校注《白雨斋词话足本校注》卷二，第176页。
⑤ 陈廷焯著，屈兴国校注《白雨斋词话足本校注》卷二，第194—195页。

炎悼以《洞仙歌》词，有‘门自掩、柳发离离如此’句。似生平未尝一出也。”[①]而胡适却一反清人之见，就王沂孙的仕元而否定其词：“清代的词人张惠言、周济等皆极推崇王沂孙……其实我们细看今本《碧山词》，实在不足取。咏物诸词至多不过是晦涩的灯谜，没有文学的价值。张惠言、周济等用汉儒说《三百篇》的方法去看宋人的咏物词，刻意求微言大义，故觉得碧山咏物的词多君国之忧，黍离之感……王沂孙曾做元朝的官，算不得什么遗民遗老。张炎挽他的词说：‘蝴蝶一生花里，想如今醉魂未醒，夜台梦语秋声碎。’这样一只花蝴蝶，遭际亡国之变，有点感慨，如《高阳台》一词所表示，那是很自然的。我们正不必去深求什么微言大义。”[②]胡云翼也认为：“王沂孙是宋末失节的词人之一，这就注定了他的词不可能像杜甫那么深切地‘感时伤世’。”[③]其实，若以王沂孙出为学正之为仕元，从而将他逐出宋遗民之列，并执此而訾议，否认其家国时世之悲慨，未免太简单粗暴。诚然，《延祐四明志》为王沂孙同时代人袁桷所撰，当为可信，但清代著名学者全祖望曾论及王应麟被召为山长事，认为“山长，非命官，无所屈也”，以山长、学正俱为司儒之职，与厕立伪朝者不同。因而就难怪吴则虞谓胡适“彼昏不知，直斥为降志事仇”[④]了。

王沂孙才秀人微，姓氏不著于史乘，诗文尽佚，仅存词六十馀首。其词集名《花外集》，是有意区别于《花间集》，他的创作态度是严肃的，“花蝴蝶”作“花外”词，于情理不通，这一“雅谥”也为碧山所不受。

---

① 刘毓盘《词史》第119页，上海书店1985年影印本。

② 胡适《词选》第317页，中华书局2007年版。

③ 胡云翼《宋词选》第438—439页，上海古籍出版社1978年版。

④ 吴则虞《词人王沂孙事迹考略》，《文学遗产增刊》第七辑第145页，中华书局1959年版。

一 气清笔超 吐韵妍和

不少论家都将王沂孙视作姜夔一派。如李调元以王沂孙、张炎为学白石之佳者，摘句而论，以“韵胜”取碧山：“其词以韵胜，如《琐窗寒》起句云：‘趁酒梨花，催诗柳絮，一窗春怨。’末句云：‘夜月荼蘼院。’皆倩丽宜人。”“韵”者何义？王士禛所释甚确：“格谓品格，韵谓风神”①，其又一主要含义即范温所说的“有馀意之谓韵”②。因此，碧山词之“以韵胜”，即既有“馀意”、又如李调元所说的“倩丽宜人”之“风神”。李调元以外，陈廷焯亦云：“碧山词自是取法白石，风流潇洒，如春云秋月。令人爱不忍释手。”③“风流潇洒，如春云秋月”即碧山“韵胜”的表现。戈载循迹白石以论碧山，以“吐韵妍和”取之，并益之以意远、气清、笔超：

> 要其词笔，洵是不凡。予尝谓白石之词，空前绝后，匪特无可比肩，抑且无从入手。而能学之者，则惟中仙。其词运意高远，吐韵妍和。其气清，故无沾滞之音；其笔超，故有宕往之趣。是真白石之入室弟子也。④

王沂孙之词确实具有以上所说的艺术特点。且看其《醉落魄》：

> 小窗银烛。轻鬟半拥钗横玉。数声春调清真曲。

---

① 王士禛《诗友诗传续录》，《清诗话》第 154 页，上海古籍出版社 1978 年版。

② 转引自《管锥编(四)》第 247 页。关于“韵”的由来及含义，可参拙著《中国绘画思想史》第 233—236 页，贵州人民出版社 2001 年版。

③ 陈廷焯《云韶集》卷九，转引自《白雨斋词话足本校注》卷二，第 174 页。

④ 戈载《王圣与词选跋》，《词籍序跋萃编》第383 页。

拂拂朱帘，残影乱红扑。　　垂杨学画蛾眉绿。年年芳草迷金谷。如今休把佳期卜。一掬春情，斜月杏花屋。

陈廷焯以之“婉丽中见幽怨”，并猜测其“殆亦借题言志耶？”[①]其实此词上片写闻歌，小窗银烛，轻鬟钗玉，朱帘残影，构成了极其温馨美妙的环境，所听者，则是遍传于青楼红袖的清真之词。下片写怀人，柳叶蛾眉，金谷芳草，却难卜归期，一掬春情，只在此间，斜月杏花，令人遥想伊人。上片为过去，美好的记忆已经“定格”，下片为今日，难期再会而只能怀想，并非另有寄托。此词写得轻灵秀丽，在时空的转换中抒发情怀，确是“吐韵妍和”，与李调元所说的“倩丽宜人”，陈廷焯所说的“风流潇洒，如春云秋月”甚合。

碧山《长亭怨》(重过中庵故园)一词，是感怀旧游之作：

泛孤艇、东皋过遍。尚记当日，绿荫门掩。屐齿莓阶，酒痕罗袖事何限。欲寻前迹，空惆怅、成秋苑。自约赏花人，别后总、风流云散。　　水远。怎知流水外，却是乱山尤远。天涯梦短。想忘了、绮疏雕槛。望不尽、苒苒斜阳，抚乔木、年华将晚。但数点红英，犹识西园凄婉。

此词如俞陛云所说：

上阕之意，人在颓垣废苑间易生惆怅，况赏花人远，陈迹重重，尽逐烟云而散，能不惘然！下阕承上别后而言，水远而山外尤远，有恨如春草、更远更生之意，见离

① 陈廷焯著，屈兴国校注《白雨斋词话足本校注》卷九，第705页。

情之无际。我念故人，恐故人忘我，正愁心缥缈之时，顾斜日而嗟逝景，抚乔木而惜年芳，四望寂寥，惟数点残花，尚伴人凄婉。后半词意愈转而愈悲，如闻江上琵琶，声声掩抑也。①

在艺术上，感情的跌宕与文笔的起伏有完满结合，叙事的直起与回忆的逆入相得益彰，且寓情于景，变实为虚，是深沉与空灵的统一。

王沂孙与周密有过唱酬，《高阳台》（和周草窗寄越中诸友韵）为和作，虽表亡国之感，亦不失其清雅妍和的风致：

残雪庭阴，轻寒帘影，霏霏玉管春葭。小帖金泥，不知春在谁家。相思一夜窗前梦，奈个人、水隔天遮。但凄然，满树幽香，满地横斜。　　江南自是离愁苦，况游骢古道，归雁平沙。怎得银笺，殷勤与说年华。如今处处生芳草，纵凭高、不见天涯。更消他，几度东风，几度飞花。

词中善于化用前人诗句、意境，情景交融，极具清雅之美。怀人之意出以缠绵之笔，如陈廷焯所说："无限哀感，一片热肠，反复低回，不能自已。"②谭献指出："'相思'句点逗清醒，换头又是一层勾勒。"③可见其章法之曲折顿挫，有宕往之致。

《齐天乐》（赠秋崖道人西归）则有显见的黍离之悲：

① 俞陛云《唐五代两宋词选释》第572页。
② 陈廷焯《词则·大雅集》卷四，第147页。
③ 谭献《谭评词辨》，黄苏、周济、谭献选评《清人选评词集三种》第168页。

冷烟残水山阴道，家家拥门黄叶。故里鱼肥，初寒雁落，孤艇将归时节。江南恨切。问还与何人，共歌新阕。换尽秋芳，想渠西子更愁绝。　　当时无限旧事，叹繁华似梦，如今休说。短褐临流，幽怀倚石，山色重逢都别。江云冻结。算只有梅花，尚堪攀折。寄取相思，一枝和夜雪。

陈廷焯论道："'冷烟残水山阴道，家家拥门黄叶。'一起令人魂销。又云：'换尽秋芳，想渠西子更愁绝'，亦不堪多诵。后叠云：'短褐临流，幽怀倚石，山色重逢都别。'《黍离》、《麦秀》之悲。'山色'六字，凄绝，惊绝！觉'国破山河在'，犹浅语也"，认为"玉田感伤处，亦自雅正，总不及碧山之厚"。①

以上二首，显为宋亡后所作，虽非风流潇洒，却悲凄而不见衰飒之气，皆合于戈载所说的气清笔超、运意高远、吐韵妍和，用语构词、经营意象亦不失为"倩丽宜人"。

王沂孙毕竟以咏物词著称，其所咏者，既有比兴寄托，又有单纯的咏物。先看其纯粹咏物者。如《露华》：

晚寒伫立，记铅轻黛浅，初认冰魂。绀罗衬玉，犹凝茸唾香痕。净洗妒春颜色，胜小红、临水湔裙。烟渡远，应怜旧曲，换叶移根。　　山中去年人到，怪月悄风轻，闲掩重门。琼肌瘦损，那堪燕子黄昏。几片故溪浮玉，似夜归、深雪前村。芳梦冷，双禽误宿粉云。

① 陈廷焯著，屈兴国校注《白雨斋词话足本校注》卷二，第189—190页。

陈廷焯以之“字字精炼，句句雅秀，无一毫纤小之态。”[1]俞陛云则云：“其下阕取径远而布势曲，无语不工，尤耐寻味。写溪上桃花，如三素仙姝，静夜向清波照影也。”[2]

《疏影》(咏梅影)：

> 琼妃卧月。任素裳瘦损，罗带重结。石径春寒，碧藓参差，相思曾步芳屧。离魂分破东风恨，又梦入、水孤云阔。算如今，也厌娉婷，带了一痕残雪。　　犹记冰奁半掩，冷枝画未就，归棹轻折。几度黄昏，忽到窗前，重想故人初别。苍虬欲卷涟漪去，慢蜕却、连环香骨。早又是，翠荫蒙茸，不似一枝清绝。

此词写梅影，可谓曲尽形容。起头四字，殊为新颖，以下亦人亦梅，“芳屧”有曹植《洛神赋》思致，“离魂”、“梦入”，“也厌娉婷”诸语，拟人而赋物以情。下片由折梅归去而回忆故人，“苍虬”、“蜕骨”当指梅花之陨落，而翠荫蒙茸，则感叹时光易去，惜花中有惜别之意。词中以一痕残雪写梅之时，以黄昏窗前状梅之影，苍虬欲卷，连环香骨，翠荫蒙茸，皆摹状传神、奇思妙想之笔。

以上二词，皆可见以清超之笔作回曲之想，确是气清韵和，无沾滞之音，有宕往之趣。

以碧山追白石，还因《花外集》亦有清疏之作，与白石之“清空”为近。如《摸鱼儿》(洗芳林)，邓廷桢以之为“通体一气卷舒，生香不断，鄱阳家法，斯为嗣音矣”。[3] 陈廷焯则认

---

① 陈廷焯《云韶集》，转引自王筱云《碧山词研究》第 185 页，南京出版社 1991 年版。

② 俞陛云《唐五代两宋词选释》第 581 页。

③ 邓廷桢《双砚斋词话》，《词话丛编》第 2532 页。

为:“《花外集》中,惟此篇最疏快。风骨稍低,情词却妙。”①李佳也有近似之见:“余谓词,最宜清空,一气转折,方足陶冶性灵。碧山《花外集》(摸鱼儿)‘洗芳林……’,不须雕琢自佳。”②

碧山的清疏之作不多,虽与其主体风格有异,却无悖于气清笔超、吐韵妍和的总评。

二 借物言志 赋情独深

王沂孙六十多首词中,咏物近三十首,在宋季词人中是很独特的。这些咏物词,张惠言认为“并有君国之忧”③,周济承其所说,亦云:“中仙最多故国之感,故著力不多,天分高绝,所谓意能尊体也。”近人刘永济认为:“情志之蓄愤益深,发而为言,婉而弥哀,放而弥痛。中仙、玉田之托物寓情,则其流也。”④中仙与玉田相较,前者更以“婉而弥哀”“托物寓情”的咏物词见长,其感情寄寓、政治喻托是通过比兴来实现的。

作为艺术手法,“比”的基本意义在于“取象”的以物比物;“兴”的基本意义则在于“发端”兼“取义”的借物寓意。《文心雕龙·比兴》对二者有很好的解释:

> 故比者,附也;兴者,起也。附理者切类以指事,起情者依微以拟议。起情故兴体以立,附理故比例以生。⑤
>
> 夫比之为义,取类不常:或喻于声,或方于貌,或拟

---

① 陈廷焯著,屈兴国校注《白雨斋词话足本校注》卷二,第191页。

② 李佳《左庵词话》卷上,《词话丛编》第3109页。

③ 张惠言《词选》卷二,第66页,中华书局1957年版。

④ 刘永济《词论》卷上,第57页。

⑤ 刘勰著,范文澜注《文心雕龙注》第601页,人民文学出版社1958年版。

于心，或譬于事。[1]

观夫兴之托谕，婉而成章，称名也小，取类也大。[2]

综上所言，“切类指事”和“依微拟议”，通过取类来比义，进而托谕，则比与兴可合而言之了。因而，刘勰又将比兴作为一个完整的概念，并说：

诗人比兴，触物圆览。物虽胡越，合则肝胆。拟容取心，断辞必敢。[3]

刘勰所谓“拟容取心”，就是以通过描摹、拟取物象，来表达所摄取的事理、情志。这样一来，“比兴”就与“寄托”紧密结合，且几成同义词了。

然而，“拟容取心”的比兴，是属于通过“拟”、“取”而借物言志的寄托，因而人们多对此着眼于与政教（家国）、怀抱（个人）相关的“志”。如谢章铤说：“香草美人，《离骚》半多寄托。朝云暮雨，宋玉最善微言。识曲得真，是在逆志。因噎废食，宁复知音？”[4]近人吴梅更明言道：“所谓寄托者，盖借物言志，以抒其忠爱绸缪之旨。三百篇之比兴，《离骚》之香草美人，皆此意也。”[5]

值得注意的是，以上这样理解“寄托”，还不能说是完整的。这在于刘勰自己在论比兴时，就未能讲明兴义，以致后人在由比兴而论寄托时，也带上了这种先天性的缺陷。黄侃《文心雕龙札记》极敏锐地看到、论到这点：

---

① 刘勰著，范文澜注《文心雕龙注》第 602 页。
② 刘勰著，范文澜注《文心雕龙注》第 601 页。
③ 刘勰著，范文澜注《文心雕龙注》第 603 页。
④ 谢章铤《赌棋山庄词话》卷四，《词话丛编》第 3367 页。
⑤ 吴梅《词学通论》第 3 页，上海古籍出版社 2006 年版。

题云比兴，实侧注论比，盖以兴义罕用，故难得而繁称。原夫兴之为用，触物以起情，节取以托意，故有物同而感异者，亦有事异而情同者，循省六诗，可推举也。①

黄氏举《诗经》诸例，以明“物同而感异”与“事异而情同”，其实都是分析其政治喻托。但黄氏前论兴之为用，从“触物以起情，节取以托意”两端而言，后又以“取义差在毫厘，会情在乎幽隐”以应之。这样，在借物言志之外，又作了“起情”、“会情”的重要补充，使“寄托”成为完整的概念。

词与生俱来即以“缘情”而有别于“言志”之诗，且后人所论，又以“意内言外”为“词教”，因此词之寄托所别于诗者，深微幽隐之外，当为用情之深。周济所论的“非寄托不入，专寄托不出”，就看到“情”作为内驱力的作用：

赋情独深，逐境必寤，酝酿日久，冥发妄中，虽铺叙平淡，摹缋浅近，而万感横集，五中无主。②

况周颐《词学讲义》在论及“意内言外”时，就“无寄托出”作进一步发挥：

所贵乎寄托者，触发乎弗克自已，流露于不自知，吾为是词而所寄托者出焉，非因寄托而为是词也。③

况氏所言“触发乎弗克自已”，其实即周氏“赋情独深”之

① 黄侃《文心雕龙札记》第210页。

② 周济《宋四家词选目录序论》，《介存斋论词杂著·复堂词话·蒿庵论词》第12页。

③ 况周颐《词学讲义》，《蕙风词话·广蕙风词话》第153页。

注脚,“流露于不自知”亦与“逐境必寤”近。二氏所论,道出了情的作用,情深则能储兴而成,触物而作,虽有托意而非强为,造就“能出”之境。

明了“义”、“情”二端,兼顾“借物言志”与“赋情独深”,才能论碧山词之寄托。

碧山咏物之作,有的显以抒情见长。如《一萼红》(丙午春赤城山中题花光卷):

> 玉婵娟。甚春馀雪尽,犹未跨青鸾。疏萼无香,柔条独秀,应恨流落人间。记曾照、黄昏淡月,渐瘦影、移上小栏干。一点清魂,半枝空色,芳意班班。 重省嫩寒清晓,过断桥流水,问信孤山。冰粟微销,尘衣不浣,相见还误轻攀。未须讶、东南倦客,掩铅泪、看了又重看。故国吴天树老,雨过风残。

花光即华光长老仲仁,善以墨韵作梅花,扬无咎为入室弟子,改为淡墨白描。此词因丙午年(1306)在赤城山得睹华光梅花手卷而作,此时距宋亡已二十多年,但王沂孙仍难掩内心悲痛,藉词而发抒之。此词上片题梅花手卷,下片“问信孤山”是借孤山梅花系心故都宗国,而“东南倦客,掩铅泪、看了又重看”则明言自己的深情,最后的“故国吴天树老,雨过风残”感慨难尽。词因画而题,题而抒发故国之情,虽“身世之感,君国之恨,一一可见”①,却是因物而生情,而非借物以寄情,属单纯的“赋情独深”。

《扫花游》(秋声)亦为此类:

① 陈廷焯著,屈兴国校注《白雨斋词话足本校注》卷二,第192页。

商飙乍发，渐淅淅初闻，萧萧还住。顿惊倦旅。背青灯吊影，起吟愁赋。断续无凭，试立荒庭听取。在何许。但落叶满阶，惟有高树。　　迢递归梦阻。正老耳难禁，病怀凄楚。故山院宇。想边鸿孤唳，砌蛩私语。数点相和，更著芭蕉细雨。避无处。这闲愁、夜深尤苦。

此词抒发因羁旅中闻秋声引起的凄情，“前半檃括永叔《秋声赋》，后半则自写身世飘零之感。”①愁情因秋声自然而生，虽咏物却非借而抒情言志，仍见“赋情独深”的特点。

碧山咏物词更多的、也最见其创作个性的，是那些因“赋情独深”而“逐境必寤，酝酿日久”，遂托物而作，或借物以抒情，或借物以言志之作。如《水龙吟》（落叶）多有自己的身世之感：

晓霜初著青林，望中故国凄凉早。萧萧渐积，纷纷犹坠，门荒径悄。渭水风生，洞庭波起，几番秋杪。想重厓半没，千峰尽出，山中路、无人到。　　前度题红杳杳。溯宫沟、暗流空绕。啼螀未歇，飞鸿欲过，此时怀抱。乱影翻窗，碎声敲砌，愁人多少。望吾庐甚处，只应今夜，满庭谁扫。

由词中“望中故国”及“望吾庐甚处”见，作者当在他乡。因客居在外，见寒霜初降，落叶纷纷，触发出一腔秋情，可谓自然。词中的“渭水风生”是否忆及朋友，“洞庭波起”是否思念所爱，无法证以本事，但下片的“题红”似涉后者，“飞鸿”又似有传书友朋之意。即使不管其义之所指，而“山中路，无人

① 陈廷焯《词则·大雅集》卷四，第145页。

到”却是故家难回，故人难见，纵不言“望吾庐甚处”，也会为这“乱影翻窗，碎声敲砌”的落叶生愁了。陈廷焯所说的“匡山之慨”难以指实，悯时伤乱之旨却不难味之，“前度题红杳杳，溯宫沟、暗流空绕”数句，借范摅《云溪友议》载卢渥临御沟得宫女题诗之红叶一事，以抒旧日美好情事不堪追忆之感，因而就叶落悲秋而再兴红叶题诗之憾，寄寓身世之悲当是词中之重。

又如《绮罗春》（红叶）“玉杵馀丹”。诚然，词中“流水荒沟”、“秋苑斜阳”未尝不可看成以状故国，但作为题咏红叶的完整形象，则无疑是由红叶而触发出的身世之慨。起三句谓裴航成仙后遗下玉杵余丹，李后主绘画后剩下之色彩，将吴江孤枫重染，使之猩红如血。接着说，红叶并不长久，正如美人红颜易凋一样，“怨啼秋暮”使脂粉飘落，虽绛唇微注，风韵犹存，然绿鬓轻凋，毕竟徐娘已老，而“旧梦”与“新恨”，又岂非产生在今昔的境遇变化中？上语三句承上旧梦、新恨、自伤迟暮之“退”，“进”而以经新霜而色愈红，犹堪怜、招妒以自况。换头紧承上意，纵摇落渐少，西风老色，尚要争妍，此处赞美红叶亦是自赞。“二月残花”二句化用杜牧《山行》诗意。“重认取”数句，融化了红叶题诗的典故，人世沧桑的感慨中，将身世之叹织入于时世之感，倍觉深厚。最后以景语情，有馀不尽之中更觉凄婉哀怨。此词之成，显是作者酝酿日久之情，适触之于红叶，借而发之，咏物之中，使人有事异而情同之感。

以上两阕，虽为咏物，却又抒情，由于是触物兴感，自然而生，愁思混茫之中，虽难以指实托意，但环绕落叶与红叶，却构成完整的形象和意境，可见作者面目，体味其身世之悲。在另一些作品中，虽也是触物兴感，但所兴者却侧重在家国之慨。如《水龙吟》（牡丹）：

晓寒慵揭珠帘，牡丹院落花开未。玉栏干畔，柳丝一把，和风半倚。国色微酣，天香乍染，扶春不起。自真妃舞罢，谪仙赋后，繁华梦、如流水。　池馆家家芳事。记当时、买栽无地。争如一朵，幽人独对，水边竹际。把酒花前，剩拚醉了，醒来还醉。怕洛中、春色匆匆，又入杜鹃声里。

此阕写春，却仍浸染悲愁，因在抒发惜春之情中别有怀抱。起二句，写晨起时即关心院中牡丹是否已开。“玉栏”三句，既以院中玉栏、绿柳、和风映衬牡丹之鲜妍，又令人有“沉香亭北倚栏干”之想。“国色”三句正面写牡丹形象，以“微酣”、“乍染”写出初开之状，为传神之笔。但作者并不从初开而想其盛开之繁艳，却掉转而跌落：“自真妃舞罢，谪仙赋后，繁华梦、如流水。”当年唐明皇赏牡丹而对妃子，李白作《清平调》援笔立就，但乐极生悲，“渔洋鼙鼓动地来，惊破霓裳羽衣曲”，一代繁华即付逝水。过片转写“家家芳事”，在人人皆喜牡丹的风气中，竟然“买栽无地”。与其如此繁盛，还不如生在水边竹际，与幽人相对，伴之饮酒，伴之醒醉。最后三句由牡丹而想到最盛此花的洛中，以萧条冷落之笔，写出盛时难久，繁华易逝。我们虽不知此词作于何时，但从“真妃舞罢”，“繁华梦，如流水”及“怕洛中、春色匆匆，又入杜鹃声里”等句看，似当在宋亡之前，因此，与其说是向统治者示警，还不如说是以敏感的心灵发为谶语。在牡丹初开之时，不写对盛时富艳的向往，却担心春色难久，这正是国势日下之时的自然感慨，触于不自知，发于不能已，不是身世之感，而是家国之慨。

又如《眉妩》(新月)：

渐新痕悬柳，澹彩穿花，依约破初暝。便有团圆意，深深拜，相逢谁在香径。画眉未稳，料素娥、犹带离恨。最堪爱、一曲银钩小，宝帘挂秋冷。　千古盈亏休问。叹慢磨玉斧,难补金镜。太液池犹在,凄凉处、何人重赋清景。故山夜永。试待他、窥户端正。看云外山河,还老尽、桂花影。

张惠言认为此词“喜君有恢复之志,而惜无贤臣也”。[①]道出了宋廷尚未完全覆亡的时代特点,联系词意看,是可信的。首三句以“渐”字领,写新月缓缓升起。新月虽新,但已有团圆端倪,“深深拜”三字则传递出殷切盼望团圆之情。“画眉未稳”承新月而实写,“素娥”、“离恨”则暗用李商隐《嫦娥》诗,逐渐关合人间憾事。接着又回到新月题面,以“银钩”挂“宝帘”赋之。下片明显转出托意:玉斧难补金镜,则金瓯尚缺;河山难以整治,太液池虽在,清景谁赋?昔日“太液池边看月时,好风吹动万年枝”(宋·卢多逊《新月应制》),如今故宫凄凉,池苑荒废,长夜漫漫,盛衰对照,哀感难驱。虽月圆可得,但国土沦丧,老尽桂影,真使人憾恨无穷。

牡丹的盛衰,月亮的圆缺,本身就易于引起对国势、人世变化的联想,触物而兴感,可谓极其自然。至于作者将这种感触写入词中,则是一个逆向的“节取以托意”的过程。读者从文字的昭示中,能通过“事异而情同”的联想,感受到寄托其中的思想意蕴,知人论世,循迹以求,无论是身世之悲还是家国之慨,都不难看到。

但是,碧山咏物词的主流,且最为人称道的是借物言志、以寓家国之慨的作品。如周济就称道“中仙最多故国之感”[②],陈廷焯则云:“碧山咏物诸篇,固是君国之忧。时时寄托,却无一笔犯复,字字贴切故也。”[③]“时时寄托”、“字字贴

① 张惠言《词选》卷二,第 66 页。

② 周济《介存斋论词杂著》,《介存斋论词杂著·复堂词话·蒿庵论词》第 9 页。

③ 陈廷焯著,屈兴国校注《白雨斋词话足本校注》卷二,第179 页。

切”正是这类借物言志、切类指事之作的特点。读此类作品，有别于前面触物兴感诸例。陈廷焯指出了其中关键：

> 《词选》云：“碧山咏物诸篇，并有君国之忧。”自是确论。读碧山词者，不得不兼时势言之，亦是定理。或谓不宜附会穿凿，此特老生常谈，知其一不知其二。古人诗词，有不容穿凿者，有必须考镜者，明眼人自能辨之。[①]

我们不妨“兼时势言之”，考察碧山所作。这类作品中最值得注意的就是《乐府补题》诸篇。宋端宗景炎三年(1278)，胡僧杨琏真伽发会稽宋帝后六陵，暴尸弃骨。次年，周密、王沂孙、李彭老、张炎、仇远、唐珏、王易简等十四人，分咏龙涎香、白莲、莼、蝉、蟹诸题，编为《乐府补题》。厉鹗《论词绝句》写道：“头白遗民涕不禁，补题风物在山阴。残蝉身世香莼兴，一片冬青冢畔心。”以冬青故事说“补题”，虽仅指唐珏一人，但实际上是以之为寄托亡国之痛的集体之作。夏承焘先生爰寻诸书，详作考证，认为“王、唐诸子，丁桑海之会，国族沦胥之痛，为自来词家所未有；宋人咏物之词，至此编乃别有其深衷新义”。[②]《乐府补题》所咏物凡五，结合宋陵被发事，夏先生认为“大抵龙涎香、莼、蟹以指宋帝，蝉与白莲则托喻后妃”[③]。近年来词学界对杨髡发陵与《乐府补题》的关系另有考证，笔者无意介入讨论，故不论碧山《天香》(龙涎香)、《齐天乐》咏蝉的托意。

虽说《乐府补题》或与发陵无关，但碧山词中的比兴寄托

---

① 陈廷焯著，屈兴国校注《白雨斋词话足本校注》卷二，第178页。

② 夏承焘《周草窗年谱》附录《乐府补题考》，《夏承焘集》第1册第373页。

③ 夏承焘《周草窗年谱》附录《乐府补题考》，《夏承焘集》第1册第374页。

仍是难以否定的。处在政治高压下,“时时寄托”、“字字贴切”难以真正做到,论者或可以对“补题托物起兴,而又乱以他辞者,亦犹林景熙冬青之诗,必托为梦中之作也”①不以为然,但夏承焘所说的“观《杂识》(按,指周密《癸辛杂识》)续集上,记梁栋莫仑诗狱,元初文网之密可知”②却是很在理的。碧山《天香》的“铜仙铅泪”、“移盘去远”,与《齐天乐》之“铅水”,同出李贺《金铜仙人辞汉歌》,在作词属于用事典,但更能以史证之,史载:“仍命伯颜就遣宋内侍王埜入宫,收宋国衮冕、圭璧、符玺及宫中图籍、宝玩、车辂、辇乘、卤簿、麾仗等物。”③这岂非“辞汉”之哀?至如语尾的“谩想薰风”,又岂非借古逸“南风之薰兮,可以解吾民之愠兮。南风之时兮,可以阜吾民之财兮。”抒发怀想宋代盛时之痛?此外,如《水龙吟》(白莲)二首的“望海山依约,时时梦想,素波千顷”;“翠云遥拥环妃,夜深按彻霓裳舞”,“太液荒寒,海山依约,断魂何许”,若说前者尚觉宽泛,后者“太液”故宫之荒寒、厓山之“依约”,岂非有指?“真妃”、“环妃”之喻白莲,又岂非以唐喻宋?馀如《庆宫春》(水仙花)的“试招仙魄,怕今夜、瑶簪冻折。携盘独出,空想咸阳,故宫落月”。《水龙吟》(海棠)的“叹黄州一梦,燕宫绝笔,无人解,看花意”。对照临安城破后随三宫被俘北去元都的诸多嫔妃,“空想咸阳”、“燕宫绝笔”等语,均非泛设。

借物言志、切类指事,以寄家国之慨,固然是碧山词的一种类型,但碧山所作,可指实为切何类、指何事者并不很多。而且有些作品往往将国家之慨与身世之叹结合在一起,触物

①② 夏承焘《周草窗年谱》附录《乐府补题考》,《夏承焘集》第1册第376页。

③ 陈邦瞻《宋史纪事本末》卷一〇七,第1162页,中华书局1977年版。

兴感与借物言志难分，可看成碧山词寄托的又一种类型，如《齐天乐》(萤)：

> 碧痕初化池塘草，荧荧野光相趁。扇薄星流，盘明露滴，零落秋原飞燐。练裳暗近。记穿柳生凉，度荷分暝。误我残编，翠囊空叹梦无准。　楼阴时过数点，倚阑人未睡，曾赋幽恨。汉苑飘苔，秦陵坠叶，千古凄凉不尽。何人为省。但隔水馀晖，傍林残影。已觉萧疏，更堪秋夜永。

上片主于赋物。“碧痕初化”为萤之初生，以下状其光，言其飞，“误我残编”句关合自己，并用车胤囊萤夜读事。下片转为抒情。以“幽恨”带出“汉苑”、“秦陵”，再益以“千古凄凉不尽”，亡国之恨已见其中。“何人为省?”谓知此恨者只有秋萤，实以萤自比，而萤之孤凄冷落，即自己身世之喻，家国之慨与身世之感浑然一体。

再如《庆清朝》(榴花)：

> 玉局歌残，金陵句绝，年年负却薰风。西邻窈窕，独怜入户飞红。前度绿荫载酒，枝头色比舞裙同。何须拟，蜡珠作蒂，缃彩成丛。　谁在旧家殿阁，自太真仙去，扫地春空。朱幡护取，如今应误花工。颠倒绛英满径，想无车马到山中。西风后，尚馀数点，还胜春浓。

起三句即写了衰残之象，“负却薰风”似寓有未能效力于南宋之意，这“入户飞红”堪当人怜。然后，回忆了榴花盛时情景。过片以跳跃性的联想伸展开去，自杨妃死后，“旧家殿阁”的繁盛不存，如同“扫地”而“春空”了。明皇与杨妃牵动了一个时代的兴亡，由唐而宋，藉联想而托意渐见。殿阁已旧，春天已矣，朱幡护花亦无必要。落英无人理会，但“负却薰风”的榴花竟能残存于西风时，“尚馀数点，还剩春浓”，还在努力留住春光。此词既是触物兴感，又见托物寄意。榴花既可作为春光（国势）的象征，而欲留春光的精神则又可看成是忠于宋室之士（包括作者），故张惠言云：“此言乱世尚有人才，惜世不用也。”[①]形象常常大于思想，读者是能够生此之想的。

由上可见，碧山词所寄托者虽有或侧重于身世之感，或侧重于家国之慨的“情”、“志”之别，途径则有或触物抒感，或借物言志，或二者结合之别，但也难以绝对划分。

三 追琢中来 言近指远

碧山咏物词的寄托有什么特点呢？综前人所论，似可归纳为三：

第一、胸次怡淡，中正和平。

从前面所引作品看，碧山词是感情低黯而深挚的，外表则显示出平静的哀恸。试读李后主的“多少泪，断脸复横颐。心事莫将和泪说，凤笙休向泪时吹，肠断更无疑！”（《望江南》）“胭脂泪，留人醉，几时重？自是人生长恨水长东！”（《乌夜啼》）虽同为亡国之音，但与碧山的“欲寄故人千里，恨燕支太薄，寂寞春痕”（《一萼红》）。“想边鸿孤泪，砌蛩私语。数点相和，更著芭蕉细雨。避无处。这闲愁、夜深尤苦。”（《扫花游》）相较，前者激切、炽烈、直放悲声，后者平静、敛约、潜气内转。与同时代的刘辰翁相比，也有“中锋突进”与“着力不多”之别。即与词友张炎相较，蕴藉、缠绵为二人共有，但

① 张惠言《词选》卷二，第 68 页。

张逊王之深远、妍和，王逊张之苍凉、清畅。周济说过：

感慨所寄，不过盛衰：或绸缪未雨，或太息厝薪，或己溺己饥，或独清独醒，随其人之性情学问境地，莫不有由衷之言。见事多，识理透，可为后人论世之资。诗有史，词亦有史，庶乎自树一帜矣。①

除学问、境地外，造就碧山词寄托的独特性者，正是性情。辛弃疾感慨国事而又结合自身遭际的《摸鱼儿》，其"蛾眉曾有人妒"，"玉环飞燕皆尘土"，虽"赤心人少甘语"，但《蓼园词评》就认为"辞意似过于激切"②。刘克庄《贺新郎》的"回首望侯门天远。我有平生《离鸾操》，颇哀而不愠，微而婉。聊一奏，更三叹。"言自己不愿同流合污之怀抱，却未能真正做到"微而婉"。二人词中寄托之不同于碧山，除时势、境地外，更在于性情。陈廷焯论"沉郁"的一段话，可以看做注脚：

所谓沈郁者，意在笔先，神馀言外。写怨夫思妇之怀，寓孽子孤臣之感。凡交情之冷淡，身世之飘零，皆可于一草一木发之。而发之又必若隐若见，欲露不露，反复缠绵，终不许一语道破。匪独体格之高，亦见性情之厚。③

这里所说的沉郁，已将风格与寄托合为一体，在碧山词

① 周济《介存斋论词杂著》，《介存斋论词杂著·复堂词话·蒿庵论词》第4页。
② 黄苏《蓼园词评》，《词话丛编》第3091页。
③ 陈廷焯著，屈兴国校注《白雨斋词话足本校注》卷一，第20—21页。

中完全可以印证。“匪独体格之高，亦见性情之厚”，造就出碧山词“沈郁”的特点。但诚如前面所引陈廷焯关于杜甫与碧山相较的那段文字时所说，二人的“沈郁”是极不相同的。

宋亡前的拳拳之心，宋亡后的故国之思，是碧山“性情厚”的主要表现，但由于时代、身份、性格、襟抱诸原因，使之不是郁勃充沛，闳中肆外，而是“胸次恬淡，故黍离麦秀之感，只以唱叹出之，无剑拔弩张习气”[①]。陈廷焯更结合时势、个性言：

> 碧山以和平中正之音，却值宋室败亡之后，故其为词也哀以思。[②]

孔子以“思无邪”论《诗》，邢昺《论语注疏》释道：“诗之为体，论功颂德，止僻防邪，大抵皆归于正，故此一句可以当之也。”[③]其实如结合孔子所说的“《关雎》乐而不淫，哀而不伤”（《论语・八佾》），“思无邪”正是重视“中和之美”的思想体现。《论语集解》引孔安国说：“乐不至淫，哀不至伤，言其和也”[④]，孔子提倡以合度中节求毋失其正，毋伤其和，因而“和平中正”实是“温柔敦厚”的诗教之延伸。因而，碧山之“哀”不同于后主之“伤”，其“微婉”也有异于辛派词人之“激切”。既延“诗教”馀绪，又合较为软弱的士大夫、文人口味，碧山词之在乾嘉以来，因常州词派尊词体而被推举，在清末更被赞

---

① 周济《宋四家词选目录序论》，《介存斋论词杂著・复堂词话・蒿庵论词》第13页。

② 陈廷焯著，屈兴国校注《白雨斋词话足本校注》卷二，第194—195页。

③ 阮元校刻《十三经注疏・论语注疏》卷二，第2461页，中华书局1980年版。

④ 何晏《论语集解》第17页，郑玄注，何晏集解《孝经・论语集解》，新兴书局1973年版。

誉，也就不足怪了。“不得中行而与之，必也狂狷乎！狂者进取，狷者有所不为也。”(《论语·子路》)如果说碧山合于“中道”，则稼轩近“狂”，白石近“狷”，陈廷焯之以碧山为最高，也自有他的道理了。

胸次恬淡与和平中正是密切相关的，二者本应互为因果，但碧山本性并非恬淡，他是奉行“中道”而“只以唱叹出之”，故“恬淡”是见于外者，深厚才是内里。这是需要辨明的，否则并非真知碧山。

第二、性灵中出，追琢中来。

沈祥龙说：

> 咏物之作，在借物以寓性情。凡身世之感，君国之忧，隐然蕴于其内，斯寄托遥深，非沾沾焉咏一物矣。如王碧山“咏新月”之《眉妩》，“咏梅”之《高阳台》，“咏榴”之《庆清朝》，皆别有所指，故其词郁伊善感。[①]

沈氏道出了碧山词“借物以寓性情”的特点。然而，这种寄寓通过什么途径呢？不妨看看况周颐所论：

> 咏物如何始佳……题中之精蕴佳，题外之远致尤佳。自性灵中出佳，从追琢中来亦佳。
>
> 以性灵语咏物，以沈著之笔达出，斯为无上上乘。[②]

况氏虽反对“呆寄托”，以“触发乎弗克自已，流露于不自知”的寄托为贵，但“辞”必须通过“达”之一径，“自性灵中出”

① 沈祥龙《论词随笔》，《词话丛编》第4058页。

② 况周颐《蕙风词话》卷五，《蕙风词话·广蕙风词话》第99—100页。

者为“以性灵语咏物”,“从追琢中来”者则“以沈著之笔达出”。词中寄托,大体有以上两类,而碧山词之寄托,则具有“性灵中出”与“追琢中来”相结合的特点。

当然,真正“流露于不自知”是难称为寄托的,而“触发乎弗克自已”,作者“自性灵中出”,读者读之几不见迹象者,可看成前一类。如苏轼《卜算子》的孤鸿形象,辛弃疾《青玉案》(元夕)的佳人形象,前者“自写在黄州之寂寞”(黄苏语),后者“自怜幽独,伤心人别有怀抱”(梁启超语),正是情感难已,触物而发,出自性灵。难以一一指实,亦不必一一指实,空灵蕴藉之中,却不能否认其托意。

碧山咏物词虽未到上述苏、辛词之境,但他以善感善觉之心,遇可感可觉之境,亦能在性灵流露的同时,精心构思、组织形象,将“性灵中出”与“追琢中来”统一在一起,达到较高的成就。《花外集》以咏物为主,而咏物中又多有寄托,碧山才秀人微,又无藏山传人之想,本不必多作门面语,以大言欺人,因而其寄托确是性灵的流露。“看来碧山为词,只是忠爱之忱,发于不容已,并无刻意争奇之意,而人自莫及,此其所以为高”①,如此论碧山,可谓知人。因此,碧山对落叶、红叶、新月、秋蝉、流萤等,常怀“感时花溅泪,恨别鸟惊心”之情,情因物感,出之自然。但诚如薛砺若所说:“碧山生当异族势力完全统御着中国的时代,敢怒不敢言……因此,他和南唐后主能直接抒写自己的亡国恨又不相同。——盖久处积威之下,与后主乍失南面之尊,易于奋激不同也。”②故在后主为直抒胸臆,碧山却要“追琢中来”。张炎说:

① 陈廷焯著,屈兴国校注《白雨斋词话足本校注》卷二,第178页。

② 薛砺若《宋词通论》第319—320页,台湾开明书店1978年版。

诗难于咏物，词为尤难。体认稍真，则拘而不畅；摹写差远，则晦而不明。要须收纵联密，用事合题。[①]

对于有寄托的咏物词来说，除“收纵联密”、讲求离合外，还要如刘熙载所说：

词深于兴，则觉事异而情同，事浅而情深。[②]

这样一来，碧山词的“追琢”除常用的譬喻、比拟外，还要以幻化、象征、暗喻等手法，来“节取以托意”，使之“深于兴”，试看咏蝉的又一首《齐天乐》“绿槐千树西窗悄”。上片以人写蝉，然而“饮露身轻，吟风翅薄”又分明是蝉的特征，有收有纵，不即不离；下片以蝉寄慨，“空忆斜阳身世”、“馀音”、“断魂”，事异情同，凄切之至。词是咏蝉，但蝉是人之幻化，难怪周济认为“此身世之感”了。再如《无闷》(雪意)，所用是象征手法，词以雪意象征亡国的现实。《眉妩》(新月)的新月本身，就可谓国土难圆的象征。至于碧山词中常出现的骊宫、太液、铜仙、铅泪、宫魂、移盘、真妃、罗袜、汉苑、秦陵等语，都是以用典来作暗喻，以见寄托。

碧山词尽管有以上的幻化、象征、暗喻等种种“追琢”，但毕竟是真正出自性灵，为情造文，而未变为雕琢。故戈载以之“运意高远，吐韵妍和”。可见，虽是“追琢中来”，却未成“沾滞之音”，导致“拘而不畅”，“有宕往之致”而非“晦而不明”。

第三、餍心切理，言近指远。

寄兴深微之作，本易行于衰世。宋之季世，元蒙虎吻垂

① 张炎《词源》，《词源注·乐府指迷笺释》第 20 页。

② 刘熙载《艺概》卷四，《词曲概》第 118 页。

于北疆，统治者却漏舟狂歌，非但不纳忠谏，而且防民之口甚于防川，作词而掩抑其辞实成为一时习尚。宋亡之后，面对新朝的政治高压，为避时忌，更易入于婉转低回，深隐要眇。碧山青年时期多与朋辈唱和越中，诗酒弦管，实也是不得有为而为之。国亡之后，眷怀故国，不便明言又不忍不言，遂以词托物寄意，言其黍离麦秀之悲。

清人论词，多言寄托，尤以常州词派最力。张惠言《词选序》论道：

> 传曰："意内而言外，谓之词"……感物而发，触类条鬯，各有所归，非苟为雕琢曼辞而已。①

沈祥龙对"意内言外"四字有很好解释：

> 词贵意藏于内，而迷离其言以出之，令读者郁伊怆怏，于言外有所感触。②

这样理解"意内言外"则近于寄托了。读者可从"外言"的表层义探知"内意"的深层义，此即刘熙载"语浅而情深"之意。但是，钱锺书先生曾为之辨析：

> 夫"言外之意"，说诗之常，然有含蓄与寄托之辨。诗中言之而未尽，欲吐复吞，有待引申，俾能圆足，所谓"含不尽之意，见于言外"，此一事也。诗中所未尝言，别取事物，

---

① 张惠言《〈词选〉序》，张惠言《词选》第 7 页。

② 沈祥龙《论词随笔》，《词话丛编》第 4048 页。

凑泊以合，所谓“言在于此，意在于彼”，又一事也。[①]

“言此意彼”是寄托的真正特点，与刘熙载“事异情同”之说近。但对碧山咏物词的寄托，无论是“意内言外”，还是“言此意彼”，都未能道出其独特个性。相较之下，周济所说的“碧山餍心切理，言近指远”[②]，则庶几近之。

碧山词之寄托不似苏轼《水调歌头》(中秋词)、《卜算子》，不是结合政治情况感叹自己的穷通出处，亦非周邦彦《六丑》的“自叹年老远宦，意境落寞”(黄苏语)，甚至不同于他的挚友张炎以《解连环》(孤雁)悲慨身世。碧山词固有个人悲愁之寄，但个人境遇与国家命运息息相关，而且更多的、更主要的是关切国事，是寄托亡国之痛，所以是真正的“指远”。然而题面所在，却多为花鸟卉木、风雪雨露，词中意象也多为轻灵细小之物，不似辛弃疾的“斫去桂婆娑”(《太常引》)，“青山遮不住”(《菩萨蛮》)，“汗血监车”、“千里骏骨”(《贺新郎》)，堪称“言近”。只有感时伤世之旨才称得上“指远”，只是中正和平才出以“言近”，符合其性情、学问、境地，否则与其襟抱不类，则为狂怪之言。

从“言近指远”怎样达于“餍心切理”呢？碧山既对国事深怀忧虑，宋亡后则无比悲恸，又以其敏感的心灵去感受周围环境，移情于物，使内心情感与所咏之物融合无间，正是“怨慕幽思，本诸忠厚，而运以顿挫之姿，沈郁之笔”[③]。达到“声容调

① 钱锺书《管锥编(一)》第217页，北京三联书店2001年版。

② 周济《宋四家词选目录序论》，《介存斋论词杂著·复堂词话·蒿庵论词》第12页。

③ 陈廷焯著，屈兴国校注《白雨斋词话足本校注》卷二，第176页。

度，一一可循”[①]的境地。不浮泛，不游离，既不空廓，又不拘泥，读其词非仅能得所咏事物之形神，且能感触体味其中情理。在透过了使事用典的隔膜后，即之愈久，味之愈深。至其托兴深微之处，虽一时难明意旨，但因其难已之情亦使读者深受感染，诵读思索中，不难体会其深沉郁积、曲折盘旋之力。

写来“切理”，既不失形、神，又用事合题，切中事理，不忘大旨；读来“餍心”，既非字比句附，寸步不移，又非神龙无迹，感发与思索并到，情之体验与理之品味俱至。

碧山词之寄托虽有以上的特点，形成独特的面目，在词史上占据应有的一席，但其不足处亦不必讳言。非仅题材单一，而且多为寄托之作，亦必然带来弊病。早在南朝之时，钟嵘就在《诗品序》中指出：

> 若专用比兴，则患在意深，意深则词踬。[②]

“言近指远”固有其长，但意深、词踬，倘未经诠释，一般人难以达到“餍心切理”之境，也就难以形成感发之力。黄侃在《文心雕龙札记》中说：

> 若乃兴义深婉，不明诗人本所以作，而辄事探求，则穿凿之弊固将滋多于此矣……苟览者恍惚难明，则感动之功不显……虽当时未必不托物以发端，而后世则不能离言而求象。由此以观，用比者历久而不伤晦昧，用兴者说绝而立致辨争。[③]

① 周济《宋四家词选目录序论》，《介存斋论词杂著·复堂词话·蒿庵论词》第 12 页。

② 钟嵘著，曹旭集注《诗品集注》第 45 页，上海古籍出版社 1994 年版。

③ 黄侃《文心雕龙札记》第 211 页。

读碧山词而论家歧见互出，当根源于此，现代论者之不喜碧山，亦根源于此。

总之，碧山词有自己的特点，也有显见的缺点，“亡国之音”固然低沉，“由衷之言”却并不浮伪，“词史”之谓或许太过，全盘否定则太轻率、粗暴了，倘能正视他所处时代的政治状况，知人论世，还是有不少值得肯定之处。相对于倚红偎翠之作，相对于南渡初的滑稽词，及后世的淫词、鄙词、游词，“词有碧山，而词乃尊”[1]之评，恐怕亦非太过。

本书承凤凰出版中心约写，商定选目后，吴文英词大部分的注释、品评由刘兴晖撰写，吴词十首及王沂孙全部词由谷卿撰稿，最后由我审订并撰写前言。为学识所限，不当之处，请读者批评指正。

邓乔彬　　2012 年 9 月

① 陈廷焯著，屈兴国校注《白雨斋词话足本校注》卷二，第196 页。

吴文英词选

霜叶飞①

黄钟商　重九②

断烟离绪。关心事，斜阳红隐霜树③。半壶秋水荐黄花，香噀西风雨④。纵玉勒、轻飞迅羽。凄凉谁吊荒台古⑤。记醉踏南屏⑥，彩扇咽、寒蝉倦梦，不知蛮素⑦。　　聊对旧节传杯，尘笺蠹管，断阕经岁慵赋⑧。小蟾斜影转东篱，夜冷残蛩语⑨。早白发、缘愁万缕⑩。惊飙从卷乌纱去⑪。漫细将、茱萸看⑫，但约明年，翠微高处⑬。

【注释】

①霜叶飞：调名取自杜甫诗《送卢十四弟侍御护韦尚书灵榇归上都二十韵》："清霜洞庭叶，故就别时飞。"又名《斗婵娟》。　②重九：重阳节，农历九月初九。　③断烟：指袅袅将散的浮烟。断：残馀。离绪：离愁别绪。唐王勃《春思赋》："春望年年绝，幽闺离绪切。"　④荐：佐食，此指采菊沏茶。黄花：菊花。旧俗重九以菊花泛入酒中。苏轼《书林逋诗后》："一盏寒泉荐秋菊。"噀（xùn）：喷洒。　⑤玉勒：玉饰的马衔。此指代宝马。轻飞迅羽：指鹰。也指迅捷的飞鸟。荒

台:被废弃的的古台。此指戏马台。在江苏铜山县南,传为项羽所筑,其高十仞,广袤百步。义熙中,南朝宋武帝刘裕至彭城,于重九日登戏马台,大会宾僚,赋诗于此。 ⑥南屏:山名。在浙江杭州市西南,山峦叠嶂,宛若翠屏。其慧日峰下有净慈寺,寺钟鸣时,群山皆应,传声不绝,谓“南屏晚钟”。是西湖十大胜景之一。 ⑦彩扇:彩绸制成的扇子,指歌扇。咽:悲切呜咽。寒蝉:秋蝉。似蝉而小,青赤色。其声凄切若啼。此作者自比。或说以比去妾。蛮素:白居易曾有二妾,名樊素、小蛮。樊素善歌,小蛮善舞。此或指代作者昔日的侍妾、歌伎。 ⑧传杯:指传递酒杯劝酒。唐杜甫《九日》其二:“旧日重阳日,传杯不放杯。”蠹(dù):《说文》:“蠹,木中虫。”蛀虫。管:毛笔杆。断阕:残篇,未终篇之稿。阕:歌的首数为阕。经岁:经年,长年。慵:懒散困倦。 ⑨蟾:指月亮。传说月中有蟾蜍,故云。小蟾:新月。东篱:陶渊明《饮酒》其五:“采菊东篱下,悠然见南山。”蛩(qióng):蟋蟀。
⑩“早白发”句:李白《秋浦歌》:“白发三千丈,缘愁似个长。”
⑪“惊飙”句:用孟嘉落帽典。《晋书·孟嘉传》:“(嘉)后为征西桓温参军,温甚重之。九月九日,温燕龙山,寮佐毕集。时佐吏并着戎服。有风至,吹嘉帽堕落。嘉不之觉。温使左右勿言,欲观其举止。嘉良久如厕。温令取还之。命孙盛作文嘲嘉,着嘉坐处,嘉还见即答之。其文甚美。四坐嗟叹。”惊飙(biāo):指迅疾的风。乌纱:乌纱帽,南朝宋始有乌纱帽,至隋时用为官帽。此指乌巾制成的便帽。 ⑫漫:姑且,徒然。茱(zhū)萸(yú):植物名,香气辛烈。能入药。旧时有重阳节佩茱萸的习俗,传说能祛邪辟恶。杜甫《九日蓝田崔氏庄》诗:“明年此会知谁健,醉把茱萸子细看。” ⑬翠微:青缈幽深的山色,泛指青山。

【品评】

起二句以重阳节黄昏冷凄的景色，引出词人的万千思绪。夕阳最后一抹馀辉渐渐散去，秋日的树影隐没在暮色中。采菊沏茶，暗香在细雨中浮动。“纵玉勒”二句为虚写。彭城之地，戏马台南，原为英雄竞逐、千古慷慨之地，刘邦、项羽、刘裕皆起于此。而今纵有金鞍宝马，骤驰郊野，又有谁在登高凭吊古战场的荒台呢？“记醉踏”三句，对比今昔，更添悲凉之感。曾经相携，醉览南屏，听晚钟悠扬，但欢会易逝，游情已倦，如今人空老去，不复有青春的梦想，那昔日的游伴也已杳无消息。下阕“聊对”三句，写重阳旧节，百无聊赖，独饮闷酒而已。笺生尘，管生蠹，残篇断句，早已无心再续。“小蟾”二句，写月影西移夜未央的愁苦。无尽的愁绪，早生了华发。夜风袭来，吹落乌帽，更现出这镜里的秋霜。独斟独饮还独醉，聊把茱萸看。今年无心登高，且约明年重阳，重续旧盟，但“明年此会知谁健？”词末流露出无法排遣的凄婉之感。陈洵《海绡说词》云：“极感怆，欲极闲冷，想见觉翁胸次。”

瑞鹤仙[1]

林钟羽，俗名高平调

泪荷抛碎璧[2]。正漏云筛雨，斜捎窗隙[3]。林声怨秋色。对小山不迭，寸眉愁碧[4]。凉欺岸帻。暮砧催、银屏剪尺[5]。最无聊、燕去堂空，旧幕暗尘罗额[6]。

行客。西园有分，断柳凄花，似曾相识[7]。西风破屐。

林下路，水边石[8]。念寒蛩残梦，归鸿心事，那听江村夜笛[9]。看雪飞、蘋底芦梢，未如鬓白[10]。

【注释】

①瑞鹤仙：又名《一捻红》。②璧：指荷叶上雨滴滚动，遇圆汇集，似璧玉一般。碎璧：即指水珠从荷叶上滴落，如同璧碎。③漏云筛雨：秋雨连绵，如同从云间筛漏而下。捎：掠、拂。④怨：秋怨。小山不迭：指懒起画眉。小山：指小山眉、远山眉。因所画眉形如远山，故云。迭：重叠、更换。即画眉。或说"小山"指雨中山色，"不迭"指不及。⑤凉欺：指受凉。岸帻：指高戴头巾，露出前额。此以岸帻指代远行的良人。暮砧（zhēn）：傍晚妇人捣衣砧杵的声音。砧：捣衣石。唐杜甫《秋兴》其一："寒衣处处催刀尺，白帝城高急暮砧。"银屏：屏风。指闺房。剪尺：剪刀与尺，即裁布缝衣之意。⑥燕：指代行客。或说指去妾。用关盼盼之典。宋苏轼《永遇乐》："燕子楼空，佳人何在。"暗尘罗额：指因久无人来，帘幕空垂，帘额上积满了灰尘。额：帘幕上的横布，如帘之额。罗：丝织品。此指帘幕的布料。⑦西园：园名，在苏州阊门西，为赵思别业（冯桂芬《苏州府志》）。梦窗在苏州纳姬，曾居于此。分：情分。或说"分"指分根。魏曹植《赠白马王彪》："恩爱苟不亏，在远分日亲。"似曾相识：眼前他乡花木，却似西园之旧。宋晏殊《浣溪沙》："无可奈何花落去，似曾相识燕归来。"⑧屐（jī）：木鞋，此泛指鞋。水边石：宋黄裳《听隐士琴》："秋来独坐水边石，古往谁知弦上声。"⑨"念寒蛩"三句：夜宿江村，听笛声而起思归之心。晋向秀闻邻笛寥亮，追想昔日游宴之好，作《思旧赋》。蛩：见《霜叶飞》（断叶离绪）注⑨。归鸿：南飞的大雁。那听：哪忍听，不忍

听。 ⑩雪飞:指芦花色白如雪。蘋:水草。

【品评】

此词为苏姬去后,梦窗再到苏州西园,坐雨忆姬之作(杨铁夫《吴梦窗词笺释》)。上阕拟闺中思妇口吻,风雨中挂念远行人;下阕以行客语气落笔,鬓发斑白,漂泊四方的羁旅之恨。这种将思妇与行人分开来写的笔法,突出梦窗心中的离别之恨,表达难再重逢的伤感。

起句写雨中池塘的景色。雨水落在荷叶上,凝成清圆的水滴,犹如泪珠滚动。风吹荷叶,水珠纷纷从翠玉般的荷叶上坠落。大雨如注,似从云隙间筛漏而下。雨点斜飞,掠过窗棂。"泪荷"、"碎璧",眼前景,皆为心中境也。"抛碎璧"者,离之伤也。"林声"三句,写秋风秋雨,愁煞人怀。林声,秋声。此指雨打树叶,风吹林木的声音。"秋色"接续"林声",写雨中山色,池中残荷之景。也由景而及人,由山而引出"对小山不迭"的闺阁中人,蛾眉紧锁,万般心绪。担心远行人在外不堪风雨侵袭,听到远处传来阵阵急促的捣衣声,不禁想为良人缝制秋衣。"最无聊"句,词人将画面拉回到眼前,"银屏剪尺"的闺阁中人已如燕去,只剩茕茕空楼,帘幕低垂,徒积暗尘。下阕承上,转写行客,流寓在外,见异地草木似曾相识,空念西园之景。回忆数年来,在孤独寂寞中漂泊他乡。"西风"三句,状数载漂泊境况。如今独坐林下、水边,听蟋蟀哀鸣,望大雁南飞,独宿江边,夜听笛声,怎堪忍受这怀乡思旧之苦。看芦花似雪纷飞,却不如我的鬓发白。上下阕虽分写闺妇、行人,从两处落笔,但最终均落足在西园。"最无聊"者,已燕去楼空;最不堪者,断柳凄花,似曾相似。作者用"似曾相似"写"断柳凄花",流露出对去姬的挂念,即

"往日依依今在否？纵使长条似旧垂，亦应攀折他人手"之意。"看雪飞"二句，人如蘋草，不仅发白相似而已，身世命运亦相同。虽写自己鬓白人老，也暗含顾念红颜、担忧去姬现状的缱绻深情。

瑞鹤仙

晴丝牵绪乱。对沧江斜日，花飞人远[1]。垂杨暗吴苑。正旗亭烟冷，河桥风暖[2]。兰情蕙盼。惹相思、春根酒畔[3]。又争知、吟骨萦销，渐把旧衫重剪[4]。凄断。流红千浪，缺月孤楼，总难留燕[5]。歌尘凝扇。待凭信，拌分钿[6]。试挑灯欲写，还依不忍，笺幅偷和泪卷[7]。寄残云、剩雨蓬莱，也应梦见[8]。

【注释】

①晴丝：游丝。沧江：江，江水。因水呈苍绿色，故云。人远：指姬已远去。　②吴苑：吴王宫苑，此代指苏州。旗亭：酒楼，因悬旗为招，故称。烟冷：民俗寒食节禁烟冷食。宗懔《荆楚岁时记》载："介子推三月五日为火所焚，国人哀之。每岁暮春，为不举火，谓之禁烟。"　③兰情蕙盼：指女子娴静淑雅的仪态。兰、蕙：均为香草名。盼：目光流转、黑白分明貌。《诗·卫风·硕人》："巧笑倩兮，美目盼兮。"春根：埋下相思情种。"根"用作动词。　④争知：怎知，哪知。吟骨萦销：在吟怀和思念中，日渐消瘦。　⑤流红千浪：指落花逐水流。总难留燕：指姬去难留。　⑥歌尘凝扇：自姬去后，歌声不复再闻，彩扇也已生尘。苏轼《答陈述古二首》其二：

“闻道使君归去后，舞衫歌扇总生尘。”钿(diàn)：用金银玉贝等镶嵌成的花朵状首饰。分钿：指别离时将一对首饰分与双方各持，作为定情信物。白居易《长恨歌》：“钗留一股合一扇，钗擘黄金合分钿。”拚(pān)：弃、舍弃。 ⑦挑灯：拨动灯火。也指点灯。笺幅：指书信。 ⑧残云、剩雨：宋玉《高唐赋》：“妾在巫山之阳，高丘之岨。旦为朝云，暮为行雨。朝朝暮暮，阳台之下。”蓬莱：蓬莱山，与方丈、瀛洲并称为海上三神山。指仙境，此指代去姬所居之地。

【品评】

此为梦窗寒食节怀去姬之作。

起句写游丝缕缕，在空中飘浮，拂面而来，逗惹出纷乱的愁绪。望着江边的落日，飞花片片，随水流逐去，伊人亦如这流水飞花远逝。杨铁夫《梦窗词选笺释》云：“‘人远’二字，是一词之主。”“垂杨”三句，回忆昔日在吴苑相遇情景。正值暮春时节，暖风和煦。伊人美目顾盼，袅娜曼妙，一见倾心。“又争知”三句状眼前。当日种下的相思如今让人魂萦神牵，在苦吟中形销骨瘦。旧日缝制的衣衫已嫌宽大，不称身也。“凄断”二字，诉尽无可奈何之意。落花流水，人如燕去，只剩缺月孤楼。昔日歌声已杳，彩扇也久已弃置，尘封箧中。夜已深，四周寂静无声，有心想要在灯下修一封书信，把伊人离去时留下的钿钗寄回，从此不再存重聚的念想。但终究不忍。人已远隔天涯，恐怕只有在梦中才能相见。下阕婉曲层深，流红一也，燕去二也，歌尘凝扇三也，皆已无可改变，唯一能做的“拚分钿”，书“笺幅”，却不忍心为之，终究和泪收起书信，宁愿自己倍尝相思之苦，不愿断此已渺如晴丝般的情谊。此中吞吞吐吐，非情深意重者不能道之。

瑞鹤仙

丙午重九[1]

乱红生古峤[2]。记旧游惟怕，秋光不早。人生断肠草。叹如今摇落，暗惊怀抱[3]。谁临晚眺。吹台高、霜歌缥缈[4]。想西风、此处留情，肯著故人衰帽[5]。

闻道。萸香西市，酒熟东邻，浣花人老[6]。金鞭騕褭。追吟赋，倩年少[7]。想重来新雁，伤心湖上，销减红深翠窈[8]。小楼寒、睡起无聊，半帘晚照。

【注释】

①丙午重九：宋理宗淳祐六年（1246）重阳节。 ②乱红：形容花繁貌。宋欧阳修《啼鸟》："乱红殷紫开繁英。""乱红"一作"乱云"。峤：高山。 ③断肠草：毒草名，又名野葛、相思草、愁妇草等。状若石竹，节节相续。其花名芙蓉。唐李白《妾薄命》诗："昔日芙蓉花，今成断根草。"摇落：凋零、残败。宋玉《九辨》："悲哉秋之为气也！萧瑟兮草木摇落而变衰。" ④眺：凝神远望。吹台：又称繁台。在今河南省开封市东南禹王台公园内。传为春秋时乐师师旷吹乐之地，此代指高台。霜歌：秋歌。缥缈：指歌声高远隐约，在风中飘扬。⑤"想西风"三句：反用孟嘉落帽的典故，见《霜叶飞》（断烟离绪）注⑪。西风：秋风。此处：即吹台。衰帽：破旧的帽子。宋苏轼《南乡子》词："破帽多情却恋头。" ⑥闻道：听说。萸香：茱萸。气香烈，见《霜叶飞》（断烟离绪）注⑫。酒熟东邻：

苏轼《别岁》:“东邻酒初熟。”重阳节有戴茱萸,登高饮酒的习俗。浣花人老:指诗人老去。杜甫尝在成都浣花溪旁筑草堂而居。此以自比。 ⑦骡褭:良驹。《尔雅》注:“玄驹,小马,别名骡褭。”吟赋:吟诗作赋。倩:请,托。年少:少年、年轻人。 ⑧“想重来”三句:借南飞的新雁抒伤秋之感。昔日湖上翠叶亭亭,红荷菡萏,如今已是衰败枯萎,风致难寻。

【品评】

此为重阳节所作。

起二句记旧游,繁花茂树,峻岭幽谷,踏春访秋,言笑晏晏。但“秋光不早”很快粉碎了美好的回忆。感叹人生犹如断肠草,少年时若芙蓉花开,绚丽美好,如今花落叶黄,凋零枯萎,只剩断肠之苦。登高台远眺,听角声缥缈,独生怆然之感。霜歌,秋歌,以霜形容其音的清寒萧瑟。“想西风”三句,重阳登高,西风留情,破帽恋头,可见秋风、衰帽也知情知意,词人以此强作宽解之语。

下阕以“闻道”领起,为虚写。以西市售茱萸、东邻呼酒熟,烘托出想象中的热热闹闹的重阳节,“浣花人老”,笔势陡然而变,转写眼前。曾经意气纵横,慷慨满怀,如今人已老去,了无心绪。那些扬鞭驰骋,吟诗作赋的风流雅事,只有留待少年才俊了。杜甫曾在成都浣花溪边,结庐而居,种竹植树,吟啸纵酒。词人时年已近半百,自比杜甫,亦寓心志。“想重来”三句,以设想之语,想象重来的秋雁,也会伤心,秋风萧瑟中,湖上已是残花败叶。花木尚且如此,人更何以堪?不言己伤,而言雁伤,雁本无情之物,有情之人,伤则何如?言外之悲,不尽于笔中。结句以景束情。如今“旧游”难寻,人在小楼,夕阳暗淡,楼寒景冷,孤独之意无复以加。俞陛云评“新雁”以下五句，“神志夷犹，音殊恻怆。”

满 江 红①

夷则宫、俗名仙吕宫② 溅山湖③

云气楼台，分一派、沧浪翠蓬④。开小景、玉盆寒浸，巧石盘松⑤。风送流花时过岸，浪摇晴练欲飞空⑥。算鲛宫、祗隔一红尘，无路通⑦。 神女驾，凌晓风⑧。明月佩，响丁东⑨。对两蛾犹锁，怨绿烟中⑩。秋色未教飞尽雁，夕阳长是坠疏钟。又一声、欸乃过前岩⑪，移钓篷。

【注释】

①满江红：又名《上江虹》、《念良游》、《烟波玉》、《伤春曲》、《满江红慢》等。 ②仙吕宫：杨铁夫《梦窗词选笺注》：“戈顺卿曰：‘满江红用平韵者，南吕宫；用仄韵者，仙吕宫。’此应作林钟宫，俗名南吕宫。然梦窗此词注夷则宫，陈元龙选白石词平韵亦注仙吕宫。戈说未知何据。” ③溅山湖：又名薛溅湖。在今上海市青浦西、昆山和江苏吴江间。为古太湖的一部分。以湖东南有溅山，故称。 ④云气楼台：楼台高耸，云气缭绕。翠蓬：指蓬莱仙山。分一派：言此地景色似由蓬莱分出。 ⑤玉盆：喻溅山湖。巧石盘松：指溅山。⑥晴练：谢朓《晚登三山还望京邑》：“馀霞散成绮，澄江静如练。”练：白绢。 ⑦鲛宫：龙宫。《苏州府志》载：溅山上有浮图，下有龙洞。此指神女居住的宫殿。“鲛”通“蛟”，指传说

中能兴风作浪的龙。红尘：人间世。 ⑧神女：澱山湖神女。澱山湖上有神女祠，又名三姑祠。凌晓风：神女凌风渡湖。宋鲁应龙《闲窗括异志》载：澱山湖上有三姑庙。每岁湖中群蛟竞斗，水为沸腾，独不入庙中。神极灵异。寺僧藉其力以给斋粥。水陆尤感应。向年有渔舟舣湖口，忽见一妇人附舟，云："欲到澱寺。"乃抵岸，妇人直入寺去，舟中只馀一履。渔人持此履以往索渡钱。寺僧甚讶之，曰："此必三姑显灵。"因相随至殿中，果见左足无履，坐傍百钱在焉。遂授渔人而去。 ⑨明月：宝珠。响丁东：唐曹唐《小游仙诗》："绛阙夫人下北方，细环清佩响丁当。" ⑩两蛾犹锁：愁眉紧锁貌。两蛾：双眉。怨绿烟中，绿烟：指神女眉色，亦指深青色的澱山。 ⑪欸(ǎi)乃：象声词。橹声。柳宗元《渔翁》诗："烟销日出不见人，欸乃一声山水绿。"

【品评】

此词咏澱山湖美景。虚实结合、动静交织，将动人的传说融入湖光山色中，既有逸兴遄飞之笔，更有深秀疏隽之致。邹祇谟评云："才情蹀躞，尽态极妍。"

起笔空灵，气势阔大。澱山湖山水缥缈，楼台高耸，云气缭绕，恍若蓬莱仙境。"开小景"二句，远观澱山湖，似玲珑精巧的盆景。湖水碧绿晶莹，宛如玉盆，澱山上奇松异柏，如巧石盘松。视角变化，忽远忽近，使得澱山笼罩在一种奇幻的色彩中。将实景虚写，运用空灵跌宕之笔，均是为下文"神女"的出现埋下伏笔。风吹花落，花逐水流，有时会飘到湖岸上；风拍浪起，浪摇湖面，湖水若白练接天。似写景，实写情。"时过岸"与"欲接天"，将无情之流水、落花皆赋予了深情，流水、落花尚且盼"过岸"，尚且望能"接天"。想象龙宫里的神女，却与红尘相隔，无路可通，其愁苦何以待言。杨铁夫评云：“‘无路通’顿住，亦留字诀也。”

下阕以神话题材入词。在此洞天仙境中，神女出场，御晓风而行，裙裾飘动，玉佩叮咚作响。接上阕“无路可通”，怨由此生，故双眉紧锁，幽愁怨艾。“怨绿烟中”，兼写神女与湖山，满目山水翠烟浓绿，似乎是神女眉黛之色，也从侧面写出烟水江南迷离之美。“秋色”两句写秋色朗逸。天空、大雁、夕阳、疏钟，意境阔大而苍茫。“未教飞尽”、“长是”，将一夕之景演变为恒久之景，也由此产生天高地迥，兴尽悲来的感慨。夕阳西下，听着寺庙里依稀传来的钟声，望着碧空天际年年南飞的大雁，知岁月无尽，盈虚有数。结拍言浅意深，写渔者隐逸之趣，亦自抒志趣。橹声中，一叶篷舟，已转过山岩，声悄人远，物我无碍。将这怨艾和美景统统抛在了身后。

解连环[1]

留别姜石帚[2]

思和云结。断江楼望睫，雁飞无极[3]。正岸柳、衰不堪攀，忍持赠故人，送秋行色[4]。岁晚来时，暗香乱、石桥南北[5]。又长亭暮雪，点点泪痕[6]，总成相忆。

杯前寸阴似掷。几酬花唱月，连夜浮白[7]。省听风、听雨笙箫，向别枕倦醒，絮飏空碧[8]。片叶愁红，趁一舸、西风潮汐[9]。叹沧波、路长梦短，甚时到得[10]。

【注释】

①解连环：又名《玉连环》、《杏梁燕》、《望梅》、《望梅词》。

清人毛先舒《填词名解》卷三云:“《战国策》:齐君王后当国,秦遗齐玉连环使解之。君王后引椎碎之而谢使者曰:‘谨以解矣’。至宋周美成闺情词云:‘信妙手、能解连环’。遂取三字以名。” ②留别:别离前留赠送行者之词。姜石帚:梦窗友人。宋末杭州士子,生卒年不详。《四库全书提要》以石帚为姜夔。据夏承焘《石帚辨》一文考证:梦窗集中,酬赠石帚之作甚多。白石集中,却无与梦窗的诗词酬唱,似不近情。且梦窗与白石时不相及,认为姜石帚非姜白石。今从夏说。③结:凝结,连接。断:尽,尽头。望睫:望眼欲穿。无极:没有边际。指天际。 ④忍:不忍,不忍心。行色:别离远行前后的情状。五代冯延巳《归国谣》词:“芦花千里霜月白,伤行色,明朝便是关山隔。” ⑤暗香:梅花。宋林逋《山园小梅》:“疏影横斜水清浅,暗香浮动月黄昏。” ⑥长亭:古时道旁每隔十里设亭舍,供行旅休息,常为送别之地。暮雪:指白发。李白《将进酒》:“朝如青丝暮成雪。”点点泪痕:泪痕斑斑。苏轼《水龙吟》:“细看来,不是杨花,点点是离人泪。” ⑦酬花唱月:花前月下诗酒酬唱。浮白:原指罚人饮酒,此指斟酒满饮。浮:满饮。白:酒杯。 ⑧省:知晓、明白。听风听雨:唐王建《霓裳词》其一:“弟子部中留一色,听风听雨作霓裳。”笙、箫:皆为管乐器名。絮飏:如柳絮般飞扬。 ⑨舸(gě):船。潮汐:指海水的涨落。白昼之涨落称潮,夜间称汐。⑩沧波:碧波。此指代所去之地。路长梦短:唐孟郊《再下第》:“一夕九起嗟,梦短不到家。”

【品评】

此词为梦窗临行前留赠送行的友人姜石帚所作。

首句融情于景。离别时忧思愁绪似与白云缠绕相结,聚积难消。高楼凝眸，望江上扁舟愈行愈远，高飞的大雁消失在天尽头。灞岸折柳赠别，本是熟典，梦窗反用其意而出新，言秋天的杨柳枯弱，经不得攀折，不忍持赠，实言不忍别离之意。而秋色凄清，更烘托出“自古伤离别”的愁绪。今日行色匆匆，明日已是关山阻隔。想起刚来的时节，正是岁末深冬，但石桥南北开满了梅花，暗香袭人，至今犹记。今日却要长亭送别，秋风吹起鬓边的白发，离别的点点泪痕，都将成为别后相忆的片断。

换头三句以乐景写哀。相聚时那些美好惬意的时光转瞬即逝。曾经把盏畅饮，赏秋月春风，诗酒酬唱，宵夜不歇。昔日逍遥自在的岁月，已在杯盏中抛掷而去。同是听风听雨，此时此景与彼时彼景已迥异，故回忆听风听雨听笙箫，已不是昔日的赏心乐事，而是箫声呜咽、风雨凄凉之感了。离别后，这些青春往事只能在梦中复现，而一旦梦醒，又将如飞絮般飘逝，只留下无尽的惘然。我将乘着一叶扁舟，如同落花漂流，随着这涨落的海水，在这西风萧瑟的季节，带着满腔的愁绪而去。“叹沧波”二句，似乎寄希望于梦中重逢，但其实也是渺茫，因“路长梦短”，恐终不能至。梦本是虚幻，而连这样虚幻的重逢，都不知“甚时到得”，何况真正的相聚呢。只有空叹相会无据，重逢无期！回应起句，以加倍写法，写尽与君别后，不知何日再能重逢的感伤。

绕佛阁[1]

黄钟商　与沈野逸东皋天街卢楼追凉小饮[2]

夜空似水，横汉静立，银浪声杳[3]。瑶镜奁小。

素娥乍起、楼心弄孤照。絮云未巧[④]。梧韵露井，偏惜秋早[⑤]。晴暗多少。怕教彻胆，蟾光见怀抱[⑥]。浪迹尚为客，恨满长安千古道[⑦]。还记暗萤、穿帘街语悄[⑧]。叹步影归来，人鬓花老。紫箫天渺[⑨]。又露饮风前，凉堕轻帽[⑩]。酒杯空、数星横晓[⑪]。

【注释】

①绕佛阁：此调以周邦彦所作最早。《片玉集》注大石。②沈野逸：沈中行，号野逸。东皋：指代隐者所居之地。皋(gāo)：水边，岸。陶渊明《归去来辞》："登东皋以舒啸，临清流而赋诗。"天街：京城中的街道。卢楼：卢氏之楼。或说卢长笛即楼主人。 ③似水：指月光清明如水。横汉：天河、银河。《诗·小雅·大东》："维天有汉，监亦有光。"银浪：喻指银河的水声。杳：消失，隐约。 ④瑶镜：美玉制成的镜子。奁(lián)：盒匣一类的盛物器具。此句形容月亮如清圆透亮的玉镜。素娥：嫦娥。弄：观赏、玩赏。孤照：指皓月当空，星稀云少。絮云：如絮状的云。未巧：秦观《鹊桥仙》："纤云弄巧。"此反用其意。 ⑤梧韵露井：梧桐叶飘落井中，秋意渐浓。梧：指梧桐。传梧桐能知岁时。清明后桐始华；桐不华，岁必大寒。立秋时，一叶先坠，故有'梧桐一叶落，天下尽知秋'之句。(清人陈淏子《花镜·梧桐》)露井：没有覆盖的井。 ⑥"怕教"二句：以月拟镜，怕照见心中难言之苦。《西京杂记》卷三载："昭华之琯，有方镜，广四尺，高五尺九寸。……女子有邪心，则胆张心动。秦始皇常以照宫人，胆张心动者则杀之。" ⑦长安千古道：京城的道路。柳永《少年游》："长安古道马迟迟。高柳乱蝉栖。" ⑧暗萤：流萤。街语悄：夜深人阑。 ⑨步影：神马名。此以自比。《洞冥

记》:“(东方)朔又尝东游吉云之地,得神马一匹,高九尺。……帝曰:‘其名云何?’朔曰:‘因事为名,名步景驹。’”一说指踏月、赏月。皎然《哭觉上人》:“白日东林下,空怀步影时。”天渺:谓已杳然远去。 ⑩露饮:在卢楼凉台上饮酒。凉堕轻帽:指衫帽轻薄,寒意袭来。

【品评】

此为立秋前后,词人与沈中行在卢楼上纳凉小酌,思忆故人而作。

起句写初秋夜宁静而清冷的景色。夜空如洗,银河寂寂。弦月初上,若一轮玉镜,把清辉投洒在高楼上。想象月宫中的嫦娥仙子,应该也在镜中欣赏着自己的影子。“孤照”指代月,也指嫦娥的孤单,更是梦窗此时心情的写照。一两片梧桐叶飘落下来,无声无息地落在露井上,报示着早秋的来临。一叶坠而知天下尽秋,让人顿生叹惋之意。由月的圆缺阴晴,联想到人世间的悲欢聚散,联系到自己的离愁别恨,不禁悲中从来。更苦痛的是,心中满腹的愁怨和遗憾却无人可以倾诉。甚至在这与友人饮酒消愁的夜晚,都担心这朗朗如镜的明月,照见肝胆怀抱,照出心中难言之苦。只一“怕”字,其心中难以释怀之苦、不愿示人之痛可见。茫茫人海,无人可诉衷肠的幽单之恨跃然纸上。

过片二句,写在京城流寓,不得归故乡。“恨满长安道”意味极厚,不止恨而已,而是“恨满长安千古道”,其中有离愁别恨,失意落寞之恨,更有年华已逝之恨。各种恨交织、积聚,似乎无处不在。年年在仕途奔波,其实是虚度光阴,一事无成,“可怜寒食与清明,光辉并在长安道”,俯仰由人的客居生涯之苦深透纸背。还记得夜下游冶,流萤穿帘,夜深人静的窃窃私语。步影虽为神马，但不遇伯乐，徒唤奈何。空叹生不逢时，衰病归来，已是鬓发微霜，人空老去。昔日听玉人吹箫，如今人事无寻。在凉台上露天而饮，凉风渗过单薄的衣帽，寒意袭来。酒尽杯空，晨星西横，天色微明。但“酒杯空”而恨未空，与人饮酒，并未能一醉解千愁，且怕月明照出心事，可见所对饮者亦非知己。恐怕只有这聊聊数点西横的晨星，知道词人内心的愁苦吧。

全篇对于心中隐衷，言而不明，隐而不谈，但却字字句句流露出不能一吐为快的苦闷，故纵然是与人对饮，其实依然只是孤单的一人而已。

水龙吟[1]

无射商　惠山酌泉[2]

艳阳不到青山，古阴冷翠成秋苑[3]。吴娃点黛，江妃拥髻，空濛遮断[4]。树密藏溪，草深迷市，峭云一片。二十年旧梦，轻鸥素约[5]，霜丝乱、朱颜变[6]。

龙吻春霏玉溅[7]。煮银瓶、羊肠车转[8]。临泉照影，清寒沁骨，客尘都浣[9]。鸿渐重来[10]，夜深华表，露零鹤怨[11]。把闲愁换与，楼前晚色，棹沧波远[12]。

【注释】

①水龙吟：又名《水龙吟令》、《水龙吟满》、《龙吟曲》、《小楼连苑》、《丰年端》、《鼓笛慢》、《海天阔处》、《庄椿岁》等。

②惠山：在今江苏省无锡市西郊，山有九峰，俗称九龙山、九

陇山。其山以泉水名，又名惠泉山。其地草木苍润，泉出第一峰，泉水清寒，宜于茶事，唐人陆羽品之为天下第二。③古阴：古木参天，浓荫翠绿。秋苑：秋色中的林苑。 ④吴娃：吴地美女。点黛：画眉。黛：青黑色的颜料，女子画眉用。此状山色。江妃：传说中的神女。髻：女子的发髻，此形容山形如螺髻。 ⑤轻鸥素约：与鸥鸟相约为盟，不管人间是非。《列子·黄帝》载："海上之人有好沤鸟者，每旦之海上，从沤鸟游。沤鸟之至者，百住而不止。其父曰：'吾闻沤鸟皆从汝游，汝取来，吾玩之。'明日之海上，沤鸟舞而不下也。"素约：旧时之约。 ⑥霜丝：白发。朱颜：红润的面容，比喻青春年少。 ⑦"龙吻"句：泉井前有一池，有龙首以白石雕琢而成。泉自龙嘴中喷出，如珠玉般飞溅。(《吴地记》)龙吻：龙嘴、龙口。霏：飘洒、飞扬。 ⑧银瓶：汲水煮茶的器具。羊肠：狭窄曲折的山间小路。 ⑨客尘：尘世间的烦恼。其烦恼因身外之事、物而起，故言"客"。《维摩经问疾品》："菩萨断除客尘烦恼，而起大悲。"僧肇注云："心遇外缘，烦恼横起，故名客尘。"浣：清洗。 ⑩鸿渐：指唐代陆羽，字鸿渐。著《茶经》，有"茶圣"之誉。 ⑪"夜深"二句，用丁令威学仙化鹤归乡之典，《搜神后记》载："丁令威本辽东人，学道于灵虚山。后化鹤归辽，集城门华表柱。时有少年，举弓欲射之。鹤乃飞，徘徊空中而言曰：'有鸟有鸟丁令威，去家千年今始归。城郭如故人民非，何不学仙冢累累。'遂高上冲天。"华表：古时设立在宫殿、桥梁、陵墓前用作装饰和标志之用的巨大石柱。唐杜甫《陪李七司马皂江上观造竹桥》诗："天寒白鹤归华表，日落青龙见水中。"露零：露降。零：掉落、降落。《诗·郑风·野有蔓草》："野有蔓草，零露漙兮。"鹤怨：鹤鸣若悲怨之声。孔稚圭《北山移文》："蕙帐空兮夜鹤怨，山人去兮晓猿惊。"

⑫棹：船桨，指代船。沧波：苍波、碧波。李白《古风》其十二："昭昭严子陵，垂钓沧波间。"

【品评】

此词为梦窗重游惠山所作。

起笔"艳阳不到"将惠山笼罩在阴沉的背景中，增添了几分幽静神秘的色彩。古木参天，绿荫浓密，全然一幅秋色林苑图。远山望去，似女子青黛色的蛾眉。山峰高耸叠翠，如传说中神女的螺形髻，浓密而秀丽。山间婉曲的小路被烟岚和雨雾淹没了踪迹。在树林掩映中，时而忽现清浅小溪；透过茂密的草丛，依稀可见市井繁华。惠山突兀在这烟雾萦绕中，如同一片陡峭的云峰。"二十年旧梦"句，由景抒情，将眼前若仙境般的景色转换到人间尘嚣。二十年前梦窗曾游惠山，年仅二十馀岁，如今已是白发丛生，青春不再。故地重游，恍若一梦。还记得昔日与鸥鸟有过约定，结为盟友，互不相猜。化用鸥鸟忘机的典故，表达欲举手谢红尘、隐逸山林的意愿。

下阕意转，写惠山泉。泉水清冽，如珠玉飘洒，水气霭霭。在泉边汲水煮茶，水沸腾时气泡汩汩而出，聚集而破，如同银瓶乍裂。羊肠道上传来运水车轱辘旋转的急促声音。泉水清澈，人影倒映其中。掬水而饮，甘冽的寒气沁入心脾，顿觉神清气爽，洗去了数年奔波尘世间的烦恼和忧愁。"鸿渐重来"，接应"二十年一梦"句，自比茶圣陆羽，能品出这天下第二泉的神妙之处。二十年不过仙境一日而已。但纵然如丁令威学仙化鹤而归，集落华表，看世间沧桑变化，仍不免哀怨长鸣。夜深露降，更令人不胜唏嘘。结拍宕开，言暮霭沉沉中，游毕归去。至于其目的地，是红尘，还是仙境，似乎都已不重要了。

此词以时间为序，描写惠山一日重游的经历和感慨。上阕以灵动之虚笔写惠山之景，营构出似非人境的飘缈之地。下阕以细腻之实笔写惠山之泉，刻画出人与景谐，人融于景的超脱形象，写出了山林的隐逸清趣。

解语花①

林钟羽　梅花

门横皱碧，路入苍烟，春近江南岸②。暮寒如翦。临溪影、一一半斜清浅③。飞霙弄晚。荡千里、暗香平远④。端正看，琼树三枝，总似兰昌见⑤。　酥莹云容夜暖。伴兰翘清瘦，箫凤柔婉⑥。冷云荒翠，幽栖久、无语暗申春怨⑦。东风半面。料准拟、何郎词卷⑧。欢未阑，烟雨青黄，宜昼阴庭馆⑨。

【注释】

①解语花：此调以周邦彦所作为最早。《天宝遗事》卷下："明皇秋八月，太液池有千叶白莲数枝盛开，帝与贵戚宴赏焉。左右皆叹羡，久之，帝指贵妃示于左右曰：'争如我解语花'。"调名取此。　②皱碧：指碧波荡漾。皱：水纹，涟漪。冯延巳《谒金门》："风乍起，吹皱一池春水。"苍烟：指苍茫的云雾。　③如剪：初春寒风似剪刀。指春日寒意尚浓。贺知章《咏柳》："二月春风似剪刀。"半斜清浅：斜逸而出的梅枝，倒映在清浅的水面上。林逋《山园小梅》："疏影横斜水清浅，

暗香浮动月黄昏。” ④飞霙(yīng):飞扬的雪花、雪珠。弄:玩耍,游戏。暗香:指梅花的幽香。 ⑤“琼树三枝”二句:语出唐薛昭诗“自疑飞到蓬莱顶,琼艳三枝半夜春”。传唐元和末年,平陆尉薛昭被贬谪,田山叟赠药一粒,告知薛至道北林木蓊郁处藏匿,将携美女归。昭避兰昌宫,古木修竹,误入墓穴而不觉。至夜,见仙衣女子三人饮酒,其长者名云容,张氏;次为兰翘,刘氏;凤台,萧氏;皆为唐玄宗时宫女。后云容复生,与薛昭归家。兰昌:在河南福昌县西。 ⑥“酥莹”三句:取张云容(云)、刘兰翘(兰)、萧凤台(箫)之名,以云彩的洁白、兰花的清瘦、箫声的宛转,形容雪中梅花的形貌、品格、性情。 ⑦“冷云”三句:梅花在幽山远谷中,只能迎着早春的料峭寒风绽放,无人欣赏,犹如仙子幽居在荒寒之地。 ⑧东风半面:宋朱熹《春日》:“等闲识得东风面,万紫千红总是春。”早春之风尚寒,故言半面,亦状梅花残落凋零之貌。宋祁《落花》:“将飞更作回风舞,已落犹成半面妆。”《南史·后妃传下·梁元帝徐妃》载:“(徐)妃以帝眇一目,每知帝将至,必为半面妆以俟。”何郎:何逊,南朝梁诗人。有《咏早梅》诗,诗中有“应知早飘落,故逐上春来。”词卷:诗卷。 ⑨阑:将尽,将完。烟雨青黄:初夏江南梅子黄熟时,正是阴雨连绵的时节。贺铸《青玉案》:“一川烟草,满城风絮,梅子黄时雨。”庭馆:房舍,住宅。

【品评】

此为咏梅词。由梅花盛开,担忧其花落凋谢,继而又联想到结梅子之日。用薛昭在元昌宫遇唐明皇宫中侍女典故,意曲辞深,不能仅视为冶游之作。李庆甲《词综·前言》中评云:“用比兴的笔法和苍凉的音调,隐晦曲折地写出了对宗室沦亡的哀伤之情。”虽不必凿实，但该词确实体现出梦窗词深隐细密的特点。

起句写早春景色。由门前一池春水入笔，微风袭来，泛起涟漪。山间小路掩映在苍茫的云雾间，翠色点染，春意若有若无地弥散在这江南两岸。暮色中寒风料峭，梅枝的疏影倒映在清浅的水面上。洁白轻盈的梅花随风飘落，犹如雪花飞扬。淡淡的香气传到远方。月光照在梅树上，如琼林玉枝，梅花姿态摇曳，若仙女翩跹，似曾相识。化用薛昭“自疑飞到蓬莱顶，琼艳三枝半夜春。”“兰昌见”句用薛昭避难兰昌宫，误入墓穴，见仙衣女子之典，此典是联结上下片的纽带。

过片承上，昔日舞若霓裳的美女，百年后却幽居在古墓中。沧海桑田，已几度变迁。云容、兰翘、凤台都是唐明皇宫中的侍女，“酥莹”“清瘦”“柔婉”以互文法，从不同角度写三位女子之美，又由仙衣女子的姓名或其谐音，联想比类，形容梅花的形貌、品格、性情。以兰花比梅之清瘦孤高，以箫声状梅之婉转柔美。将写梅与写人融汇在一起，以人之美写梅之美，又以人名中的本意嵌入写梅花的美。写法奇妙，备极情态。摹写月下梅花盛开，空灵如幻境之景。“冷云荒翠”二句笔意一转，接应“兰昌见”的幽栖孤寂。“东风半面”写风寒花落。“料准拟、何郎词卷”，虽是料想，但其实是必然会有之事，“准”字写出了梅花必然的命运。何郎指何逊，曾作有《咏早梅》诗：“兔园标物序，惊时最是梅。……应知早飘落，故逐上春来。”以何逊诗句为明线，将眼前梅开动人之景，暗转入写梅花随早春寒风凋谢的情状，流露惜花之意。

此词颇可见梦窗词抑扬顿挫之法。写月下梅开，暗香袭人，若雪花飞舞，为扬；“兰昌见”，虽美却已隔百年，扬中已有抑；幽居在这黯云荒野，不能得见春日，为抑；风吹花落，梅花飘零，为抑；夏日梅子黄熟时，阴雨绵绵，但一片青黄，仍然给人无限的希望，热闹收场，此为抑中有扬。

宴清都[1]

连理海棠[2]

绣幄鸳鸯柱[3]。红情密，腻云低护秦树[4]。芳根兼倚，花梢钿合，锦屏人妒[5]。东风睡足交枝，正梦枕、瑶钗燕股[6]。障滟蜡、满照欢丛，嫠蟾冷落羞度[7]。
人间万感幽单，华清惯浴，春盎风露[8]。连鬟并暖，同心共结，向承恩处[9]。凭谁为歌长恨，暗殿锁、秋灯夜语[10]。叙旧期、不负春盟，红朝翠暮[11]。

【注释】

①宴清都：又名《四代好》、《宴满都》。 ②连理海棠：指枝条连生在一起的两棵海棠树。古以连理木为吉兆。 ③绣幄：指海棠树枝繁叶茂，亭亭如盖。鸳鸯柱：喻连理海棠枝干连生。“鸳鸯”切合“连理”。 ④红情：海棠花开繁盛貌。赵彦昭《剪彩花》：“花随红意发，叶就绿情新。”腻云：指花开若浓厚的云层。一说指若女子浓密的头发。腻：浓厚。秦观《沁园春·春思》：“宿霭迷空，腻云笼日，昼景渐长。”秦树：秦地之树。此指海棠。宋徐积《双株海棠序》：“双株海棠者，余秦中时见也，其高皆数十尺，翛然在众花之上。” ⑤“芳根”：海棠枝干并生、相依相伴貌，惹得深闺孤独的人忌妒。钿：见前《瑞鹤仙》（晴丝牵绪乱）注⑥。锦屏：丝织的屏

风，指代闺阁。 ⑥“东风”三句：和风吹拂海棠，枝叶婆娑，如贵妃春睡未醒。《冷斋夜话》引《太真外传》：（唐明皇）登沈香亭，召太真妃子，妃子时卯醉未醒，命力士使侍儿扶掖而至。妃子醉韵残妆，鬓乱钗横，不能再拜。唐明皇笑曰：“岂妃子醉，是海棠睡未足耳。”瑶钗燕股：贵妃发髻上的金钗。喻海棠枝干。 ⑦“障滟蜡”二句：苏轼《海棠》：“只恐夜深花睡去，更烧银烛照红妆。”滟蜡：指蜡烛光明耀的样子。嫠蟾：指月中嫦娥。传说嫦娥偷食后羿不死之丹而奔月。嫠（lí）：寡妇。羞度：相形逊色。 ⑧万感：极言感慨万分之意。华清惯浴，春盎风露：以杨贵妃赐浴华清池，喻月下海棠在秋露中娇艳动人之貌。白居易《长恨歌》：“春寒赐浴华清池，温泉水滑洗凝脂。侍儿扶起娇无力，始是新承恩泽时。” ⑨连鬟并：古时少女梳两个环形发髻，婚后则梳为一个发髻。同心共结：喻连理。同心结，用锦带织成连环回文的心形结，象征心心相印的爱情。 ⑩“凭谁”二句：白居易《长恨歌》：“七月七日长生殿，夜半无人私语时。在天愿作比翼鸟，在地愿为连理枝。” ⑪“叙旧期”二句：切合连理，指不辜负盟誓。红朝翠暮：红花绿叶朝暮相依。

【品评】

此词咏连理海棠。刘永济誉为“卷中咏物最工之作”。

起笔二韵，紧扣连理海棠的特色来写。绣幄、鸳鸯柱、秦树，写连理海棠雍容华贵，卓出众花之上的风华，也为其后拟为杨贵妃、唐明皇的爱情故事埋下伏笔。“芳根兼倚”，刘永济认为“兼”应为“鹣”，可备一说。鹣鹣是比翼鸟，不比不飞。连理海棠树根相依，花梢如钗钿相合，也暗含“在天愿作比翼鸟，在地愿为连理枝”之意。“东风”二句，虽用明皇“岂妃子醉，是海棠睡未足耳”，但海棠是“东风睡足”，与贵妃“睡未足”不同；“瑶钗燕股”为严妆之美，与贵妃“醉韵残妆，鬓乱钗横”自是不同。“障滟蜡”二句，用苏轼《海棠》“只恐夜深花睡去，更烧银烛照红妆”句意，也直接点明了赏花的时间，烛光明耀，海棠之美艳，令明月也感到逊色。也自然引出了“碧海青天夜夜心”的月中嫦娥。

换头承上，“人间万感”如劈空而来，但实与上阕意脉相连，所谓“天上人间”是也。天上“鳌蟾”的冷落孤清，自然是与“看人间”、羡慕人间的相聚相守联系在一起的。但天上的嫦娥孤苦寂寞，人间又何尝不是聚少离多呢。大笔淋漓，非拘于赏一花而已，人间万感皆在心中。上阕实写海棠，下阕则仅以海棠为形貌，而实写杨贵妃，落笔在杨、李爱情故事。“连鬟”三句，虚实并生，写花写人，浑然一体。“凭谁为歌长恨”句，句意振起，陈洵《海绡说词》评云：“言民之夫妇不保，即己之夫妇亦不保。天宝之不为靖康者，幸耳。”讥讽唐玄宗“自乐其乐，不与民同乐”之罪。南宋咏物，多托物言事之作，然能在提纵开阖中，不粘不滞，亦不露牵强之意，是咏物词的高浑之境。清末词人学南宋，终逊一层。“秋灯夜语”虽合“七月七日长生殿，夜半无人私语时”，但“昭阳殿里恩爱绝”，李、杨的爱情故事，终究还是以悲剧收场。“暗殿锁”句，即已明言。“不负春盟，红朝翠暮”照应上阕“芳根兼倚，花梢钿合”，不期盼作比翼鸟，更不期盼天上相见，而是宁愿红情绿意，朝暮相伴。《长恨歌》中末句“天长地久有时尽，此恨绵绵无绝期。”以长恨收束，两相对照。海棠树犹可同心相倚，贵妃如海棠，却不得两相分离，人不如花也，令人长恨。

此词以花写人，又以人来写花，时而从两株连理木兼倚的角度来写，时而又从花与叶红情绿意来写。化《长恨歌》而点染之，或正用其意，或反用其意，或比其相似处，或比其相异处，竟无不自然之处，令人叹服梦窗词笔之巧。

齐天乐[1]

黄钟宫，俗名正宫　与冯深居登禹陵[2]

三千年事残鸦外，无言倦凭秋树[3]。逝水移川，高陵变谷，那识当时神禹[4]。幽云怪雨。翠萍湿空梁，夜深飞去[5]。雁起青天，数行书似旧藏处[6]。

寂寥西窗久坐，故人悭会遇，同剪灯语[7]。积藓残碑，零圭断壁[8]，重拂人间尘土。霜红罢舞。漫山色青青，雾朝烟暮[9]。岸锁春船，画旗喧赛鼓[10]。

【注释】

①齐天乐：又名《五福降中天》、《五福丽中天》、《如此江山》、《台城路》。　②冯深居：冯去非（1189—1265），字可迁，号深居。南康都昌人。宋释文珦有《冯深居宰会稽》一诗。此词中吴梦窗与冯深居同登禹陵，应正是冯宰会稽时。禹陵：大禹陵在浙江绍兴县会稽山西北，其下有穴，西有窆（biǎn）石，左有禹寺，前为禹池，西为禹庙。后坐镜湖，前对委宛山。　③三千年：自禹至南宋，约隔三千四百年。残鸦外：指暮色中，天尽头明灭隐现的数点鸦影。　④“逝水移川”三句：三千年来天地间翻天覆地的变化，也指大禹治水时开凿龙门、疏浚河道的丰功伟绩。川：原野、平野。高陵：高山。谷：深谷。那识：哪识。神禹：对大禹的美誉和敬称。

⑤“幽云怪雨”三句:《会稽志》卷六载:梁时修禹庙,“唯欠一梁,俄风雨大至,湖中得一木,取以为梁,即梅梁也。夜或大雷雨,梁辄失去,比复归,水草被其上,人以为神。”翠萍:水藻。湿空梁:因梁入水而湿。夜深飞去:指深夜梅梁化龙而去。　⑥“雁起”二句:仰见南飞之雁数行,仿佛禹书。此用禹穴藏书之典。会稽山麓有巨石,中裂一缝隙,阔不盈尺,传说为禹穴。《图经》:禹治水,投玉简于此穴中。汉赵煜《吴越春秋》卷四载:禹登委宛山,发金简之书,得通水之理。青天:蓝天。旧藏处:金简书旧藏之处。　⑦“寂寥”三句:化用李商隐《夜雨寄北》“何当共剪西窗烛,却话巴山夜雨时。”寂寥:寂静、沉寂。故人:冯去非。悭(qiān):难得。同剪灯语:共剪灯烛,促膝夜谈。　⑧残碑:禹陵碑。指禹陵前的窆石。《图经》云:石本无字,高五尺,形如秤锤,盖禹葬时下棺之丰碑。零圭断璧:指古代帝王诸侯祭祀禹陵的器物已残零不堪。圭、璧:此皆指祭祀时的玉制礼器。　⑨“霜红”二句:写秋去冬尽后,春意重来、烟雾缭绕的青青山色。　⑩“岸锁”句:望见岸边停泊的船只,想象来年春天赛神会时,这里画船彩旗、杂戏箫鼓喧天的热闹场景。赛:祭祀酬神。

【品评】

此为作者登高吊古之词。郑文焯评云:“万古精灵,空荡幽默,怀古之作,至此乃神。”

起笔苍茫。三千年岁月,兴亡多少事,都付无言中,连一声叹息都没有,作者心中有怎样令人默然的思虑呢。三千年往事,似乎无声无息随着暮色中的残鸦消失在天尽头。“外”字举重若轻,正是无言的原因所在。《论语》:“子曰:予欲无言。子贡曰:子如不言,则小子何述焉。子曰:天何言哉!四时行焉,百物生焉,天何言哉!”“无言”而且“倦凭”,将天地的恒久、时空的深远与一己的渺小相对比,令人感慨万千。“逝水移川”二句,寓沧海桑田之意。葛洪《神仙传》:“麻姑自说:‘已见东海三为桑田,向到蓬莱,水又浅于往昔会时略半也,岂将复还为陵陆乎。’”但麻姑口中叙述的沧海变桑田,是以神话来传扬的。但大禹治水以来,平野变成江海、高山陷为深谷,却是三千年来真实发生的变迁。天地间物换星移,当时凿山开河、立下神功的神禹,已杳如尘埃,无处追寻。登会稽山凭吊的,只是禹陵、禹庙和大禹藏书的禹穴等古迹罢了。作者选取梅梁、窆石作为登禹陵的凭吊之景。幽云、怪雨烘托梁木化龙飞入镜湖的神秘色彩,用笔幻丽,想象奇特,天光云影,是之谓也。又因雁飞数行,而用禹穴藏书之典。古传说,大禹曾投玉简书于禹穴,三千年一开。此处特别提到“旧藏处”,正是期盼禹穴能开,岁丰人安、光彩人间。俯仰之间,亦系苍生,正是梦窗“笔不钝置”之处。

换头写与冯去非重逢的欣喜。凭吊归来,兴犹未尽。剪烛西窗,与友人促膝夜谈的,仍然是白天登禹陵时所见的事和物。拂去残碑断壁上的积藓,让神禹的丰功伟绩能重现人间。“霜红舞罢”,以写景振起,“最有精神”(杨铁夫语),以眼前实景,写想望中的虚景。眼前的霜林红叶过后,来春应是满山遍野的青青翠色。结拍有声有色,有虚有实。由白天所见停泊在岸边的船只,想象来年春祭时,赛神会上杂戏纷呈、锣鼓喧天的热闹景象。反衬起笔“三千年事残鸦外”,全篇振起,将世间万物生生不息、兴衰更迭、因果循环的辩证关系,以诗意的笔法出之,也使得全词有了晴朗明亮的色彩。

此词气势宏肆苍茫,在苍凉的笔调中,融入对未来的殷殷期盼。结拍振起,使笔势高扬,不落于悲惋之音。

齐天乐

齐云楼[①]

凌朝一片阳台影，飞来太空不去[②]。栋与参横，帘钩斗曲，西北城高几许[③]。天声似语。便阊阖轻排，虹河平溯[④]。问几阴晴，霸吴平地漫今古[⑤]。

西山横黛瞰碧，眼明应不到，烟际沈鹭[⑥]。卧笛长吟，层霾乍裂，寒月溟濛千里[⑦]。凭虚醉舞。梦凝白阑干，化为飞雾[⑧]。净洗青红，骤飞沧海雨[⑨]。

【注释】

①齐云楼：在长洲县（今江苏苏州），相传即古月华楼也。（卢熊《苏州府志》）。《吴地记》载：唐曹恭王所造。其楼宏敞壮丽。　②阳台影：阳台云影。楚宋玉《高唐赋》："旦为朝云，暮为行雨，朝朝暮暮，阳台之下。"　③参：参星。斗：北斗星。西北城高：《古诗十九首》："西北有高楼，上与浮云齐。"　④语：天语。指上天的垂训。唐李白《明堂赋》："听天语之察察，拟帝居之将将。"阊阖（chāng hé）：天门。溯：迎、向。虹河：天河、银河，长虹若桥，故合称。　⑤问几阴晴：不知经过了多少岁月。霸吴：唐颜粲《吴宫教美人战》："有客陈兵画，功成欲霸吴。"漫：长久。　⑥沈鹭：沉鹭。沈：降落，没入水中。鹭：水鸟。　⑦"卧笛"：倚楼吹笛一曲，嘹亮逸发，声裂层云，使得被云层遮蔽的月亮，能透出些溟濛的光华，映照千里大地。霾（mái）：昏暗，模糊不清。　⑧凭虚：腾云凌空。

齐云楼又名飞云阁。梦凝白阑干，化为飞雾：《云笈七籤》："如立秋之祝思白气以自覆，则身化为雾露，人不见也。"作者醉舞，恍惚腾云而起，若化为飞雾。凝：专注，凝神。一说"凝梦飞雾"指白阑干题墨。"飞雾"，形容书法。（见吴蓓《梦窗词汇校笺释集评》） ⑨"净洗"二句：骤然飞雨，洗净人间青红色。沧海：大海。

【品评】

此词咏齐云楼，抒发今古之慨。

起笔"凌朝"二句，以宋玉《神女赋》中朝云起笔，言齐云楼高耸，云缭雾绕，似从仙界飞来的亭台楼阁。"凌"字顿生空灵飘渺感，且气势宏大。"阳台影"既用典，指朝云，又兼用字面意。"太空飞来不去"，"飞"为动，"不去"为静，动静之间，得顿挫之妙。"栋与参横"三句想象奇丽，极言齐云楼之高。其屋梁与参星一样横亘天际，高楼上的帷帘似乎就挂在北斗星的曲柄上。接星斗，挂帘钩，登楼者如同迈进了天界仙宫。耳边风云疾驰的声音如同天帝的告语。轻轻推开天门，天河就在眼前。不知齐云楼何年何月矗立于此，称霸吴地，与明月共阴晴，见证着人间岁月的变迁。

换头宕开。既然西山如眉黛，应可俯瞰满山碧色，但即使眼明，那烟水迷茫中飞入水中的点点白鹭，也是目所不能及的。而在这高楼上，倚楼吹笛一曲，就能将层层阴霾散开，透出朦胧的月光来。"眼明不到"与"溟蒙千里"对比，西山有眼，却目不能千里；齐云楼上吹笛，却能穿石裂云，吹散乌云，使得月华千里。一抑一扬，对比奇特，将山拟人，将人拟神，见梦窗用笔之奇幻莫测。最奇特的是"凭虚醉舞"三句，凭虚者，乘云凌空，飘飘若仙。有了月，自然又有了歌舞的意头，

“我歌月徘徊，我舞影零乱”。恍惚间，身已化为飞雾。结拍写暮雨，对应起句的朝云。以云起，以雨收，但朝云是神女而起，而这暮雨，却俨然是凭虚凝白，化雨而下，普惠苍生。天河倒倾，净洗青红，还天地间澄澈洁净，亦用天洗兵之意。

此词想象奇特，写齐云楼一天的景色变化，由凌晨写至月出，词句瑰丽，色彩纷呈，将全词笼罩在一片仙光云影之中，令人挹挹不尽。

齐天乐

毗陵陪两别驾宴丁园①

竹深不放斜阳度，横披澹墨林沼②。断莽平烟，残莎剩水，宜得秋深才好③。荒亭旋扫。正著酒寒轻，弄花春小④。障锦西风，半围歌袖半吟草⑤。
独游清兴易懒，景饶人未胜，乐事长少⑥。柳下交车，尊前岸帻，同抚云根一笑⑦。秋香未老。渐风雨西城，暗欹客帽⑧。背月移舟，乱鸦溪树晓⑨。

【注释】

①毗(pí)陵：亦作昆陵，春秋时吴季札封地延陵邑，西汉时改置毗陵。今江苏省常州市。别驾：官职名，宋时指通判。丁园：丁氏之园。　②度：过。横披：长条形横幅字画。林沼：林木与沼泽。此泛指山水。　③莽：草、草丛。平烟：指秋日漫地而起的烟雾。莎：莎草。多生长于河边湿地。
④寒轻：秋末初冬，寒意尚轻。弄花：赏花。春小：小春，小阳

春。指农历十月。宋陈元靓《岁时广记》卷三七引《初学记》云:“冬月之阳,万物归之。以其温暖如春,故谓之小春,亦云小阳春。” ⑤障锦:锦障。吟草:诗稿。指吟诗作赋。⑥清兴:游兴、清雅的兴致。懒:索然,倦怠。胜:胜友。良友、知音。 ⑦柳下:用其本意。指丁园之宴的逸兴雅趣。一说此用嵇康锻于柳下之典。《晋书·向秀传》载:“康善锻,秀为之佐,相对欣然,傍若无人。”又:《晋书·嵇康传》载:“颍川钟会,贵公子也,精练有才辩,故往造焉。康不为之礼,而锻不辍。”交车:指赴宴车马在丁园门前柳下相遇。岸帻:指头巾上掀,露出前额。指性格洒脱不羁。《世说新语·简傲》:“岸帻啸咏。” 云根:云起之处。指山石。传云触石而生,故言根。 ⑧秋香:秋菊。郑谷《九月十日菊》:“自缘今日人心别,未必秋香一夜衰。”此以花喻人。暗欹客帽:用孟嘉落帽典,见前《霜叶飞》(断烟离绪)注⑪。客:作者自指。⑨“背月”二句:在朦胧的月色中乘船而归,溪边树丛中乱鸦飞起。

【品评】

此词作于癸卯年。“两别驾”,吴熊和先生考为谯习与王龙荣,时分别任毗陵通判、添差通判。

起笔勾勒出一幅清幽的竹林图。丁园竹深林密,连夕阳的余晖都照不进来,远望如同横幅的淡墨山水画轴。“不放斜阳度”形容竹林的繁茂深密,也是为了把“秋阳”从词中屏蔽掉,营造出送别的凄清秋景。“断莽平烟”承上,写草枯叶落的萧寂景象。起句以竹林写密,“断莽”句以草枯写疏,一密一疏,收放自如。“宜得”二字舒缓而平和,把赴宴者的心境拓开,丁园正宜深秋时节来踏访。“荒亭”三句,写丁园之宴。秋末冬初,十月小春，朋友相聚，饮酒赏菊，丝竹相佐，吟诗作赋。锦障红围，歌袖吟草，由“冷”笔转为“热”笔，杨铁夫释云：“‘锦’字双含‘歌袖’、‘吟草’，因诗词亦锦绣也。”两个“半”字，透露出宴会中不同的感受，隐有“取次花丛懒回顾”之意。

换头“独游”三句，写人间乐事长少。若没有朋友，一人独游，则意兴倦怠；即使有伴同游，但游伴不能欣赏这山水之趣，也令人索然。能有佳景可供清游已是难得，又要找到知己胜友同游，就更难得，可见人间乐事是何等之少了。层层写乐事少，正是为了翻进一层来说，今日与别驾宴游于此，是人间难得的赏心乐事，更见珍惜之意。“柳下交车”，赴宴车马在门口相遇之景。“尊前岸帻”，宴会上畅饮美酒，洒脱的情形。宴游中人，心意相契，志趣相投，所以才能“同抚云根一笑”。不为权势左右，不作蹭蹬青云之想，在园林中过着中隐的惬意生活。二三知己，品酒赏花，知春秋四时之美，得山水浓淡之趣，才是作者所期盼、所珍惜的人间乐事。“秋香”承“弄花”而来，指秋菊，又喻指赴宴之人。“渐风雨西城”承上，秋香今虽未老，但风雨渐来，“暗欹客帽”，“渐”者，“暗”者，皆人不觉也，应和“秋香未老”，更觉岁月不随人留驻之憾。宴罢归来，背月乘舟而去，沿途见溪树乱鸦。此词用笔颇见章法，疏密、正反，运用自如，有峰回路转，曲径通幽之趣。

齐天乐

烟波桃叶西陵路，十年断魂潮尾[1]。古柳重攀，轻鸥聚别，陈迹危亭独倚[2]。凉飔乍起。渺烟碛飞帆，暮山横翠[3]。但有江花，共临秋镜照憔悴[4]。　　华堂烛暗送客，眼波回盼处，芳艳流水⑤。素骨凝冰，柔葱蘸雪，犹忆分瓜深意⑥。清尊未洗。梦不湿行云，漫沾残泪⑦。可惜秋宵，乱蛩疏雨里⑧。

【注释】

①“烟波”二句：作者重返十年前故地，回忆昔日与杭姬的情谊，而今人去事渺，不觉黯然神伤。桃叶：渡口名。在江苏南京秦淮河畔。因王献之曾在此送其妾桃叶而得名。此亦以桃叶指代杭姬。王献之《桃叶歌》云：“桃叶复桃叶，渡江不用楫。”西陵：浙江钱塘江西岸渡口。《钱塘苏小小歌》：“何处结同心，西陵松柏下。”此以西陵指代作者与杭姬相逢之地，亦以苏小小指代杭姬。潮尾：指钱塘退潮时。《钱塘候潮图》云：潮至每月二十四、五渐减，二十六、七渐生。　②“古柳”三句：写作者重游当时送别折柳之地，见景伤情，睹物思人。古柳重攀：古俗折柳送别。轻鸥：白鸥，能浮游水上，体轻如沫，故称。危亭：高高耸立的亭子。　③凉飔（sī）：凉风。飔：形容风吹迅疾。烟碛（qì）：江上烟波浩渺貌。碛：水中的沙堆、浅滩。横翠：山形蜿蜒，如女子黛色的愁眉。　④江花：江中的莲花。梁萧纲《采莲曲》：“桂楫兰桡浮碧水，江花玉面两相似。”秋镜：指江水如镜。　⑤“华堂”句：《史记·滑稽列传第六十六》载：“日暮酒阑……堂上烛灭，主人留（淳于）髡而送客。”温庭筠《牡丹》诗：“华堂客散帘垂地，想凭栏杆敛翠蛾。”华堂：华美富丽的厅堂。此指欢宴之所。眼波：形容女子目光流盼如水波。　⑥素骨凝冰：五代后蜀嗣主孟昶词句：“冰肌玉骨，自清凉无汗。”柔葱蘸雪：形容女子手指纤细，洁白如雪。　⑦清尊：酒杯，酒器。行云：宋玉《高唐赋》序云：“昔者先王尝游高唐，怠而昼寝，梦见一妇人，曰：

'妾巫山之女也。为高唐之客,闻君游高唐,愿荐枕席'。王因幸之。去而辞曰:'妾在巫山之阳,高丘之岨。旦为朝云,暮为行雨,朝朝暮暮,阳台之下。'" ⑧秋宵:秋夜。

【品评】

此词为梦窗离别杭姬十年后,故地重游,忆姬所作。

起句虽平而情意深挚,以实写虚,桃叶、西陵为苏、杭两地渡口名,似为作者在苏杭间往返时,就渡口实名、实景顺手拈来,但其实饱含着作者的酸楚回忆。桃叶、西陵都隐有一段情事,不仅以桃叶、苏小小指代杭姬,也以桃叶、苏小小的爱情故事,指代词人与杭姬的爱情悲剧和离别的伤痛。"烟波"虽为烟波江上的实写,也是十年两茫茫的心理感受的虚写。"古柳"三句,作者徘徊隄岸,江亭眺望,追忆往事,不胜感慨。古柳、轻鸥、陈迹、江亭,为眼前景,亦写当日离别之状。古柳依旧青青垂地,重攀时却物是人非,重心落在今日之游;轻鸥倏忽聚别,飘飞无踪,当日也如这轻鸥一般离别,重心落在当日之别。两相对比,更显出独倚之恨。"凉飔"句为"提肘书法"(谭献语),承上,写独倚江亭所见江景。"渺"领四字,"烟碛""飞帆",一留一去。暮山苍翠,如同愁眉,凝视着江帆,来来往往,都了无消息。"但有江花"二句,犹见无奈之情。萧纲《采莲曲》中"桂楫兰桡浮碧水,江花玉面两相似",玉面不知何处去,只留江花与憔悴容颜相伴,共临一江秋水,秋莲的枯萎残败与容颜的颓唐苍老,亦是两面写法。"但有"二字尤可味,莲与人相怜相叹,顿生凄凉之感。"江花"又化用杜甫《哀江头》诗:"人生有情泪沾臆,江草江花岂终极。"人生有情,却不如草木无情,其伤何如!

换头追忆往昔,"华堂烛暗"用美人留髡之典。由美人对淳于髡的多情，隐写杭姬对作者的深情。“眼波回盼处”写杭姬回眸的惊艳，“芳艳流水”，形容如水波流动的目光。“素骨”三句，回忆二人相聚时温馨的生活细节——分瓜。周邦彦《少年游》词：“并刀如水，吴盐胜雪，纤手破新橙。”此处既为用典，也为平日生活中应有的细节。眼波、分瓜这些细节的回忆，栩栩如在眼前，十年过后，仍能如此清晰地记起，也可见出作者的款款深情了。“清尊未洗”，姬已离去，相聚如此短暂。“梦不湿”，杭姬不曾入梦来。与姬十年生别，纵使梦中相逢也应不识，但不曾入梦，连相顾无言泪千行的机会都没有，醒来空自“漫沾残泪”，其伤可感。结拍怨而不怒，将恋恋馀情结于秋雨、秋声中。遣词大雅，陈廷焯将此词收入《大雅集》，评其“一片感喟，情深语至”。

扫花游①

春雪

水云共色，渐断岸飞花，雨声初峭②。步帷素嫋。想玉人误惜，章台春老③。岫敛愁蛾，半洗铅华未晓④。舣轻棹。似山阴夜晴，乘兴初到⑤。　心事春缥缈⑥。记遍地梨花，弄月斜照。旧时斗草⑦。恨凌波路锁，小庭深窈⑧。冻涩琼箫，渐入东风郢调⑨。暖回早⑩。醉西园、乱红休扫⑪。

【注释】

①扫花游：又名《扫地游》。《钦定词谱》卷二十四云：“调

见《清真词》，因词有‘占地持杯，扫花寻路’句，取以为名。” ②“水云”三句：描写雨雪霏霏的景色。水云共色：大雪纷飞，水天相连，白茫茫一片。飞花：雪花。峭：急促、峭冷，指雨雪俱下，春寒料峭之意。 ③步帷素嫋：雪花轻盈飘忽，飞入帘幕中。步帷：步障。用来遮避风尘或视线的屏风、帷幕。此指闺阁。玉人误惜：此指东晋谢安侄女谢道韫将雪比作柳絮一事。道韫曾咏雪云：“未若柳絮因风起。”（《晋书·列女传》）章台春老：指暮春时节柳絮飘飞。章台：汉长安街名，此指章台柳。 ④岫（xiù）：山峰。愁蛾：愁眉。铅华：女子化妆用的铅粉。 ⑤“舣轻棹”三句：用王徽之雪夜访戴逵典。《晋书·王徽之传》：“尝居山阴，夜雪初霁，月色清朗，四望皓然，独酌酒。咏左思《招隐诗》，忽忆戴逵，逵时在剡，便夜乘小船诣之。经宿方至，造门不前而反。人问其故，徽之曰：‘本乘兴而来，兴尽而反。何必见安道邪！’”舣：附船着岸。棹：船桨，借指船。 ⑥缥缈：指心事如游丝般渺茫、隐约。 ⑦“记遍地”三句：写春日嬉戏的往事。梨花亦指春雪。唐岑参《白雪歌送武判官归京》：“忽如一夜春风来，千树万树梨花开。”斗草：古俗端午节前后女子踏春时喜玩的一种游戏。比赛者各搜集百草与对方比输赢，或对花草名，或比赛草的韧性等。 ⑧凌波：魏曹植《洛神赋》：“凌波微步，罗袜生尘。”此指女子轻盈的步态，如乘碧波而行。深窈：幽深。 ⑨涩：艰涩，不流畅。此指箫声呜咽。东风：春风。郢（yǐng）调：宋玉《对楚王问》：“客有歌于郢中者，其始曰《下里巴人》，国中属而和者数千人……其为《阳春》、《白雪》，国中属而和者，不过数十人。”郢：春秋战国时期楚国都城。今湖北江陵县。 ⑩暖回早：离回暖天气尚早。雪后天气应该会转暖，但似乎没那么快。 ⑪乱红：繁花。见前《瑞鹤仙》（乱红生古峤）注

②。此指落英缤纷貌。

【品评】

此词为赏春雪怀故人之作。

起句以景起兴。天地间白茫茫一片，水似与天接，雨雪声中带着浓浓的寒意。

雪飞入帘帷，引出帷中玉人。“步帷”用典自然无痕，《晋书·列女传·王凝之妻谢氏》载：“（谢道韫）乃施青绫步障自蔽，申献之前议，客不能屈。”步帷中玉人即有咏絮之才的谢道韫，也指代作者所思之人，转换十分巧妙。“误惜”者，错惜也，辜负玉人矣。“章台”指柳，也暗用唐韩翃赠姬《章台柳》诗句：“章台柳，章台柳，昔日青青今在否”，下启怀人之思。“春老”而柳飞絮，又合前句以雪拟柳絮。黏合之间，似断实连。“岫敛”二句状山中雪景。以美人敛玉颜，蹙愁眉，妆容尚未洗尽之态，形容白雪覆盖下的山峰，苍翠之色若隐若现的绰约迷蒙之美。“舣轻棹”三句，用王徽之雪夜访戴逵，造门不前，兴尽而返的典故。徽之知雪的真趣，与前“玉人误惜”相呼应，也牵出下阕的几许心事来。

换头“心事春缥缈”，承上启下，杨铁夫评云：“通首精神全在此句。”在这春寒料峭时节，心事如飞雪、如柳絮般缥缈。“记遍地”三句，由“心事”、由“春”而散开，回忆昔日清明、端午踏春之乐。叹如今人已离去，空留小庭深曲。正因昔日难忘，今日“恨”犹深。继以箫声呜咽写心境之低婉。前言“冻涩”，后言“东风”，东风者，解冻也，应和无痕。郢调中有《阳春》、《白雪》，与词中所咏春雪，完全切合。但作者之意，又不仅在取字面之巧而已，“所和者不过数十人”的孤寂感，才是作者想要表达的真实意图。梦窗善于借典化典，不仅用典之字面，更注意延伸出典故的言外之意，表达词中未尽之意。结拍以醉收，沉醉西园，“乱红休扫”，不忍扫也，也无心扫也。

此词颇能见出梦窗词移步换境之法。“水云共色”正面写景，“玉人误惜”、“章台春老”为侧面转步。虽用典拟雪，实亦写人。“山阴夜晴”振起，人与景俱亮。“遍地梨花”、“凌波路锁”，步步转，围绕“心事春缥缈”来写，浑融一体，极见情致。

扫花游

赠芸隐①

草生梦碧，正燕子帘帏，影迟春午②。倦茶荐乳③。看风签乱叶，老沙昏雨④。古简蟫篇，种得云根疗蠹⑤。最清楚。带明月自锄，花外幽圃⑥。　醒眼看醉舞⑦。到应事无心，与闲同趣⑧。小山有语。恨逋仙占却，暗香吟赋⑨。暖通书床，带草春摇翠露⑩。未归去。正长安、软红如雾⑪。

【注释】

①芸隐：施枢，字知言，号芸隐，丹徒人，有《芸隐横舟稿》、《芸隐倦游稿》。宋理宗端平二年（1235）入吴，与梦窗同为仓台幕僚。　②“草生”三句：写春水碧草，燕子呢喃的融融春景。草生梦碧：传谢灵运因梦惠连而得“池塘生春草”佳句。草：亦隐指芸隐。芸，香草名，今称七里香。燕子帘帏：

晏殊《蝶恋花》："罗幙轻寒，燕子双飞去。"　③倦：午睡醒来倦怠貌。荐乳：用今春新采的茶芽沏茶。乳：柔嫩的茶芽。④风签乱叶：乱叶如风吹书签。宋苏轼《书轩》："雨昏石砚寒云色，风动牙签乱叶声。"此反用其意。签：书签。　⑤蟫(yín)：蠹(dù)鱼，蛀虫。云根：以"云"谐"芸"，即芸根。古时藏书用芸草来防蠹。　⑥"带明月"二句：月下锄地种芸草。宋刘翰《种梅》："自锄明月种梅花。"花外幽圃：因所种非花，而是芸草，故言花外。圃：种植花草、瓜果的园地。　⑦"醒眼"句：指芸隐有遗世独立的隐者风范。醒眼看醉舞：屈原《渔父》："众人皆醉我独醒。"　⑧应事无心：处世随心，不刻意求之。　⑨小山：淮南小山，有《招隐士》一文。此反用其文意，指招其归隐。逋仙：宋代隐士林逋。字君复，杭州钱塘人。淡泊于名利，不乐仕进，结庐隐居于西湖孤山二十馀年。暗香吟赋：林逋《山园小梅》："疏影横斜水清浅，暗香浮动月黄昏。"　⑩暖通：暖透。通：整个、全部。书床：可供阅读、写作时坐卧的器具。带草：书带草。宋乐史《太平寰宇记》引《三齐略记》：郑康成刊注诗书时，居于黉山，上有古井，独生细草，叶形似薤，俗称郑公书带草，可取以束书。　⑪"未归去"二句：言芸隐在繁华热闹的都城蹭蹬，并未能归隐。归去：陶渊明《归去来兮辞》："归去来兮，田园将芜胡不归！"长安：指南宋都城临安。软红：软红尘，指繁华热闹之地。

【品评】

此词作于宋理宗端平三年(1236)。是年，施枢为浙东转运司幕属。《芸隐横舟稿》自序云："丙申冬，趋浙漕舟官小廨，泊崇新门外，傍河依柳，仿佛家居。"梦窗仍在苏州，此为寄赠之作。

此词以人名入词，围绕“芸隐”二字落笔。上阕从“芸”字起。用谢灵运梦惠连而得佳句之典，既以“草”对应“芸”；又赞芸隐有惠连之诗才。起句烘托春日迟迟，花草丰茂的景象，燕子低穿帘幕，写出午后的宁静闲适。“倦茶”三句，由春写至秋，春饮新茶，秋看风雨落叶，皆有隐者的萧散情怀。“古简”以下，突出芸隐的博学多识，而学者的隐居生活也显得与渔隐、樵隐不同。月下荷锄，种的不是菊花、梅花，而是芸草。梦窗词立意的清超别致正在此等细微处。

下阕由“隐”起。“醒眼看醉舞”、“应事无心”、“与闲同趣”三句，写芸隐的平生趣尚和性情胸襟，疏散洒落，出尘脱俗。这三句评语，非至亲至契知交不能道出。只可惜芸隐任官职，毕竟难以做到真正隐居。“小山有语”三句，以林逋梅妻鹤子，隐于孤山的优游，规劝芸隐真正归隐，享受藏书读书的快乐。结拍语意陡转，言芸隐现正在都城软红尘中。在极力铺叙隐居的乐趣之后，“软红如雾”顿住，芸隐对仕途的迷恋与前文的闲淡萧散对比强烈，隐有劝讽之意。

梦窗喜用嵌字、拆字、谐音等法，来启词境词意，如“何处合成愁，离人心上秋”等，此虽似游戏，但梦窗不取戏噱之意，而是将字义浑化词中，以其为灵魂，营构出别出心裁的意境。此词即是如此，取“芸”、“隐”的含义，从正反两面落笔。“芸”，芸香，香草；“隐”，隐逸、隐居；惜芸隐虽应事无心，知闲情闲趣，却终究为仕途所绊，未能做到真正归隐，依然在浊世间沉浮。梦窗极写隐逸之趣，向友人提出“不如归去”的讽劝，也从侧面表达了自己的志趣和品格。

晚清学梦窗者众，其末流者，往往不得梦窗从高处、阔处着眼，能空际转身的笔力，徒然学其在词中拆字、嵌字，无深挚情感为内里，则不免游戏文字，贻笑大方了。

应 天 长[1]

夷则商　吴门元夕[2]

丽花斗靥，清麝溅尘，春声遍满芳陌[3]。竟路障空云幕，冰壶浸霞色[4]。芙蓉镜，词赋客[5]。竞绣笔、醉嫌天窄[6]。素娥下，小驻轻镳，眼乱红碧[7]。　前事顿非昔，故苑年光，浑与世相隔[8]。向暮巷空人绝，残灯耿尘壁[9]。凌波恨，帘户寂[10]。听怨写、堕梅哀笛[11]。伫立久，雨暗河桥，谯漏疏滴[12]。

【注释】

①应天长：又名《应天长令》、《应天长慢》、《应天歌》、《秋夜别思》、《驻马听》。　②吴门：指苏州。元夕：农历正月十五为上元节，是日晚称元夕、元宵。　③“丽花”三句：元宵夜仕女游春竞艳的盛况。斗靥（yè）：游春仕女淡妆浓抹，如鲜花般争丽斗艳。靥：面颊，也指脸上的妆饰。麝（shè）：麝香，此泛指香气。芳陌：香气弥漫的街巷。　④“竟路”二句：形容街上行人熙熙攘攘，湖边灯光月影相辉映的繁华景象。竟路：满路。竟：遍、全。障：布障，布帷。冰壶：盛冰的玉壶，此指月亮。霞色：指裙裾、灯光倒映水中的缤纷色彩，或说指晚霞之色。　⑤芙蓉镜：背面雕有芙蓉花纹的铜镜。唐段成式《酉阳杂俎》载：李固言落第游蜀，遇一老妇，告知明年芙蓉镜下及第，后二十年拜相，当镇蜀土。明年，李氏果然状元及第。诗赋有“人镜芙蓉”之目。　⑥绣笔：文辞华丽如锦绣。

醉嫌天窄：指醉酒后文思泉涌，走笔恣肆，嫌天窄地狭，不够舒展笔墨。杜甫《送李校书》："每愁悔吝作，如觉天地窄。" ⑦素娥下：指月下。小驻：稍作停留。镳(biāo)：马嚼子，指代马。 ⑧"前事"三句：今昔对比，恍如隔世。 ⑨残灯：将要燃完的油灯。耿：照耀。 ⑩凌波恨：恨凌波不到之意。指人去庭空。见《扫花游》(水云共色)注⑧。帘户寂：长日无人来访，帘幕低垂寂寂。 ⑪堕梅哀笛：笛曲名中有《梅花落》。唐杨巨源《山城闻笛》诗："惆怅梅花落，山川不可寻。" ⑫谯(qiáo)漏：古时在瞭望楼上设漏壶以计时。谯：城门上的瞭望楼。

【品评】

此词为咏节物词。

上阕写昔日元夕热闹繁华的盛况，下阕写今年元夕的孤寂冷清。通过强烈的对比，抒发今非昔比的感叹。

"丽花斗靥"五句，营造了有色、有香、有声的元宵夜。灯光佳人相映照，仕女游春，路障密叠，游人如织。月如冰壶，灯火映水如霞。而在这热闹的人海中，逗引出"芙蓉镜、词赋客"，文人墨客在元夕夜诗酒唱和，竞相泼墨，豪情满怀。"醉嫌天窄"，隐然也有昔日作者的影子。当日驻马桥头，只见佳人如云，裙裾翩翩，赏灯的人沉醉在花灯中，望去深红浅碧，令人目眩神迷。

换头"前事顿非昔"，将上阕所有的美好回忆打回，出语沉痛，繁华已成过往。"顿非昔"启下，"前事"已终，年光相隔，已如前世今生。一一对比，往日元夕彻夜狂欢，人声鼎沸。今日元夕，傍晚时分则已是清冷的空巷，不见有人来往。自己一人守着孤灯，灯影照在壁上，更显得孤苦。昔日芳陌，今日巷空人绝；昔日冰壶，今日残灯；昔日映霞色，今日耿尘壁；昔日绣笔嫌天窄，今日怨写落梅曲。结拍点明雨中，看似语浅，味之意深，也道出今日元夕冷清的客观原因，以及作者独特的心理感受。“伫立久”对应“小驻”；“疏漏”耳听，“红碧”眼乱，钟漏的声音和着绵绵的雨声，怎不令人愁怀难眠。

此词上下阕字字句句可相对应，细针密缕，犹见梦窗布局营构的苦心，是梦窗词法的代表作。但学梦窗若仅知学针线之法，不知其潜气内转之妙，则不得其门而入也。

过秦楼①

黄钟商　芙蓉②

藻国凄迷，麹尘澄映，怨入粉烟蓝雾③。香笼麝水，腻涨红波，一镜万妆争妒④。湘女归魂，佩环玉冷无声，凝情谁诉⑤。又江空月堕，凌波尘起，彩鸳愁舞⑥。　　还暗忆、钿合兰桡，丝牵琼腕，见的更怜心苦⑦。玲珑翠屋，轻薄冰绡，稳称锦云留住⑧。生怕哀蝉，暗惊秋被红衰，啼珠零露⑨。能西风老尽，羞趁东风嫁与⑩。

【注释】

①过秦楼：调见《乐府雅词》卷五，宋李甲词中有“双燕来时，曾过秦楼”句，故名。　②芙蓉：荷花。　③藻国：水藻丛生的荷塘。藻：水草。麹（qū）尘：酒曲上所生菌，色淡黄如尘，故称。此指鹅黄色的春水。粉烟蓝雾：水雾弥散在粉色

的荷花、深绿色的梗茎和荷叶上。蓝色是因烟水缭绕，光线折射所至。 ④“香笼”三句：描写荷花的香气、色泽和姿态。腻：温润细腻有光泽。争妒：招来百花的嫉妒。《楚辞·离骚》：“众女嫉余之蛾眉兮。” ⑤“湘女”三句：化用舜妃娥皇、女英投湘水殉情化为湘灵之典。唐杜甫《咏怀古迹》其三：“环佩空归夜月魂。” ⑥凌波尘起：步态轻盈，行于水面，如尘生其上。魏曹植《洛神赋》：“凌波微步，罗袜生尘。”彩鸾：彩凤。 ⑦的：即“菂”，莲子。怜心苦：莲心苦。 ⑧“玲珑”三句：摹写荷花盛开之景，花瓣叠叠如云锦，莲蓬精巧如翠屋。玲珑翠屋：莲蓬。轻薄冰绡：荷花花瓣上的细腻纹理。⑨被：荷叶。李商隐《夜冷》：“西亭翠被馀香薄，一夜将愁向败荷。” ⑩“能西风”二句：宁可在瑟瑟西风中枯萎老尽，也不愿嫁与东风。能：宁可。

【品评】

此词咏芙蓉，托物言志。

起笔舒缓，摹写初夏荷塘烟水迷离的景色。疏淡朦胧，如水墨画一般，浮萍水藻铺满水面，本是绿色盈池的悦目景象，却落在“凄迷”二字上，奠定了全词幽怨的色彩。紧跟“怨”字，怨已入粉烟蓝雾，可见其深，其不言青雾，而说“蓝雾”，固为炼字工巧，其实也是烟雾迷蒙中荷塘的真实色彩。在池水的映照下，加上雾中光线折射的效果，茎梗上若有蓝色的雾气笼罩。词人慧眼，观察细微，蓝色也更增添了幽怨的色调，也是为了避熟而炼字。“香笼”三句，写芙蓉之香。“香笼麝水”、“腻涨红波”，“笼”、“涨”二字，写出荷花香气弥散、色彩温润，摇曳池中可望不可即的朦胧美。芙蓉亭亭玉立，引来“万妆争妒”，道出了“怨”的原因。“湘女归魂”三句，以“湘女”譬喻月下之荷的清冷孤苦，“凝情谁诉”，其怨之不可遣，众妒之不可去，更见深重。花随夜风摇曳，飘忽若乘水而行，翩翩如彩凤起舞。曹植《洛神赋》中，以“灼若芙蓉出渌波”形容洛神之美，梦窗则以洛神的“凌波微步”反譬芙蓉。“愁舞”应上“凝情谁诉”，摹写月下芙蓉娴雅出尘的忧郁之美。

换头“还暗忆”一韵，虚实相生。既写荷花，又摹写湘女的多情。就虚而言，指湘女回忆当日离别，分钿相赠，持手相看，依依难舍的情景。就实而言，即指莲子、莲心。“的”谐音“菂”，“怜心苦”谐音“莲心苦”。前已言，梦窗喜用谐音、拆字、人名等法入词，将其作为营构词境、巧妙布局的暗线。此三句堪称典型。钿合为莲蓬，丝为藕丝，琼腕为藕，莲与人的转换，完全没有隔阂，这当然与梦窗别具词人之眼有关，也与南宋咏物词，托物寄意，咏物高度拟人化已成为普遍习惯有关。“稳称锦云留住”与“生怕”句，相比照，言荷之身不由己，秋风吹至，花枯叶萎。生怕秋蝉鸣叫，秋天来临，荷叶枯萎，荷花凋谢，只剩下秋天的露水从枯叶上滚落，如泪珠纷纷而下。但结拍“能西风老尽”又与“生怕”相比照，面对不可逆转的春秋变换，“嫁”与“不嫁”，却是荷所能够自主的。“能”字笔力重大。“羞趁东风嫁与”点明主旨，也道明荷花“心苦”的原因。就咏物而论，荷花夏开秋败，本非春日花卉，故言不嫁东风，并不悖物之理。就言志而论，刘永济评结拍二句“自道己志，自占身份语”。梦窗结交权贵甚多，却不思荐引，正是“羞趁东风”也(《微睇室说词》)。咏物、言志两相融和，咏物而不滞于物。荷之神貌、品格皆非凡花所能比，宁可老去，羞趁东风，托意甚明，刘永济所评实能探梦窗之肺腑。

还京乐①

黄钟商 友人泛湖，命乐工以筝、笙、琵琶、方响迭奏②

宴兰溆，促奏、丝萦管裂飞繁响③。似汉宫人去，夜深独语，胡沙凄哽④。对雁斜玫柱，琼琼弄月临秋影⑤。凤吹远，河汉去杳，天风飘冷⑥。　泛清商竟⑦。转铜壶敲漏，瑶床二八青娥，环佩再整⑧。菱歌四碧无声，变须臾、翠翳红暝⑨。叹梨园、今调绝音希，愁深未醒⑩。桂楫轻如翼，归霞时点清镜⑪。

【注释】

①还京乐：唐教坊曲名。调见《敦煌歌词总编》卷三唐无名氏词。　②方响：打击乐器，类似磬，铁制。由十六枚大小相同、厚薄不一的长方铁片组成，每片约三四寸长，分两排悬挂于架上。演奏时用小铁槌击打铁片，应二十八调。始于南朝梁，盛行于隋唐时期。　③“宴兰”二句：摆宴于湖畔，众乐齐鸣。兰溆：水边。促：节奏急促。丝萦：指筝、琵琶等弦乐声萦绕于耳。管裂：指笙箫等管乐声调高逸清朗。　④“似汉宫”三句：摹写琵琶声。用王昭君和亲出塞之典。汉宫人：指王昭君。《资治通鉴》卷二九载：西汉竟宁元年（公元前33年）春，匈奴呼韩邪单于来朝，自言愿婿汉氏以自亲。帝以后宫良家子王嫱，字昭君，赐单于。胡沙：边塞沙尘，指胡人居住地。　⑤“对雁”二句：此写筝。雁斜玫柱：筝上每弦有一柱，可移动调音，筝柱斜排，犹如雁阵。琼琼：唐代名伎薛琼

琼，以善筝入宫，有"开元中第一筝手"之誉。　⑥"凤吹"三句：摹写笙声。凤吹：笙管为长短不一的竹管，有多种形制，小有十三管，大有十九管，左右对排，形如凤翅。河汉：天河、银河。　⑦清商：商声。五音（宫、商、角、徵、羽）之一。调悲凉。一说指秋风。竟：乐终。　⑧"转铜壶"句：天色渐晚，宴会已近尾声。铜壶：漏壶，古计时器具。刘禹锡《初夏曲》："铜壶方促夜，斗柄暂南回。"二八青娥：喻方响。因方响由十六枚铁片组成，故称。环佩：衣裙上所系玉制装饰物，此指铁片叮当作响，犹如环佩。环佩再整：馀音袅袅之意。　⑨"菱歌"二句：指曲终人静，悄然无声。菱歌：渔女采菱时唱的歌。翠翳（yì）红暝：指乐曲之美令荷花也为之失色。翳，隐没。⑩"叹梨园"二句：叹梨园所奏之曲，也难媲美此众乐齐鸣之美。梨园：唐玄宗精通乐理，曾选乐工三百人，就教于梨园，号"皇帝梨园弟子"。（欧阳修《唐书·礼乐志第十二》）⑪"桂楫"二句：晚霞中，乘一叶扁舟而归去。桂楫：船桨。清镜：湖水清澈如镜。

【品评】

此词为泛舟游湖赏乐而作。以奇丽的想象，抒写了筝、笙、琵琶、方响等诸乐器的音声之美，用通感的手法，描绘出幅幅色彩各异、情感丰富的图画。

词题既为泛湖，似应先游后宴，此词起句即由宴落笔。"宴兰溆"，兰溆者，水滨的美称，状写宴会的高雅。但宴会只是背景而已，乐声才是重点。促管繁弦，众乐齐鸣，萦、裂、飞等动词与"促"相配合，把乐声骤然而起，令人心惊神移的感受提顿而总起。其下则一一摹写各种乐器给人带来的美感。"似汉宫"三句，琵琶声咽；"对雁"二句，筝声纤约，"凤吹"三句，笙乐幽远。每一种乐器在描述其乐感特质时，还将各种繁丽的典故运用其中，以典故中的人物形象，如昭君、琼琼等，比拟乐声，增加音乐的形象感；或由乐器本身的形制来展开联想，如雁、凤等，使得乐感更为丰富立体。通过对不同乐声的摹写，营造出凄怨孤独的心理感受。这种感受，可能并非是乐曲的实写，而是以乐声写秋声、秋容、秋意，是梦窗内心世界的投射。

梦窗词以布局见长，从词中可悟得文章之作法。由总而分，由分而总；续而断，断而续，意脉之间，起承转合，无不清晰周全，令人叹服其裁云缝月之巧。上阕以众乐齐鸣起，继而分写琵琶、筝、笙。下阕写曲终人静。以“四碧无声”、“翠翳红暝”来衬托出乐声的感人至深。其意境引人遐思，此时无声胜有声，颇得白居易《琵琶行》“曲终收拨当心画，四弦一声如裂帛。东舟西舫悄无言，唯见江心秋月白”之妙。

梦窗用典，针线绵密，故词中典故虽多，但互相关联，意境相近，绝无散漫之感，也无牵强生造之处。如摹琵琶声用“夜深独语”，摹筝声用“琼琼弄月”，摹笙声用“河汉去杳”，意境皆为秋夜月下凄清的景色，意脉相续，又与下片“清商”相对应。全词贯彻一体，无支离之弊。张炎讥梦窗“如七宝楼台，眩人耳目。碎拆下来，不成片断”。未能得梦窗词之长处。梦窗词之妙，正在七宝楼台的精巧绝伦，却为何要碎拆下来？把梦窗一番辛苦如燕筑巢的化工之巧都毁掉，有如敲碎玉璧，自然是不得片断了。当然，过于密丽的画面，往往会使得文气不畅，有滞涩之感，也是梦窗词为人所诟病之处。

丁香结[1]

夷则商 秋日海棠

香袅红霏，影高银烛，曾纵夜游浓醉[2]。正锦温琼腻。被燕踏、暖雪惊翻庭砌[3]。马嘶人散后，秋风换、故园梦里[4]。吴霜融晓，陡觉暗动偷春花意[5]。

还似。海雾冷仙山，唤觉环儿半睡[6]。浅薄朱唇，娇羞艳色，自伤时背[7]。帘外寒挂淡月，向日秋千地[8]。怀春情不断，犹带相思旧子[9]。

【注释】

①丁香结：调名取自古诗“丁香结恨新”（《填词名解》卷三）。 ②“香嫋”三句：写昔日海棠花开灼灼，令人留连忘返，彻夜秉烛花下，醉酒不归。香嫋红霏：海棠花繁密茂盛，香气四溢，色如红云。银烛：白蜡烛。苏轼《海棠》：“高烧银烛照红妆”。 ③“正锦”三句：暮春时节，燕子筑巢，酴醾如雪飞扬，盛开的海棠花纷纷飘落在庭院中。锦温琼腻：海棠花细腻娇嫩貌。暖雪：酴醾。赵长卿《临江仙》：“酴醾飘暖雪，荷叶媚晴天。”庭砌：庭阶、庭院。 ④“马嘶”二句：指游春仕女散后，转眼已是秋天。马嘶人散：花谢春尽，游人车马散去。 ⑤“吴霜”二句：秋天气候回暖，花意再萌，海棠又结了花苞。吴霜：吴地的秋霜。作者时在苏州，故言。陡：突然、顿时。 ⑥“还似”三句：以太真妃子（杨玉环）比海棠。“海雾冷仙山”：白居易《长恨歌》：“忽闻海上有仙山，山在虚

无缥缈间。”环儿：杨玉环。半睡：未睡足。《长恨歌》：“云鬓半偏新睡觉。”此状海棠花将开未开貌。 ⑦“浅薄”三句：秋日海棠花艳丽却娇小，无法媲美春日海棠的盛景。时背：背时，不走运，不合时宜。 ⑧“向日”句：帘外庭院曾经悬挂的秋千，如今已荡然不存。 ⑨相思子：相思豆，红豆。此以海棠结子喻相思。旧子：为春海棠所结子，故言旧子。

【品评】

此词咏秋日海棠。

与梦窗咏物词中喜用多种意象来摹情体物不同，此词通篇仅以杨贵妃来拟海棠，并未引入其他具体意象。词中所咏的秋日海棠与所拟之贵妃浑融一体，俨然花就是人，人就是花。不仅因海棠为百花中最艳之花，贵妃为“百美中绝艳之色”，而是作者找出了秋日海棠与《长恨歌》中杨妃命运的许多相似点，故而字字句句都蕴含对李杨爱情的叹惋之情，以及这段历史的反思。

起句“香袅红霏”、“影高银烛”，化用苏轼《海棠》诗：“东风袅袅泛崇光，香雾霏霏月转廊。只恐夜深花睡去，高烧银烛照红妆。”海棠花簇生，团团如雪，树高花密，如红云笼罩，香气如雾萦绕。拈出袅、霏二字，尤为传神。“曾”字，回忆春日海棠香国的美艳荣华。“被燕踏”句，写海棠花一夜随风飘落庭阶，碾地成泥，风华不再，令人心惊。燕子筑巢归、酴醾如雪飞，都是暮春初夏时节常见之景，但对于海棠而言，则表明春已逝去，所以有了燕踏、暖雪惊翻的说法，也隐指安史之乱中，杨玉环被赐死于马嵬坡的悲惨命运。“马嘶”二句，故园依旧，但人散花落。“梦里”为其后“陡觉”伏笔，因有故园梦里，才有偷春花意，“陡觉暗动偷春花意”，切合词题的秋日海棠。

下阕写秋日海棠的娇羞慵倦之美。以“海雾冷仙山”状“秋”，与当日宫中海棠春睡未足的“锦温琼腻”比照。“浅薄朱唇”三句，与春日海棠“高烧银烛”、“香袅红霏”的盛况两相对比。引出“自伤时背”四字，海棠本应盛开在春天，孟秋时节，秋阳和煦，海棠花花意萌发，再次绽放，但毕竟花开非时，得无憾乎？“寒挂淡月”为秋景，“怀春情不断”与“偷春花意”相续，“旧子”亦是合题意而言。“子”为春海棠所结，故言。此间消息暗换，不难悟出。

以人拟花，为词中常见，以杨贵妃拟海棠，亦不少见。但梦窗却能避熟就生，独辟视角，将春日海棠、秋日海棠的同与不同，通过杨妃生前死后的不同命运表现出来。“马嘶人散”后所用典故，皆为《长恨歌》中杨贵妃登入仙界，化为仙子后。此时的玉真仙人已非“海棠春睡”时的贵妃，而是“秋风换、故园梦里”的秋日海棠。“自伤时背”所流露出来的意绪就不难理解了。

此词跌宕起伏，曲折甚多，大起大落，但读之不觉其艰涩，盖有《长恨歌》作为其理解的背景，又因梦窗善于抓住物与人相比拟最贴切之处，不多费笔墨，而能得其神韵。“自伤时背”也隐有作者怀才不遇的叹息。

六么令①

夷则宫　七夕②

露蛩初响，机杼还催织③。婺星为情慵懒，伫立明河侧④。不见津头艇子，望绝南飞翼⑤。云梁千尺。

尘缘一点，回首西风又陈迹⑥。　　那知天上计拙，乞巧楼南北⑦。瓜果几度凄凉，寂寞罗池客⑧。人事回廊缥缈，谁见金钗擘⑨。今夕何夕。杯残月堕，但耿银河漫天碧⑩。

【注释】

①六么令：又名《宛溪柳》、《乐世》、《绿腰》、《绿腰令》、《録要》。唐白居易《杨柳枝》词云："六么水调家家唱，白雪梅花处处吹。"　②七夕：农历七月初七夜。传说牛郎织女每年此夜在天河鹊桥上相会。俗称乞巧节。因传织女星主瓜果丝帛，旧时习俗，女子在此夜结彩缕，穿七孔针，陈瓜果于庭中，向织女星乞求智巧，有喜子网于瓜上则以为符应。（《岁时荆楚记》）　③"露蛩"二句：蟋蟀吟叫，催促织布。蛩：蟋蟀，其鸣如织，又名促织。机杼（zhù）：织机的梭子。　④"婺星"二句：指织女牵挂着晚上的聚会，在天河边伫立眺望，无心织布。婺（wù）星：在织女星之南，此指代织女星。唐厉玄《寄婺州温郎中》诗："婺女家空在，星郎手未携。"明河：银河。⑤"不见"二句：岸边看不到船只，盼望着南飞的乌鹊来搭桥。津头：岸边、渡口。艇子：小船。南飞：曹操《短歌行》："月明星稀，乌鹊南飞。"　⑥"云梁"三句：天上人间，情缘未了。云梁：以云为梁，此指天宫、天柱。尘缘：与尘世的因缘。⑦"那知"二句：天上人间对比。人间的妇人忙着向织女乞巧，祈盼符应，哪知天上的织女牛郎此时正拙于自计呢。那知：哪知、怎知。乞巧楼南北：见本词注②。　⑧"瓜果"二句：言独自过七夕，已有数载。罗池客：自比唐代文学家柳宗元。柳宗元有《乞巧文》。罗池：在广西柳州市。柳宗元曾被贬任柳州刺史，后卒于任上，罗池有柳宗元祠。　⑨"人事"

二句：往事成尘，人事两渺茫。回廊：用《长恨歌》中李隆基、杨玉环七夕相会长生殿的故事，指大殿两廊。金钗擘(bò)：离别时分金钗以赠，见《瑞鹤仙》(晴丝牵绪乱)注⑥。此指离别而去之人。 ⑩“今夕”三句：感慨作结。故人难聚，只见银河耿耿，横亘在碧空之上。“今夕何夕”：《诗经·唐风·绸缪》：“今夕何夕，见此良人。”耿：照耀。

【品评】

此词作于宋理宗淳祐四年(1244)七夕，忆苏姬所作。

上阕写天上织女。运思奇幻，将牛郎织女七夕相会的神话传说，敷衍成世间小儿女相恋、相思的痴情模样。起句“露蛩”二句，以促织的鸣叫声，点明织女的身份。下句意转，“为情慵懒”的织女并不在织机旁，而是“伫立”在银河边，焦急地等待相会。“伫立”二字虚实相生，织女星就在银河边，故言伫立不仅合情理，亦合物之理。织女不见渡口有船，于是焦急地盼望乌鹊来搭云桥。“望绝”，心情急切。“尘缘一点”，牛郎织女的尘缘短暂，只有这一年一度的相逢。杨铁夫笺释言梦窗与去妾分别后，曾有过一次相逢，故称“尘缘一点”。

下阕写人间儿女的痴愚之态。人们在乞巧楼乞求织女赐予智巧，又哪知天上织女渡河无计，自顾不暇呢？世间都说乞巧，而作者偏要将这美好的愿望和期盼打破。陈洵评云：“此事偏要实叙，不怕惊死谈清空一流，却全是世间痴儿女幻境。”以实叙之法，收棒喝的效果。不知惊醒世间多少痴心人！罗池客指柳宗元，也指作者。承上“天上计拙”而来。柳宗元作有《乞巧文》，言“吾亦有所大拙”。作者由此把讥讽的话头转到自己，前文叹惜织女无计，又嘲笑乞巧楼南北的人们，而我呢，不是同样每年乞巧，摆上瓜果，期盼与姬相逢吗？但徒然“几度凄凉”。我才是“有所大拙”的罗池客啊。“人事”二句，写己之凄凉寂寞，化用白居易《长恨歌》“七月七日长生殿，夜半无人私语时”句意，言李隆基、杨玉环七夕相会，誓言“在天愿为比翼鸟，在地愿为连理枝”，但“谁见金钗擘”？李、杨的故事已如烟尘般缥缈，又有谁见过“心似金钿坚”的永恒爱情？天上人间皆是枉然，强作自我安慰之语，对去姬的思念，似乎生出一些怨意来。但末句终于放开情感的纠葛，结以闲散语。誓言成空，对月长叹“今夕何夕”，只见银河耿耿横于天际。所谓的织女、牛郎相会，恐怕都是世人的空想吧。语尽意未尽。下阕数虚词点化巧妙，“那知”、“几度”、“谁见”、“何夕”，将作者由思念到强为开解，最终释怀的心路历程曲曲道来。

读梦窗词，须知其实义，解其虚义，二义兼通，才能知其真实含义。词中的比喻、拟人，大都是由物的真实细节或实景引发而来，并不落空，也不会单纯为了想象而想象，皆要能合乎物之常理。这也正是梦窗词被人讥为“质实”的原因所在。此词写七夕，以实笔写虚景，颇可见梦窗用笔质实的特点。

隔浦莲近[1]

黄钟商　泊长桥过重午[2]

榴花依旧照眼。愁褪红丝腕[3]。梦绕烟江路，汀菰绿，薰风晚[4]。年少惊送远。吴蚕老、恨绪萦抽茧[5]。　旅情懒。扁舟系处，青帘浊酒须换[6]。一番重午,旋买香蒲浮盏⑦。新月湖光荡素练。人散。红衣香在南岸⑧。

【注释】

①隔浦莲近:又名《隔浦莲》、《隔渚莲》、《隔浦莲近拍》等。因唐白居易词有“隔浦爱红莲”句,故得名。 ②长桥:吴江垂虹桥。桥东西长千馀尺,前临太湖洞庭三山,横跨松江,景致殊胜。(《续图经》)。重午:重五,农历五月初五,即端午节。 ③“榴花”二句:端午节的石榴花,依旧如往年一样明丽红艳,但红丝系臂之人却早已不在。韩愈《榴花》:“五月榴花照眼明。”红丝腕:端午旧俗,多以五色丝或朱丝系于臂,以辟除不祥,名曰长命缕。(《风土记》) ④烟江:吴江。菰(gū):水生草本植物,根茎即茭白。薰风:和风,此指初夏时的东南风。 ⑤“年少”二句:对比今昔。送姬离去时尚是翩翩少年,而今已垂垂老矣,但恨别之绪,思念之情,仍如抽茧之丝,绵绵不绝。吴蚕:作者自比。李商隐《无题》:“春蚕到死丝方尽。” ⑥青帘:酒旗、酒帘,多用青布制成。借指酒家。浊酒:糯米、黄米等酿制而成的酒,因色混浊而名。 ⑦香蒲浮盏:《荆楚岁时记》载,端午旧俗,以菖蒲镂或菖蒲屑,泛于酒上。香蒲:菖蒲有香气,故名。 ⑧“新月”三句:新月如钩,江面澄澈如白绢。人已散去,只闻见荷花淡淡的香气。新月:初五为新月。红衣:荷花。许浑《莲塘诗》:“水泛红衣白露秋。”

【品评】

此为端午忆姬之作。

起笔“依旧”二字,满怀感慨。从端午节色彩最为鲜明的榴花、红丝腕落笔。榴花、红丝腕都是令人感到喜悦的颜色，作者用二者烘托出昔日相聚的温馨，今日相思的落寞。重回吴江，泊于长桥，独自过端午，只见初夏的榴花依旧明艳，但红丝腕已褪，姬已离去，“人面不知何处去，桃花依旧笑春风”，如何不令人愁。下文开启记忆的闸门。“梦绕”三句，回忆姬去的情景。多少次梦见当日送别的情景，伊人乘舟而行，沿着烟雾迷蒙的吴江而去，汀州上菰草丛生，和暖的南风吹拂江面。如此美好的画面定格在年少的记忆中。此三句虽写姬去时的景色，也可看出作者心中对伊人的美好印象。“年少”二句，写姬去之后的思念。江淹《别赋》：“有别必怨，有怨必盈，使人意夺神骇，心折骨惊。”少年时送伊人远行，离怨深深，怎不令人心惊。如今“吴蚕”老去，不仅知别离难，更知相见之难。离恨如蚕茧抽丝，萦绕不绝。

下阕承“吴蚕老”，写眼前境况。羁旅之人，泊舟长桥，想找家酒店，买壶浊酒，以应时节。“旅情懒”，游子已倦于羁旅漂泊的生涯。“懒”者，暗示年少曾经热衷，而今却已倦怠疲惫。“扁舟系处”对应词题中“泊长桥”。“青帘”三句，换浊酒，浮菖蒲，作者还是以一种通常的方式来应节，这种淡而弥深的抒写方式，使得此词有一种疏落之美。“新月”三句，夜深人散，月光映照水中，澄澈如白练。南岸传过荷花的香气，如伊人在水一方。就让这种美好的印象停留在心中，如当年“汀菰绿”、“薰风晚”的离别之景。

此词集中抒写“愁”，年少时离别之愁，如今的羁旅之愁。但作者不以凄凉、寂寞的景语来写愁，而是以优美明艳的景语和端午应节之物写愁，反衬出游子的孤寂感。其中缀以“依旧”、“褪”、“梦绕”、“惊”、“恨”、“懒”等词，串联本词的情感意脉，见出词人的万千心事。对往事的回忆，出以美好的笔触,通篇读来,虽能感其愁意,但不觉哀怨,而是若观湖中之月,能淡淡感其凉意,但心中亦映有月之光华。

西 河①

中吕商 陪鹤林登袁园②

春乍霁。清涟画舫融泄③。螺云万叠暗凝愁,黛蛾照水④。漫将西子比西湖,溪边人更多丽⑤。

步危径、攀艳蕊。掬霞到手红碎⑥。青蛇细折小回廊,去天半咫⑦。画阑日暮起东风,棋声吹下人世⑧。

海棠藉雨半绣地⑨。正残寒、初御罗绮⑩。除酒销春何计。向沙头更续,残阳一醉。双玉杯和流花洗⑪。

【注释】

①西河:又名《西河慢》、《西湖》。 ②鹤林:吴泳,字叔永,号鹤林。潼关人,嘉定元年进士。理宗朝,仕至起居舍人。袁园:袁氏之园。《絜斋集》载:袁正献公宅有是亦楼,楼侧有山水,疑即此园。俟考。 ③“春乍霁”二句:春日乍晴,乘画舫游湖,和风煦煦,水波摇荡。清涟:湖水清澈,泛着涟漪。霁(jì):晴朗。画舫:华美的游船。融泄:春光明媚,波光荡漾貌。 ④“螺云”二句:两岸青山叠复,如女子的青螺髻,又如蛾眉照水,凝着愁意。螺云:青山叠叠,如螺形之云。 ⑤“漫将”二句:写湖边水畔的佳丽。苏轼《饮湖上初晴后雨》:“欲把西湖比西子,淡妆浓抹总相宜。” ⑥“步危”二句:沿着陡峭的山路,攀援树枝草木,花叶抓到手中,被一把揉

碎。危径:山路陡峭。掬:抓取。霞:指山花。 ⑦咫:八寸为咫,十寸为尺。半咫:极言距离之近。 ⑧画阑:有饰画的栏干。棋声吹下人世:在山顶棋台下棋,声传悠远。 ⑨藉:依托、凭借。 ⑩御:穿戴。罗绮:丝织衣服。此指春服。 ⑪“除酒”句:除了美酒,还有什么能配得上这大好的春光?销:禁得起,配得。沙头:沙滩边,此指岸边。北周庾信《春赋》:“树下流杯客,沙头渡水人。”

【品评】

此词为春日纪游之作。虽写游春,但词笔华峭,不用甜熟之笔,风格清新。

上片写乘游船去袁园。雨后初霁,春日融融,湖水清漪,波光荡漾,画舫游船春光融泄。“螺云”二句,以山拟人,“万叠”言山峦叠嶂,倒映水中,如美人临镜,婉美绰约。“漫将”二句,以人拟湖,苏轼将“西湖”比“西子”,梦窗此以“西子”比“西湖”,言溪边多佳丽,美人如云,满目春色,人如在画中行。

中片写登山。“步危径”二句,形容山路陡峻,不得不手脚并用,攀援而上。“掬霞”句,登山时攀摘路边的野花,花到手时已被揉碎,花瓣纷纷散落。写出登山时赏花、惜花的心情,以文法入词,写登山时的攀援之态,生动细腻,神情毕肖,与清空一派写法不同。“青蛇”二句,言袁园傍山而建的小回廊,蜿曲狭窄如青蛇盘曲而上。“去天半咫”,登上山顶,天空仿佛触手可及。既言山之高,也指远离俗尘。“画栏”二句,暮色中倚栏远眺,晚风习习,万籁俱静,山顶对弈,只听到棋子举落的清脆之音,声音悠远,恍若已登仙境。“吹下人世”与前“去天半咫”相呼应。

下片写归来晚宴,赏园中花木。夜来风雨,海棠花落满地如绣画图。海棠飘落是春日常见令人愁怨的画面，此处却并未以伤感的笔触来写。“绣”字，使得海棠的飘零，有了许多温婉柔美的感觉。春寒未尽，刚换上的春衫衣薄，难抵御未尽的春寒。如何才能排遣这春愁？只有美酒佳肴。水边设宴，宾主畅饮美酒，尽兴方归。“沙头”与“溪边”呼应，此为归路。“双玉杯和流花洗”，双者，对饮。洗盏更酌，在洗盏之间，落花已逐流水去。虽写欢饮之趣，实有“与尔同销万古愁”的喟叹。与上片“螺云万叠暗凝愁”相应，流露对流年逝去的伤悼之情。

西平乐慢①

中吕商　过西湖先贤堂，伤今感昔，泫然出涕②

岸压邮亭，路欹华表，堤树旧色依依③。红索新晴，翠阴寒食，天涯倦客重归④。叹废绿平烟带苑，幽渚尘香荡晚，当时燕子，无言对立斜晖⑤。追念吟风赏月，十载事，梦惹绿杨丝⑥。　　画船为市，夭妆艳水，日落云沈，人换春移⑦。谁更与、苔根洗石，菊井招魂⑧，漫省连车载酒，立马临花，犹认焉红傍路枝⑨。歌断宴阑，荣华露草，冷落山丘，到此徘徊，细雨西城，羊昙醉后花飞⑩。

【注释】

①西平乐慢：即《西平乐》。　②西湖先贤堂：在西湖苏堤南山第一桥。祠许由、严子陵、钱武肃王等四十人，刻石作

赞，具载事迹。中有振衣、古香、清风堂，山亭流芳，花竹萦纡，小山曲径。(《武林旧事》) ③“岸压”三句：描写苏堤两岸之景。压：靠近。邮亭：驿站，驿舍。欹：斜倚、斜靠。华表：华表木，设于路旁以标示道路。依依：杨柳垂地貌。《诗经·小雅·采薇》：“昔我往矣，杨柳依依。” ④红索：秋千的绳索。唐王建《寒食》：“白衫眠古巷，红索搭高枝。”寒食：寒食节，在清明节前一日或两日。此日冷食，禁烟火。见《瑞鹤仙》(晴丝牵绪乱)注②。天涯倦客：作者自指。 ⑤“叹废绿”四句：描写先贤堂草木杂生，荒烟萦绕的颓废景象。废绿平烟：温庭筠《莲浦谣》：“鸣桡轧轧溪溶溶，废绿平烟吴苑东。”渚(zhǔ)：小洲、水边。当时燕子：化用刘禹锡《乌衣巷》诗：“朱雀桥边野草花，乌衣巷口夕阳斜。当时王谢堂前燕，飞入寻常百姓家。” ⑥“追念”三句：追忆十年相与从游、吟风赏月的往事。如柳条依依，令人魂牵梦绕。绿杨丝：柳叶。韦庄《立春》：“彩幡新剪绿杨丝。” ⑦“画船为市”四句：忆当时游湖，画船歌舞喧。如今物是人非。画船：有华美装饰的游船。市：买卖。 ⑧苔根洗石：化用李白《襄阳歌》之典。晋朝羊祜曾镇守襄阳，有善政，但岁月更迭，墓碑已覆盖了苔莓。此指洗净苔痕，铭记先贤。又：苔根洗石，指赏苔梅，洗奇石。苔根：苔梅，其树根、枝干上寄生有苔藓，故名。黄庭坚《灵龟泉上》：“莳梅盈百科，洗石出崛奇。”菊井：宋时杭州有荐菊井。招魂：承上句赏梅，招林逋魂魄，林逋以咏梅称，此指招先贤魂魄。东坡《书林逋诗后》云：“不然配食水仙王，一盏寒泉荐秋菊。”“寒泉”旧名“荐菊井”。 ⑨“连车载酒”：苏轼《答王巩》：“连车载酒来，不饮外酒嫌其村。”焉红：同“嫣红”。指鲜花。 ⑩冷落山丘：化用晋羊昙哭谢安之典。《晋书·谢安传》载：谢安病重还都，闻当舆入西州门，自以本志不遂，深自慨失。……羊昙者，太山人，知名士也，为安所爱重。薨后，辍乐弥年，行不由西州路。尝因石头大醉，扶路唱乐，不觉至州门。左右白曰："此西州门。"昙悲感不已，以马策扣扉，诵曹子建诗曰："生存华屋处，零落归山丘。"恸哭而去。羊昙醉后花飞：温庭筠《经故翰林袁学士居》："西州城外花千树，尽是羊昙醉后春。"

【品评】

此词为梦窗晚年所作，应作于德祐元年(1275)之后。梦窗过西湖先贤堂，伤今感昔，悼怀知交故交好友所作(杨铁夫《吴梦窗事迹考》考订为悼吴潜之作，张如安《吴梦窗生平考证二题》，考为吊袁韶之作)。

起句以景语寄情。写西湖两岸景物。不写山水，而写岸边的邮亭、路旁的华表。邮亭已经破损，华表也已倾斜，杭州是当时南宋的都城，驿站、华表是国家兴衰的细微表征，故而起句的描写，实已证明宋室江山"已岌岌可危"(刘永济语)。堤上的杨柳依依如旧，更令人愁，"昔我往矣，杨柳依依"。今我归来，景色依然，世事已换。"红索"一韵，铺叙时令节物，点明已是寒食，游子归来，绿树新荫，秋千空驻。"天涯倦客"为作者自指，引入无限感慨之意、身世浮沉之感。但令人心伤的是，浪迹天涯已倦旅，如今却并没有找到归来的喜悦，看到的并非是曾经的庭苑街舍。如同美梦醒来，更觉悲惋。"叹废"四句，正面写先贤堂荒烟萦绕，暮色中的汀洲传来淡淡的香气，更添幽静。"当时燕子"二句，荒凉、寂寥中，燕子掠过，停驻在檐角，无语静对斜阳。"当时燕子"并不重在写其飞入寻常百姓家，而拈取"乌衣巷口夕阳斜"之意，斜阳依旧，昔日乌衣巷今已不再。"追念"句逆入，十年前，与好友吟风赏月，性情相投，何等逸兴满怀。《伊洛渊源录》载：程子曰："少从周茂叔吟风弄月以归，有'吾与点也'之意。"而今，能共吟风弄月的知音何在？

过片，"画船为市"承上，追忆往事。极写昔日赏心乐事，"人换春移"四字把所有的美好回忆截断。"谁更与"而下，是词人泪满襟的真正原因。"漫省"三句，写往日赏游之乐。蔫红者，"焉"通"嫣"，鲜艳的颜色，虽然"今年花胜去年红"，明年花会更好，但"知与谁同"？正是死生聚散苦匆匆，恨无穷。"歌断"以下，一气六句，写悼念之情。歌声已断，盛宴已散，富贵荣华如草上的露水，转眼成空。生存华屋处，如今零落归山丘。"细雨西城"，清明时节，"羊昙醉后花飞"，用谢安逝后，羊昙偶过西州门，恸哭而去的典故。作者重游故地，人换春移，细雨纷飞，思及故人的知遇之恩，不禁悲从中来。

梦窗词意象繁密，喜用具体物象连缀，抒情意脉往往难于寻绎，故而有晦涩之评。此词虽用典不少，但情感喷薄而出，意脉明晰，"追念"、"谁更与"、"漫省"、"犹认"数领字，语浅而情深，抒发对往事、故人不可追回的深切痛惋，为悼亡词之名篇。

倒　犯[1]

夹钟商　赠黄复庵[2]

茂苑、共莺花醉吟，岁华如许[3]。江湖夜雨。传书问、雁多幽阻[4]。清溪上，惯来往扁舟、轻如羽[5]。到兴懒归来，玉冷耕云圃[6]。按琼箫，赋金缕[7]。　回首词场，动地声名，春雷初启户[8]。枕水卧漱石，数间屋，梅一坞[9]。待共结、良朋侣。载清尊、随花追野步[10]。要未若城南，分取溪隈住[11]。昼长看柳舞[12]。

【注释】

①倒犯：又名《吉了犯》。《片玉集》注仙吕调。　②黄复庵：梦窗友人。生卒年不详。　③茂苑：古苑名，在今江苏吴县，此指代苏州。　④“江湖夜雨”二句：指二人天各一方，音信难通。　⑤“清溪”二句：言黄复庵云游四方，踪迹不定。⑥“到兴”二句：用王徽之雪夜访戴逵典，见《扫花游》（水云共色）注⑤。　⑦“按琼箫”二句：指词乐酬唱。琼箫：形容箫光洁如玉。金缕：曲调名。《金缕曲》：“劝君莫惜金缕衣，劝君惜取少年时。”　⑧“回首”三句：填词曲成，名震词坛。春雷：言声名如春雷震耳。　⑨“枕水”三句：写黄复庵隐居之所的幽静风雅。枕水卧漱石：《晋书·孙楚传》：“（孙）楚少时欲隐居，谓（王）济曰：‘当欲枕石漱流’，误云‘漱石枕流’。济曰：‘流非可枕，石非可漱’。楚曰：‘所以枕流，欲洗其耳。所以漱石，欲厉其齿。’”梅一坞（wù）：梅花林。坞：四周高中间低的花木深处。　⑩野步：漫步，郊游。唐孟郊《秋怀》其四：“野步踏事少，病谋向物违。”　⑪隈（wēi），同“偎”，相邻，靠近。　⑫柳舞：柳条婆娑如舞。

【品评】

此词为寄赠之作。

起句逆入，回忆二人昔日在吴县茂苑歌酒唱酬度过的青春年华。“江湖夜雨”四字陡峭，骤然将笔意转回现实。黄庭坚《寄黄几复》有“江湖夜雨十年灯”句，但梦窗用典，只露冰山一角，读者需回到其典本身，见冰山整体，方能知梦窗真实之意。《寄黄几复》全诗为："我居北海君南海，寄雁传书谢不能。桃李春风一杯酒，江湖夜雨十年灯。持家但有四立壁，治病不蕲三折肱。想得读书头已白，隔溪猿哭瘴溪藤。"黄几复与黄复庵姓名相近，梦窗俨然有借"江湖夜雨"来表达"持家但有四立壁"等数句的含义。读下文"传书问、雁多幽阻"，依然是用黄庭坚诗句中"寄雁传书谢不能"意，由此可知梦窗"以点当面"的用典技法。但梦窗此处因黄几复与黄复庵名字相近而用典，虽亦能自然工巧，但终不免有为文造词之嫌，流露出匠气。"清溪"以下，皆为想望之语，与前《扫花游》(草生梦碧)的构思相近。写黄复庵隐于山林的渔耕生活，"到兴"，用王徽之雪夜访戴逵之典，赞黄复庵有魏晋风度，性情旷达。扁舟一叶，快意人生，吹玉箫，吟诗词，优游自得。《金缕曲》："花开堪折直须折，莫待无花空折枝。""赋金缕"，言只有隐居，才能回到本心，不空负人生百年。

下阕"回首词场"承上"赋金缕"，言友人昔日词成天下知，声名如春雷震户。但友人并不看重虚名，更愿高卧山林，享受隐逸之趣。"枕水"三句，化用孙楚欲隐居，言"当欲枕石漱流"，却误云"漱石枕流"之典。"枕水卧漱石"，枕水洗耳，漱石厉齿，中加一"卧"字，旷达之态，活脱而出。"卧"又启下"数间屋，梅一坞"，梅坞茅舍，写隐居的清雅幽静。"载清尊"二句，照应起句"共莺花醉吟"。"随花追野步"的正常语序为"野步追随花"或"步追随野花"。所行者，野步也，心无羁绊。随花者，了无尘世俗物，随路边野花而行。较"莺花醉吟"更为萧疏从容。郑文焯评下阕瘦硬，"如诵少陵东川诗，有偃蹇空山之概"，正是指如"枕水卧漱石"、"随花追野步"等的意境而论。结句"要未若"三句，表达想要与复庵一同归隐的心愿，相邀不如在城南郊外溪畔，筑庐比邻而居。“要未若”，流露商榷之意，但也见出迟疑之心。“城南”为退一步说法，把居住的地点由山林转到了城南，“昼长看柳舞”。由“清溪”至此，轻如羽、耕玉圃、按琼箫、赋金缕、卧漱石、追野步等，看似触手可即的生活，都不过是作者的美好愿景。如今只留下“看柳舞”，昼长之无聊无赖可知。即便如此微薄的希望，也仍然是在“要未若”的商量和设想中。那么，真正的归隐恐怕只如烟雾般杳然了。

梦窗善于化用唐人诗句，或反用其意，或侧面用意，或点化新词，如“玉冷”，化自李商隐“蓝田日暖玉生烟”，因日暖，玉气自地面升腾，美景可望而不可即。而玉冷者，言美玉就在眉睫前，此言渔耕生活并非如暖玉生烟，遥不可即，而是如冷玉，已在眼前，见出梦窗遣字用词的笔力。

梦窗集中有许多酬赠词，多劝人归隐，享受渔耕生活真趣，流露出对红尘如雾宦海生涯的厌倦，可见梦窗心志。梦窗一生结识达官贵人，止于谋生存而已，并不以荣利干谒。“误落尘网中，一去三十年”，身不由己，正是词人的悲哀所在。

花　犯[1]

中吕商　谢黄复庵除夜寄古梅枝[2]

剪横枝，清溪分影，翛然镜空晓[3]。小窗春到。怜夜冷孀娥，相伴孤照[4]。古苔泪锁霜千点，苍华人共老[5]。料浅雪、黄昏驿路，飞香遗冻草[6]。　行云梦中认琼娘，冰肌瘦，窈窕风前纤缟⑦。残醉醒，屏山外、翠禽声小⑧。寒泉贮、绀壶渐暖，年事对、青灯惊换了⑨。但恐舞、一帘胡蝶，玉龙吹又杳⑩。

【注释】

①花犯：又名《绣鸾凤花犯》。　②除夜：除夕。　③横枝：林逋《山园小梅》："疏影横斜水清浅。"翛然：顿时，迅疾。一说指梅花离枝时的自由超脱貌。镜：溪水如镜。　④孀娥：嫦娥。　⑤"古苔"二句：梅枝上斑斑古苔，如泪痕点点，留下岁月的痕迹，如同花白的头发伴人共老。苍华：花白的头发。　⑥"料浅雪"二句：想象梅枝沿途所过，暮色中，留下淡淡馀香。浅雪：梅花如雪。陆游《得梅一枝戏成》："孤城小驿初飞雪。"　⑦"行云"三句：写梅花入梦。梦中见梅花身着白衣，体态轻盈，飘飘若仙女凌空。行云：见《齐天乐》（凌朝一片）注②。琼娘：仙女许飞琼，传为西王母的侍女。唐许浑昼梦登昆仑，作诗曰："晓入瑶台露气清，庭中惟见许飞琼。"纤缟（gǎo）：罗衣，细纹白绢衣裳。　⑧屏山：屏风。翠禽声小：用赵师雄梅花梦之典。《龙城录》载：隋开皇中，赵师雄迁罗浮。一日天寒日暮，半醉半醒间，于松林酒肆旁，见一美人，言极清丽，芳香袭人，相与饮酒。有一绿衣童子来笑歌戏舞。次日醒来，见自己睡在梅花树下，上有翠羽啁啾。⑨绀：天青色。　⑩"但恐舞"二句：只恐一朝花谢时，花瓣纷纷飘落，如蝴蝶飞舞，令人感伤。玉龙：喻笛。笛曲有《梅花落》。

【品评】

此词为酬赠之作。

起句从友人寄剪枝想起，为题前意。“横枝”、“清溪”，用林逋“疏影横斜水清浅”句，分影者，言枝已剪，如影已分。“翛然镜空晓”想象黄复庵剪取古梅枝后，溪中梅影顿时稀疏了许多。翛然，写梅乍然而去，若仙子轻灵飘忽貌，“空晓”，隐隐写出剪梅枝后，梅树的寂寂之态。为下片的珍重之意伏笔。“小窗春到”三句，写作者除夕收到梅枝后的情景。将古梅枝置于窗前，春意袭人。可怜月中的嫦娥，只能孤单地与影子为伴。寄梅者，报春也。《荆州记》载：“陆凯与范晔交善，自江南寄梅花一枝，诣长安与晔，兼赠诗曰：‘折花逢驿使，寄与陇头人。江南无所有，聊赠一枝春。’”又隐用“来日倚窗前，寒梅著花未”之意，所寄的梅花正是为了回答“著花未”的问题，梅花一到，春意顿时在窗前绽放。把梅初寄到时，词人的惊喜之情写得淋漓尽致。杨铁夫评云：“‘到’时眼前突现，直有静如处女，动如脱兔之势。”梅到窗前，本应浓墨重彩写赏梅，却笔锋一转，写月之孤清。“古苔”二句，才正面写苔梅，读至“共老”二字，方悟作者为何先怜孀娥先写月，因有古苔梅伴我共老，故我虽老，但有梅在旁，强似孀娥仅有孤照相伴。而这梅为何不能直接承上“小窗春到”来写，也正是因其为古梅枝，“泪锁霜千点”，若不是与月中孀娥相比，若不是继而想到“苍华共老”，此梅枝的千点泪痕，亦足可伤其沧桑也。正因有了这份“共老”的心情，故而才叹息梅一路而来的奔波。“料浅雪”三句，“料”者，料想，为第二者关切之想，字婉意曲，补写寄梅花的途中情状。“飞香遗冻草”，想象驿路上梅枝随快马疾驰，有片片花瓣飞落在霜冻的草丛中，碾落成泥。虽然“飞香”指梅花留香，未必定指花瓣飞落，但想望中的珍爱怜惜之意可见。

过片写梅花梦。因有了上片对梅的珍重之意，故更为怜惜梦中的梅花仙子。“琼娘”，以仙女许飞琼拟梅花，又用“琼”为美玉的意思，状梅花仙子素服白衣的穿着。“冰肌瘦”、“风前纤缟”，摹写纤纤弱弱，楚楚可怜的模样。“残醉醒”二句，酒醉醒来，听到翠禽低语，方悟所梦琼娘就是梅花。“寒泉”二句，将梅枝插在天青色的花瓶中，贮以清泉水，作岁除清供，不知不觉除夕已过，岁月迭换。梦中之人渺茫，不如惜取眼前之花。“年事对”点明“除夜”，也照应上文“人共老”，只是这除夜不是在火树银花中度过，而是“青灯惊换了”，其孤单寂寥可知。“但恐舞”二句，言花落。此是后路。不直言花落，而用“但恐”，花开时惟恐见花谢的瞬间，词笔细腻，加倍写对花的珍重。“舞一帘蝴蝶”是着色法，状梅花纷纷飘落，如蝴蝶翩飞，空如一帘幽梦而已。

此词句意匪深，但层次曲折。除夜收到友人寄来的古梅枝，为一喜，言春到。但“古苔泪锁”，为一悲，想到其黄昏驿站，飞香一路的情状。从古梅枝的斑斑苔痕上，增加了“苍华共老”的惺惺相惜之感。故而下阕梅花梦中，写尽怜花、惜花之意。

花 犯

郭希道送水仙索赋[1]

小娉婷，清铅素靥，蜂黄暗偷晕[2]。翠翘敧鬓[3]。昨夜冷中庭，月下相认[4]。睡浓更苦凄风紧。惊回心未稳[5]。送晓色、一壶葱蒨，才知花梦准[6]。　湘娥化作此幽芳，凌波路，古岸云沙遗恨[7]。临砌影，寒香乱、冻梅藏韵[8]。熏炉畔、旋移傍枕，还又见、玉人垂绀鬒[9]。料唤赏、清华池馆，台杯须满引[10]。

【注释】

①郭希道：梦窗友人，生平事迹不详。 ②“小娉婷”三句：水仙若体态较小的美丽女子，素服淡妆。娉婷：姿态美好，此指佳人。蜂黄：蝶粉蜂黄，唐时宫妆。水仙花蕊为蜂黄色，故言。 ③“翠翘”句：形容水仙的茎细长，从叶中而出，茎头开花，仿佛女子鬓发上的翠翘。翠翘：古时女子的一种首饰，多插于鬓角，形状若翠鸟尾上的长羽，故名。 ④“昨夜”二句：昨夜在庭中月下相见。 ⑤“睡浓”二句：睡意浓浓，却被寒风惊醒，才知是梦一场。 ⑥“送晓色”二句：看到郭希道送来青绿茂盛的水仙，才知道花梦原来准。一壶葱蒨：水仙鳞茎养于水中而发叶。叶条形，颜色绿而厚。蒨：茂盛蓊郁。 ⑦“湘娥”三句：以水仙拟湘妃。湘娥：舜妃娥皇、女英。传说舜帝南巡，二妃追至洞庭，听说舜死于苍梧之野，遂投湘水而死，化为湘水之神。云沙遗恨：指湘妃之恨。一说指北宋灭亡，太后嫔妃流离沙漠，朱后、郑太后先后病逝，葬于五国城之恨。 ⑧“临砌影”二句：梅花只能临池照影，而水仙却能凌波水上，相比而言，梅韵略逊水仙。临砌影：指水边梅花盛开貌。藏韵：指梅花相形失色，羞于媲美之意。⑨“熏炉畔”二句：以水仙拟女史，才刚闻见熏香，就见女侍史其人。水仙花又名女史花，《广群芳谱》载：姚姥十一月夜，梦观星坠于地，化为水仙花一丛，甚香美，摘食之，觉而产一女。观星即女史，在天柱下。故迄今水仙花名女史花。梁沈约《宋书·志第二十九》：“尚书郎入直……给尚书伯使一人，女侍二人，皆选端正妖丽，执香炉护衣服。”绀鬒(zhěn)：道家得

道者之发。此指绀青色浓密的头发。 ⑩“料唤赏”二句:想象郭希道在清华池馆赏水仙花的情景。清华池馆:应为郭希道园名。台杯:既指郭希道赏花品酒的杯盏,也指水仙花。《洛阳花木记》载:水仙花色白,形圆如酒杯,上有五尖,中承黄心,仿佛酒杯,故有金盏银台之名。

【品评】

此为咏水仙之作。

上片围绕花梦来写。梦中水仙娇小娉婷,素面淡妆,两颊略点蜂黄妆。水仙花蕊本为蜂黄色,花瓣上也有淡淡黄色,如晕染开。“暗偷晕”,极为传神地传达出少女含羞的面容,三字而兼情意、妆束、容色,不可谓不密。“翠翘”句则状水仙花花梗,如翠翘斜插在发髻上。“昨夜”二句,点明在月下见到这位娉婷仙子,“相认”二字,给梦境增加许多旖旎的色彩。“睡浓”二句,睡意浓浓中苦被秋风惊醒,至清晨还恋恋于梦中。“送晓色”二句,言郭希道送来这一壶水仙,才明白昨夜的花梦果然准。至此方点出“花梦”,“花梦准”对“未稳”,妥帖无痕。虽已见一壶葱倩,但魂尚在梦中,“心未稳”犹见其恋恋不舍之意。

下阕承“准”字而来,写眼前水仙的婀娜多姿。眼前水仙即是词题中所言郭希道所赠水仙,为实有之事。但因心尚在梦中,睹此实景亦幻若梦境,故陈洵言下阕所写,“似梦非梦”。“湘娥”三句,将水仙拟作湘娥。从具体物象而论,因水仙需贮水养于壶中,花茎细小,幽香宜人,若娇小女子弱不禁风貌,故以湘妃凌波水上为譬。从字面而言,水仙又可解为水之仙;湘妃,湘水之神也,亦即水仙。又将湘妃投水之恨比拟水仙之怨,寄托了作者对去妾的思念。杨铁夫认为是指

“徽、钦宫人蒙尘塞外，流寓沙漠而言”，虽不必凿实，但“古岸云沙遗恨”句，确可感知作者隐有所托。“临砌影”三句，将同为冷香的梅花与水仙对比。因开花时节都在冬末春初，且色、香、态相仿，诗家常将腊梅、水仙并举，且都拟为仙子。楼钥《咏蜡梅水仙》云：“二姝巧笑出兰房，玉质檀姿各自芳。品格雅称仙子态，精神疑着道家。”但两相比较，梅花落时，飘洒在庭阶；水仙谢时，连花茎一并枯萎，香气袅袅于壶中不去，不同于梅的“寒香乱”，故“冻梅藏韵”，逊于水仙一筹。《广群芳谱》载：“腊梅以水仙为婢。”此则将水仙之品格极力托出。“熏炉畔”二句为加倍写法，写作者的惜花之意，不是“高烧烛”、“系金铃”，而是一会放在熏炉畔，一会移到枕边，言作者对水仙呵护备至。“还又见”与“中庭、月下相认”呼应，昨夜梦中相认，今日又还相见。笔触间，似乎仍在梦中。“玉人”句的意脉又暗承“熏炉畔”而来。水仙又名女史花，故而“熏炉畔”不仅指作者移花至熏炉畔，又以水仙拟女史，称其如持香炉护衣服的侍女，而水仙本自幽香，故比为持香女史亦贴切自然。“绀鬓”，原指得道者的发髻之色，这里指代绀青色发髻，也兼有水仙为道家所出之意。细味“熏炉畔”二句，梦窗词天堑钩联之法约摸可得。“料唤赏”为对面写法，亦表示谢意。想象郭希道送水仙前，满斟酒杯，在清华池馆中欣赏花之容貌。“台杯”兼指酒杯和水仙。梦窗此词，三次用字面来转字义，如水仙、女史等。力求必不使一字落空，字字切题而来，使得字密意繁。后世评词者论梦窗务博，并非苛责。

刘永济评梦窗“最工写梦”，此词尤其迷离，写法也较为奇特。“梦”为题前话，未送水仙前先已有梦。故而见到所赠水仙，依然沉浸在梦中。由“送晓色”一直到“傍枕”，整整一天的似梦非梦，其痴情之态可见。陈洵认为此词全从赵师雄梅花梦中化出。从叙事脉络来看,如"昨夜冷中庭","睡浓","凄风紧","送晓色"等梦中情节,皆与赵师雄梅花梦(详见《花犯》(剪横枝)注⑧)暗合。将梅花拟人化,以仙子的姿态、性情写梅花的妩媚多姿。梦窗集中,此等借典而出新的写法,并不少见。

凤栖梧[1]

化度寺池莲一花最晚有感[2]

湘水烟中相见早。罗盖低笼,红拂犹娇小[3]。妆镜明星争晚照。西风日送凌波杳[4]。　惆怅来迟羞窈窕[5]。一霎留连,相伴阑干悄[6]。今夜西池明月到。馀香翠被空秋晓[7]。

【注释】

①凤栖梧:即《蝶恋花》。宋张先词始名《凤栖梧》。②化度寺:寺在杭州。梁朱异舍故居为寺,旧名"众安",后屡有改名,宋治平二年改为"化度"。　③"湘水"三句:以晚莲的花苞拟红拂。言早在湘水烟霭中见过,荷叶如罗盖低护着这朵晚莲,菡萏未开,犹如红拂仙子,体态尚娇小。红拂:红拂女。传唐李靖拜见越国公杨素,素有一姬执红拂侍于侧,注目于靖久之。后红拂女夜奔李靖,同归太原。　④"妆镜"二句:红莲盛开,朵朵临水照影,竞相争艳。西风起,日渐凋零,如仙子踏碧波而去。杳:消散,不见踪迹。　⑤"惆怅"句:晚莲婷婷开时,众芳已散尽,惆怅来迟了一步。窈窕:美

好貌。 ⑥“一霎”二句：作者独立池边，得见花开的瞬间，如仙子莅临，悄然相伴栏杆。 ⑦“今夜”二句：今夜西池明月高照，荷花的馀香袅袅未散，但花影已杳，只见翠叶田田如被。西池：相传为西王母瑶池的别名。此指化度寺池。

【品评】

此词为咏花而忆姬之作。

上片写池莲。起笔“湘水”三句，言初相见时。在湘水烟波中相识甚早，那时，满池荷叶低护，花苞尚小，才露尖尖红角。将荷花比拟成红拂，将花与人合写，“早见”、“红拂”，取一见倾心之意，数句已暗藏一段情事。“妆镜”句，写晚霞中，满池荷花盛开的艳丽景色。美景尚不及欣赏，秋风已至，荷花日渐枯萎。“西风”句化用李璟《摊破浣溪沙》句意：“西风愁起绿波间，菡萏香销翠叶残。”“杳”者，昔日的妆镜明星都如云烟般消散。与韶光共憔悴的不止是花，还有赏花的人。

下片写晚莲。“惆怅来迟羞窈窕”，晚莲未能赶在众花盛开时绽放，而在这西风起，众花已杳时，才姗姗来迟，不免惆怅羞愧，无心临镜。“羞窈窕”，则把晚莲在荷叶下，悄悄绽放，不为人所关注的情态刻画出来。兼写情态、形貌，正见出梦窗用词经心处。“一霎留连”，既紧扣晚莲的特点来写，晚莲花期甚短，故言一霎留连；也写作者悄立池边赏莲，得见花开，如见仙子莅临，相伴阑干。“一霎留连”恨相聚相逢太匆匆，“惆怅太迟”，不止花惆怅而已，赏花人亦惆怅，曾经湘水烟中相见早，却并未能相守，而今来得太迟，只见得一霎留连，如何不让人生出许多怨恨！虽从花的角度落笔，实写作者怀念去姬的眷眷深情。明写花期太短，花开太迟，暗写与伊人相聚相恋时间太短暂。“太迟”者，写错过的遗憾；“一霎”者，写不可挽留的无奈。相伴的时光就如这花开的瞬间，多少怅恻缠绵，多少心痛伤感，不尽于数语中。结拍道出“有感”所在。翠被者，指荷叶，又指闺阁中锦被，“空秋晓”指闺阁中孤寂貌。今夜明月照西池，只见荷叶田田如被，馀香袅袅不散。“馀香”者，花已谢，情已杳。此中沉痛，自不必待言，但出以萧散之语，并不溺于其中，故评者论结拍有“手挥目送之妙”。

此词若怅触于眼前情景，随手写之，但情意款款，深致入骨，语意真诚，感人匪浅。梦窗词密处不难学，厚处难学，正在于此。

浣溪沙①

观吴人岁旦游承天②

千盖笼花斗胜春③。东风无力扫香尘④。尽沿高阁步红云⑤。　　闲里暗牵经岁恨，街头多认旧年人⑥。晚钟催散又黄昏⑦。

【注释】

①浣溪沙：唐教坊曲名。又名《小庭花》、《玩溪沙》、《怨啼鹃》、《浣沙溪》、《醉中真》、《玩丹砂》、《清和风》、《掩萧斋》、《江南词》、《换追风》、《最多宜》、《杨柳陌》、《踏花天》、《醉木犀》、《试香罗》、《霜菊黄》、《频载酒》、《减字浣溪沙》等。

②岁旦：新年的第一天。吴俗于岁旦游承天寺。承天：承天寺，在长洲县（今江苏苏州）西北，梁陆僧瓒舍宅以建。初名

广德重元寺，宣和年间改名承天寺。 ③盖：帷盖，车盖。胜春：花胜，女子的一种首饰。以彩绸剪成或缕金箔而成，戴于发髻。 ④东风无力：李商隐《无题》："东风无力百花残"，此指游春仕女如织，香尘满路，东风和煦，无力扫净。 ⑤高阁：承天寺唐时已有高阁，登高阁可俯瞰吴都山川全景。《吴郡图经续记》"承天寺"条："韦苏州登寺阁诗云：'时暇陟云构，晨霁澄景光。始见吴都大，千里郁苍苍。山川表明丽，江海吞大荒。'即此寺也。" ⑥经岁恨：数载离别之恨。白居易《和酬郑侍御东阳春闷放怀追越游见寄》："东南门馆别经岁，春眼怅望秋心悲。"旧年人：宋詹初《新春》："岁月新更又一春，迎春还是旧年人。"

【品评】

此词作于新年第一天，词人游承天寺，有感而作。

"千盖"句，写承天寺人山人海，车盖如云的盛况。车上、发髻上斜插着春胜、花胜，望去如百花竞艳。承天寺为苏州胜景之一，习俗岁旦游承天寺以迎春。"千盖笼花"正是写这种节日景象。"东风无力扫香尘"，虽用李商隐"东风无力百花残"，但原句写春暮送别，百花凋零，由伤春而加倍写离愁。此处则写乐景。东风和暖，吹面不寒，正是赏春好时节。"无力扫香尘"为侧面写法，烘托游春仕女众多，脂粉扑面，香尘满路的热闹场景。"尽沿"句，扣题写游人登承天寺高阁，"步红云"，极言阁的高峻。登高阁之上，可见"千里郁苍苍"、"江海吞大荒"的吴都全景。"尽沿"二字，写出吴人挤挤挨挨，竟相登高阁的情景。

过片，从红云上又回到红尘中。"闲里"句，由眼前热闹非凡的游春之景沉静下来，牵惹出经年的离愁别恨。"暗牵"

者，此恨其实时时埋在心中，只是不觉而已。“街头”句若以不经心之笔，写恨经年的缘由。虽然是新年第一天，但一切似乎并没有变化，熙熙攘攘的热闹，也仍然只是去年的重复。街头游客多是旧年人，回忆起曾携手同游承天寺的苏姬，一别数载，不知人在何方。在这如织的游人中，找不到伊人的踪迹。所以，无论是红云上还是红尘中，热闹只是别人的。但“愿除旧妄生新意，端与新年日日新”。（詹初《新春》）在新的一年，作者对于相逢，还是寄予了期盼的，否则就不会在街头“多认”旧年人了。结语“催散”二字，将晚钟拟人化，钟声阵阵，催促游人归去。黄昏似乎也是在晚钟的催促中渐渐黯去，天地间又归于寂寂之中。既写游人依依不舍，更流露出作者在岁旦之际，对人生、命运的超脱。一日的喧嚣和热闹，都随钟声而去。去者自去，留者自留，在日复一日、年复一年的转换中，又有什么是可以永恒留在岁月长河中的呢？又有什么是不可以放下的呢？

此词上下阕对比鲜明，始于热热闹闹的游春之景，归于黄昏中的寂静。上阕的繁华，正是为了烘托下阕回味之后的沉思。上阕多用实字，下阕多用虚字，显示出梦窗词的两种不同风格。上阕稍密，下阕疏淡，寸心磅礴，尺幅千里，见出梦窗不经意而经意的运思和用笔。

浣溪沙

门隔花深梦旧游[1]。夕阳无语燕归愁[2]。玉纤香动小帘钩[3]。　　落絮无声春堕泪，行云有影月含羞[4]。东风临夜冷于秋[5]。

【注释】

①门隔花深：重门深院，指深闺，亦指梦境中旧游之地曲径花深，如隔重门。 ②“夕阳”句：看夕阳西下，脉脉无语；燕子归去，愁思无限。燕，一说指所梦之人。 ③“玉纤”句：纤纤玉手搴起帘帷而入。帘钩：卷帘幕用的钩子。杜甫《落日》诗：“落日在帘钩”。 ④“落絮”句：絮落无声，如春堕泪；淡云遮月，月若含羞。行云：用巫山神女之典。见《齐天乐》(烟波桃叶西陵路)注⑦。 ⑤“东风”句：东风入夜添寒，似比秋夜更凉。

【品评】

此词拟闺妇怀人之作，或说为梦窗忆姬之作。

首句写闺阁长日无聊，傍晚时分午睡尚未醒，梦见往日携手同游的美好往事。惆怅而起，凭阑眺望，只见夕阳西下，燕归飞急。将心中所感所想投射到天地间万物，故所见也愁，所感也悲。既见夕阳归燕，暮色已深，于是搴开帘帷进屋，“玉纤香动”状美人纤手如玉，脚步姗姗。均以闺阁中人视角来写。若为忆姬之作，那么“玉纤香动”，是写梦境中玉人归来，应含喜悦之情，又何必“燕归愁”？如言玉人又归去，那么，“夕阳”句应在“玉纤”句后，方能说得顺理。

下阕的时间线索由傍晚而至月夜，写深闺女子的伤春之情。下阕词句，全从前人诗词中而出，但却能融合无痕。如“落絮无声”、“行云有影”，对仗工整，既为一天所观景致的写照，又满含愁情。白昼观花观絮，夜来望云赏月，可见愁情之不可遣。“落絮无声春坠泪”，将柳絮随风飘落，拟为春坠泪，将悲情渲染层深，弥散在天地间。“行云有影月含羞”，既写彩云遮月，月若含羞的情态；也是闺阁中人的写照。春寒料峭，夜风袭来，似乎比秋夜还凉。贺铸《浣溪沙》："东风寒似夜来些"，韩偓《惜春》："节过清明却似秋"。相比而言，"冷于秋"更显得工警，除了抒写天气外，而且传达出人物的内心感受。白天尚和暖的东风，入夜却带来瑟瑟寒意，正是最难将息之时。"冷于秋"折射出这种来自内心深处的彻骨的失望，非关天气也，故俞陛云评其结句尤"凄韵悠然"。

玉楼春①

京市舞女②

茸茸狸帽遮梅额③。金蝉罗剪胡衫窄④。乘肩争看小腰身，倦态强随闲鼓笛⑤。　　问称家住城东陌⑥。欲买千金应不惜。归来困顿殢春眠，犹梦婆娑斜趁拍⑦。

【注释】

①玉楼春：又名《上楼春》、《玉堂春》、《玉楼春令》、《木兰花》、《木兰花令》、《转调木兰花》、《江南弄西湖曲》、《呈纤手》、《春晓曲》、《惜春容》、《梦相亲》、《归风便》、《归朝欢令》、《续渔歌》等。　②京市舞女：南宋都城临安元宵灯市上表演舞蹈的女子，多较年幼。周密《武林旧事》载："都城自旧岁冬孟驾回，则已有乘肩小女、鼓吹舞绾者数十队，以供贵邸豪家幕次之玩。而天街茶肆，渐已罗列灯球等求售，谓之灯市。自此以后，每夕皆然。三桥等处，客邸最盛，舞者往来最多。每夕楼灯初上，则箫鼓已纷然，自献于下，酒边一笑，所费殊

不多,往往至四鼓乃还。” ③狸帽:狸毛皮制成的帽子。梅花妆:《金陵志》载:宋武帝女寿阳公主人日卧含章殿檐下,梅花落额上,成五出之华,拂之不去,经二日洗之乃落。宫女纷纷仿效,称梅花妆。 ④金蝉罗:一种极薄的丝织品,因其薄如蝉翼而名。胡衫:西北少数民族所穿的服装,此指窄袖紧身的短装。 ⑤乘肩:见本词注②引《武林旧事》。鼓笛:鼓和笛,此指乐器声。 ⑥“问称”句:一问一答。有人问舞女家住哪里,回答在城东瓦子巷。曹子建《美女篇》:“借问女安居,乃在城南端。”城东陌:吴锡麒《凤凰台上忆吹箫》词题云:“城东瓦子巷,本南宋时勾栏。梦窗《玉楼春》词有云‘问称家住城东陌’,盖指此也。” ⑦殢(tì):沉迷,贪恋。趁拍:合着节奏、节拍。

【品评】

此词为元夕咏京市舞女之作,流露词人对舞女的悲悯和怜惜之情。

首韵描写服装衣饰,从侧面烘托出京市舞女独特的美感。茸茸的狸毛帽遮住了额前动人的梅花妆,舞女身穿紧身窄袖束腰的金色薄罗衣。虽未直接描写舞女的面容、神态,但“遮”、“窄”和“梅妆”、“金蝉罗”等别具特色的细节描写,还是为读者烘托出机灵、小巧、美丽的舞女形象来。“乘肩争看小腰身”的正常语序应为“争看乘肩小腰身”。元宵灯市,百姓争相观看娇小的乘肩舞女的精彩表演。因为表演的时间过长,小女孩表现出疲倦的神情。只有强打精神,才能勉强跟上音乐的节拍来舞蹈。“倦态”与“强随”互为因果,因倦而强随,而又因强随更添倦态,写出舞女无法选择的命运。

下片以问答的形式起,侧面写舞女的日常生活情景。

“问称”二句，观众好奇的提问和舞女的应付回答。城东陌，城东瓦子巷。为南宋临安城歌伎舞女的居住处。“家住城东陌，应买千金应不惜”二句，以实写虚，这样的问答并不少见，但舞女必须要应付观众中不乏轻薄子的纠缠。“千金应不惜”，似乎是写舞女受人追捧的好运，和在人前的绚丽。但不惜千金者，是否会怜惜这样一位娇小疲倦的女子呢？道出舞女最终不免被人买卖的悲惨命运。舞女表演了一夜，回到家中，疲惫不堪，沉沉酣睡。只怕在梦中，也会脚步婆娑，随乐起舞吧。“趁拍”对应上阕“闲鼓笛”，“犹梦”对应上阕的“倦态”，醒时疲倦，仍要“强随闲鼓笛”，困顿入梦，还要“婆娑斜趁拍”，可见梦与醒皆不由人，醒时已见倦态，梦中也不得休息，其苦可知。

京市舞女的表演固然吸引人，但作者对表演的着墨不多，对舞女容貌的正面描写也很少，重点落在对舞女身世命运的关注和同情上。相比较梦窗咏物词中丽字飞动的写法，因为有对穷苦民众深切的悲悯和真挚的同情，使得此词呈现出豪华落尽见真淳的拙朴之美。与梦窗集中由拆字、嵌字而成的酬唱词相比，具有迥然不同的情感深度。

玉楼春

和吴见山韵

阑干独倚天涯客。心影暗凋风叶寂[①]。千山秋入雨中青，一雁暮随云去急[②]。　霜花强弄春颜色。相吊年光浇大白[③]。海烟沈处倒残霞，一杼鲛绡和泪织④。

【注释】

①天涯客：作者自指。心影：心地。《神仙感遇传》载：李荃在骊山下，遇一老妇，告曰："少年颧骨贯于生门，命轮齐于日角，血脑未减，心影不偏，德贤而好法，神勇而乐至，真是吾弟子也。"此指心绪、心事。 ②"千山"二句：远处群山重叠，在秋雨后显出青苍的颜色。一只孤雁在暮色中随云急飞而去。 ③霜花：菊花。弄：显现、卖弄。大白：酒杯。 ④海烟：海上的烟雾、水雾。沈处：深处。杼：织布机的梭子。鲛：传说中的人鱼。能织布。绡：极薄的丝织品。晋张华《博物志》卷二："南海外有鲛人，水居如鱼，不废织绩，其眼能泣珠。"

【品评】

起句奠定了全词的基调。"阑干独倚天涯客"，人在天涯，独倚阑干，生出倦旅思归之感。"天涯客"为作者自指，凭栏远望无限江山，内心又有怎样的感慨呢？四处寂寥无人，落叶随秋风凋零，心影也随着这暮色而渐渐沉寂。"千山秋入"二句，写独倚阑干所见秋景，气象阔大，大笔淋漓。"入"字表现出千山被秋雨秋风笼罩的苍茫景象。"雨中青"，既写山色，也写出山在雨中的静穆之感，营造出天地之间莽莽寥廓的气势。柳宗元《江雪》："千山鸟飞绝"，在这千山入雨、寂寂无语中，一只孤雁急急的高飞，想赶在天黑前找到栖息之处。"千山"与"一雁"的对比，是永恒和瞬间的对比，是动与静的对比，也是一种从容与奔波的对比。急飞的孤雁，就如一个小小的逗点，很快会被暮色吞没。又何尝不是作者自身的写照？

下片引入秋日饮酒赏菊。霜花，菊花，也指作者。“强弄”流露出自我解嘲，自我调侃的意味。“强弄春颜色”，菊花吐艳，勉强摆弄出春花的姿态，想要留住韶华，不免可笑，而像我这样两鬓斑白，还要学年少时赏菊饮酒的雅事，也不免只是强弄而已。“相吊年光浇大白”，既然是独倚，何来相吊？可见是形影相吊，独斟独饮。结语描绘晚霞消散前的美丽景色，以景寄情。在海烟沉沉之处，落日的晚霞倒映在水面上，随着海烟沉没消散。远望去，仿佛一杼美丽的织绡，那是鲛人和着眼泪织成。作者眼中倒映在水中的残霞，恍若鲛人眼中流出的血泪。运思奇幻，呼应起句“独倚天涯客”。此词疏宕清空，与梦窗词惯用细腻入微的笔法不同，而是以水墨画的写意笔法入词，点染之间，留白之处，馀袅袅不尽之意。

点绛唇[1]

时霎清明，载花不过西园路[2]。嫩阴绿树。正是春留处[3]。　燕子重来，往事东流去[4]。征衫贮[5]。旧寒一缕。泪湿风帘絮[6]。

【注释】

①点绛唇：又名《南浦月》、《点樱桃》、《一痕沙》、《万年春》、《十八香》、《沙头雨》、《寻瑶草》等。调名取自梁江淹《咏美人春游》诗：“白雪凝琼貌，明珠点绛唇。”（杨慎《词品》）

②时霎（shà）：即霎时，片刻，转眼间。载花：戴花，此指赏春，一说“花”喻姬。不过西园路：或用羊昙哭谢安之典。谢安逝

后，其外甥羊昙行不由西州路。见《西平乐慢》（岸压邮亭）注⑩。西园：园名，梦窗在苏州曾居住于此。见《瑞鹤仙》（泪荷抛碎璧）注⑥。 ③嫩阴：春日枝头发出新芽，一片嫩绿之色。春留处：欧阳修《蝶恋花》："无计留春住。" ④燕子重来：指故地重游。晏殊《浣溪沙》："无可奈何花落去，似曾相识燕归来。"往事东流去：李煜《虞美人》："春花秋叶何时了，往事知多少……问君能有几多愁，恰似一江春水向东流。" ⑤征衫：行役之衫。贮：收藏。 ⑥风帘絮：周邦彦《瑞龙吟》："断肠院落，一帘风絮。"

【品评】

此为清明过后，词人重过西园忆姬之作。夏承焘《梦窗词集后笺》："凡清明、西湖、伤春词，皆悼杭州亡妾之作，其时在遣苏妾之后。"此词究竟是悼念杭州亡妾，还是怀苏州去姬，难以确知。

起笔点明时节。"时霎清明"，清明转眼就过了。"霎"，极言其短促，也道出了作者对又一春、又一年，年华偷换的心惊。"载花"，戴花（或指花胜、春胜）。西园，昔日相逢相聚之地，今日触景伤情之地，故不忍心过也。清明前后，正是赏春踏春的最好时节。嫩阴绿树，春意浓浓，随处可见春神驻足停留的脚步。上片至此而顿住，连"无计可留春"的春尚且能留住，而人却未能留住，其间沉痛叹惋之感可见。

下片，"燕子重来"，花已落去。"燕子"隐为作者自指，"花"则喻姬。两相对比，烘托出往事如逝水，滔滔东流去的悲凉感。只有这征衫上还留有伊人针线的痕迹，收藏着曾经的情谊。"旧寒一缕"，指暮春时节的风雨，也指内心的感受，"一缕"承征衫而来，指往事已悄然难寻。"泪湿风帘絮"，泪因旧寒而起，絮因风而起，风吹絮落又如春在坠泪，以加倍写法，更增加了伤感悲惋的气氛。周邦彦《瑞龙吟》“断肠院落，一帘风絮”，此则将漫天飘洒风絮，与绵绵不绝的愁绪交互来写，多少伤心断肠往事，都在这一句“泪湿风帘絮”中。

梦窗词多喜摹写具体物象，声、形俱全，设色秾丽。此词则显得淡雅静穆，用字遣辞清空晓畅，但情致深沉，正是陈廷焯所叹赏的“超逸之中见沈郁”的作品。

点绛唇

试灯夜初晴①

卷尽愁云，素娥临夜新梳洗②。暗尘不起。酥润凌波地③。　　辇路重来，仿佛灯前事④。情如水⑤。小楼熏被。春梦笙歌里⑥。

【注释】

①试灯夜：旧俗元宵夜张灯，未至元宵而张灯称试灯。多为农历正月十三、正月十四夜。　②“卷尽”二句：指试灯夜云开雾散，明月皎洁如新梳洗过一般。素娥：嫦娥，指月。③“暗尘”二句：指雨后初晴，路面尚湿，尘土不扬。酥润：指春雨。韩愈《早春呈水部张十八员外》其一：“天街小雨润如酥。”凌波：魏曹植《洛神赋》：“凌波微步，罗袜生尘。”　④“辇路”二句：重游京城，往事历历，如在眼前。辇（niǎn）路：专供帝王后妃车驾通行的道路，也指帝王车驾所经之路。此指南宋都城临安的道路。灯前事：眼前事。试灯夜，灯即在眼前。

也指与姬灯前相聚之往事。 ⑤情如水：柔情似水。也指昔日恩情如水流去，已然淡忘。秦观《鹊桥仙》："柔情似水，佳期如梦。" ⑥"小楼"二句：往昔如春梦。熏被：香熏被暖。笙歌：吹笙伴唱，此指往昔灯前笙歌。

【品评】

此词为试灯夜忆姬之作。

梦窗词用字遣辞力求新颖独特，选题更是别具只眼，避熟就生。如写海棠，不写春日普通海棠，而写秋日海棠或连理海棠；写池莲不写盛开池莲，而独写一莲晚开；写除夜则挑除夜、立春双节；写九日选闰九；此词亦然，不写元宵，而写试灯之夜；故而在立意、写景上，往往能呈现出别具一格的特点来。现实中的试灯夜与元宵夜相比，虽灯火迤逦，但游人无多，故无喧嚣之烦，而有疏落之致。作者以是夜的清朗、明净，来烘托作者对往事、情谊的追念。使得此词具有一种悠扬而飘忽的美。

"卷尽"一韵，言云开月出，天空如洗。云既为愁云，就带有了情感的起伏在其中，"卷尽"者，愁去心晴。"暗尘不起。酥润凌波地。"指雨后润泽的市街上，纤尘不起，月光皎洁。"凌波地"三字既指月华如水，照在雨后的地面上；又以洛神的轻盈来状女子纤纤的步态，也隐有当时伊人的影子，引出下片的"辇路重来"。

过片，"重来"二字，突出今昔之感。重返京城熟悉的街道。回忆与伊人在试灯夜赏灯游玩的美好情景，历历如在眼前。以"情如水"来领昔日情意，在这月华明澈的试灯夜，回忆昔日如水柔情，如梦佳期，真有洗尽凡艳之感，故谭献评此三字足当"咳唾珠玉"四字。此三句所言熏被、春梦、笙歌皆为记忆中最难忘者，从温度（触觉）、梦境、听觉等不同角度来回忆美好的“灯前事”。但被之熏香温暖易冷，春梦来不多时易散、笙歌萦绕也不可留，皆可望而不可即、也不可停留。读此三句，如读李商隐“蓝田日暖玉生烟”，令人生出无限怅惘、无限感伤的情绪来。

此词温润，情意深微，将昔日深情缱绻，今日孤怀耿耿的拙朴之情尽抒于词，有花间馀韵、五代古风。

点绛唇

越山见梅[①]

春未来时，酒携不到千岩路[②]。瘦还如许[③]。晚色天寒处。　　无限新愁，难对风前语。行人去。暗消春素[④]。横笛空山暮[⑤]。

【注释】

①越山：指会稽（今浙江绍兴）的山。古越国建都会稽。②千岩路：指越山，言其山千岩万壑。《晋书·顾恺之传》：“人问以会稽山川之状，恺之云：‘千岩竞秀，万壑争流，草木蒙笼，若云兴霞蔚。’”　③瘦还如许：形容梅树枝干嶙峋之态。如许：这样。　④暗消春素：暗自憔悴消瘦。春素：春愁，情愫。　⑤横笛：指笛曲《梅花落》。

【品评】

此为作者登越山赏梅而作，但通篇正面描写梅花形貌的仅一个“瘦”字。与梦窗咏物词铺叙尽致不同，而是遗形去貌，凸显其神韵。

一韵言春未来时，不会登到越山来赏春。形容越山，仅用“千岩路”三字，与“酒携不到”相复合。说明越山千岩竞秀之美，也状越山山路婉曲难登。“携不到”者，非不携，而是难到也。“瘦还如许”，上了越山，见寒梅依旧消瘦如许。“还如许”，指曾见过以前瘦的样子，如今春来重见，还是如此。梅瘦竹清，是诗人惯用之词。但“瘦还如许”，却见出词人许多婉曲的心事来。有对梅的惦念，对梅的怜惜，也有惺惺相惜之意。“晚色天寒处”，晚色，暮色。天寒，梅为花信中最早的，开时春寒尚浓。烘托出晚色天寒中梅树茕茕独立的孤瘦身影。

过片承上，道出“瘦还如许”的原因，有“无限新愁，难对风前语”。新愁者，相比较旧愁而言；瘦还如许者，相比较曾经瘦而言。新愁，指春又来，所滋生出的新愁。这无限伤春惜春的心事，却不能对人言说，也“难对风前语”。所谓风前语，风前叹，都不过是对风而语，都会随风而逝，即使这样不着痕迹的倾诉，都不能流露，其愁绪无法排遣之苦可见。“行人去。暗消春素”为两面写法，既写梅见行人去，难再在风前对行人倾诉，花也渐渐随风飘散；又写行人离去，因见梅而生起的伤春情愫，似乎又重新埋藏在心底深处。“横笛空山暮”，写梅落山空。笛曲中有《梅花落》。“空山”者，不见人，亦不见梅，行人是否来过，梅花是否开过，都在这寂寂的空山，归于暮色中。

夜游宫[1]

人去西楼雁杳[2]。叙别梦、扬州一觉[3]。云澹星疏楚山晓。听啼乌，立河桥，话未了[4]。　雨外蛩声早。细织就、霜丝多少[5]。说与萧娘未知道[6]。向长安，对秋灯，几人老[7]。

【注释】

①夜游宫：又名《念彩云》、《新念别》、《蕊珠宫》。毛先舒《填词名解》卷一云：“夜游宫，古诗：‘昼短苦夜长，何不秉烛游。’《拾遗记》载：‘汉成帝于太液池旁起宵游宫。又，隋炀帝好以月夜从宫女数千骑游西苑，作清夜游曲，于马上奏之。’词名盖取诸此。”　②雁杳：雁可传书，“雁杳”即言音信杳无。③扬州一觉：喻相聚欢会。杜牧《遣怀》：“十年一觉扬州梦，赢得青楼薄幸名。”　④“云澹”四句：清晨河桥上依依惜别之景。云澹星疏：拂晓时分。楚山：泛指楚地之山。王昌龄《芙蓉楼送辛渐》：“寒雨连江夜入吴，平明送客楚山孤。”此取送客之意。话未了：离别前絮絮的叮咛。牛希济《生查子》：“语已多，情未了，回首犹重道。记得绿罗裙，处处怜芳草。”⑤蛩：蟋蟀，又名促织。织就：蟋蟀鸣声如织机声，故言。霜丝：白发。　⑥萧娘：《唐书·武承嗣传》载：嗣为文昌左相……闻左司郎中乔知之婢窈娘（一作萧娘）美且善歌，夺取之。知之作《绿珠篇》以讽。婢得诗恨死。唐杨巨源《崔娘诗》：“风流才子多春思，肠断萧娘一纸书。”后世以萧娘指美女，此指苏姬。　⑦长安：此指南宋都城临安。

【品评】

此为忆苏姬之词。上下阕对比鲜明，上阕以梦境写昔日与姬别离之情，下阕写梦醒今日人老孤苦之态。时空转换，妙化无痕。

首句写“人去”，西楼指代昔日相聚之地，如今只能是“无言独上西楼”。“雁杳”，言音信杳然。将“人去”的失望，叠加上“雁杳”，俨然已是绝望，似断无再重逢的可能，只有在梦中才能相见了，引出“叙别梦”，回到当时离别的情景。“扬州一觉”，既指代与苏姬十馀年的共同生活；也贯连“别梦”而来，指十年光阴一瞬间，恍若扬州一觉。“十年一觉扬州梦，赢得青楼薄幸名。”借用杜牧诗句，间接地道出了自己与苏姬的爱情悲剧，自己也背上了“薄幸”之名。这其中的是是非非，恩恩怨怨，皆涵于“扬州一觉”中。梦窗用典不仅在于截取字面意义而已，而是用其整体，此将杜牧全诗中的尴尬和悔悟都移入自己词中，为梦窗喜用的挪移之法。“云淡”四句叙当日离别之景。“云淡”、“星疏”、“楚山晓”、“啼乌”等，勾勒出拂晓送别寒冷凄清的画面。“话未了”三字，看似极寻常之语，但“话未了”，情亦未了，苏姬依依不舍的深情之态娓娓道出，也可见二人离别，实有不得已的苦衷。

下片写梦醒，听到窗外蟋蟀低低的哀鸣声。“雨外”与屋内相比，言蛩声之远。蟋蟀又名促织，此怨蛩声早，怨这满头的白发恐怕都是蟋蟀“细织就”的。以无理之语，表达经年离别的愁怨。“说与萧娘”三句，词意婉曲。“说与”承上片“话未了”而来，我想把别后的相思告诉她。此为想望之语；但伊人在何方都不知，又怎么会知道我的痴心呢。“未知道”者，既指别后种种，为萧娘所不知者；也指书难传，萧娘难知晓此情。“向长安”，长安指代杭州，为苏姬所在之处。“苏妾遗后或流落杭州为妓”（夏承焘《吴梦窗系年》）。“对秋灯，几人老。”一灯如豆，灯下照见鬓发斑白，人已老。不知伊人老否？结语极见浑厚沉朴。

祝英台近[①]

春日客龟溪游废园[②]

采幽香，巡古苑，竹冷翠微路[③]。斗草溪根，沙印小莲步[④]。自怜两鬓清霜[⑤]，一年寒食，又身在、云山深处[⑥]。　昼闲度。因甚天也悭春，轻阴便成雨[⑦]。绿暗长亭，归梦趁风絮[⑧]。有情花影阑干，莺声门径，解留我、霎时凝伫[⑨]。

【注释】

①祝英台近：又名《英台近》、《祝英台》、《祝英台令》、《宝钗分》、《怜薄命》、《月底修箫谱》、《揉碎花笺》、《寒食词》、《燕莺语》。　②龟溪：溪名，在德清（今浙江德清）境内。《德清县志》载：龟溪一名孔愉潭。相传孔愉少时见人在路旁卖龟，买而放于此溪，龟左顾数次而没入水中，故名。废园：荒废的园苑。　③幽香：此指野花淡淡的香气。宋欧阳修《醉翁亭记》：“野芳发而幽香，佳木秀而繁阴。”翠微路：青翠掩映的山路。宋司马光《和范景仁谢寄西游行记》：“翠微深处白云乡。”　④斗草：斗百草为戏，见《扫花游》（水云共色）注⑦。莲步：女子的脚步。《景定建康志》卷二一载：“（齐东昏侯）凿金为莲花以帖地，令潘妃行其上，曰‘步步生莲花’。”　⑤“自

怜”句：鬓发斑白，人已老去。 ⑥寒食：寒食节。见《瑞鹤仙》（晴丝牵绪乱）注②。云山深处：黄裳《贻如祖大师》：“常视世情如锁钥，云山深处莫回头。” ⑦因甚：为什么。悭（qiān）：吝惜、吝啬。 ⑧“绿暗”二句：言归期不定，归梦如风絮般轻忽。长亭：见《解连环》（思和云结）注⑥。趁：随着。⑨花影阑干：花木的影子映在阑干上。王安石《夜直》：“月移花影上阑干。”凝伫：伫立远望。

【品评】

此为游园而忆旧之作。

“采幽香”三句，为游园所见实景。景语皆情语，“幽”、“古”、“冷”这些冷色调词语，勾勒出废园的荒芜冷清，也衬托出词人茕茕独行、孤单寂寥的心情。“斗草”二句，以虚笔来写，走在溪边沙畔，似乎留有小女子嬉戏的脚印，恍惚间回到昔日与伊人斗草游春时。“自怜”三句，从废园的冷凄和莲步的回忆中跳出。“自怜”者，无人怜惜也。“又身在”，言年年如是，四处漂泊。寒食烟冷，在这云山深处，更显得凄清。苏轼词“乱山深处过清明”，与此句意境相近。

下片“昼闲度”，既承上，在云山深处度寒食白昼，也指荒废光阴，徒得清霜。“因甚”句，以虚词领起，甚得转折之妙。埋怨天公太过吝惜春光，天刚阴就下起雨来。“轻阴便成雨”，本是早春时节，云山深处的自然气候，但以问句写来，无理而妙，颇有灵动感。“绿暗长亭”，雨中天色阴霾，加上绿荫浓密，更显得昏暗。“归梦趁风絮”，由绿暗而其归去的心思，又宕开写归梦。归梦且缥缈，风絮更无凭，所以，即便是“趁”，也只是徒然。

“有情”四句，特见感慨。在这翠微路上闲度一日，既不知这废园古苑何时曾繁华，又何故会荒废，也无平日相携游冶的热闹和风雅。只是独自在这暮春寒食节，静静看日移花影上阑干，莺声啁啾入门径。使得废弃已久的阑干、门径顿时添了生气、注入了情感，成为词中的亮点。白石词“惟有阑干、伴人一霎”。片刻留恋，“解留我”句，最得物我相忘之妙。但解留我者，也毕竟只能陪我“霎时凝伫”；更何况，“解”者其实“不解”，留的毕竟留不住，“婉转中自有笔力”（陈廷焯语）。梦窗心思细腻，情感丰富，非常人可比，而其一生感颠沛流离之苦、感寄人篱下之苦，更有遣爱妾，悼亡妾之苦，故其词中每每流露出深深的孤寂感，以及对世情悲凉的深刻体悟。此词即如是。

夜游宫

竹窗听雨，坐久隐几就睡，既觉，见水仙娟娟于灯影中①

窗外捎溪雨响。映窗里、嚼花灯冷②。浑似潇湘系孤艇。见幽仙，步凌波，月边影③。　香苦欺寒劲④。牵梦绕、沧涛千顷⑤。梦觉新愁旧风景。绀云欹，玉搔斜，酒初醒⑥。

【注释】

①隐几：靠在或伏在几案上入睡。觉：睡醒、清醒。娟娟：状水仙柔美之貌。　②捎溪雨响：急雨落在溪水中的声音。捎：拂过、掠过。嚼（jué）花：品赏水仙花。嚼，吟赏、欣

赏。一说嚼花指灯花闪烁如嚼。又:《广群芳谱》载:“铁脚道人常爱赤脚走雪中,兴发则朗诵南华《秋水篇》,嚼梅花满口,和雪咽之。曰:‘吾欲寒香沁入肺腑。’” ③“浑似”四句:言梦境。水仙鳞茎养于水中,如孤舟停泊在湘江边。幽仙:以水仙拟潇湘仙子。北魏郦道元《水经注·湘水》:“大舜之陟方也,二妃从征,溺于湘江,神游洞庭之渊,出入潇湘之浦。”潇湘:湘江。凌波:见《过秦楼》(藻国凄迷)注⑥。月边影:灯影,此由灯光入梦而幻化出。 ④欺寒:被寒所欺。 ⑤“牵梦绕”:魂牵梦绕的,是碧波千顷的湘江。承上,以水仙拟湘妃,故言。 ⑥“绀云”三句:以水仙拟作酒醉方醒的女子。绀云:绀色如云的头发。见前《花犯》(小娉婷)注⑨。此喻花叶。玉搔:玉搔头,玉簪。女子的一种发饰。此拟水仙花苞。

【品评】

此为咏物词。词序交待了全词的写作缘由、写作意脉。听雨、入睡、梦醒,词意的理解也就变得清晰起来。序中所言“梦觉见水仙娟娟”,梦前听雨时即已见,非定为醒来后才见也。

上阕写由听雨而入梦。起句写竹窗听雨,“捎溪雨响”雨点打在溪水中的声音,言急雨。此言窗外。“嚼花灯冷”,此言窗里,灯花闪闪烁烁,令人昏昏欲睡。“冷”点出内心的感受,也为下文“月边影”寒香水仙的出场伏笔。“浑似”四句写梦境。朦胧间仿佛一叶孤舟系在潇湘水畔,潇湘妃子凌波而行,依稀只看见月下娟娟的身影。“幽仙”、“月边影”,侧面落笔,烘托出梦中仙子的绰约迷离之美。水月相映,也呈现出梦中仙境的惝恍之美。但梦窗此词并非清空写法,而是去留皆有迹,梦中所见皆由实境幻化而出,与眼前之景可一一对应。水仙鳞茎养于壶中，故梦中“浑似潇湘系孤艇”。以潇湘妃子拟水仙，有解为水之仙之意，见《花犯》（小娉婷）品评部分，并非虚写；灯旁隐几入眠，水仙于灯影之中，故梦中见“月边影”，亦在情理之中。正是这种虚实相生的写法，使此词具有蕴藉空灵的美感。

下阕写梦醒。“香苦欺寒劲”，水仙花开，幽香沁人，但此时春寒未尽，故言被寒所欺。“牵梦”句，承上阕潇湘妃子的譬喻而来，言仙子梦回湘江。显然非实写水仙花，而是隐喻作者心志。系绊于这一壶之中岂是本心，魂牵梦绕的还是碧波千顷的辽阔江海。梦觉后的新愁因此而生，非仅言花而已。对比梦中的步凌波、月边影，何等飘逸清旷，何等超凡脱俗！而灯前的水仙只是绀云欹，玉搔斜，若酒初醒而已。如何不令人扼腕叹惜。此等语句，正是梦窗词中看似浅淡，而寄语深慨之处。

此词将梦境之美、现实之苦，打并成一片，浑融不分，使人不知何为梦境，何为现实，甚至在旁人极不经意处，隐隐流露出内心的苦衷，极见温柔敦厚之致。

祝英台近

除夜立春[1]

剪红情，裁绿意，花信上钗股[2]。残日东风，不放岁华去[3]。有人添烛西窗，不眠侵晓，笑声转、新年莺语[4]。　　旧尊俎[5]。玉纤曾擘黄柑，柔香系幽素[6]。归梦湖边，还迷镜中路[7]。可怜千点吴霜，寒销不尽，又相对、落梅如雨⑧。

【注释】

①除夜立春:指除夕与立春日重合,为同一天。 ②“剪红情”三句:立春日剪红绿彩绸为春胜、花胜,戴于发髻上,以应春回。花信:开花的消息。自小寒至谷雨,有二十四候,每候五日,以一花之风信应之。始于梅花,终于楝花。(《曲洧旧闻》)此指花胜。钗股:钗子,女子的首饰,用来绾头发。 ③残日:指除夕。不放岁华去:因立春在除夕日,属于旧年,故言。 ④“有人”三句:指除夕夜不眠守岁,以迎接新年。西窗:见《齐天乐》(三千年事残鸦外)注⑦。侵晓:拂晓。侵:临近。新年莺语:唐杜甫《伤春》:“莺入新年语。” ⑤尊俎(zǔ):辛盘,旧俗立春以生菜为供,称五辛盘。尊,酒杯。俎:砧板,盛肉器皿。 ⑥玉纤:形容女子玉手纤纤。擘(bò):剖开、分开。宋周邦彦《少年游》:“纤手破新橙。”幽素:指质朴无华的信物,也指幽情。 ⑦“归梦”二句:思归故乡而不得。镜:浙江绍兴的镜湖,因水平如镜,故名,此指代西湖。沈约《别范安成》:“梦中不识路,何以慰相思。” ⑧吴霜:白发。唐李贺《还自会稽歌》:“吴霜点归鬓,身与塘蒲晚。”寒销不尽:虽是立春,但除夜尚寒,故言。《帝京景物略》:“冬至日,画素梅一枝,为瓣八十有一,日染一瓣,瓣尽而九九毕,则春深矣,曰‘九九消寒图’。”

【品评】

此词为除夜咏怀之作,围绕词题“除夜立春”来写。

一韵写剪花胜迎春的节日气氛。红情、绿意,取红花绿叶相衬托之意,“花随红意发,叶就绿情新”。也是实写残日东风，不放岁华去，切立春与除夕重合，除夕属旧年，立春在此日，仿佛有不放旧年去之感。“上”字，得细腻传神之妙。

上阕极写人家守岁之乐，但西窗添烛、笑声莺语，却是他人的热闹，与自己无关，而这种对比，更显出词人在除夜、立春双节之喜时的孤单。“莺”语者，以莺声的啭喉动人写人语的宛转呢喃，顿增春日色彩。

“旧尊俎”，既指器物，也指当年团聚时的年夜饭。睹物思人，回忆起往昔除夜与姬团聚守岁，笑声莺语的情景。昔日佳人纤纤玉手剖开柑橙，如今黄柑依旧，伊人远去，似水柔情，怎能忘却。“归梦”二句，言梦中回到曾相聚的西湖边，碧波如镜，只是梦中迷惘，流连在往日的美好中。“可怜”二句，写梦醒之后的孤单。“千点吴霜”，鬓发斑白也。“千点”把数年来每一个日子无情流逝而印刻下的痕迹，以一种似乎淡然的笔调写出，令人心惊。此写人之老去；翻进一层，写除夜立春，但寒未消去；再翻一层，千点吴霜对落梅如雨。宋人称岁暮之风为落梅风，纷纷飘落如雪的梅花对应千点如霜的白发，映衬出作者内心寥落寂凉的世界。寒销不尽者，除夜。落梅如雨，对应上阕“花信上钗股”。“又相对”者，人不在，又对落梅。言如此过除夜，独对落梅已是数载也。此题选除夜立春，句句扣题，无一字落空。彭孙遹独爱此词，赞此词“兼有天人之巧”。

西子妆慢①

自度腔　湖上清明薄游②

流水麹尘，艳阳醅酒，画舸游情如雾③。笑拈芳草不知名，乍凌波、断桥西堍[4]。垂杨漫舞。总不解、将春系住[5]。燕归来，问彩绳纤手，如今何许[6]。

欢盟误。一箭流光，又趁寒食去[7]。不堪衰鬓著飞花，傍绿荫、冷烟深树[8]。玄都秀句。记前度、刘郎曾赋[9]。最伤心、一片孤山细雨[10]。

【注释】

①西子妆慢：又名《西子妆》，为吴文英自度曲。 ②湖：此指杭州西湖。薄游：随意游览，漫游。 ③"流水"三句：形容清明湖上熏风欲醉、春意融融之景。流水麹尘：淡黄色的春水。见《过秦楼》（藻国凄迷）注③。艳阳酷酒：艳阳如醇酒。酷：酒味浓厚。画舸：画船。游情如雾：游兴浓酣如醉。④"笑拈"二句：回忆二人相遇情景。断桥：桥名，在杭州西湖白堤上。堍（tù）：桥头。 ⑤"垂杨"二句：垂杨不懂珍惜春天的时光。韩愈《晚春》："杨花榆荚无才思，惟解漫天作雪飞。"此化用其意。亦指年少时不懂珍惜眼前人。系住：留住。⑥彩绳：秋千索。 ⑦"一箭"二句：转眼寒食已过。箭：古代计时工具漏壶下用以指示时刻的长指针，称为漏箭。流光：时光。趁：催、赶。寒食去：清明节前一天为寒食，题已为清明，故言。 ⑧冷烟：寒食节冷食，禁烟火，故称冷烟。⑨"玄都"二句：指唐刘禹锡两次游玄都观看花，并作诗二首。此取"再游"之意。《再游玄都观》："种桃道士归何处，前度刘郎今又来。" ⑩孤山：在杭州西湖中，山色青幽，孤峰耸立，为西湖胜景之一。宋林逋曾隐居于此。

【品评】

此词为梦窗清明节游杭州西湖，忆旧之作。一说为悼念杭州亡妾之作。

起三句咏西湖春景。将流水譬为酒，麴尘指酒曲上所生菌，色淡黄如尘，故称。艳阳也以酒譬，如酷酒。游情在这酒意熏风中，自然就有如烟如雾如醉之感。“笑拈”二句，写小儿女初相遇之情状。“拈芳草”，既指女子集百草以作斗草之用，也指偶遇佳人笑拈芳草娇羞纯真之态。“不知名”者，未问名也，兼指芳草与佳人。“乍凌波”句，写与伊人在断桥边共赏春景。“凌波”用“凌波微步，罗袜生尘”，状女子步态轻盈绰约，如凌波仙子，此承上“流水曲尘”“游情如雾”，又启下“漫舞”，使得全词发端即笼罩在一种迷蒙的画境之中。但垂杨只解漫舞，却总不解将春系住。不怨天公不怨春，却怨垂杨无所作为，怨之无理，见怨之嗔痴。韩愈《晚春》“杨花榆荚无才思，惟解漫天作雪飞。”此化用韩句，却能翻出新意。用“系住”，不用“留住”，留者，挽留，尚是来去自主。系者，捆住，使春不得随意溜去。情致之笔，亦求落实，是梦窗用笔之法。“燕归来”二句，春归燕回，桃花依旧，但是伊人却不知何处去。昔日荡秋千的人，如今又在何方，境况又如何呢？“如今何许”中，含无限喟叹和怜惜之意。对比昔日不知怜惜眼前人的年少轻狂，其间多少世情已过，多少辛酸倍尝，回首时，问起当年彩绳纤手，看似散淡，多少遗憾和痛惜在心中。

过片“欢盟误”，将上阕许多怨语收束。“误”者，错误、误过、耽误、辜负，将回忆往日情事时的种种复杂情感凝聚于中，也道出了梦窗心中的隐痛。“一箭流光”二句，光阴如箭，转瞬又过了寒食。题为清明，此言寒食已过，既为点题，亦为启下“飞花”句。韩翃《寒食》：“春城无处不飞花，寒食东风御柳斜。”梦窗用寒食柳絮飞花句，却未用春城柳色清新之意。而将“衰鬓”与“飞花”相比，领以“不堪”二字，对比上阕明媚的春光，笑拈芳草的佳人，如今孤独地伫立在浓密冷清的绿荫下，顿生“树犹如此”之叹。“冷烟深树”，既为薄游西湖景点转换而见的寒食节实景，也是写“情何以堪”的叹惋。“玄都秀句”用刘禹锡两度游玄都观赏花题诗的典故，自比刘郎，表达昨是而今非之感。“百亩庭中半是苔，桃花净尽菜花开。”用刘禹锡诗句中的“桃花净尽”，抒发对故人、对往事的追忆。梦窗用典，只露冰山一角，故世人言其词晦涩，正因其冰山全貌不易为人所见也。此即如是。“最伤心”，将句意提起，似写情，而“一片孤山细雨”结以景，以眼前笼罩在濛濛细雨中的西湖山水，渲染满腔的愁情。

此词构思颇为巧妙，有一条明线，两条暗线。由清明的天气变化引出心情的变化。天气由晴转阴，又转为小雨，心情也亦然。心情的变化中又带出了相识、相恋、相思的情感暗线。初读其词，如空际转身，不知所在，然细味之，实细针密缕，字句非虚。此词色彩鲜明，图像丰富，正可见其用笔如丸珠，流丽圆转的浑融之境。此为梦窗自度曲，声调妍雅，语气纡徐而顿挫，呈现出欲言又止，欲说还休的婉曲之美。

霜花腴[1]

无射商　重阳前一日泛石湖[2]

翠微路窄，醉晚风、凭谁为整欹冠[3]。霜饱花腴，烛消人瘦，秋光作也都难[4]。病怀强宽。恨雁声、偏落歌前[5]。记年时、旧宿凄凉，暮烟秋雨野桥寒[6]。　　妆靥鬓英争艳，度清商一曲，暗坠金蝉⑦。芳节多阴，兰情稀会，晴晖称拂吟笺⑧。更移画船。引佩环、邀下婵娟⑨。算明朝、未了重阳，紫萸应耐看⑩。

【注释】

①霜花腴：吴文英自度曲，因此词中有“霜饱花腴”句，故名。 ②石湖：湖名。在江苏苏州西南，为太湖支流。范成大晚年居此。宋孝宗曾书“石湖”二字赐之，故自号“石湖居士”。 ③翠微路：见《祝英台近》（采幽香）注③。“醉晚风”句，用孟嘉落帽典。见《霜叶飞》（断烟离绪）注⑪。整欹冠：扶正被风吹歪的帽子。 ④“霜饱”三句：重阳之花好，人却消瘦，都是天工而为，非人力所能刻意做成。霜饱花腴：重阳秋菊盛开，丰腴饱满。霜花：秋菊。作：同“做”，做成，制成。⑤病怀：承上“人瘦”，写郁郁不欢的情怀。宽：宽慰、宽解。⑥“记年”二句：回忆往昔曾夜泊桥下。年时：当年，往年。暮烟秋雨野桥寒：杜牧《怀吴中冯秀才》：“暮烟秋雨过枫桥。”⑦妆靥：指歌伎。鬓英：发鬓的装饰，此指菊花。清商一曲：见《还京乐》（宴兰溆）注⑦。暗坠金蝉：因为音悲凉，令人低鬟。金蝉：蝉鬟，古代女子所梳的一种发式，形如蝉翼。⑧芳节多阴：美好的节日总是多阴雨天气。兰情稀会：品性贤淑之人总是难遇。称：正好适合。拂：拂拭。吟笺：写诗用的小幅纸张。 ⑨“更移”二句：移船就月。佩环：古时女子系于衣带的玉制佩饰。婵娟：明月。苏轼《水调歌头》：“但愿人长久，千里共婵娟。” ⑩紫萸：茱萸。应耐看：杜甫《九日蓝田崔氏庄》：“明年此会知谁健，醉把茱萸仔细看。”

【品评】

此为重阳节前一日泛湖所作。从黄昏写至深夜，笔法颇为曲折。

重阳节例应登高，而题却写泛湖。梦窗词每于题中力求新意，又以题中之新意来展开词中之境，此亦然。起句“翻腾而起，掷笔空际”，如“神龙夭矫，奇采盘空”(陈洵评)。将登高与泛湖进行对比，登高山路窄人稀，在这晚风中熏熏欲醉时，哪有人来为整理衣冠呢。这种比较迥异于常，怨山路窄，又少人陪，令重阳登高的兴会荡然无存，而“整攲冠”所用典中孟嘉落帽的背景正是重阳登高，不禁令人叹服词家心思曲深。“凭谁”流露的不仅是“冯唐易老，李广难封”的遗憾，也是对孟嘉落帽的另一个注解。风吹帽落而被见笑，孟嘉虽作诗自我解围，但又何尝不是文人墨客的悲哀，还不如我这般泛舟游湖，歌舞尽兴。“石湖”为范成大晚年所居，传范蠡曾由此而入五湖归隐，言外之意，不尽于中。与首韵盘空之笔不同，此韵“云收雾敛”，笔墨宕开。“霜饱花腴，烛消人瘦”，一写花，一写人，而菊花的丰腴，正衬托出人之消瘦，烛之将尽。这种花腴人瘦之对比，令人感叹“秋光作也都难”。本来，“人瘦”欲怨秋，但花又腴，如何怨得？这“花腴人瘦”本来就非秋光刻意为之，在怨中流露出一些旷达的意味来。“病怀”，为一抑，“强宽”，为一扬，雁声“落歌前”又为一抑，故“恨”之，“偏落”更写出恨之缘由所在。强宽病怀，欲听歌声遣怀，却先听见雁声阵阵，雁声为愁，歌声为乐，令人恨未乐而先愁。也将愁绪逗引出来，“记年时”，回忆昔日重阳情景。以“野桥”暗应“枫桥”，而“枫桥”又暗合客愁。

下片写今日画船游湖之乐。“妆靥”句，写席中歌舞伎，与上阕“醉晚风”二句相应。但乐中有哀，清商曲哀怨，令人低回。“芳节”三句，转写人生感慨。言世事往往不称心意，不如趁此晴日，吟诗作赋。“芳节多阴，兰情稀会，晴晖称拂吟笺”。前两句为翻，末句转为正，一改上阕的“恨”、“旧宿凄凉”。“更移”二句，言移船就月，更添芳节雅游之乐。歇拍“算明朝”二句，即是点明词题，“明朝”也写出希冀的心情。

此词写重阳前一日，避熟就生。在架构上有更多回旋之地。如此词颇多虚字、领字：“凭”“也”“都”“强”“恨”“记”“更”“引”“算”“应”，皆围绕秋日重阳前一日，去路悠然。“布局精密，情事丰富，而兴会轩举。”（刘永济《微睇室说词》）梦窗以此调名其词集，足见梦窗对此词的偏爱。

澡兰香[1]

林钟羽　淮安重午[2]

盘丝系腕，巧篆垂簪，玉隐绀纱睡觉[3]。银瓶露井，彩箑云窗，往事少年依约[4]。为当时、曾写榴裙，伤心红绡褪萼[5]。黍梦光阴渐老，汀洲烟蒻[6]。

莫唱江南古调，怨抑难招，楚江沈魄[7]。薰风燕乳，暗雨梅黄，午镜澡兰帘幕[8]。念秦楼、也拟人归，应剪菖蒲自酌[9]。但怅望、一缕新蟾，随人天角[10]。

【注释】

①澡兰香：吴文英自度曲。因词中有“午镜澡兰帘幕”，故名。　②淮安：《宋史·地理志第四十一》：“（淮南东路）南渡后，州九：扬、楚、海、秦、泗、滁、淮安、真、通，军四：……绍

定元年，升山阳县为淮安军。端平元年，改军为淮安州。”重午：端午。见《隔浦莲近》（榴花依旧照眼）注②。 ③盘丝系腕：旧俗端午以五彩绳系腕，以辟邪。见《隔浦莲近》（榴花依旧照眼）注③。巧篆：旧俗端午朱书赤灵符，着之心前，以辟五兵。（《抱朴子》），《荆楚岁时记》：即今钗头符也。垂簪：指戴于发髻。绀纱：天青色的纱帐。 ④“银瓶”二句：形容端午歌舞宴席之盛。露井：露天无盖的井。彩箑（shà）：彩扇。李贺《五月乐词》：“井汲铅华水，扇织鸳鸯纹。” ⑤写榴裙：用王献之书羊欣裙之典。《宋书·羊欣传》：“（羊）欣时年十二，时王献之为吴兴太守，甚知爱之。献之尝夏月入县，欣着新绢裙昼寝，献之书裙数幅而去。”红绡褪萼：榴花红褪叶萎。⑥黍梦：唐沈既济《枕中记》：开元中，道者吕翁于邯郸店中遇少年卢生，自叹生世不谐。翁乃授之枕以入梦，生梦中荣华富贵，显赫无比。及醒，店主黄粱尚未煮熟。汀洲：水中小洲。蒻（ruò）：蒲芽。 ⑦江南古调：招魂曲。怨抑难招：指屈原含冤而死，魂魄难招。楚江沈魄：屈原魂魄。《续齐谐记》：“屈原五月五日投汨罗而死，楚人哀之，每至此日竹筒贮米，投水祭之。” ⑧暗雨梅黄：应端午气候。初夏五月，江淮一带阴雨连绵，时值梅子黄熟。兰：兰汤，薰香的水。《楚辞》：“浴兰汤兮沐芳华。” ⑨秦楼：传说萧史善吹箫，秦穆公以女弄玉妻之，并为女筑秦楼。此指代佳人所居。剪菖蒲自酌：饮菖蒲酒。旧俗端午饮用菖蒲叶泡的酒，可去疾辟邪。⑩一缕新蟾：细如钩的新月。初五之月，故言。

【品评】

此为端午节忆姬之作。

起笔“盘丝”三句，言玉人午觉未醒，用词华美缛丽。五彩的丝线，朱色的灵符，天青色的纱帐，烘托出伊人的妩媚之美。“银瓶”三句，依约回忆起年少轻狂往事。昔日端午宴会用银瓶汲水以供，雕花窗下彩扇歌舞佐欢。“银瓶露井”亦化用白居易《井底引银瓶》：“井底引银瓶，银瓶欲上丝绳绝。”写少年缠绵情致。“为当时”二句，当年曾为所爱书写榴裙，而今红褪人老，令人感伤。“榴裙”既指女子红色的裙衫，也指端午的榴花，故“红绡褪萼”，又以榴花的凋谢写榴裙题字的消褪。侧笔、正笔皆用，不可谓不工巧。“黍梦”二句，感叹人生如黄粱一梦，看小洲烟蒲，徒留怅惘。此感慨非凭空而发，承上而来，由“红绡褪萼”而知光阴渐老。人生富贵荣华，如烟如雾，瞬间消逝，不过泡影而已。

过片接“黍梦”，应端午角黍。角黍投诸江中招屈原魂魄，启下三句。“莫唱”、“难招”等否定词，借屈子的怨抑写词人之感慨。“薰风”三句，端午午后，乳燕低飞，细雨如丝，午浴理妆。与苏轼《贺新郎》词句：“乳燕飞华屋。悄无人，槐阴转午，晚凉新浴”意境相同。承上“玉隐绀纱”，皆为想象当年之情状，为虚拟之境。“念秦楼”二句，遥想佳人妆楼凝望，期盼行人归来。“但怅望”，笔意转，言人未归也，天涯同此一轮新月。“一缕”虽写新月如钩之状，但因离月圆时还远，故透露出重逢遥遥不可期之意。

此词通篇皆写回忆，幽艳如古锦。“黍梦”者，为全词之眼，联系上阕“玉隐绀纱”，联系下阕“澡兰帘幕”，皆为虚幻之境、想象之境，而“黍梦”一语点醒梦中人。真是无垂不缩，无往不复，前后照应，曲折往复，图画纷呈叠复，缀以虚字衔接，梦窗词之工巧，正在此缛丽中见流利之处。

玉京谣[1]

陈仲文自号藏一，盖取坡诗中“万人如海一身藏”语。为度夷则商犯无射宫腔，制此赠之[2]

蝶梦迷清晓，万里无家，岁晚貂裘敝[3]。载取琴书，长安闲看桃李[4]。烂绣锦、人海花场，任客燕、飘零谁计[5]。春风里。香泥九陌，文梁孤垒[6]。　微吟怕有诗声[7]。翳镜慵看、但小楼独倚[8]。金屋千娇，从他鸳暖秋被[9]。蕙帐移、烟雨孤山，待对影、落梅清泚[10]。终不似。江上翠微流水[11]。

【注释】

①玉京谣：吴文英自度曲。《钦定词谱》卷二十五：“按《枕中书》，玉京在大罗天之上，李白诗有‘手把芙蓉朝玉京’句。此文英赠陈藏一词……盖赋京华羁旅之况，故借玉京以为调名。”　②陈仲文：陈郁（1184—1275），字仲文，号藏一，抚州临川（今江西抚州）人，南宋诗人，著有《藏一话腴》。“藏一”，取自苏轼《病中闻子由得告不赴商州》其一：“惟有王城最堪隐，万人如海一身藏。”　③蝶梦：用庄周梦蝶之典。《庄子·齐物论》：“昔者庄周梦为胡蝶，栩栩然胡蝶也，自喻适志与，不知周也。俄然觉，则蘧蘧然周也。”万里无家：范仲淹《渔家傲》：“浊酒一杯家万里，燕然未勒归无计。”此指四处漂泊，功业无成。貂裘敝：貂皮制成的裘衣已经破旧，喻功业无成。《战国策·秦策》：“苏秦将连横说秦王……书十上而说

不行。黑貂之裘敝，黄金百斤尽。”敝：破旧。④长安：临安。闲：悠闲。⑤烂绣锦：人海花场，绚丽灿烂，犹如锦绣。客燕：燕子秋去春来如客，此指陈仲文客居如燕。飘零：原指花叶随风而散，飘零凋谢。此指漂泊他乡，流落无家。唐杜甫《衡州送李大夫七丈赴广州》诗：“王孙丈人行，垂老见飘零。”⑥香泥九陌：形容京城都市之繁华。九陌：原指长安城中的九条大道，此泛指京城道路。文梁：雕饰有精美花纹的大梁。⑦“微吟”句：指陈仲文作诗并不为博取诗名，喻陈并不以功业为期许。⑧“翳镜”句：穷达以时，用之则行，舍之则藏。化用杜甫《江上》：“勋业频看镜，行藏独倚楼。”翳(yì)镜：指镜蒙尘而遮蔽。此取“藏”之意。⑨金屋千娇：《汉武故事》：武帝数岁，长公主抱问曰：“儿欲得妇否？”曰：“欲得。”指女阿娇：“好否？”笑曰：“若得阿娇，当以金屋藏之。”鸳暖秋被：《古诗》：“文采双鸳鸯，裁为合欢被。”⑩蕙帐：帐的美称。蕙：芳美。孤山，见《西子妆》(流水麴尘)注⑩。对影：林逋《山园小梅》：“疏影横斜水清浅，暗香浮动月黄昏。”落梅：孤山以梅著称。清泚(cǐ)：清澈。⑪“江上”句：指代陈仲文家乡的山水，陈仲文为临川人。

【品评】

此为赠友人陈仲文之作。

起笔“蝶梦”三句，写陈仲文羁旅漂泊，郁郁惝恍，志不能酬。用李商隐《锦瑟》：“庄生晓梦迷蝴蝶，望帝春心托杜鹃”之意。前文已言，梦窗用语典，“字面亦词中起眼处”(张炎语)，《锦瑟》中起句“锦瑟无端五十弦，一弦一柱思华年。”皆可理解为词中之意。由此知陈郁年老仍漂泊四方。“万里无家”，非无家也，是功业无成。貂裘破旧，黄金散尽，却万里归无计。极言陈郁的困顿，也是为了衬托出下文陈郁对自身境遇泰然处之，安之若素的淡泊品性。“载取琴书”以下七句，皆是解释“惟有王城最堪隐，万人如海一身藏”。陈郁寓居在繁华的都城，载取琴书度日，品格孤高，不同流俗。“闲看”，从容之态。长安，指代临安，临安为南宋都城，人海花场，绚烂若锦绣，是热闹喧嚣的红尘之地，孟郊《登科后》中“一日看遍长安花”，形容取得功名后的春风得意马蹄疾。陈郁“闲看桃李”，则道出其在京城清高度日，其实仍不免于为名禄奔波的实况。“人海花场”，以“人海”应上句“长安”，以“花场”应“桃李”，针线细密。“春风里”三句，以春来客燕衔泥筑巢文梁上，喻陈氏在京城奔走谋食。“九陌”与“孤垒”对比，凸显“一身藏”，也写出不为他人所知的苦衷，“常恐秋风早，飘零君不知”，在这软陌红尘中，一个书生的飘泊又会有谁关注？

过片“微吟怕有诗声。翳镜慵看、但小楼独倚”。《词律》、《全宋词》皆作“微吟怕有诗声翳。镜慵看、但小楼独倚”。今依《康熙词谱》。此二句写陈郁的人品志向。吟诗怕有诗名，喻其不以功名为念。“翳镜慵看”句，用杜甫诗意，言用之则行，舍之则藏的处世态度。如今镜已蒙尘，只能藏于人海。“金屋千娇”二句，对应“人海花场”的软红尘。“蕙帐移”二句，言陈仲文欲仿林逋，隐居于杭州孤山中。“终不似”二句，临安寓居，终究比不上家乡的青山绿水，含不如归去之意。孤山的“落梅清泚”与“香泥九陌”中的“桃李”相对应。

此词虽写“一身藏”，其实是并写行、藏。在“一身藏”的背后，是郁郁涧底松的深深叹息。“闲看桃李”、“飘零谁计”，将患得患失的心态写得入木三分。虽载取琴书，似乎优游自适，而劳碌奔波、沉沦下僚的凄凄惶惶，浸染在字里行间。此中滋味，非个中人不能道出。此词虽写陈郁，实为词人自道身世也。

惜红衣①

余从姜石帚游苕霅间三十五年矣，重来伤今感昔，聊以咏怀②

鹭老秋丝，蘋愁暮雪，鬓那不白③。倒柳移栽，如今暗溪碧④。乌衣细语，伤绊惹、茸红曾约⑤。南陌。前度刘郎，寻流花踪迹⑥。　朱楼水侧。雪面波光，汀莲沁颜色⑦。当时醉近绣箔，夜吟寂⑧。三十六矶重到，清梦冷云南北⑨。买钓舟溪上，应有烟蓑相识⑩。

【注释】

①惜红衣：姜夔自度曲，调见《白石道人歌曲》卷五，词序云："丁未之夏，予游千岩，数往来红香中。自度此曲，以无射宫歌之。"词中有"红衣半狼藉"句。　②姜石帚：见《解连环》(思和云结)注②。苕霅：指浙江苕溪、霅溪一带。苕：苕溪，在今浙江省境内。霅(zhá)：指浙江湖州，因境内有霅溪，故名。　③秋丝：鹭鸶长毛如丝，故言。蘋：蘋草，夏秋开小白花。　④倒柳：倒插柳枝。柳枝无论倒栽横种，皆能成活。⑤乌衣细雨：燕子呢喃。"乌衣"用王榭典。《六朝事迹》：王榭金陵人，世以航海为业，一日海中失船，泛一木登岸。见一翁一妪，引至所居，乃乌衣国也。以女妻之。既久思归，后泛海至家，见梁上双燕呢喃。绊惹：牵绊，缠惹。茸红：刺绣用的红色绒线。唐李延寿《南史》卷七十四：霸城王整之姊嫁为

卫敬瑜妻，年十六而敬瑜亡。父母舅姑咸欲嫁之。誓而不许。……户有燕巢，常双飞来去，后忽孤飞。女感其偏栖，乃以缕系脚为志，后岁此燕果复更来，犹带前缕。 ⑥前度刘郎：见《西子妆慢》（流水麹尘）注⑨。一说指用刘晨、阮肇入天台上遇仙之典。《幽明录》载："汉帝永平五年，剡县刘晨、阮肇共入天台山，度山，出一大溪，溪边有二女子，姿质妙绝，遂留半年。怀土求归。既出。亲旧零落，邑屋改异，无复相识。讯问得七世孙。"刘郎：此作者自指。 ⑦朱楼：华美的楼阁。雪面波光，汀莲沁颜色：形容少年如雪的面容和如花的肤色。 ⑧绣箔：绣帘。 ⑨三十六矶：指苕、霅间，大小湖泊众多。王安石《题西太一宫壁》其一："三十六陂流水，白头想见江南。"矶：岸边的垛堆，此同"陂"，指堤岸。三十六为虚指。南北：指二人天各一方。 ⑩烟蓑：渔翁。郑谷《郊园》："烟蓑春钓静，雪屋夜棋深。"

【品评】

此为忆旧感怀之作。

起句蓄势，以眼前苕溪秋景起兴。鹭鸶入秋渐渐衰老，蘋花飘散如白雪，春去秋来，草木花鸟尚白头，人又哪能不白头？"那不白"，见不得已之慨。"倒柳移栽，如今暗溪碧。"化用"木犹如此，人何以堪"句意，桓温见少为琅邪时，所种柳皆已十围，慨然而叹，攀枝执条，泫然流涕。当年无意间倒插的杨柳枝，如今已长成大树，绿荫浓密。"乌衣"三句，用乌燕传说，抒发对往日从游的追忆。"乌衣""茸红"都是关于燕子的典故，无论是乌衣国中的燕子，还是王整之姊的家燕，都是重情重义，不舍故主、故巢的燕子。此以燕拟人，倍添对昔日情谊的感念。"伤绊惹"句，以孤燕单飞，足系红绳，来感慨燕子尚知眷念旧情，不负旧约，如期归来。而今日独我一人重游苕溪，故人未能践约，怎不让人伤感。“绊惹”二字，写萦绕不去的愁绪。“前度”二句，以刘郎自比，写故地重游，抚今伤昔之慨。“寻流花踪迹”，寻找当年共游苕溪，水流花逝的冶游踪迹。

过片围绕“流花踪迹”来铺叙，回忆三十五年前其地其人之情状。人立水侧朱楼上，水光波影相映照，何等赏心悦目。“汀莲沁颜色”，既指水中莲花如晕的颜色，也指昔日年少青春、面若芙蓉的美好姿态。与上阕“鬓那不白”相对应。“当时醉近绣箔，夜吟寂”仅九字，写尽少年才子宴前歌下，吟诗作赋之乐。昔日之乐已化为清梦一场，如今只剩下“冷云南北”。兼写友人与自己，南北者，天各一方。“三十六矶”者，不仅约指数量，也备见词人一一检点当年游苕溪间大小湖泊历历往事的情状。“买钓舟”二句，词人欲仿效石帚，与山水为亲，隐于苕霅间，簑衣斗笠，烟波江上，应能与石帚相见。结以悠然，使词意不滞于字句中，得超逸之妙。

无闷①

催雪

霓节飞琼，鸾驾弄玉，杳隔平云弱水②。倩皓鹤传书，卫姨呼起③。莫待粉河凝晓，趁夜月、瑶笙飞环佩④。正蹇驴吟影，茶烟灶冷，酒亭门闭⑤。　　歌丽。泛碧蚁。放绣帘半钩，宝台临砌⑥。要须借东君，灞陵春意⑦。晓梦先迷楚蝶，早风戾、重寒侵罗被⑧。还怕掩、深院梨花，又作故人清泪⑨。

【注释】

①无闷：又名《闺怨无闷》，调见周邦彦《片玉词》，词中有“要无闷，除是拥炉对酒，共谈风月”句。 ②霓节：指西王母的仪仗，传说仙人以云霓为旗帜。鸾驾：西王母的车驾。飞琼：许飞琼，仙女名。《汉武帝内传》：“帝乃盛服立于阶下……王母上殿东向坐……因呼帝共坐。……（命）许飞琼鼓震灵之簧。”弄玉：秦穆公女名弄玉，有箫史善吹箫，公以女妻之，为筑凤凰台，后二人皆乘凤而去。此指代仙女。杳隔：天上人间相隔遥远。弱水：指代西王母所居之处。《后汉书·西域传·大秦》：“（大秦国）西有弱水、流沙，近西王母所居处。” ③倩：请。卫姨：卫夫人，名铄，字茂猗，晋代著名女书法家。 ④粉河：银河。瑶笙飞环佩：指仙女下凡，此指下雪。《汉武帝内传》：“西王母命侍女董双成吹云和之笙。” ⑤蹇（jiǎn）驴：跛驴。《北梦琐言》：“或问郑綮曰：近日有诗否？对曰：诗思在灞桥风雪中、驴背上。”茶烟灶冷：指等着煮雪烹茶。喻凫《送潘咸》：“煮雪问茶味。” ⑥碧蚁：绿蚁，酒面上浮起的泡沫，指代酒。宝台：大雪妆点后的台阁。 ⑦东君：春神。灞陵：即灞桥风雪之意。 ⑧“晓梦”：用庄子梦蝶典，见《玉京谣》（蝶梦迷清晓）注③。庄子为楚人，故言楚蝶。戾（liè）：象声词，风声。 ⑨深院梨花：李重元《忆王孙》：“雨打梨花深闭门。”故人清泪：周邦彦《水龙吟》（梨花）：“一枝在手，偏勾引、黄昏泪。”

【品评】

此词写景。始以奇幻之笔，写雪将下未下之景，结以梦中雪下而收束。

上阕催雪。“霓节”三句，用汉武帝等候西王母下凡的典故，喻候雪。霓节、鸾驾，皆为西王母的车驾仪仗。飞琼、弄玉为仙女名，又用字面“琼”、“玉”，状雪飞冰凝的姿态，切雪的特征，此梦窗词常用之法。“杳隔”句，西王母所居杳隔弱水。写雪未降，为“催”字伏笔。也以“平云弱水”烘托雪前的天色。“倩皓鹤”二句，唤起卫夫人，撰写书信，请仙鹤代为传书，此为正面写催雪。卫夫人师学钟繇，隶书犹工，唐人评云:“卫夫人书如插花舞女，低昂美容，又如美女登台，仙娥弄影，红莲映水，碧沼浮霞。”(陈思《书小史》) 此亦以卫夫人之书法，状雪飞的飘逸和优美。“莫待”以下五句，皆为请卫夫人所书信中所写内容。其一，莫待天亮;其二，交代人间候雪心切。“莫待”二字，催雪之心恳切，言不必等到天亮，趁月色就可下凡。“正蹇驴”三句，摹写人间候雪之心切。蹇驴吟影，正候雪下，好骑驴出去寻找诗思。上阕下笔极密，“令无数丽字，一一生动飞舞，如万花为春”。(况周颐评)

过片“歌丽”二字，色彩转为明丽。想象下雪之后的热闹景象。雪落高台，如琼楼玉宇，似宝台临砌。泛碧蚁，指煮酒。白居易《问刘十九》:“绿蚁新醅酒，红泥小火炉。晚来天欲雪，能饮一杯无?”“放绣帘”二句，写闺阁中人赏雪中楼台亭阁。但此为设想，雪实未下，故为侧笔写“催”。“要须借东君”，言要找东君借春意来催雪，“灞陵”以“诗思在灞桥风雪中”，烘托充满诗情的雪景。“晓梦”二句，清晨梦中依稀听见风雪声，只觉寒意侵入罗被。晓梦，从梦中人梦见蝴蝶，状雪飞之貌。梨花既可喻雪花，又可喻雨水、泪水。“雨打梨花深闭门”，也只能是闭门不出了。梦中雪下，完成催雪之意。“还怕掩”二句，为题后语。担心雪还未落下，就已化成了清泪般的雨，最能见出盼雪人的心情，急切希望大雪纷飞如絮，把天地妆点成另一个晶莹明澈的世界。玉树琼枝，骑驴吟诗，煮雪烹茶，雪夜访友，红炉煮酒，但若雪化而成雨，那就完全是另外一幅萧瑟冬景，徒剩零零不断的寒意和深闭门的孤寂。其失望和寥落的心境，只有真切盼望下雪的人才能体会得出。

珍珠帘[1]

春日客龟溪，过贵人家，隔墙闻箫鼓声，疑是按舞，伫立久之[2]

蜜沈烬暖萸烟袅[3]。层帘卷、伫立行人官道[4]。麟带压愁香，听舞箫云渺[5]。恨缕情丝春絮远，怅梦隔、银屏难到[6]。寒峭。有东风嫩柳，学得腰小[7]。还近绿水清明，叹孤身如燕，将花频绕[8]。细雨湿黄昏，半醉归怀抱[9]。蠹损歌纨人去久，漫泪沾、香兰如笑[10]。书杳。念客枕幽单，看看春老[11]。

【注释】

①珍珠帘：又名《真珠帘》。　②龟溪：见《祝英台近》(采幽香)注②。按舞：按乐而舞。伫立：停留、站立。　③蜜沈：蜜炬、沉香，一说蜜沈为沉香的一种。萸烟：茱萸末制成的香。　④“层帘”句：承词题，写作者伫立在官道上倾听。⑤“麟带”二句：箫鼓之音令人愁惘。麟带压愁香：温庭筠《舞衣曲》：“蝉衫麟带压愁香，偷得莺簧锁金缕。”舞箫：按箫鼓而

舞。云渺:往日也曾听箫鼓,但已如云烟般渺茫。 ⑥银屏:镶嵌有银饰的屏风,此为屏风美称,指代深闺。 ⑦“寒峭”三句:春寒料峭中,嫩柳随东风起舞。 ⑧“还近”三句:客居龟溪,近清明时节,感叹孤身漂泊,漫绕绿水花丛。 ⑨细雨湿黄昏:写别恨。苏轼《再和杨公济梅花》其四:“人去残英满酒樽,不堪细雨湿黄昏。” ⑩蠹损歌纨:往日的歌扇已被蠹虫蛀坏。歌纨(wán):细绢制成的歌扇。香兰:兰草,气香。李贺《李凭箜篌引》:“芙蓉泣露香兰笑。” ⑪看看:转眼间。极言春去之速。

【品评】

此为隔墙听箫鼓乐声而忆姬所作。

首韵“蜜沈”句,言贵人家歌舞不休,隔墙犹若见香雾缭绕。但“蜜沈烬暖”非隔墙可见,此为设想语。以昔日见姬歌舞的情景,想象贵人家之景。蜜炬、沉香已燃尽,可见歌舞时间之长。夜已深,指代伊人已离去。茱萸的香烟尚袅袅不绝,茱萸为重阳辟邪怀人之物,萸烟袅,故生怀人之思。陈洵评此七字为“千锤百炼而出之”。(《海绡说词》)为什么会伫立久?不仅因箫鼓声音调熟悉,更因“疑是按舞”的缘故。“疑”,恍惚昔日按舞的佳人就在眼前,就在墙里,故而疑。既不能见舞者,只有听鼓声而沉浸在想象中。“层帘卷”,依约可见墙内歌舞,是留转身空隙在此。因了这隐约可见的希望,伫立在行人官道。“麟带”二句,转身写愁。以今写昔,曾听箫鼓,见伊人按舞,如今如云烟飘渺。“恨缕”二句,曲中似有缕缕情丝如春絮般飘散,怅恨梦不到银屏。银屏,指代伊人去处。既然梦不到,笔转写眼前。寒峭东风中,嫩绿的柳条,随风起舞,若见佳人婆娑按舞的姿态,“学得腰小”,虽写嫩柳，语意中对这在寒峭风中的嫩柳，蕴含了无限怜惜之情，而这份怜惜，又投射出对伊人的深情怀念。

过片“还近”，春意渐浓，已近清明时节。“叹”字领出客居羁旅之愁。仰头听鸟，信脚绕花，“将花频绕”，苦苦寻觅。今日在此隔墙听箫鼓，就是为了找寻当年的美好回忆。“细雨”二句，写春归人去，黄昏中细雨濛濛，别恨如芳草般滋长。“蠹损歌纨人去久”，歌扇已被蠹鱼所蛀坏，可见人离去已久，而人去久才是真正伤心的原因所在。睹物思人，泪满衣襟，见香兰摇曳，如笑我恁自多情，但并不解我心中的苦衷。一面是泪满衣襟，一面是香兰如笑，正是墙里欢笑墙外孤苦，将己之哀感与贵人家的欢笑对比，孤身如燕的不合时宜可见。“书杳”三句，言人去后，音信杳无，只留我客居他乡，孤身行旅，春与人共老。“念客枕幽单”中隐有“谁念客枕幽单”之意，生出不尽怅惘之感。

风 入 松[1]

听风听雨过清明。愁草瘗花铭[2]。楼前绿暗分携路，一丝柳、一寸柔情[3]。料峭春寒中酒，交加晓梦啼莺[4]。　　西园日日扫林亭。依旧赏新晴[5]。黄蜂频扑秋千索，有当时、纤手香凝[6]。惆怅双鸳不到，幽阶一夜苔生[7]。

【注释】

①风入松：又名《松风慢》、《风入松慢》、《销夏》、《远山横》。毛先舒《填词名解》卷二：“风入松，古琴曲。又李白诗

‘风入松下清,露出草间白。’词取以名。” ②草:起草,写作。瘗花铭:葬花的铭文。瘗(yì):埋葬。庾信有《瘗花铭》。③绿暗:指绿树成荫。分携路:辞别分手之处。丝柳:柳条如丝。古时折柳赠别。李白《下途归石门旧居》:“欲知怅别心易苦,向暮春风杨柳丝。” ④中(zhòng)酒:醉酒。交加:错杂交织。晓梦啼莺:孟浩然《春晓》:“春眠不觉晓,处处闻啼鸟。夜来风雨声,花落知多少。” ⑤西园:见《瑞鹤仙》(泪荷抛碎璧)注⑦。扫林亭:扫林亭以待客访,指盼望对方归来之意。新晴:天刚放晴。此指初春的晴好天气。 ⑥“黄蜂”二句:秋千索上,伊人纤手曾握处,似乎还留有馀香,引得黄蜂纷舞。黄蜂:胡蜂。 ⑦双鸳:女子的绣鞋。刘复《长相思》:“彩丝织绮文双鸳,昔时赠君君可怜。”此指代伊人的脚步。苔:苔藓。

【品评】

此词为清明时节伤春感怀,思念去姬之作。

发端一韵,点明清明节风雨交加的天气,“听风听雨”写屋中人闭门不出,愁听风雨的落寞神情。风雨清明过后,虽未出门,也可想见花落缤纷的样子。愁草者,因愁情难抑而不忍心书写葬花之词。伤春惜花,而生愁思。“楼前绿暗分携路”为逆入,未必实指西园楼前之路,只指当年相别之地。“绿暗”,言春已深,绿荫浓密,千丝万缕,随风飘扬,但词人偏将其丝丝分开来写。“一丝柳,一寸柔情”,柳之一丝,对应柔情之一寸。伊人离去已久,深情却如芳草年年生长,无限柔情寄托在袅袅柳丝中。“料峭”二句为留笔,以春寒、啼莺写愁绪。春寒料峭,饮酒驱寒,醉入梦中,却被啼莺吵醒。寒不能去,梦不能到,此情此景,令人心折神伤。

下片写晴日。“日日扫林亭”，扫亭，是待客来访，望人归来。每天都扫，可见每天都在期盼，但每次都是失望，殷殷盼望、眷念难忘之情，溢于言外。“黄蜂频扑”句，极痴极真，由秋千而想到纤手，由黄蜂频扑而想到香凝，真是痴语、深语。蜂尚恋香，绕之不去，又何况人呢。侧面入笔，愈见情痴意真。由蜂想到香，又由香想到伊人的身影脚步。“惆怅双鸳不到”，回到眼前。末句“幽阶一夜苔生”出人意表，“苔生”者，因人不到，而一夜苔生，则如“一夜白头”，用夸张之笔，写思念的深切。怀人之夜为苔生之夜，一夜与夜夜苔生本无差别，正应前“日日扫林亭”，岁月在思念中流逝，在日日等待中消散。猛然惊觉，阶前已密生苔藓，恍若是一夜之间而生，此时方知人去已经年。词意蕴藉，于极深情处，却若无情写之。写生活中寻常小事，但蕴积深挚，似平淡写来，却令人悄然动容。

风入松

桂

兰舟高荡涨波凉。愁被矮桥妨①。暮烟疏雨西园路，误秋娘、浅约宫黄②。还泊邮亭唤酒③，旧曾送客斜阳。　蝉声空曳别枝长。似曲不成商④。御罗屏底翻歌扇，忆西湖、临水开窗⑤。和醉重寻幽梦，残衾已断熏香⑥。

【注释】

①兰舟：香木制成的船，此用作舟的美称，亦入“桂”香，

切题之意。《楚辞》:“桂棹兮兰舟。”高荡涨波:船在浪头峰尖,随潮水起伏。妨:妨碍、阻碍。 ②秋娘:杜秋娘,此指美丽的女子。宫黄:蜂黄为唐时宫妆,多点于额。李商隐《酬崔八早梅有赠兼示之作》:“几时涂额藉蜂黄。” ③邮亭:见《西平乐慢》(岸压邮亭)注③。 ④“蝉声”二句:秋蝉在桂枝上哀鸣,声音暗哑,不成曲调。别枝:斜逸而出的枝干。唐 方干《旅次扬州寓居郝氏林亭》:“鹤盘远势投孤屿,蝉曳残声过别枝。”商:五音之一。商音凄厉,悲怨哀凉,以配秋季。 ⑤开窗:此指开窗赏桂。王融《临高台》:“窗桂逐秋开。” ⑥衾(qīn):被子。熏香:以香熏被。宋欧阳修《荷花赋》:“覆翠被以熏香,然犀灯而照浦。”

【品评】

作者泛舟湖上,见河桥两畔之桂,而抒怀人之思。词题为桂,但通篇找不到桂字,只有桂的香气隐约笼罩全篇,如兰舟、秋娘、临水开窗,皆隐隐有桂之影、桂之香,炼句下语,极见经心。

上下片分开两处写。上片写舟行,下片写西园。首句写舟行水上,离人将去,顺着涨潮的水,船只上下颠簸起伏。兰舟即桂舟,入桂字。“凉”是词眼,秋意深也。“愁被矮桥妨”为虚指,停泊在桥边,却埋怨是桥矮妨碍了行程,故而生愁。以细微传神的字眼,表达出人物丰富的内心感受。如起笔二句的“凉”、“妨”,皆赋离愁。“暮烟”二句,回忆西园往事,因疏雨而误了相约赏桂之约。“秋娘”为女子的美称,又以“秋”、“黄”应“桂”,“秋娘”又可喻指蝉,与下阕“蝉声”相呼应。“还泊”二句,沿上“矮桥妨”而来,既被矮桥妨,见桂而引出往事,索性停泊在邮亭边,上岸呼酒,谁知又见旧日斜阳下，与姬送别之地。

下阕承上，写离恨别愁，秋蝉在桂枝间哀鸣。从屏风下翻出当年的歌舞彩扇，回忆起西湖边临水开窗、共同赏桂的美好往事。数句色、香、味俱备，却未对所怀之人作任何描写，皆从侧面着笔，又皆能围绕“桂”字来铺叙。“别枝长”为桂枝；“歌扇”，言歌舞尝在桂树旁；“临水开窗”为赏桂；一一如画。“和醉重寻幽梦”，想在梦中重寻昔日美好时光，却不料熏香已断，美梦难继，其伤何如？此词将今日“兰舟高涨”与昔日送别相连，颇有烟水迷离之致。

莺啼序[1]

残寒正欺病酒，掩沈香绣户[2]。燕来晚、飞入西城，似说春事迟暮[3]。画船载、清明过却，晴烟冉冉吴宫树[4]。念羁情游荡，随风化为轻絮[5]。　十载西湖，傍柳系马，趁娇尘软雾[6]。溯红渐、招入仙溪，锦儿偷寄幽素[7]。倚银屏、春宽梦窄，断红湿、歌纨金缕[8]。暝堤空，轻把斜阳，总还鸥鹭[9]。　幽兰旋老，杜若还生，水乡尚寄旅[10]。别后访、六桥无信，事往花委，瘗玉埋香，几番风雨[11]。长波妒盼，遥山羞黛，渔灯分影春江宿，记当时、短楫桃根渡[12]。青楼仿佛，临分败壁题诗，泪墨惨澹尘土[13]。　危亭望极，草色天涯，叹鬓侵半苎[14]。暗点检、离痕欢唾，尚染鲛绡，亸凤迷归，破鸾慵舞[15]。殷勤待写，书中长恨，蓝霞辽海沈过雁，漫相思、弹入哀筝柱[16]。伤心千里江南，怨曲重招，断魂在否⑰。

【注释】

①莺啼序：又名《丰乐楼》。 ②病酒：因醉酒而生病。沈香绣户：指深闺。沈香：熏香的一种。 ③西城：此指杭州。晏几道《玉楼春》："东城杨柳西城草，会合花期如意少。"春事迟暮：春将逝去。 ④冉冉：柔美。曹植《美女篇》："柔条纷冉冉，叶落何翩翩。" ⑤羁情：旅情，客居之愁。 ⑥傍柳系马：回忆初相识的情景。晁冲之《都下追感往昔因成》其二："系马柳低当户叶，迎人桃出隔墙花。"娇尘软雾：指伊人车尘。 ⑦"溯红"二句：指暮春时节，二人密约佳期，沿飘满落红的溪水而上，直至仙溪。仙溪：在浙江湖州县西南，水极清浅，不生鱼虾，因以仙名。至西屿溪才通舟筏，下洛溪，合于苕溪。此指二人相携出游之地。锦儿：侍女。幽素：指绣巾、香囊等信物。《侍儿小名录》：爱爱，姓杨氏，钱塘娼家女。七夕泛舟西湖，遇金陵少年张逞，相携潜逃于京师。后逞为父捕去。或传逞已卒，爱爱感念而亡。小婢锦儿出其故绣手巾、香囊、缬履，郁然如新。 ⑧"倚银屏"二句：写临别前的不舍。春宽，天南海北，梦窄，难到天涯。断红湿：离别时流尽了眼泪，湿透了红色的绢帕。歌纨：歌扇。金缕：金缕衣，指华美的衣服。 ⑨"暝堤空"三句：暮色烟波中，人去堤空，只见鸥鹭归。 ⑩幽兰：兰花。杜若：香草名，高尺馀，夏日开白花。《楚辞·湘君》："采芳洲兮杜若。"寄旅：漂泊他乡。客居如寄。 ⑪瘗：埋葬、隐藏。六桥：在西湖苏堤和杨堤上。跨苏公堤为外六桥，跨杨公堤为里六桥。 ⑫楫：船桨。桃根渡：亦称桃叶渡。王献之有二妾名桃叶、桃根。王作《桃叶歌》："桃叶复桃叶，渡江不用楫。但渡无所苦，我自来迎

接。” ⑬败壁题诗：周邦彦《绮寮怨》：“垂杨里，乍见津亭，当时曾题败壁。”败壁：破旧的墙壁，此泛指墙壁。惨澹：惨淡，悲凉凄切。 ⑭危：高耸。侵：渐渐。苎（zhù）：白苎。⑮离痕：离别的泪痕。欢唾：茸唾。李煜《一斛珠》：“烂嚼红茸，笑向檀郎唾。”鲛绡：丝巾。见《玉楼春》（阑干独倚天涯客）注⑥。亸（duǒ）凤：装饰有垂珠的凤钗，即步摇。一说指被拆成单股的凤钗。破鸾：半镜，铜镜后刻有鸾凤花纹，故言破鸾。慵舞：鸾因镜破而懒于起舞。 ⑯沈过雁：指音信已断。筝柱：筝上有柱，一弦一柱。 ⑰“伤心”三句：怨曲声声，不知美人，魂归何方。《楚辞·招魂》：“目极千里兮伤春心，魂兮归来哀江南。”

【品评】

此词为伤春感怀之作。将怀去妾、悲亡姬的悲情愁绪，打并入一词中。

词分四遍，一遍写伤春之情。二遍回忆昔日相逢、相聚、离别的历历往事。三遍写别后重访故地。四遍检点旧物，收束伤悼之情。刘永济概括此词云：“不出悲欢离合四字。前两段主要写生离，后两段主要写死别，中间复写羁游之情。”

起笔写春寒料峭，又兼病酒，故闭门不出。“掩”见其恹恹病态。“燕来晚”二句，言春事已阑珊。清明过后，泛舟西湖，见烟柳如依，亭台相映。“念羁情”二句，客子的羁旅之愁随着晴烟袅袅，化为轻絮。

二遍，“十载西湖”打开记忆的闸门，逆笔入。“傍柳系马”，写初相识；“溯红渐”句，写相恋时密约同游的往事。“依银屏”四句，言临别时的不舍和伤心。“暝堤空”，人去后，盼归来。但每日斜阳下，只见鸥鹭飞回，不见离人踪影。“总还”,突出日复一日地等候。此由相识写至分手,以细腻传神的动词,来表达小儿女相恋时纯真无邪的心理状态,如“趁”、“溯”、“招入”、“偷寄”等词,倍见情致。

三遍,“幽兰旋老”三句,以幽兰旋老,写流年无情。年年在水乡漂泊,见兰草、杜若岁岁枯荣。幽兰、杜若皆为芳草,作者心中的伊人也如是芳馨美好。“别后访”句,往事如落花般逝去,忽忽又过了数年。伊人去后,未曾忘怀,但遍访六桥,音信杳无。“事往花委”,事已杳,花已谢。人事两茫茫,只能将此情谊埋于心底。难忘伊人明眸如水,黛眉如山的姣好面容。犹记临行前,题诗于壁,泪墨相融,惨淡作别的情景。“青楼仿佛”由“沈香绣户”而忆起,恍然是当年的分别之地。接应起句,思绪千回百转。

四遍,“危亭望极”回到眼前,登亭远望,无边的草色青青。岁月无情,可叹鬓发斑白,不知伊人何处?“暗检点”四句,暗自检点伊人留下的物品:绡巾、凤钗、妆镜等。写出透骨相思。几番风雨,十载西湖,这些旧物一直珍藏箧中,离恨欢唾,悲喜情愁,都未曾忘却。想写封长信,却无处可寄,只好将这份相思之情,寄托在哀怨的琴声中。不知美人魂魄兮,何日归来。

《莺啼序》为词调中最长者,梦窗集中共三首。此词最为后人称道。情意真挚,笔力矫健,开阖自如,一气舒卷,陈廷焯誉之为“全篇精粹,空绝千古”。以赋体入词,铺叙尽致,顺逆离合,章法有度,脉络清晰,相比较梦窗咏物词,此词因善用虚字,故虽篇幅长而不觉其晦涩。虽雕缋满眼,而实有灵气行于其间。

莺啼序

荷，和赵修全韵[1]

横塘棹穿艳锦，引鸳鸯弄水[2]。断霞晚、笑折花归，绀纱低护灯蕊[3]。润玉瘦、冰轻倦浴，斜拕凤股盘云坠[4]。听银床声细。梧桐渐搅凉思[5]。　窗隙流光，冉冉迅羽，诉空梁燕子[6]。误惊起、风竹敲门，故人还又不至[7]。记琅玕、新诗细掐，早陈迹、香痕纤指[8]。怕因循，罗扇恩疏，又生秋意[9]。　西湖旧日，画舸频移，叹几萦梦寐[10]。霞佩冷，叠澜不定，麝霭飞雨，乍湿鲛绡，暗盛红泪[11]。綀单夜共，波心宿处，琼箫吹月霓裳舞，向明朝、未觉花容悴[12]。嫣香易落，回头澹碧销烟，镜空画罗屏里[13]。　残蝉度曲，唱彻西园，也感红怨翠[14]。念省惯、吴宫幽憩。暗柳追凉，晓岸参斜，露零沤起[15]。丝萦寸藕，留连欢事。桃笙平展湘浪影，有昭华、秾李冰相倚[16]。如今鬓点凄霜，半箧秋词，恨盈蠹纸[17]。

【注释】

①赵修全：生平事迹不详。　②横塘：地名。在今江苏苏州西南。有横塘桥，风景殊胜。　③绀纱：天青色的灯纱罩。　④“斜拕”句：形容美人浴后凤钗斜拕，发髻如盘云，摇摇欲坠之貌。　⑤银床：井栏。李白《赠别舍人弟台卿之江

南》："梧桐落金井，一叶飞银床。"梧桐：见《绕佛阁》(夜空似水)注⑤。 ⑥冉冉迅羽：时光流逝如疾驰而过的飞鸟。 ⑦"误惊起"：似听到敲门声而惊起，疑是故人来，却原来风吹竹动。 ⑧琅玕(gān)：翠竹。 ⑨"怕因循"三句：怕这份情感会渐渐淡忘，似入秋的歌扇，被弃至箧中，终成断绝。班婕妤《怨歌行》："裁成合欢扇，团团似明月。……常恐秋节至，凉飙夺炎热。弃捐箧笥中，恩情中道绝。" ⑩"西湖"三句：昔日游西湖、赏荷花的美好往事，多少次在梦中萦绕。画舸：游船。 ⑪"霞佩"五句：摹写雨中荷花。叠澜不定：雨打在湖面、荷叶上，水、叶摇漾。麝霭：细雨荷塘的霭霭香雾。鲛绡：见《玉楼春》(阑干独倚天涯客)注⑥。暗盛红泪：雨滴在花苞中如悲伤的眼泪。晋王嘉《拾遗记》载：魏文帝曹丕美人薛灵芸，少选入宫，别父母而行，以玉唾壶承泪，壶皆红色。 ⑫"练单"四句：摹写月下荷花。练(shū)：麻织品，纹理较粗。此指代荷叶。霓裳舞：霓裳羽衣曲，舞曲名。此指荷花随风摇曳，若翩翩起舞。悴：憔悴。 ⑬嫣香：娇艳的花。镜：湖面如镜。 ⑭度曲：作曲。此指蝉鸣。彻：遍。 ⑮参(shēn)斜：参星西斜。零露：降落的露珠。沤起：浮起的水泡。露、沤皆转瞬即逝，此亦以喻人生短促。 ⑯桃笙：竹簟、竹席。吴人称簟为笙。昭华、秾李：贵人家两女婢名，指代歌女。黄庭坚《青奴》："秾李四弦风扫席，昭华三弄月侵床。"一说昭华为古乐器名，俗名玉管。 ⑰鬓点凄霜：鬓发花白。箧(qiè)：小箱子。蠹纸：被虫蛀坏的稿纸。

【品评】

此词咏荷，寄托了作者对去姬的思念之情。

一遍逆入，写二人泛舟西湖的往事。"横塘"二句，描绘了一幅夏日戏于荷莲叶间的浪漫画面。湖水碧如艳锦,引得鸳鸯戏水,鸳鸯亦指情侣。二句兼得情致、写景之妙。“断霞”二句,在斜阳晚霞中归舟,折得荷花而返。绀纱低护灯蕊,极为传神地写出荷花将开未开时,花瓣低低呵护花蕊的情状。“绀纱”指花瓣的颜色,又状花瓣上的经络,最为传神逼真。“润玉”二句,以美人出浴的慵懒,状荷花斜插在瓶中的姿态。“斜拕”句,菡萏将开的荷花花蕾,因花形较大,在花梗上拂摇如美人斜斜欲坠的发髻。皆虚实相生,神形毕肖。“听银床”二句,细细风吹落叶的声音传来,知梧桐叶飘落在井边,报秋节已至,惹人愁思。“细”用词极切,写出愁思一点落在心中而渐渐漫开的情状。

二遍写姬已去的感伤。“窗隙”三句,燕飞梁空,人去经年。冉冉迅羽,既写鸟飞,也写时光流逝,“冉冉”呈现出静静无声的美感。“误惊起”二句,风敲竹叶飒飒作响,沉浸在思念中的人惊起,以为是故人敲门。情痴与《风入松》(听风听雨过清明)中“日日扫林亭”之痴同。“记琅玕”承上“风竹”而来,记得伊人的纤纤玉指,曾在嫩竹上细掐新诗,如今只见斑斑陈迹。“早陈迹”,言人去已久,“陈迹”令人徒生感慨。“怕因循”,怕者,惜也,担心这份情感,会像入秋的歌扇,被丢弃在箧底,不复忆起。

三遍写“旧日”。“西湖”三句,由西园移到西湖。写昔日西湖上画舸游船,共赏一湖荷莲,盈盈照水,如今几度梦魂萦绕。“霞佩冷”写雨中之荷,“麝霭”状细雨弥蒙中香气霭霭散开。“乍湿”二句,分写雨打在花瓣上,如鲛绡乍湿;雨落在花心中,如盛红泪的情状。与起笔“横塘”相比,此处已蕴含深深的离别之悲。“練单”四句,写月下之荷。荷叶荷花随风摇曳如霓裳云舞。“向明朝”,何其留恋之意!“嫣香”三句,转眼间花叶凋零，空留碧波烟水，如人去屏空，令人惘然。但春秋代序、离会聚散的悲喜，已尽于纸上。

四遍写今昔之感。“残蝉”三句，秋蝉感伤西园花枯叶落，哀鸣声声。“念惯省”明写蝉，实为逆入，回忆双栖于西园的往事。“横塘”在吴地，故言“吴宫”。“暗柳”三句，既写昔，也写今。既写二人夏夜柳荫纳凉，絮絮细语，不觉参星西斜，天近拂晓。也是写眼前在西园中孤单的日子。“晓岸参斜，零露沤起”，为荷塘边独自漫步的眼前景，“丝萦寸藕，留连欢事”。花叶已谢，但荷塘泥中还有莲藕，往事欢会，如藕丝缠绕，萦绕梦中。空见藕而不见莲，应前“回头澹碧销烟”二句，繁华飘撇，镜屏已空，徒令人悲。“桃笙”句，对应“練单夜共”，“昭华、秾李冰相倚”对应“琼箫吹月霓裳舞”，遣词妍雅，涵蕴无限感伤。结以“如今”三句，人已老，词空赋，“霜”为“凄霜”，“词”为“秋词”，如何不令人恨。往事如零露沤起，转瞬已在浮光泡影中。

此词咏荷，能得荷之神理、气韵。写菡萏之荷、雨中之荷、月下之荷，笔致曲折多变，但通篇清气流贯，澄澈如月，因所咏皆由忆姬而起，脉络清晰。梦窗集中多忆姬之作，但每首都能出新，不觉其赘复，皆因梦窗用情真，其词骨也真，词采只是依附在这真字骨上，故非因语密而情厚，实因情厚而语密也。

绛都春[①]

燕亡久矣，京口适见似人，怅怨有感[②]

南楼坠燕[③]。又灯晕夜凉，疏帘空卷。叶吹暮喧，花露晨晞秋光短[④]。当时明月娉婷伴。怅客路、幽扃俱远[⑤]。雾鬟依约，除非照影，镜空不见[⑥]。别馆。秋娘乍识，似人处、最在双波凝盼[⑦]。旧色旧香，闲雨闲云情终浅[⑧]。丹青谁画真真面。便只作、梅花频看[⑨]。更愁花变梨霙，又随梦散[⑩]。

【注释】

①绛都春：此调有平韵、仄韵两体，此为仄韵体。②燕：代指亡妾。夏承焘《梦窗词集后笺》：“今按《探芳信》序云：‘是方庵至嘉兴，索旧燕同载。’知用燕姞事，非真名也。”京口：今江苏镇江。似人：长相相似的人。 ③指妾亡。用绿珠坠楼事。《晋书·石苞传》载：“(石)崇有妓曰绿珠，美而艳，善吹笛。孙秀使人求之。……崇竟不许……崇谓绿珠曰：‘我今为尔得罪。’绿珠泣曰：‘当效死于官前。’因自投于楼下而死。” ④叶吹：卷叶为笛，吹出乐声。晞：干。⑤“当时”二句：对比今昔。娉婷：美好貌，指代伊人。幽扃(jiōng)：幽居。扃：门户。 ⑥雾鬟：风鬟雾鬓，容颜憔悴貌。照影：陆游《沈园》：“伤心桥下春波绿，曾是惊鸿照影来。”⑦别馆：绿珠坠楼在金谷别馆。此指遇见似人之处，也指代杭姬尝居之所。秋娘：泛指美人。双波凝盼：眼波流转，顾盼有神。 ⑧“旧色”二句：容颜相似，但真情不同。旧色旧香：指容貌气质皆似旧人。 ⑨真真面：杜荀鹤《松窗杂记》载：唐进士赵颜于画工处得一软障，图一妇人甚丽。画工告之，呼真真百日即应，以百家彩灰酒灌之，女则活。果如其言。女言谈饮食如常，终岁生一子。一友人以为妖，赠之宝剑，欲斩之。真真即携其子上图，图上添一小儿矣。 ⑩梨霙(yīng)：如雪的梨花。

【品评】

此为悼亡词。

起笔沉痛。用绿珠坠楼之典，点明“燕”即妾已亡。“又灯晕夜凉”二句，承上，燕坠楼空，只留下寂寞、凄凉的词人。“又”，非一日也。“灯晕”、“夜凉”皆为内心感受的投射。帘布空卷，空待，徒劳也，更烘托出内心的孤苦。“叶吹暮喧”二句，感叹相聚时吹叶暮归的美好时光太短暂，就像花上的露水，太阳一出来就很快蒸发了。叶吹，吹叶的笛音。暮喧，至暮方归。作者选取“叶吹暮归”来写相恋时的幸福往事，侧面烘托了杭姬灵秀、清雅脱俗的品性，也写出二人的志高趣雅，能心意相通，非俗人可比。“花露晨晞”四字痛婉，花露喻杭姬，如此灵透而晶莹的女子，如花上的露珠，瞬间就随朝阳而去，流露出对杭妾早逝的深切悼亡之情。“当时”句为逆笔，写昔日月下伊人娉婷相伴，以月之娉婷写人之娉婷，为互照写法。“怅客路”句，平入写眼前，在京口“适见似人”。“幽扃俱远”，写似人远去，消失在幽门大户中，似乎又见杭姬远去，故而怅怨不已。“雾鬟”三句，只有临镜照影，才能依稀记起伊人的容颜，然人去镜空，镜亦可指湖水。“照影”又承上“明月娉婷伴”而来，言月映水中，但昔日娉婷只剩依约之影，“镜空不见”，更进一步截断依约之想。为下阕伏笔。

下阕，“别馆”以绿珠居所指代与似人相见之处。“乍识”，写初见似人时的惊讶和触动。“似人处”句，似人明眸如水，眼波流转，与亡妾的眼神最为相似，依稀旧色旧香在眼前，但其实不过是初相识而已，情意岂可相比杭姬。“丹青”二句，所遇之人就像亡燕的画像一样，如此相似，令人怅怨。“作梅花看”，但只作花看，言只可远观，止乎礼也。“频看”，流露对杭姬的依依眷念之情。末句“更愁”句，愁虑这花会随风飘落，如雪消融，如真正的肖像一般走入人间，只是幻化而已，又一次随梦而散。“便只作”三句，层次颇深。第一层，不愿学赵颜，呼唤真真走下画来，而是只作画看。第二层，看画中人，并不作美女看，而是只作梅花看，不作亵渎之想，正因为杭姬的灵秀、清雅，故而见似人亦敬重之。第三层，看花而惜好花不长在，又应“花露晨晞”，正因为痛惜杭姬，才有这“更愁”之虑。层层曲深，见出词人对故姬的情深意重。

惜秋华[1]

夹钟商　重九[2]

细响残蛩，傍灯前、似说深秋怀抱[3]。怕上翠微，伤心乱烟残照[4]。西湖镜掩尘沙，翳晓影、秦鬟云扰[5]。新鸿，唤凄凉、渐入红萸乌帽[6]。　江上故人老。视东篱秀色，依然娟好[7]。晚梦趁、邻杵断，乍将愁到[8]。秋娘泪湿黄昏，又满城、雨轻风小[9]。闲了。看芙蓉、画船多少[10]。

【注释】

①惜秋华：吴文英自度曲。　②重九：重阳节。　③细响：低低的虫鸣。蛩：蟋蟀。深秋怀抱：指悲秋之感。　④翠微：青山。残照：夕阳的馀辉。　⑤翳(yì)：遮蔽、隐藏。秦鬟云扰：杜牧《阿房宫赋》：“绿云扰扰，梳晓鬟也。”此指西湖边的秦望山。　⑥新鸿：指刚从北方飞来的大雁。红萸：茱萸。乌帽：便帽。见《霜叶飞》(断烟离绪)注⑪。　⑦东篱秀色：

指菊花艳丽动人。陶渊明《饮酒》:“采菊东篱下,悠然见南山。” ⑧杵:捣衣用的棒槌。 ⑨秋娘:见《风入松》(兰舟高荡涨波凉)注②。满城:宋潘大临诗句:“满城风雨近重阳。” ⑩画船:见《西平乐慢》(岸压邮亭)注⑦。

【品评】

此词为重九怀人之作,词中寄寓了深沉的家国之思。

以残蛩起兴。灯前低低哀鸣的秋蛩,似乎在诉说着“深秋怀抱”。“深秋怀抱”是词眼,领起下文。“怕上”二句点题。重阳习俗登高,此言不敢登高,怕见夕阳之下树木凋零的秋日残照而伤心。“乱烟残照”,暗喻国势的衰微。“西湖”二句,西湖上尘沙掩映,模糊了青山如发鬟般的倒影,喻指伊人远去,也指青春时的乌发云鬟已不复镜中。此由不敢登高写至不敢游湖,由残照又至晓影,用倒卷之法。深秋时节翠微路上,应是落叶满地。西湖上荷叶凋零,应笼罩在尘沙秋烟中,这些都是设想语。而这些设想皆因“深秋怀抱”而起,故而怕登高,怕游湖。临安为南宋都城,此言乱烟残照、镜掩尘沙,山影云翳,家国之悲隐于山河的描写中。此时又听见阵阵雁鸣,言“新鸿”,非旧相识也,故而更唤起凄凉之感。“红萸朱帽”点题,凄凉之感渐渐弥散在这重阳佳节中。

过片“江上故人老”,以“故人”应上“新鸿”,一故一新之间,人事已非。“故人老”与“依旧娟好”的菊花相比,不禁相形黯然,令人神伤。“晚梦”二句,本来想趁着晚梦去重寻往日美好往事,却被捣衣声惊断,不禁骤生秋愁。“乍”言其来得猝不及防,写出梦醒后的怅怨。“秋娘”句,是对面写法,由自己梦醒,想象伊人也如我,在黄昏醒来,泪湿枕帕。“又满城”句,用“满城风雨近重阳”句式,此却言“雨轻风小”,非无风雨，是风雨已过也，为宕开写法。“闲了”作自我宽解语，承上“雨轻风小”，欲在此秋日学“斜风细雨不须归”的闲适之态。芙蓉指荷花，深秋菊花娟好，但荷花却已香消叶残，故而看芙蓉的画船自然已少也。与上阕因设想“乱烟残照”而不敢登高不同，此则言“闲了”去看画船。看似宕开，实则由湖上画船的变化，侧面言有“深秋怀抱”者，非己一人也。

惜黄花慢[1]

次吴江小泊，夜饮僧窗惜别。邦人赵簿携小妓侑尊，连歌数阕，皆清真词。酒尽已四鼓，赋此词饯尹梅津[2]

送客吴皋。正试霜夜冷，枫落长桥[3]。望天不尽，背城渐杳，离亭黯黯，恨水迢迢[4]。翠香零落红衣老，暮愁锁、残柳眉梢[5]。念瘦腰。沈郎旧日，曾系兰桡[6]。　　仙人凤咽琼箫。怅断魂送远，九辩难招[7]。醉鬟留盼，小窗剪烛，歌云载恨，飞上银霄[8]。素秋不解随船去，败红趁、一叶寒涛[9]。梦翠翘。怨鸿料过南谯[10]。

【注释】

①惜黄花慢：又名《惜黄花》。　②次：近，旁边。吴江：吴淞江，松江，太湖的支流。邦人：同乡。赵簿：赵姓主簿，生卒行年不详。侑尊：劝酒，助酒兴。饯：饯别。尹梅津：尹焕，字惟晓，号梅津，梦窗好友，曾序周邦彦《片玉词》。　③吴

皋：吴江边。皋：岸。试霜：初秋霜降。试：初、始。枫落：唐崔信明诗句："枫落吴江冷。"长桥：苏州垂虹桥。 ④离亭：垂虹桥上有垂虹亭。黯黯：沮丧忧愁貌。也指暮色中光线昏暗。水迢迢：江水绵长不尽。 ⑤翠香零落：荷叶枯萎。红衣老：荷花凋零老尽。残柳眉梢：以秋日柳叶喻愁眉。 ⑥沈郎：沈约，此指尹梅津。《梁书·沈约传》载，沈约因病上书乞致仕，"百日数旬，革带常应移孔。以手握臂，率计月小半分。以此推算，岂能支久。若此不休，日复一日，将贻圣主不追之恨。"兰桡：船桨。 ⑦仙人：指代词题中所言小妓。凤咽琼箫：箫声呜咽。琼箫：箫的美称。九辩：宋玉有《九辩》，其序云："辩者，变也。"此指词题中所言连歌清真词数阕。难招：宋玉有《招魂》，此指魂魄已随离人远去，难以招回。 ⑧歌鬟：小妓。小窗剪烛：李商隐《夜雨寄北》："何当共剪西窗烛，却话巴山夜雨时。"歌云：歌声响遏行云。银霄：银河，云霄。 ⑨素秋：古代五行说，秋季属金，其色白，故称。《抱朴子》："素秋厉肃杀之威。"寒涛：秋潮。 ⑩翠翘：古时妇女的一种首饰，形若鸟尾的长羽。此指小伎，即梦见今日离别之景。南谯：南楼。

【品评】

此为赠别词，词中也流露出对去姬的思念之情。

起句点题。初秋时节，吴江边送客。霜降言夜冷，枫叶落长桥则言江冷，用"枫落吴江冷"句意，与白居易《琵琶行》"浔阳江头夜送客，枫叶荻花秋瑟瑟"意境相类。将送行之人与远行之人分开两处来写，表达离别时双方恋恋不舍的情谊。"望天不尽"，送行之人伫立江边，看碧波远影消失在天尽头，"背城渐杳"，远行之人渐行渐远，回首望故城已杳。

“离亭”二句，以黯黯夜色和水流貌写离愁。“翠香”三句，描绘吴江边秋来残花败柳的萧条景象，烘托惜别之意。“翠香零落红衣老”，言荷花已谢；“残柳眉梢”，言秋日柳叶枯萎。红衣、愁眉、瘦腰，皆以拟人手法来写花草树木，花木尚且为离别而消瘦凝愁，而况人乎？“念瘦腰”三句，回忆与尹梅津泛舟湖上的美好往事。下阕“仙人”三句，点题之僧窗惜别，小妓侑尊，连歌数阕。临行前歌乐纷纷，情意深深，终是难留。凤咽、琼箫，指箫声呜咽，又用秦穆公女弄玉与箫史乘凤飞去之典。“仙人”已去，衬托出对去姬的思念。“怅断魂”二句，言姬已远去。“醉鬟”句，回到眼前，歌妓正殷勤劝酒。“小窗剪烛”，僧窗前依依不舍，殷殷盼早归。“歌云”二句，正面写歌声响遏行云，而歌又载着恨，那么，这恨也就随着歌声，直上云霄，侧面写离恨之深，想象颇为出新。“素秋”二句，写江边秋色，败红、寒涛更添加了离愁，也凸显出离人心中的悲凉。“不解”为无理语，以秋之无情写词人之情谊。末句结以梦，“鸿”指音信，“怨”者，不忍别也。

烛影摇红①

饯冯深居。翼日，其初度②

飞盖西园，晚秋却胜春天气③。霜花开尽锦屏空，红叶新装缀④。时放清杯泛水。暗凄凉、东风旧事⑤。夜吟不绝，松影阑干，月笼寒翠⑥。　莫唱阳关，但凭彩袖歌千岁⑦。秋星入梦隔明朝，十载吴宫会⑧。一棹回潮度苇。正西窗、灯花报喜⑨。柳蛮樱素，试酒争怜，不教不醉[10]。

【注释】

①烛影摇红：又名《秋色横空》、《玉珥坠金环》。调见吴曾《能改斋词话》卷二宋周邦彦词，词有“烛影摇红”句，故名。②冯深居：冯去非。见《齐天乐》（三千年事残鸦外）注③。翼日：次日。初度：生日。 ③“飞盖”二句：饯饮西园，嘉朋满座，其乐融融。飞盖西园：魏曹植《公宴》：“清夜游西园，飞盖相追随。”盖：车盖。西园：梦窗在苏州的寓居地，亦为此次饯别宴会之地。 ④霜花：菊花。装缀：点缀，装扮。 ⑤“时放”二句：追忆春日曲水流觞的往事。清杯：盛清酒的杯子，泛指酒杯。东风：春风。 ⑥“夜吟”三句：写今夜宴别之景。夜吟：吟诗唱酬。阑干：交错散乱。月笼：月华笼罩。杜牧《泊秦淮》：“烟笼寒水月笼沙。” ⑦“莫唱”二句：莫唱离别曲，但歌祝寿曲。阳关：古曲《阳关三叠》省称。因王维《送元二使安西》：“渭城朝雨浥轻尘，客舍青青柳色新。劝君更尽一杯酒，西出阳关无故人。”入乐府曲名，又称《渭城曲》。泛指离别时所唱之曲。彩袖：指代歌女。歌千岁：祝寿歌。⑧秋星入梦：《唐书·李白传》：“白之生母梦长庚星，因以命之。”此亦美称冯深居富有才华。秋星：秋日的星辰，冯生日在秋季，故言。隔明朝：切题翼日初度。十载：十年，此为约数。吴宫：指代苏州。 ⑨“一棹”二句：盼望早日乘船归来。度苇：渡河。苇：芦苇，指小舟。《诗经·卫风·河广》：“谁谓河广，一苇杭之。”灯花报喜：旧俗以灯花为吉兆，报归信。杜甫《独酌成诗》：“灯花何太喜。” ⑩柳蛮樱素：形容歌女柳腰樱口。蛮、素：小蛮、樊素。见《霜叶飞》（断烟离绪）注⑦。

【品评】

此词作于淳祐六年(1241),冯深居赴京应试,梦窗为其饯行时所作。次日为冯之生日,词中兼有为友人祝寿之意。

起句“飞盖西园”,取自魏曹植《公宴》:“清夜游西园,飞盖相追随。”此指在梦窗所居西园设饯别宴,点明地点、时间。“晚秋却胜春天气”,言晚秋橙黄橘绿,好景胜春。“霜花”二句承上,铺写“胜春天气”的晚秋。菊花虽然已经开过,但是满树的红叶妆点西园,非常绚丽。既言秋,又言春,“时放清杯泛水”三句逆入,回忆春日曲水流觞的往事。“夜吟”句回到眼前,写今夜饯别之宴。诗酒唱酬,吟咏不绝,“松影”二句写西园秋夜的美景。园中松柏在月华的清辉下,树影散乱,映于中庭。上片时空交错,忽秋忽春,腾挪盘旋,变幻莫测,全凭起句“晚秋却胜春天气”来贯连。

过拍“莫唱”、“但凭”,将离别的忧愁与祝寿的喜庆叠合,并特别突出喜庆的一面。言歌女莫吟送别曲,但唱祝寿歌,一扫饯别时的“暗凄凉”气氛。“秋星”句就祝寿加以解释,因次日方为寿辰正日,故言隔明朝,“秋星入梦”则将冯氏比作李太白,赞美友人如太白星转世,才华卓出。“十载吴宫会”写二人苏州交游已十年。“一棹”二句,构思极见经心。写送行,但却避开眼前临别的愁苦,而写后路,即想象归来重逢时的喜悦。还未行,就写再相逢。“度苇”用“谁谓河广,一苇度之”意,将“相见时难别亦难”的伤感扫除殆尽。“灯花报喜”,指友人乘一叶扁舟归来时,正是我在西窗剪烛,灯花报归来喜讯时。此从题后话来写,使得全词虽为赠别词,却无过浓的愁情别怀。结语平出,既然题前、题后皆不必虑,言眼前不如一醉。又有歌伎彩袖殷勤劝酒,也不教人不醉。

上片将往事与眼前事绾合来写,下片却将未来事与眼前事融合一处，逆入平出，开阖自如，颇能见梦窗运笔之技巧。

烛影摇红

元夕雨①

碧澹山姿，暮寒愁沁歌眉浅②。障泥南陌润轻酥，灯火深深院③。入夜笙歌渐暖。彩旗翻、宜男舞遍④。恣游不怕，素袜尘生，行裙红溅⑤。　银烛笼纱，翠屏不照残梅怨⑥。洗妆清靥湿春风，宜带啼痕看⑦。楚梦留情未散。素娥愁、天深信远⑧。晓窗移枕，酒困香残，春阴帘卷⑨。

【注释】

①元夕：元宵。　②歌眉：歌女之眉。白居易《赠晦叔忆梦得》："歌眉敛黛不关愁。"　③障泥：垂于马腹两侧，用于遮挡灰尘。南陌：南边的道路，此泛指街巷。润轻酥：春雨轻润如酥酪。见《点绛唇》（卷尽愁云）注④。　④宜男舞：戴着宜男胜起舞。宜男：萱草，晋周处《风土记》载：宜男，草也，高六尺，花如莲。怀妊人戴佩，必生男。此指用彩绸剪成的萱草彩胜。　⑤"恣游"三句：写雨中游人。素袜尘生，化用"罗袜生尘"。见《过秦楼》（藻国凄迷）注⑥。行裙红溅：雨水飞溅在裙上。　⑥残梅：梅花被雨打风吹落，故言。　⑦啼痕：泪痕。雨如泪，故言。　⑧楚梦：用楚王梦巫山神女之典。见《齐天乐》（烟波桃叶西陵路）注⑦。素娥：月亮。因雨而无月，故言"素娥愁"。天深信远：天深路远，音信难通。　⑨酒

困:因醉酒而困倦、昏迷。帘卷:卷起帘布,指心中仍有所期待。

【品评】

此词紧扣题“元夕雨”三字落笔。上片写元夕雨中之景,下片转写己在元夕雨中思念去姬而顿生愁绪。“碧澹”二句,雨中山色青濛,如歌女浅浅的愁眉。起笔入愁字,元夕佳节,本是喜庆游乐的时候,却偏偏逢雨,不免愁沁眉峰。以眉喻山,为熟喻,此用“歌眉”,愁浅也,见生见新,着眼在元夕盼歌舞的心情。“障泥”二句,分写雨中的陌上行人和灯火人家。润轻酥,指春雨轻润。“入夜”二句,承“灯火”而来,入夜花胜幡旗渐渐热闹,歌舞声起。元夕为灯节,故“灯火深深院”与平时的灯火又有不同,为雨中元夕特别之景。正因了这“灯火”,而使得“笙歌渐暖”,把“愁沁歌眉”、“障泥南陌”中的淡淡愁绪都撇开,引出“恣游不怕”四字,游春行人不顾细雨绵绵,尽兴游玩。尘生、红溅者,冒雨而行,任雨水、泥点飞溅。素袜、行裙皆指代女子,闺阁中女子尚且不怕细雨,众人冒雨赏灯的兴致可见。上阕写元夕雨,至此已意完神足。

换头“银烛”二句,言高烧银烛,却照不到翠屏外茕茕独立雨中的残梅。苏轼《海棠》:“只恐夜深花睡去,更烧银烛照红妆。”此处写银烛不照,更见词人惜花之情。“怨”者,为对面写法,写梅之怨,也写词人的愧疚。此处已入姬之怨。“洗妆”二句,雨中的梅花,如洗去铅华的女子,脸上还带着泪痕。此处入姬之形貌。“楚梦”用巫山神女之典,写己之思念。“素娥愁”为设想,写姬对己的思念,但无奈天深信远,鸿雁难传。“晓窗”三句,言梦醒天明,情却未了,移枕就窗,但酒困人倦,只闻见落梅淡淡的馀香。以梅喻人,挂念天深信远的去姬之命运。天色阴霾,卷帘空待。下阕亦句句不离"元夕雨"题意,银烛不照因雨,洗妆因雨。此词由黄昏暮色中的远山写至华灯初上,继写入梦,末写梦醒拂晓时分。脉络井井,章法有度,为梦窗词之代表作。

丑奴儿慢[1]

双清楼(钱塘门外)[2]

空濛乍敛,波影帘花晴乱[3]。正西子、梳妆楼上,镜舞青鸾[4]。润逼风襟,满湖山色入阑干[5]。天虚鸣籁,云多易雨,长带秋寒[6]。　　遥望翠凹,隔江时见,越女低鬟[7]。算堪羡、烟沙白鹭,暮往朝还[8]。歌管重城,醉花春梦半香残[9]。乘风邀月,持杯对影,云海人闲[10]。

【注释】

①丑奴儿慢:即《采桑子慢》。　②双清楼:在杭州西湖钱塘门外。杜甫《屏迹》诗:"杖藜从白首,心迹喜双清。"赵彦卫《云麓漫钞》卷五:"第三门曰钱塘门,乃县廨在焉。盖自前古以来,居人筑塘以备钱湖之水,故曰钱塘。"　③空濛:细雨迷濛。乍敛:雨歇。晴乱:晴丝在空中飞舞。　④"正西子"二句:登双清楼望西湖景色,明艳动人。苏轼《饮湖上初晴后雨》:"欲把西湖比西子,淡妆浓抹总相宜。"镜舞青鸾:《鸾鸟诗》序:"昔罽宾王……获一鸾鸟,甚爱之。欲其鸣而不能致。乃饰以金樊,飨以珍馐,对之逾戚,三年不鸣。其夫人曰:'尝

闻鸟见其类而后鸣。何不悬镜以映也。'王从其意,鸾睹形悲鸣,哀响冲霄,一奋而绝。"此形容西湖水波荡漾,楼影倒映其中,若青鸾临镜。 ⑤风襟:战国楚宋玉《风赋》:"楚襄王游于兰台之宫,宋玉、景差侍。有风飒然而至,王乃披襟而当之,曰:'快哉此风!'" ⑥天虚鸣籁:天籁,自然界的声响。《庄子·齐物论第二》:"子綦曰:'汝闻地籁而未闻天籁夫?'子游曰:'敢问其方。'子綦曰:'夫大块噫气其名为风,是唯无作,作则万窍怒号,而独不闻之翏翏乎。'" ⑦遥望翠凹:远处青山绵延起伏。越女低鬟:喻指对岸的越山。 ⑧堪羡:可羡。白鹭:水鸟。颈细而长,毛色洁白。 ⑨重城:都城、宫城,指临安(杭州)。 ⑩"乘风"三句:化用李白《月下独斟》:"举杯邀明月,对影成三人。……永结无情游,相期邈云汉。"点明风月双清之意。

【品评】

此为写景词,词中寄寓愤世之意。

起笔四句,由苏轼《饮湖上初晴后雨》"水光潋滟晴方好,山色空蒙雨亦奇"句化出。写西湖雨后初晴,波光粼粼的美景,波中之影、帘上飞花、空中晴丝,皆如梦如幻,正是晴朗的西湖浓妆之色,令人痴迷。"正西子",以西湖比西子,把双清楼比作西子的梳妆楼。"镜舞青鸾",将西湖比作西子梳妆之鸾镜,碧波荡漾,山光楼影倒映水中,如青鸾飞舞。"润逼风襟"二句,词人在双清楼凭阑眺望雨后的湖光山色,满目青翠,逸兴遄飞,风襟满怀,此为目之所见。"天虚鸣籁",为耳之所闻,天地间的自然声响皆入耳中,令人心旷神怡。"云多易雨"二句逆入,写雨前的西湖,也由润逼风襟写出高楼秋寒之意。为下阕"云海"、"乘风"伏笔。

下片写遥望所见山色。隔江对岸的青山掩映在烟岚雾霭中,如美女发鬟。“算堪”二句,在这山光水色中,见白鹭自在往来而生渔隐之心。白鹭在烟渚沙洲上飞翔,暮往朝来,无拘无束。鹭之“堪羡”,正反衬人之身不由己。“歌管”二句,推远一步,摹写杭州城内歌舞喧嚣、酒醉花迷的生活。以城内歌舞春梦的世人,对比烟波江上的白鹭,众生之俗、嗔、妄、贪岂可复加。“歌管重城”对应“天虚鸣籁”;“春梦”对应“秋寒”,怎不让人生出乘风而去的想法。梦窗喜造新词生字,此处“乘风邀月”即绾合苏轼《水调歌头》“我欲乘风归去”与李白《月下独斟》“举杯邀明月”句,取高楼独斟之意,既登高楼,故生乘风之想。乘风承上片“润逼风襟”,“云海”承上“云多”,云海与人间对比,用李白诗中“相期邈云汉”,更显示出人间的不可眷念。登风月双清之楼,厌人间醉花春梦,却只能邀明月,持杯对影,见己之孤单,己之独醒貌。

木兰花慢[1]

虎丘陪仓幕游。时魏益斋已被亲擢,陈芬窟、李方庵皆将满秩[2]

紫骝嘶冻草,晓云锁、岫眉颦[3]。正蕙雪初销,松腰玉瘦,憔悴真真[4]。轻藜。渐穿险磴,步荒苔、犹认瘗花痕[5]。千古兴亡旧恨,半丘残日孤云[6]。　开尊。重吊吴魂[7]。岚翠冷、洗微醺[8]。问几曾夜宿,月明起看,剑水星纹[9]。登临总成去客,更软红、先有探芳人[10]。回首沧波故苑,落梅烟雨黄昏[11]。

【注释】

①木兰花慢：又名《千秋岁》。　②虎丘：山名。在江苏省苏州市西北阊门外。相传战国时期吴王阖闾葬于此山。葬后三日，有白虎踞其上，故山名虎丘(《吴地记》)。仓幕：宋提举常平司为管理粮仓的机构，其使者故有“仓台”、“庾幕”之称，其僚属则称“仓幕”或“庾幕”。亲擢：新擢，刚被提升，举拔。满秩：任职期满。　③紫骝：泛指骏马。晓云锁、岫眉颦：虎丘山色。　④蕙雪：芳美洁白的雪。销：融化。松腰玉瘦：冰销雪融后，松柏显消瘦之态。此亦喻真娘憔悴之态。真真：真娘，吴国美女。其墓在虎丘寺侧，游客往来，题咏甚多。　⑤“轻藜”三句：写登山。藜(lí)：灰菜，草本植物，此指藜杖。一说作“藤”。磴：石阶。瘗花：葬花。真娘墓前多花草，“瘗花痕”指代题咏之迹。　⑥“千古”二句：起吊古之情。半丘：残墓。　⑦尊：酒器。重吊吴魂：再次凭吊吴地英魂。真娘为吴人，故言吴魂，此泛指吴地英魂。　⑧岚翠：弥散在青山苍翠中的雾气。微醺：稍微有些醉意。　⑨剑水星纹：形容剑如白虹，光亮灼灼。李峤《宝剑篇》：“胸前点作七星文。”此指剑池。传阖闾葬其下，以扁诸、鱼肠等剑各三千殉，故以剑名池(《吴地记》)。剑池在真娘墓东。　⑩去客：过客，此指“将满秩”而去的同僚。软红：软红尘，指代都市繁华之地。探芳人：探花人，指已被提拔的魏益斋和将满秩的同僚。　⑪“回首”二句：暮色烟雨中归去。沧波故苑：吴王宫苑。杨铁夫《吴梦窗词笺释》：“虎丘前面田畴，古时皆为江水浸润地，故游虎丘者，多以舟近。……此曰‘沧浪故苑’，殆梦窗犹及见乎？”沧波：沧浪，碧波。

【品评】

此为咏景吊古之作。

据夏承焘《吴梦窗系年》考订，是词作于宋理宗绍定五年(1232)左右。同僚魏益斋新被提升，陈芳窟、李方庵等同僚任职将满，也将离去。词人与仓台幕僚同游虎丘一日，探访真娘墓、剑池等古迹，寄寓兴亡之感，也抒发了离别之愁。

起笔“紫骝”句，冬暮初春，雪融冰未销，寒意尚浓，清晨骑马出游。“冻”点明寒冬，“晓云锁、岫眉颦”，是雪天拂晓山头积云密布的真实写照，也点出了愁意。“正蕙雪”三句，过真娘墓地。真娘墓在虎丘，历来题咏者甚多。白居易《真娘墓》：“虎丘道。不识真娘镜中面。唯见真娘墓头草。霜摧桃李风折莲。真娘死时犹少年。脂肤荑手不牢固，世间有物难留连。易销歇，塞北花、江南雪。”此以雪消松瘦想象真娘的憔悴，借咏真娘起下“旧恨”。“轻藤”三句，正面详写游虎丘。轻藤，已下马步行也，“穿”、“步”、“认”，写出众人一路探访的过程，荒苔、瘗花痕，颇见苍茫寥落。歇拍，夕阳西下，古墓残败，令人思绪万千。姑苏为春秋吴国之都，吴王夫差为报父仇，励精图治，打败越国，并北伐齐、鲁，几欲称霸中原，却沉湎酒色，听信谗言，致国灭身亡。词人与同僚游虎丘，有感南宋朝廷的苟且偷安，更倍增今古同慨、千古兴亡之叹。

下阕写宴会。开酒樽，吊吴魂。“重吊”对应上阕“犹认”、“半丘”。蕙雪初消，夜间山风寒冷，吹醒了微醉的游客。回忆昔日共游虎丘的往事，抒发临行惜别之意。“登临”二句点题，言同僚都将离开苏州，成为虎丘匆匆的过客。“软红”，京城软红尘。“探芳人”，将去京都任职的同僚。“探芳”亦合初春时节，表达对友人的被亲擢的祝贺。同僚的软红探芳，更显得词人的孤寂和失意。末句以景结情。在细雨迷濛中归去，回首只见吴王宫苑隐隐约约在烟波黄昏中。

此词由晓云写至黄昏，沉郁顿挫，诚如叶嘉莹所评：“孤

怀独抱，别有深慨。”（《迦陵论词丛稿》）

喜迁莺[1]

福山萧寺岁除[2]

江亭年暮[3]。趁飞雁、又听，数声柔橹[4]。蓝尾杯单，胶牙饧淡，重省旧时羁旅[5]。雪舞野梅篱落，寒拥渔家门户[6]。晚风峭，作初番花讯，春还知否[7]。

何处。围艳冶、红烛画堂，博簺良宵午[8]。谁念行人，愁先芳草，轻送年华如羽[9]。自剔短檠不睡，空索彩桃新句[10]。便归好，料鹅黄，已染西池千缕[11]。

【注释】

①喜迁莺：又名《黄钟喜迁莺》、《喜迁莺令》、《喜迁莺慢》、《早梅芳》、《春光好》、《燕归来》、《万年枝》、《烘春桃李》等。 ②福山：在常熟县治西北四十里。萧寺：佛寺，此指福山山脚的东岳行祠。岁除：除夕。 ③江亭：江边的亭子，多为送别之地。年暮：年末，即岁除。 ④趁：沿着，追寻。橹：划船的工具，比桨长，一般安置在船尾。 ⑤蓝尾：同“婪尾”。巡酒至末座者，连饮三杯，称婪尾酒，即末尾之意（侯白《酒律》），此指岁末之酒。胶牙饧：麦芽糖，因糖黏固而称胶牙。 ⑥篱落：篱笆。用竹、苇、树枝等编成的栅栏，用来围成花圃、园圃。 ⑦初番花讯：二十四候花信风中，梅花风信为首，故言初番。见《祝英台近》（剪红情）注③。 ⑧围艳冶：指女子密围而座。庾肩吾《长安有狭斜行》：“少妇多艳

治。”博簺(sài):古代博戏,又称格五戏。 ⑨行人:作者自指。愁先芳草:李煜《清平乐》:“离恨恰如春草,更行更远还生。”因在岁除,春尚未到,故言愁在芳草之先。年华如羽:年华飞逝如疾驰的鸟。轻送:既言其轻,无声无息,也指漫送,白白流逝。 ⑩檠(qíng):灯台,烛台。有长檠、短檠,短檠约二尺长。彩桃:桃符,旧俗,正月一日挂两块画有神荼、郁垒神的桃木板于门扉,以避邪。五代后始在桃木板上书写春联。 ⑪鹅黄:柳色。千缕:形容柳叶细长而茂密。韦庄《清平乐》:“绿杨春雨,金线飘千缕。”

【品评】

词人在福山萧寺过除夕,孤单、寂寞中写下此词,抒发羁旅之愁。

起笔“江亭年暮”四字点明时间、地点。江亭为送别地,年暮指一年已过,兼含落寞的情思。“趁飞雁”二句,秋声、秋色一并来写。雁声、橹声,雁飞、船行,“趁”、“又”字,将空中的飞雁与水上的行舟联系起来,声音的融入使得画面有了延续的动感,也更添了孤寂的感受。柔橹,轻柔的橹声,船行缓也,与暮色中疾驰而过的大雁相对比,为全词注入一种缓缓的气息,也牵惹出满腹思乡而不得归去的愁情。“蓝尾”三句,今昔悲欢融合在一处,婪尾酒、胶牙糖,回忆昔日除夕夜家人团聚的喜乐气氛。而今酒也喝,糖也尝,但“杯单”、“糖淡”,独自喝酒品糖,使得本是应节的感受变得孤单落寞。“重省”句,独自回味年来的漂泊,接在杯单、糖淡之后,可见重省滋味。“雪舞”二句,风雪暮色中福山萧寺的景色。门户寒拥,篱落雪舞,何等寥落,而“渔家门户”又与下阕的“红烛画堂”相对比。“晚风峭”三句,由“雪舞野梅”而来,梅花为二十四花信风之首，如今晚风料峭，作初番花信，但不知春可否知晓？

下阕，“何处”三句，摹写别人家除夕夜欢聚一堂的热闹场景。“何处”，泛指别处，为想象中景。“围艳冶”、“红烛画堂”极力烘托贵人家歌宴之盛，与上阕寒拥渔家门户对比。“谁念行人”三句，笔锋陡转，又有谁会挂念我这寓居在寺庙的游子？李煜《清平乐》词句：“离恨恰如春草，更行更远还生。”而我却在春草还未生的冬末，羁游他乡，故而空叹“愁先芳草”。轻送年华如羽，用词新颖，年华如羽毛飞过，没有留下任何痕迹，一事无成的感慨溢于言外。梦窗用词炼字，于此等细微之处最为经心。“自剔”二句，除夜不眠，独自挑着灯花，题写桃符新句。“自剔”与“围艳冶”对应，“短檠”与“红烛”对应，“索句”与“博簺”对应，正是冷热两重天。“自剔”、“空索”，写百无聊赖的索然。结拍“便归”三句，道出除夜不睡的如许心事，想象明年春日归家时，应是春色满园了。

词题写福山萧寺，但词中却未正面提及萧寺，只是作为全词萧瑟、寂寥的背景。喝岁除酒，尝胶牙糖，本是夜泊渔人门户之后的事情，但作者逆推写之，为了与下片照应。“何处”三句似为闲笔，但在结构布局上，却为全词平添了许多波澜起伏之感，如一味写已之孤单，而无“何处”人家的烘托，则凄苦之情不得如此，真是无一处闲笔，令人叹服。

探芳信[①]

为春瘦。更瘦如梅花，花应知否[②]。任枕函云坠，离怀半中酒[③]。雨声楼阁春寒里，寂寞收灯后[④]。

甚年年、斗草心期，探花时候⑤。　　娇懒强拈绣。暗背里相思，闲供晴昼⑥。玉合罗囊，兰膏渍红豆⑦。舞衣叠损金泥凤，妒折阑干柳⑧。几多愁、两点天涯远岫⑨。

【注释】

①探芳信：又名《探芳讯》、《玉人歌》、《西湖路》、《春游》。②"为春瘦"二句：以伤春起，抒相思之怀。　③枕函：中间可以藏放小物品的枕头。云坠：发鬟蓬松，垂垂欲坠。中酒：醉酒、病酒。　④"雨声"二句：元宵过后，春寒料峭，听着雨声，守着寂寞的闺阁。收灯：正月十五日后收灯。　⑤甚(shén)：为什么。斗草：旧俗五月初五，斗百草为戏。见《扫花游》(水云共色)注⑦。　⑥"娇懒"三句：勉强拿起针线做绣活，以打发白天的时间。晴昼：晴天。　⑦玉合：有玉饰的妆盒。罗囊：绫罗缝制的袋子，用来收藏小件的首饰等。兰膏：用泽兰子炼制成的香油。红豆：又名相思子，色鲜红。⑧叠损金泥凤：因叠折的时间过长，舞衣上的金泥装饰已经脱落。金泥凤：用金泥描凤于舞衣上。妒折阑干柳：嫉妒柳枝婆娑如舞。　⑨几多愁：李煜《虞美人》："问君能有几多愁，恰似一江春水向东流。"

【品评】

此为闺情词，抒写怀人之思。

起句"为春瘦"，因伤春而消瘦。"更瘦如梅花"，语意进一层。"更瘦"者，言为春瘦已非一日，而是愈来愈瘦，程度见深。又独挑梅花自拟，梅花为寒香，元宵后已渐渐飘落，而红颜老去亦可想见。"花应知否"，本应问相思之人，却问花，可见人不在,空问花而已。由是而引入离愁,“任枕”二句,因离愁之苦而醉酒,终日恹恹不起,无心梳妆。半中酒,半为离愁,更令人不堪其苦。“雨声”二句,元宵后的离别。料峭春寒,雨声楼阁,回忆元宵灯节一起赏灯的热闹情景,不由得叹息“寂寞收灯后”。“甚年年”二句,见出怨意。正是斗草、探花的游春时节,为什么年年到了此时,就得倍尝相思之苦。年年,叠复之意更深。“斗草”“探花”,又隐隐透露出良人远行、为觅功名的目的,由王昌龄《闺怨》“忽见陌头杨柳色,悔教夫婿觅封侯”句翻新而出。

下片由“雨声”转到“晴昼”,“娇懒”二句倍极情致。勉强拈起针线做绣活,聊以打发大好的晴昼,娇、懒、强、拈、绣五字,逼出“暗背里相思”句。陈洵评云:“外面只见娇懒,传神阿堵,须理会此两句。”(《海绡说词》)暗背里相思,人不知也,更见相思之苦。雨则嫌寒,晴则嫌懒,真是相思中人的真实写照。“玉合”以下数句,皆以实笔写相思。用兰膏浸渍红豆,置于锦囊玉盒中,寄寓相思之情。昔日的舞衣因长年叠放在箱底,上面绣的金泥已渐渐脱落。“妒折阑干柳”,由“舞衣叠损”而来,看见阑干的柳枝婆娑如舞,不禁心生妒恨,恨自己不得穿舞衣起舞。见阑干柳又忆起当日离别折柳赠别之景,故更生怨意。“两点天涯远岫”,不用水喻愁,而以远山譬愁眉,“天涯”则将女子望穿秋水、望断天涯之态,以山之渺远来写出,相思之绵长,尽于其中。

声声慢[①]

陪幕中饯孙无怀于郭希道池亭,闰重九前一日[②]

檀栾金碧，婀娜蓬莱，游云不蘸芳洲③。露柳霜莲，十分点缀成秋④。新弯画眉未稳，似含羞、低护墙头⑤。愁送远，驻西台车马，共惜临流⑥。　知道池亭多宴，掩庭花、长是惊落秦讴⑦。腻粉阑干，犹闻凭袖香留⑧。输他翠涟拍甃，瞰新妆、时浸明眸⑨。帘半卷，带黄花、人在小楼⑩。

【注释】

①声声慢：又名《梧桐雨》、《胜胜慢》、《凤求凰》、《神光灿》、《人在楼上》、《寒松叹》。　②幕中：苏州仓幕。孙无怀：生平事迹不详。郭希道：见《花犯》（小娉婷）注①。闰重九：绍定五年闰九月，重九即重阳。池亭：即郭清华池馆。③“檀栾”三句：郭园中修竹楼阁，杨柳池塘，有如蓬莱仙境，远离尘俗。檀栾：指竹。婀娜：指柳。蓬莱：传说中的海上仙山，此指园中池亭。游云：指凡世俗尘。芳洲：香草丛生的水中小洲。《楚辞·湘君》：“采芳洲兮杜若。”　④“露柳”二句：描写郭园的秋景。露柳、霜莲：柳、莲披秋露、秋霜，显出瑟瑟秋意。　⑤“新弯”二句：墙头一轮新月，弯弯如女子初画之眉。未稳：未妥帖，指尚未画完。　⑥西台：中书省的别称。一说指刑部的别称，又说指苏州仓幕。此指代孙无怀入京为官。临流：临水，此指送别。《楚辞·九辩》：“登山临水兮送将归。”　⑦秦讴：秦青讴歌。《宋书·志第九·乐一》：“薛谈学讴于秦青，未穷青之技而辞归。青饯之于郊，乃抚节悲歌，声震林木，响遏行云。”　⑧腻粉：脂粉。　⑨翠涟：绿色的涟漪。甃（zhòu）：井壁，以砖为之。　⑩黄花：菊花。

【品评】

据夏承焘《吴梦窗系年》，此词应作于宋理宗绍定五年(1232)。梦窗与同僚在郭希道池亭中饯别孙无怀。全词紧扣词题，将送别之意与池亭之美相结合，又特别突出了闰重九前一日的节气特点，丽而有则，是典型的梦窗笔法。

起笔写郭希道池亭之美。以檀栾代竹，婀娜代柳，金碧代楼台，蓬莱代小洲。绿叶披拂，水映亭台，犹如仙境。前两句皆用代字，避免直接说破，炼字工巧。从句法而论，“檀栾”二句绵密工整，但“游云”句则见疏放，使得词气畅达。刘永济评：“凡词四字对句必密丽，对句之后，承以单句必疏宕，此词是也。”(《微睇室说词》)“露柳”二句，继写池亭秋景，露柳、池莲，正是芳洲上所见，色彩清丽生动。“露”、“霜”并非伤秋，而是“十分点缀成秋”，映照金碧、蓬莱，写出此地花草树木的灵气。“新弯”二句，以新月拟闺中女子含羞矜持的神态，将细细弯弯的新月比作女子刚画的蛾眉。“未稳”二字，生动地摹写出新月斜挂墙头的情景，极见词人体物之工。歇拍点明诸同僚“登山临水”送别孙无怀，“共惜”，送者与行者皆是依依难舍。

下片用倒卷法，写郭氏池亭的歌宴之盛，来烘托上阕的“共惜”。孙无怀只是因别宴而暂驻，并不知此地平日里歌宴清绝的景象。“知道”二句，言郭清华池馆平日设宴，歌舞不歇。此为设想语。“腻粉”二句，承上，亦为设想语。想象歌女昔日凭栏，至今脂粉留香。“输他”二句，昔日盛宴不再，空留一池碧水，曾照美人明眸。自“腻粉”以下，皆作痴恋语，加倍写惜别之意。此词四字句较多，又注重炼实字，读来易感气滞。“共惜”“知道”“输他”等，为本词气眼，使得承转间，清气往来于中。结拍二句，收回写饯别的宾主，“帘半卷”，与

“腻粉阑干”相对应，写境之清。“带黄花”，点时节，也写人之志趣，与“庭花”相对应，也带出离别后的思念之情，为题后语。

高阳台[1]

丰乐楼分韵得如字[2]

修竹凝妆，垂杨驻马，凭阑浅画成图[3]。山色谁题，楼前有雁斜书[4]。东风紧送斜阳下，弄旧寒、晚酒醒馀[5]。自销凝，能几花前，顿老相如[6]。　伤春不在高楼上，在灯前攲枕，雨外熏炉[7]。怕舣游船，临流可奈清臞[8]。飞红若到西湖底，搅翠澜、总是愁鱼[9]。莫重来，吹尽香绵，泪满平芜[10]。

【注释】

①高阳台：又名《庆春宫》、《庆春泽》、《庆春泽慢》。②丰乐楼：旧名众乐亭、耸翠楼，位于杭州西湖北山。淳祐年间重建，宏丽壮观为湖山冠，花木池亭，游人繁盛，旧为酒肆，后以学馆致争，但为朝绅同年会拜乡会之地（周密《武林旧事》）。分韵：雅集吟咏前，先规定若干字为韵，然后众人各拈韵字，依韵赋之。　③“修竹”三句：登楼眺望，景色如画。驻：停留。　④“山色”二句：雁阵斜飞，似给这山色图画题字。　⑤东风：春风。旧寒：初春尚留旧岁寒意，故言。醒馀：酒醒之后。　⑥相如：司马相如，晚年因病赋闲，家居茂陵。此作者自指。李商隐《寄令狐郎中》：“茂陵风雨病相

如。” ⑦攲枕：斜倚的枕头。雨外：因在屋内，故言。熏炉：香炉。 ⑧舣：划船、使船靠岸。清臞：清瘦。 ⑨飞红：落花。搅翠澜：搅动湖水起波纹。愁鱼：花落春归令鱼也愁，故言。 ⑩香绵：柳绵、柳絮。平芜：平野。欧阳修《踏莎行》："平芜尽处是春山。"

【品评】

此词为作者登丰乐楼，在酒宴上即席分韵所作。写华年流逝、时不我与之悲，也寄予了深沉的家国之慨。

起笔三句，以白描手法勾勒出一幅淡雅秀丽的春景图。修竹、垂杨，凝妆者，美人；驻马者，公子。婷婷修竹如妆，袅袅垂杨系马，色淡韵远。一年春景，浅画成图，飞雁正好为这山色题字。比喻新颖奇特，以天地为画图，以飞雁为题书，何等超逸的境界。麦孟华评云："秾丽极矣，仍自清空。此等词，安能以七宝楼台诮之。"（梁令娴《艺蘅馆词话》）"东风紧送"，笔势转峭，眼前的画图很快跟着会消失在匆匆西下的夕阳暮色中。"紧送"写斜阳西下之不得已，更烘托年华老去之不得已。"旧寒"，初春乍暖还寒天气。"醒馀"，先曾醉也。言东风吹酒醒，才发现斜阳已下，似乎是被这东风紧催着送走的。此为痴语，亦为苦语。也油然生起许多伤春的感慨来。"自销"三句，人生能有多少次相聚花前，思之令人憔悴。"顿老相如"，在高楼寒风中吹醒的我，陡然发觉自己已衰老贫病，如晚年的司马相如。"顿老相如"，顿，瞬间，不意相如竟老。道出作者羁旅一生，沉于下僚，才不为世用，空使年华虚掷的痛心之情。

上片已写高楼伤春之悲，过片却言"伤春不在高楼上"，笔力健拔，痛婉之感不减。晚清人学梦窗，多喜学此种笔法。

梦窗既言伤春不在高楼上，言有更令人苦者，是夜深人静，孤灯苦雨中。“怕舣”二句，言不愿泛舟湖上，怕照见自己清瘦的面容，触动春愁。临流见面容清瘦已愁，飞红片片，搅动碧波，又见愁鱼。无论是高楼、灯前、游船、临流，触目无非是愁也。杜甫《春望》：“国破山河在，城春草木深。感时花溅泪，恨别鸟惊心。”非景之愁，乃人之愁也。结句“莫重来”，应“伤春不在高楼”，言莫再重来丰乐楼，若重来，则见柳绵已吹尽。春已凋零。只堪坠泪而已！语意沉痛。刘永济评云：“以身言则美人迟暮也，以世言则国势日危也。”（刘永济《微睇室说词》）善知梦窗者也。

高阳台

落　梅

宫粉雕痕，仙云堕影，无人野水荒湾[1]。古石埋香，金沙锁骨连环[2]。南楼不恨吹横笛，恨晓风、千里关山[3]。半飘零，庭上黄昏，月冷阑干[4]。　寿阳空理愁鸾。问谁调玉髓，暗补香瘢[5]。细雨归鸿，孤山无限春寒[6]。离魂难倩招清些，梦缟衣、解佩溪边[7]。最愁人，啼鸟晴明，叶底青圆[8]。

【注释】

①宫粉：上妆用的粉。雕痕：同凋痕，指脂粉消褪残留的痕迹。仙云堕影：形容满树花开如发髻云鬟，花瓣无声飘落。②古石埋香：《玉溪编事》载：“王蜀时秦州节度使王承俭筑

城，获瓦棺，中有石刻，曰：隋开皇二年渭州刺史张崇妻王氏。铭文有‘深深葬玉，郁郁埋香’之语也。”金沙锁骨：传观音曾于陕州化身为娼女，以救淫迷，既殁埋之，骨如金锁不断，世称锁骨菩萨。 ③吹横笛：笛曲有《梅花落》。关山：边塞，此指荒远之处。高适《塞上听吹笛》：“借问梅花何处落，风吹一夜满关山。” ④“半飘零”三句：黄昏、月下，栏杆、庭阶，梅花凄然飘落。 ⑤寿阳：寿阳公主的梅花妆。见《玉楼春》（茸茸狸帽遮梅额）注③。鸾：装饰有鸾鸟图纹的镜子。玉髓：《拾遗记》载，孙和月下舞水晶如意，误伤邓夫人颊，召太医，言用白獭髓杂玉及琥珀屑可灭痕。 ⑥归鸿：春来雁回。孤山：西湖胜景之一，以梅著称，见《西子妆》（流水麹尘）注⑩。此点明梅落之地。 ⑦离魂：用唐陈玄祐《离魂记》事，张镒女倩娘曾许配王宙，后镒悔约，复允他人。宙恚恨而去，倩娘夜追至船，一同去蜀，生二子。五年后返，张女病已数年，出而相迎，与宙妻合为一体。招清些：招魂。宋黄庭坚《虞美人》：“惭愧诗翁，清些与招魂。”些：语气助词。缟衣：白绢制成的衣裳。喻指梅花仙子。佩：系于衣带、腰间的饰物。刘向《列仙传》卷上载：郑交甫曾遇二女，出游于江汉之湄，见而悦之，请其佩，（二女）手解佩与，“交甫悦受而怀之中当心，趋去数十步，视佩，空怀无佩；顾二女，忽然不见。”唐杜甫《咏怀古迹》其三：“环佩空归月夜魂。” ⑧青圆：青梅。

【品评】

此词为咏物词，借咏落梅而寄托怀人之思，幽怨而清虚，陈廷焯誉其为“集中最高之作”（《白雨斋词话》）。

起笔“宫粉”三句，正常语序应为“无人野水荒湾，宫粉雕痕，仙云堕影”。摹写梅花的颜色和姿态。荒寂无人的水边，落梅纷纷飘落，密密挨挨盛开的梅树临水而立，风吹花落，如仙云堕影。“古石”二句，指葬花，亦喻佳人已香消玉殒。“南楼”二句，言梅花不恨飘落，只恨晓风无情，吹落飘零到远方。化用高适《塞上听吹笛》：“借问梅花何处落，风吹一夜满关山”句意。千里关山，路途遥遥，音信不通。“不恨”与“恨”相对比，并非不恨，而是为了衬托出不忍离别的情思，更加深了词句的感染力。“半飘零”三句，落梅飘零的时间与地点，庭上、阑干，黄昏、月下。“半飘零”与千里关山相对比，故言。

下阕写梅落之后。“寿阳”三句，反用寿阳公主梅花妆之典，梅花落在寿阳公主额上，拂之不去，更添妩媚，宫人竞相效仿。此则言梅花妆落后，只有对镜空愁，不知谁来调玉髓，掩饰梅花妆留下的疤痕。花去痕留，虽出人意表，但却是梅花妆之典言外应有之事，梦窗词质实若此，令人击节。但梦窗巧在能不滞于物，“问谁”、“暗补”，流露深情，非为补瘢痕，而是不知如何弥补心中的伤痛，体贴之致。“细雨”二句，言细雨中梅落孤山空，只留无限春寒。孤山素以梅著称，梅去而显山空。“无限”二字愁情绵绵。林逋隐居在孤山，以梅为妻，作者此自比林逋，却并非重在以梅为妻，而是为了引出如梅飘落的伊人。花已谢，如人已逝，离魂难倩，亡魂难招，只在梦中见到身穿素衣的梅花仙子，解佩溪边悄然离去。离魂、解佩，分别用倩女离魂、江妃解佩的典故，暗示着一段凄美的爱情故事。梦窗杭妾去后，曾眷念一女子，未及成婚而殁，此见落梅而忆故人。正是咏物而关乎人情。“最愁人”三句，花已谢，鸟空啼，徒见枝叶间梅子青圆，令人不胜叹惋。

高阳台

过种山，即越文种墓[1]

帆落回潮，人归故国，山椒感慨重游[2]。弓折霜寒，机心已堕沙鸥[3]。灯前宝剑清风断，正五湖、雨笠扁舟[4]。最无情，岩上闲花，腥染春愁。　当时白石苍松路，解勒回玉辇，雾掩山羞[5]。木客歌阑，青春一梦荒丘[6]。年年古苑西风到，雁怨啼、绿水蒹秋[7]。莫登临，几树残烟，西北高楼[8]。

【注释】

①种山：在会稽（今浙江绍兴），春秋越国大夫文种葬于此，故称。今名卧龙山。　②“帆落”三句：回忆当年灭吴后，文种陪同越王勾践回故国。也指作者回归故里，重游种山。山椒：山顶。　③弓折霜寒：《史记·越王勾践世家》：“范蠡遂去，自齐遗大夫种书曰：‘蜚鸟尽，良弓藏。狡兔死，走狗烹。越王为人长颈鸟喙，可与共患难，不可与共乐。子何不去？’种见书，称病不朝。人或谗种且作乱。越王乃赐种剑曰：‘子教寡人伐吴七术，寡人用其三而败吴，其四在子，子为我从先王试之。’种遂自杀。”机心：功利狡诈之心。已堕沙鸥：喻指文种无机心，最终被迫自杀。《列子·黄帝》载：“海上之人有好沤鸟者，每旦之海上，从沤鸟游。沤鸟之至者，百住而不止。其父曰：‘吾闻沤鸟皆从汝游，汝取来，吾玩之。’明日之海上，沤鸟舞而不下也。”　④五湖：吴越间的湖泊，泛

指归隐之处。 ⑤“当时”三句：叹息文种当时随越王回国，未能知时而退，隐居山林，令雾掩山羞。解勒：指下马。勒，马嚼头。玉辇：帝王车驾。 ⑥木客：伐木工人，此指修墓工人。又：勾践父允常家在木客村。 ⑦古苑：指文种墓。渋：水草，夏秋开白花，秋末结子。渋（hóng）：同“荭”，水草。 ⑧西北高楼：见《齐天乐》（凌朝一片阳台影）注③。

【品评】

此词为咏古之作。郑文焯评其“意态雄且杰”。（《郑文焯手批梦窗词》）

“帆落”一韵点题，过种山。顺着回潮的江水张帆归故乡，路过种山而停泊，重游故地，不由感慨万千。也指当年文种陪同越王勾践班师回朝。范蠡、文种辅佐勾践灭吴，越王称霸后，却忧惧范、文功高盖主，而起杀心。“弓折”二句，指文种忠而见疑，最终被勾践所害，如良弓被折。“机心已堕沙鸥”，把文种拟为毫无机心的沙鸥，与帝王结盟为友，却被狡诈狠毒的越王所害。对文种的被迫自杀寄予了深深的同情。“灯前”二句，比较范、文的不同命运。范蠡了解勾践的为人品性，越灭吴后，即辞别勾践，泛扁舟而去。文种灯前伏剑自杀时，范蠡正孤舟蓑笠，隐于江湖。“正”字，将范、文二人的命运放在同一瞬间来对比，着意突出文种因愚忠而导致的悲惨结局。“清风”指文种如清风般坦荡，“断”，命丧，凝聚着作者对文种信而被谤的悲愤。“最无情”，以种山文种墓前的花草，来抒写作者心中的吊古之情。最无情是岩石上的闲花，年年春来依旧艳丽，不知世情险恶。“腥染春愁”，“腥”既指花色猩红如血，也是由文种当年自刎时的场景联想而来，梦窗刻意炼字求新，由此可见一斑。

过片,“当时”三句,叹息文种当时随越王回国,未能应时而退,隐居山林,令雾掩山羞。反用淮南小山《招隐士》文意,言山林招文种归隐,而文种未能及时抽身,令山林感到羞愧。“木客”二句,回到眼前,耳边传来伐木工人的歌声,不禁感慨文种这样一位忠臣良将,就这样零落归山丘。“年年”二句,以设想语写每年秋季,文种墓的凄凉之景。当年吴国宫苑的繁华富丽,如今也都化为荒丘古苑。文种曾向勾践献灭吴九计:“……四曰遗之好美以为劳其志;五曰遗之巧匠,使起宫室高台,尽其财,疲其力;六曰遗其谀臣,使之易伐。……”(《越绝书》)越王靠文种之计灭吴,也因文种之计而生嫉恶之心。词人登种山正是春季,却写到秋雁西风,实寄寓了作者对吴越历史的深沉感慨。“莫登临”三句,由吊古而伤今,几树残烟为眼前的暮春之景,而遥望西北的高楼,那里曾是宋朝的领土河山,如今却在金人的统治之下,“莫登临”,悲凉不尽于中。

三姝媚

夷则商

吹笙池上道。为王孙重来,旋生芳草①。水石清寒,过半春犹自,燕沈莺悄②。稚柳阑干,晴荡漾、禁烟残照③。往事依然,争忍重听,怨红凄调④。曲榭方亭初扫。印藓迹双鸳,记穿林窈⑤。顿隔年华,似梦回花上,露晞平晓⑥。恨逐孤鸿,客又去、清明还到⑦。便鞚墙头归骑,青梅已老⑧。

【注释】

①吹笙道：喻指仙人路。《列仙传》："（王子乔）好吹笙，作凤凰鸣，游伊、洛之间。"王孙：作者自指。《楚辞·招隐》："王孙游兮不归，春草生兮萋萋。" ②"水石"三句：春已过半，但水石清寒，燕、莺都悄无踪迹，此喻指姬去杳无消息。③"稚柳"二句：寒食前后，嫩柳如丝，在斜阳下摇曳。禁烟：寒食节禁烟。见《瑞鹤仙》（晴丝牵绪乱）注②。 ④争：怎、怎么。怨红：指伤春。怨：悲伤。红：落花。 ⑤榭：厅堂。双鸳：见《风入松》（听风听雨过清明）注⑦。林窈：丛林幽静深秀。 ⑥"顿隔"三句：忽忽似回到当时相聚之日。露晞：露水被日晒蒸发。喻好景不长。 ⑦恨逐孤鸿：周邦彦《西平乐》："事逐孤鸿去。"指事已杳，恨也杳然。客：作者自指。⑧"便鞚"二句：即使鞚马而归，但年华逝去，青梅已老，空负衷肠。鞚（kònɡ）：骑马。白居易《井底引银瓶》："妾弄青梅凭短墙，君骑白马傍垂杨。墙头马上遥相顾，一见知君即断肠。"

【品评】

此为作者清明时节故园重游，思念去姬所作。

起句用仙人王子乔吹笙之典，回忆昔日与伊人相伴，犹如神仙眷属般的美好岁月。点明重游的时间。湖边故居的道路上，因为我的重归，顿时青草丛生。"旋生"，言其变化快，用"忽如一夜春风来"之意，也写出了游子的眼中，故园春色更胜于别处的心理感受。"过半春"三句，写故园因久无人居，故而寥落，已是清明时分，却燕消莺悄的寂寂之景。"消"、"悄"用得极细微，不仅写园中之景，兼写心中之境。只见稚柳如丝，荡漾水面，禁烟寒食，夕阳残照。在这样轻悄、幽静的环境中，引出了“往事依然”三句。往事历历如在眼前，而人已远去，又怎忍重听当日凄调？

过片承“往事”，着意写“依然”。台榭亭阁刚刚扫净，似待客来，苔藓上仿佛还印着伊人的脚印，依然记得当时林间漫步的情景。“穿林窈”应起句“仙人路”，“鲜迹双鸳”活现出作者心中依然如昔的记忆，一切如此熟悉地扑面而来，怎么不让人产生“顿隔年华”之感！忘掉了数年分离的岁月，突然又回到了当日分别的情景。“梦回花上，露晞平晓”，梦中伊人的笑容嫣然，只是如朝露般凝结又消逝。梦境中的飘忽空灵之美，写得极为感人。“恨逐”二句，道出“往事依然”的恍惚之后的真实痛苦。“孤鸿”对应“双鸳”，人已去，事已杳，年年清明，恨逐归鸿来去，相思无已。“又”“还”，杨铁夫言指已过两度清明，非未必指两度，但恨逐年而深之感确实在“去”、“到”之间晕染开来。结句“便鞚”二句，即便是君骑白马垂杨下，也难再弄青梅短墙下，因青梅已老矣！更何况，归骑无望呢？

三 姝 媚

过都城旧居有感

湖山经醉惯。渍春衫、啼痕酒痕无限[①]。又客长安，叹断襟零袂，涴尘谁浣[②]。紫曲门荒，沿败井、风摇青蔓[③]。对语东邻，犹是曾巢，谢堂双燕[④]。　　春梦人间须断。但怪得、当年梦缘能短[⑤]。绣屋秦筝，傍海棠偏爱，夜深开宴[⑥]。舞歇歌沈，花未减、红颜先变[⑦]。

伫久河桥欲去，斜阳泪满⑧。

【注释】

①渍：沾染。春衫：春日所穿的薄衫。啼痕酒痕：喻指岁月中悲喜的痕迹。 ②长安：都城的代称，此指杭州。断襟零袂：衣衫褴褛，此喻潦倒困顿。涴（wò）尘：污迹、灰尘。浣：清洗。 ③紫曲：坊曲，此指旧居。 ④谢堂：刘禹锡《乌衣巷》："旧时王谢堂前燕，飞入寻常百姓家。"此指代旧居。 ⑤"春梦"二句：人间欢聚如春梦一场，终会醒来，只怪当年缘分太短。能：这样，如此。 ⑥秦筝：秦地的乐器，似瑟，音悲。传为秦大将蒙恬所造，故称。此泛指乐器。 ⑦"舞歇"二句：状今日之况。繁华消歇，红颜已先老去。沈：消失。花未减：花依旧。崔护《题都城南庄》："人面不知何处去，桃花依旧笑春风。" ⑧"伫久"二句：今昔对比，泪满斜阳。伫：站立。

【品评】

此词作于梦窗晚年。梦窗曾久客临安（今杭州），此为重过都城旧居，有感而作。杨铁夫疑此词"作于宋亡以后，盖黍离之什也"。虽不能凿实，但词中流露出危亡之思和忧惧之感，确是清晰可辨的。

起笔"湖山"二句，回忆昔日在都城临安寓居的岁月，览湖山胜景，常醉饮其间。春衫上留下斑斑泪痕、酒痕，"啼痕酒痕"四字，概括了多少悲欢离合的往事！"经"、"惯"、"无限"，写往昔在临安纵游山水，樽前宴下的生活。"又客"三句，转到眼前，此番重回都城，可叹衣襟破旧，沾满灰尘，不知谁能为我浣洗？"断襟零袂"对应"渍春衫"。苏轼《青玉案》：

“春衫犹是、小蛮针线，曾湿西湖雨。”此词亦由春衫转入怀旧之思。“紫曲”一韵，正面写旧居荒败、杂草丛生的景象。昔日都城的街巷门庭，如今门荒井枯，久已废置。刘永济认为“曲”指“坊曲”，为倡家歌伎所居之处。可备一说。“对语”三句，化用刘禹锡《乌衣巷》：“旧时王谢堂前燕，飞入寻常百姓家。”对语东邻的燕子，曾经筑巢在富贵人家，此处谢堂亦指代旧居。

过片以“春梦人间”概括“湖山经醉惯”的游宴生活。“须断”，春梦不再。空恨当年相聚的缘分太短暂。梦缘，由春梦人间之缘而来，承上“春衫”而怀人。

“绣屋”三句，回忆当年旧居夜宴盛况。绣屋筝乐声起，高烧银烛照海棠，深夜开宴，达旦不休。“舞歇歌沉”一韵写如今，歌舞已消歇无迹，只见年年春日海棠盛开，不减娇艳之姿，花下红颜却已先老。结句尤见沉痛，斜阳西下，已在河桥上伫立很久，想要转身离去，却不知何日能再重来，忍不住泪满衣襟。“斜阳泪满”对应上片“啼痕酒痕无限”，以泪起，以泪收。前之啼痕为个人的悲欢，此之“泪满”，已延伸为对国势飘摇、危在旦夕的无限担忧。由“伫久河桥”而非“伫久门庭”可知，词人所观、所感，而泪满衣襟的原因，并非只是旧居而已。

秋　霁[①]

云麓园长桥[②]

一水盈盈，汉影隔游尘，净洗寒绿[③]。秋沐平烟，日回西照，乍惊饮虹天北[④]。彩阑翠馥。锦云直下花成屋[5]。试纵目。空际、醉乘风露跨黄鹄[6]。　　追想缥缈，钓雪松江，恍然烟蓑，秋梦重续[7]。问何如、临池脍玉，扁舟空舣洞庭宿。也胜饮湘然楚竹[8]。夜久人悄，玉妃唤月归来，桂笙声里，水宫六六[9]。

【注释】

①秋霁：又名《春霁》，此调始自胡浩然。《钦定词谱》云："赋春情词即名春霁，赋秋情词即名秋霁。"　②云麓：史宅之，号云麓。宋理宗绍定六年(1233)赐同进士出身。权户部侍郎兼崇政殿说书。曾先后知平江府(今苏州)、绍兴府。长桥：说法不一。一说指月湖上云桥。一说指平江府治园堂中长桥。　③盈盈：清澈貌。《古诗十九首·迢迢牵牛星》："河汉清且浅，相去复几许。盈盈一水间，脉脉不得语。"汉：天河、银河。游尘：空气中的尘埃，也指代俗尘。　④"秋沐"三句：秋日夕阳映照桥影，如长虹饮水。平烟：平野上漫地而起的烟雾。　⑤"彩阑"二句：晚霞中，花叶倍添绮丽，彩云映水，堆锦如花。　⑥黄鹄：大鸟，传说能一举千里。　⑦松江：吴淞江。烟蓑：郑谷《郊园》："烟蓑春钓静。"　⑧"问何如"三句：何不如扁舟一叶，归隐五湖，品尝吴中鲈鱼、莼羹之美，夜泊洞庭，晓燃楚竹，畅饮湘水。《宋史·王万传》载："(王万)擢监察御史。首论史宅之，故相之子，曩者弄权，不当复玷从班。上命丞相再三谕旨，讫不奉诏。上不得已，出宅之知平江府。"脍玉：切成薄片的鱼肉，其色如玉。舣：靠岸停泊。饮湘然楚竹：柳宗元《渔翁》："渔翁夜傍西岩宿，晓汲清湘然楚竹。"　⑨"夜久"四句：夜深人静，月华澄澈，见楼阁华堂，如在水宫。玉妃唤月：指月出。玉妃：杨玉环，陈鸿《长恨歌传》："有道士自蜀来，知上心念杨妃……乃竭其术以索

之……见最高仙山，上多楼阙，西厢下有洞户，东向，阖其门，署曰：玉妃太真院。”温庭筠《晓仙谣》：“玉妃唤月归海宫，月色澹白涵春空。”水宫六六：水宫三十六，为虚指。骆宾王《上吏部侍郎帝京篇》：“汉家离宫三十六。”

【品评】

此为咏景纪游词。云麓指史宅之，号云麓，为宰相史弥远之子。曾建议括浙西园田，引起民众怨愤，后出知平江府。梦窗与其交往甚密。此词咏云麓园之长桥，意境清超，词中流露规劝云麓归隐之意。

“一水”三句，写流水。园中清流如银河般晶亮，远望去，一水盈盈无语，恍如在天河仙境，忘却俗世凡尘，明澈的水波似乎洗净了寒山绿影。“秋沐”三句，平烟漫地升起，雾霭茫茫，只见长桥如长虹饮水，横亘天际。夕阳西下，将日光投照在桥畔的水中，霞光粼粼，桥影霎时显得绚丽无比，呈现出令人惊艳的景色。“彩阑”二句，铺写“秋水共长天一色”的美景，彩霞斑斓，锦云堆积，如繁花成屋。“彩阑翠馥”，见梦窗炼字之功。“试纵目”二句，伫立在长桥上，纵目驰骋，飘飘若乘黄鹄而飞天。

下片承上“醉乘风露”，在无尽的遐思中，追想缥缈。记得曾经蓑笠扁舟，雪中垂钓松江，何等自在自得，无牵无挂。今日游桥，恍然如续前梦。由“跨黄鹄”联想到“钓雪松江”，且言“秋梦重续”。显然，在词人看来，烟蓑渔隐比乘鹤仙去，更令人追想。“问何如”三句，为劝云麓之言。何不如归故乡，尝东南佳味，一叶扁舟而去，远胜过羁游千里，以要名爵。“临池脍玉”，用晋张翰见秋风起，乃思吴中菰菜、莼羹、鲈鱼脍，遂命驾而归的典故（《晋书·张翰传》）。“夜久”四句，夜深人静，月光照在水面上，银光闪闪，如月归水宫，清亮晶莹。

此词由傍晚写至月上树梢。起句“一水盈盈”，结句“水宫六六”，皆以仙境譬喻，意境清幽，将全词笼罩在一片澄澈无尘的空灵之中。

八声甘州[①]

陪庾幕诸公游灵岩[②]

渺空烟四远，是何年、青天坠长星[③]。幻苍崖云树，名娃金屋，残霸宫城[④]。箭径酸风射眼，腻水染花腥[⑤]。时靸双鸳响，廊叶秋声[⑥]。　宫里吴王沈醉，倩五湖倦客，独钓醒醒[⑦]。问苍波无语，华发奈山青[⑧]。水涵空、阑干高处，送乱鸦、斜日落渔汀[⑨]。连呼酒，上琴台去，秋与云平[⑩]。

【注释】

①八声甘州：又名《八声甘州慢》、《甘州歌》、《潇潇雨》、《宴瑶池》等。《钦定词谱》卷二五云：“此调前后段八韵，故名八声，乃慢词也。”　②庾幕：仓幕。见《木兰花慢》（紫骝嘶冻草）注②。灵岩：山名，古名石鼓山，又名砚石山，在江苏苏州市西。上有吴馆娃宫、西施洞、琴台、响屧廊，山顶有三池，山前有石鼓。　③“是何年”句：不知是何年，长星陨落化为星岩。长星：因其星有长形光芒，故名。《汉书·文帝纪》：“（八年）有长星出于东方。”颜师古注引文颖曰：“长星光芒有一直指，或竟天，或十丈，或三丈，或二丈，无常也。……长星多为

兵革事。”　④“幻苍”三句：言苍岩及岩上馆娃屋、岩下城郭，皆是由长星幻化而出。名娃金屋：馆娃宫，以西施而得名。娃：吴人呼美女为娃。残霸宫城：吴宫城。春秋时吴国国力强盛，几欲称霸中原，后为越所亡，故言残霸。　⑤箭径：采香径，西施曾采香于此。因斜横于灵岩山前如箭，又名箭径。酸风射眼：指寒风刺眼。腻水：指西施的洗妆池。《阿房宫赋》：“渭流涨腻，弃脂水也。”花腥：脂粉、花粉之特别的香味。⑥时靸双鸳响：走过响屧廊，听木屐踏地发出的清脆声响。响屧(xiè)廊：在灵岩山寺，传为吴王夫差所筑，曾令西施及宫人步其上，廊虚而响，故名。靸(sǎ)：原指穿拖鞋，此指踏、步。双鸳：见《风入松》(听风听雨过清明)注⑦。　⑦“宫里”三句：吴王沉醉而范蠡独醒。吴王：阖闾。倩：男子的美称。五湖倦客：春秋越大夫范蠡，助勾践灭吴后，归隐五湖。独钓醒醒：《楚辞·渔父》：“众人皆醉我独醒。”　⑧华发：花白的头发。奈山青：奈何青山依旧。苏轼《感旧》：“青山映华发。”⑨“水涵”二句：凭栏眺望，水天相接，斜阳下，乱鸦盘旋。汀：水中的小洲，沙洲。　⑩呼酒：唤酒。琴台：吴国遗迹，在灵岩山。秋与云平：王维《观猎》：“回看射雕处，千里暮云平。”

【品评】

此为纪游词。梦窗与同僚游吴县灵岩山，观吴国遗迹，抒吊古之情。据夏承焘《吴梦窗系年》考订，此词应作于宋理宗绍定五年(1232)左右。时梦窗约三十馀岁，在苏州为仓台幕僚。

起二句气象阔大，从“灵岩”二字生发想象，认为灵岩山乃陨星所化。“是何年，青天坠长星？”想象奇特。“渺空烟四远”、“是何年”，从时间和空间两个维度，把灵岩山置于苍茫深远的话语背景中，逼出“幻”字。苍崖云树、名娃金屋、残霸宫城似乎都是幻化而出，将游览者面对千年遗迹，似幻似梦的感受毕肖而出。春秋吴越的盛衰兴亡，都领在一个“幻”字中。以“残霸”来形容吴国宫苑，用字审慎。吴王阖闾曾为春秋五霸之一，几欲争霸中原，最终却被越国所灭，故言“残霸”。名娃金屋、宫苑城郭，如今都已变为陈迹，依稀可见出当年吴国国力的强盛。“箭径”二句，望山前的采香径、香水溪，眼前浮现出宫女在此溪采香、洗妆的画面，如今香消玉殒，空见水流，联想南宋朝廷的岌岌可危，恐与吴国同此命运，禁不住心生悲凉。“酸风射眼”，溪水反射的亮光晃入眼中，加上山风烈烈，故而刺眼酸涩。“酸”者，不仅由风而起，也因眼鼻酸而泪欲流。“腻水”指西施、宫女洗妆之水，洗妆池旁生长的花草，也染有腥味。“腥”字意，与前《高阳台》(帆落回潮)中“岩上闲花，腥染春愁”相近，不仅言花的香味不同，也指花的颜色。言“染”，重在其色为腻水所染，故而特别鲜丽，其味也似乎带有脂粉气，给人强烈的视觉和嗅觉感受，以“腥”字突出兴亡感。“时靸”二句，由响屧廊的声音贯连今古，当年西施及诸宫女步于梓木板上的步履声声，如今只听到风吹木石的秋声阵阵，让人疑惑到底孰真孰幻。

上阕以“幻”为核心，过片转为正面写吴国灭亡的原因。“宫里吴王沉醉”为其一，“倩五湖倦客，独钓醒醒”为其二，化用屈原“众人皆醉我独醒”句，两相对比。“倩五湖倦客”，对范蠡的美称。范蠡虽“醒醒”，但吴国灭亡的真正原因，还是吴王的“沉醉”。杨铁夫评云：“沉醉可以亡国，独醒因以全身。”(《改正梦窗词选笺释》卷二)作者言外所指也不言而喻。“问苍波”二句，叹息华发已生，而青山依旧。面对内忧外患的南宋朝廷，三十馀岁的梦窗满怀兼济天下之志，只是纵有范蠡独醒醒的智慧和志向，但人微言轻，如何唤得众人不再沉醉！“水涵空”句以下，放开心中的感触，转写秋色秋景，只见水波滔滔，似与天际相接。登楼远望，斜阳下，乱鸦点点，栖息在沙洲上。灵岩山上有涵空阁，梦窗用其阁名写眼前景，为化实为虚写法。“连呼酒”三句，呼同僚登上峰顶琴台，秋云似正与山齐。连用“呼”、“上”、“去”三个动词，神采飞扬，结以“秋与云平”，意境高迈伉爽，有“振衣千仞冈，濯足万里流”之概。

此词一一列举灵岩古迹胜景，但却各有特点，无堆砌痕迹。吴馆娃宫、残霸宫城，只剩断壁残垣，故言其幻。采香径、香水溪扣其香，以花之色、香写千古乱亡之感，响屧廊扣其声，以廊叶秋声写之。琴台未随白云苍狗而变，呼酒上琴台，结以旷远秋景，见出青年梦窗豪放俊逸的风采。

八声甘州

姑苏台和施芸隐韵①

步晴霞倒影，洗闲愁、深杯滟风漪②。望越来清浅，吴歈杳霭，江雁初飞③。辇路凌空九险，粉冷濯妆池④。歌舞烟霄顶，乐景沉晖⑤。　别是青红阑槛，对女墙山色，碧澹宫眉⑥。问当时游鹿，应笑古台非⑦。有谁招、扁舟渔隐，但寄情、西子却题诗⑧。闲风月，暗销磨尽，浪打鸥矶⑨。

【注释】

①姑苏台：在吴县（今江苏苏州）西南姑苏山。《吴地志》

载:“阖闾十一年,起台于胥门姑苏山,山南造九曲,路高三百尺。”吴王夫差在台上筑春宵宫,为长夜之饮。施芸隐:见《扫花游》(草生梦碧)注①。 ②“步晴霞”三句:写太湖景色。《史记·河渠书第七》:“上姑苏,望五湖。”五湖:太湖。深杯:满杯。形容湖面深广。滟:水盈润貌。 ③越来:越来溪。春秋越伐吴时由此地入,故名。吴歈(yú):吴地民歌。杳霭:隐约有歌声在山水间缭绕。江雁:杜牧《九日齐山登高》:“江涵秋影雁初飞。” ④“辇路”句:形容登姑苏台之路九曲盘旋,高峻险要。辇路:专供帝王后妃车驾通行之路。《吴地记》载:“姑苏台,阖闾造……高三百丈,望见三百里外,作九曲路以登之。”濯妆池:传西施及宫人卸妆洗面于此。 ⑤“歌舞”二句:当年的歌舞、乐景都已烟消云散。烟霄:烟雾云气。晖:日光。 ⑥青红阑槛:用青红两色油漆涂刷的阑槛。女墙:指城墙上呈凹凸形的小墙,其形卑小,相比于城,若女子比于丈夫,故称。宫眉:指远山如眉黛。 ⑦“问当时”二句:用伍子胥谏吴王之典。伍子胥尝谏吴王,吴王不用。乃曰:“臣今见麋鹿游姑苏之台也。”(《史记·淮南衡王列传》)后以麋鹿游于朝,喻外寇入侵,国家灭亡。 ⑧“有谁招”:传说越灭吴后,范蠡携西施归隐于五湖。此用其意。扁舟渔隐:指范蠡,亦为作者自指。西子:西施。 ⑨闲风月:此指清风明月。鸥矶:像鸥鸟一样立在水边的岩石。

【品评】

此为登姑苏台吊古之作。

“步晴霞”一韵,词人登姑苏台眺望五湖胜景。早秋的霞光倒映水中,千古兴亡多少事,齐涌上心头。何以“洗闲愁”,只有这满湖潋滟的水波。辛弃疾《摸鱼儿》:“闲愁最苦,休去倚危栏，斜阳正在、烟柳断肠处。""闲愁"非"闲"，寄托的是家国深慨。远望越来溪水清浅，耳边传来杳茫的吴歌，江面上掠过飞雁的影子。画面层次丰富，由溪水继写江畔的歌者，又由歌声的渺茫写高空的大雁，声、光、影相互融合。"辇路"二句，写登姑苏台的山路弯曲险峻，凌空九险；台上的洗妆池，早已是粉冷枯寂。物是人非，徒令人悲。登台望吴王的辇路，西施的濯妆池，当年的歌舞、乐景都已消散得无影无踪。

过片承上。"别是"三句，写姑苏台的景色。那依稀还残留着青红颜色的栏杆，应是吴宫故苑的陈迹。透过矮墙，可以望见对面连绵的青山，山色碧滃如蛾眉。"问当时"二句，用伍子胥谏吴王之典，伍子胥以麋鹿游于姑苏台，预言吴国将亡的命运。吴王拒谏不听，偏信谗佞之辞，逼迫伍子胥自杀。《史记·越王勾践世家》载："吴师败。越遂复栖吴王于姑苏之山。"连游鹿都应会耻笑吴王的昏庸，笑吴王无道，才会中了越王"使起宫室高台，尽其财，疲其力"之计。此为讽吴王。"有谁招"，笔锋转为讽越王。范蠡助勾践卧薪尝胆，立志恢复，成就霸业后，功成不受封，退隐五湖，又何曾见越王招抚功臣？认为范蠡原非有意归隐，只是为了自保而不得已为之。此句隐以范蠡自比，叹息志不得酬，无人见招。"但寄情"句，以范蠡携西施归隐五湖的传说，写自己也只能是空自寄情于西子，题写吟咏之作于这姑苏台上。

结句"闲风月"，对应"闲愁"。无情风月，暗将千古霸业消磨尽，空留浪涛声声，拍打着岸边的矶石。"鸥矶"，又由眼前的五湖与范蠡的归隐、自己鸥鸟之盟的志趣相联系起来。景中含情，由姑苏台而悲吴国兴亡，由五湖而悲范蠡不见招。"消磨尽"所悲叹的，还有危如累卵的南宋朝廷。

浪淘沙①

灯火雨中船。客思绵绵②。离亭春草又秋烟③。似与轻鸥盟未了，来去年年④。　　往事一潸然。莫过西园⑤。凌波香断绿苔钱⑥。燕子不知春事改，时立秋千⑦。

【注释】

①浪淘沙：唐教坊曲名。又名《浪淘沙令》、《浪淘沙近》、《增字浪淘沙》、《过龙门》、《炼丹砂》、《卖花声》、《过龙门令》、《西入宴》。《钦定词谱》卷十一云："按唐人浪淘沙，本七言绝句，至南唐李煜，始制两段令词，虽每段尚存七言诗两句，其实因旧曲名，另创新声也。"　②客思：羁旅之思。绵绵：延续不断、绵长不绝，此指行旅之愁。白居易《长恨歌》："天长地久有时尽，此恨绵绵无绝期。"　③离亭：古时在城外道旁所筑供行人休憩的亭子，常于此送别。　④轻鸥盟：与鸥鸟的盟约，指归隐江海。见《水龙吟》(艳阳不到青山)注⑤。⑤潸(shān)然：泪流貌。西园：梦窗在苏州的旧居。　⑥凌波：见前《扫花游》(水云共色)注⑧。凌波香断，指芳踪无寻，人已离去。苔钱：苔点，因形圆似钱，故称。

【品评】

此为怀人之作。

"灯火雨中船"一韵，言夜雨中行船，舟中点点灯火。灯火、雨中、行船，似乎纯为叙述，不着抒情语，羁旅之愁却满蕴于中。“客思绵绵”，“绵绵”形容客愁，也启下之“春草”。岸边的离亭送人来去，春草方生，转瞬就见秋烟升起在平芜间，年年草长草枯，季节更迭，不知不觉岁月偷换。“又”字，写春草生时，已觉乍然，年华怎如此倏忽，“又”见秋烟时，感慨更叠而复加。也在这七字中将年年漂泊他乡的游子生涯，以疏淡之笔出之。“似与”二句，年年来去，一直记得似乎与鸥鸟的盟约还未能践行。梦窗心存归乡归隐之愿，却长年在外，寓居他乡，为稻粱谋而四处奔波如燕。

“往事一潸然”。来去年年中，错过了许多应该珍惜的感情。回忆往事，令人潸然泪下，将多少不堪回首的往事，尽付与“一潸然”。“莫过西园”，西园为梦窗昔日与姬在苏州的居所。是最令人追念，也最令梦窗黯然神伤的地方。“凌波”句，因久无人来，庭阶上已遍生苔藓。“凌波”指女子轻盈的步态，梦窗词中常用。“香断”，指妾已不在。结拍二句，用鹿虔扆《临江仙》“烟月不知人事改，夜阑还照深宫”句式。写燕子无知，不因多情而烦恼，时时飞落在秋千上。曾有伊人纤手香凝，浅浅笑容，如今空见燕飞的凄凉景象，徒令人悲。

思佳客[1]

迷蝶无踪晓梦沈[2]。寒香深闭小庭心[3]。欲知湖上春多少，但看楼前柳浅深。　　愁自遣，酒孤斟。一帘芳景燕同吟[4]。杏花宜带斜阳看，几阵东风晚又阴。

【注释】

①思佳客：又名《鹧鸪天》、《于中好》、《思越人》等。②“迷蝶”句：用庄周梦蝶之典。见《玉京谣》(蝶梦迷清晓)注③。李商隐《锦瑟》：“庄生晓梦迷蝴蝶，望帝春心托杜鹃。”③“寒香”句：指深闺中人。庭心：储光羲《蔷薇》：“一茎独秀当庭心，数枝分作满庭阴。”寒香：杏花，农历二月开花，与梅花、水仙并属于寒香。 ④“一帘”句：闺中人只能与燕子对语，吟咏这一帘春景。芳景：芳影。

【品评】

此为闺怨词。写闺阁中人自晓梦至黄昏的幽绪愁怀。用“思佳客”调名本义。

“迷蝶”一韵，化用李商隐《锦瑟》“庄生晓梦迷蝴蝶”句，美梦醒来，人已杳无踪迹。“晓梦沉”，言梦沉，形容醒来沉沉、怅恍若失之貌。“寒香深闭小庭心”，引入杏花之寒香。“深闭”，指庭院闺阁深门闭户，也指晓起时心绪未展、幽怀眷眷的神态。“欲知”二句，言春色皆相似，由此可知彼，由楼前柳色浅深，即可知湖上春色几分，湖畔柳色依依之貌。但似乎也见出其倦怠之意，不想去游湖赏春，只是凭栏眺望楼前的柳色。“欲知”、“但看”等词，细腻刻画出闺阁中人因伤春而慵懒的神态。

下片强自遣愁。层次递进，“愁自遣”，何以遣？惟有酒而已。但酒是孤斟，故愁其实难遣。“燕同吟”三字，颇见新意。眼前这一帘春景，无人共与欣赏，吟诗作赋，只有燕同吟。“燕”可指代亡妾，回忆昔日同吟的情景。又拟闺阁女子身份，与同吟者是帘上呢喃的燕子，更倍加了“愁自遣”、“酒孤斟”的孤单。“杏花”二句，杏花为白色，在夕阳的映照下，白色的花瓣晕染开彩色的光芒，最为娇艳动人。而这动人的美景，却很快就要随着夕阳西沉而消散，“晚又阴”的天气很快就带走了这一抹妩媚。杏花易谢，几阵东风吹过，花瓣如雪飞，想来明晨看杏花，空见花瓣铺满庭下阶前。梦窗心思敏锐细腻，听风听雨，见一事一花，皆能感物情，动于内心，故词中情感层次极为丰富，需细细品味。此由暮色之阴而惜明日落红满径，而杏花辞树，又自然联想到红颜辞镜，末句馀韵不绝。

此词拟妇人口吻，写伤春之怀，细腻入微。俞陛云评云：“不著力气而含情韵。”

新雁过妆楼①

夹钟羽

梦醒芙蓉②。风檐③近、浑④疑佩玉丁东。翠微⑤流水，都是惜别行踪。宋玉秋花⑥相比瘦，赋情更苦似秋浓。小⑦黄昏，绀⑧云暮合，不见征鸿。　宜城当时放客⑨，认燕泥旧迹，返照楼空。夜阑心事，灯外败壁哀蛩。江寒夜枫怨落，怕流作题情肠断红。行云远，料澹蛾⑩人在，秋香月中。

【注释】

①新雁过妆楼：又名《雁过妆楼》、《瑶台聚八仙》、《八宝妆》、《百宝妆》等。　②芙蓉：此处指芙蓉帐，即用芙蓉花染的丝织品制成的帐子。白居易《长恨歌》：“云鬓花颜金步摇，

芙蓉帐暖度春宵。” ③风檐：指风中的屋檐。 ④浑：还。⑤翠微：青翠的山峦。 ⑥宋玉秋花：《九辩》正以悲秋发端：“悲哉秋之为气也，萧瑟兮草木摇落而变衰。” ⑦小：接近。⑧绀（gàn）：微带红的黑色。 ⑨宜城句：唐顾况有《宜城放琴客歌》。 ⑩澹蛾：指女子疏淡的蛾眉。

【品评】

此为吴文英怀念苏州去姬之作。首句由梦醒入笔，所谓“日有所思，夜有所梦”，芙蓉帐中，半梦半醒之间，忽然听到房檐风声，马上想到，这是不是衣上玉佩丁东作响的去姬来了？这个问题并未回答，接下来直接转写“翠微流水”的眼前之景，山水之间，仿佛当年的履迹依稀还在，可惜的是，这“都是惜别行踪”，执手相看泪眼的那一幕，始终令人难忘。宋玉有悲秋之赋，然而词人的悲伤，远较宋玉为甚，瘦、苦二字均深切地表达了这种情感，眼见着时近黄昏，仍然不见作为信使的征鸿，悲苦中更见一丝绝望。词人想到爱姬初去、燕泥旧迹犹存、人去楼空，情感也随着夕阳的残红一起渐渐浓重。

夜晚时分，万籁俱静，正是词人独自面对和倾听自己内心深处声音的时候，此时忽然听到屋外颓圮的墙根下，传来蟋蟀低低的哀鸣声。荒芜的院落、破败的墙根，似有似无的蛩鸣，营造出一种特殊的氛围，此时词人既有对爱姬的思念，也有对时光与生命的思索，在极度宁静的环境中，实现人与自然、当下与往昔、此处与彼处的对话。这时候，词人又联想到唐代的红叶题诗的故事来，唐宣宗时，舍人卢渥偶然在御沟中见到一片红叶，于是就让仆人拾起，一看发现叶上有手写的绝句一首，于是他收起来，放置于巾箱之中，后来，宣宗放宫女出宫嫁人，卢渥前往择配，获娶一宫人，婚后他的妻子在箱中发现了红叶，“吁怨久之曰：‘当时偶题随流，不谓郎君收藏巾箧。’”原来正是她题诗于红叶之上的，诗曰：“水流何太急，深宫尽日闲。殷勤谢红叶，好去到人间。”在此，吴文英以一“怕”字反用典故，意味深长。在词的结尾处，用了高唐神女和月中嫦娥的典故，表达的是词人对去姬的想象，美好的人和事物总是在遥远迷蒙之处，可望而不可即，云和月都是毫无纤尘的，也是疏离人世的，这里的一个“远”字不仅凸显出吴文英怅惘的相思之苦，同时也为去姬和这首词增添了一种朦胧之美，使之获得了一种审美的距离。

尾 犯①

黄钟宫　赠陈浪翁重客吴门

翠被②落红妆，流水腻香，犹共吴越。十载江枫，冷霜波成缬③。灯院静、凉花乍翦，桂园深、幽香旋折。醉云吹散，晚树细蝉，时替离歌咽。　长亭曾送客，为偷赋、锦雁留别。泪接孤城，渺平芜烟阔。半菱镜④、青门重售，采香堤⑤、秋兰共结。故人憔悴，远梦越来溪畔月。

【注释】

①尾犯：又名《碧芙蓉》。　②翠被：用翡翠羽制成的背帔。　③缬(xié)：有花纹的纺织品。　④半菱镜：用乐昌公主与徐德言破镜重圆的典故。唐孟棨《本事诗·情感》载，南朝陈太子舍人徐德言与妻乐昌公主恐国破后两人不能相保，

因破一铜镜，各执其半，约于他年正月望日卖破镜于都市，冀得相见。后陈亡，公主没入越国公杨素家。德言依期至京，见有苍头卖半镜，出其半相合。德言题诗云："镜与人俱去，镜归人不归；无复嫦娥影，空留明月辉。"公主得诗，悲泣不食。素知之，即召德言，以公主还之，偕归江南终老。 ⑤采香堤：即采香径，古迹名，在今江苏省苏州市西南灵岩山前。《智积记》载："砚石山在吴县西，阖闾置宫苑、琴台、响屧廊、馆娃宫，山前十里采香径。"《江阴县志》载："……由麓而上，曲蹬盘行，攀萝扪石，足底云生，相传吴王尝遣美人采香其上，曰采香径。"

【品评】

此词开头以景起兴，写落红、流水，"言吴越花事与浪翁共之"。吴地迷人的江枫，词人与去妾已经共看了十年，江面冷霜波纹，就像是细细织就的彩缬。随着清波的荡漾，词人也心游神荡，回想起十年间的美妙与温情，抑或是，风来水上，就像去妾突然离去一样，原有的宁谧被打破了，纵然波纹美丽如斯，也不及水面平静安详的本相那样好。安静的灯院和深深的桂园，又将读者带回到眼前之景，寂静凄清的环境给人无尽的凉意，虽有灯火，但火焰不足以暖人，虽有馨香，奈何庭院幽深。在这样曲曲折折的院落中，既有作者与去妾关系的隐喻，更有一种冷落的高贵气息，无疑增加了词的美学含蕴。当风吹云动细蝉鸣的时候，离歌处处，人也随着云"醉"了。词的下片承接前叙之景，因景而生情，由今日送浪翁，想到昔日与去妾长亭分别之景，更从锦雁所在的越山，远望孤城所在的吴城，诚如陈洵所言："篇中忽吴忽越，极神光离合之妙。"眼见得离人已经远去，空留漠漠平芜，一片阔绰和渺茫，心中也如所见之景一样空无一物。词人在此想起乐昌公主的旧事，传说她与丈夫徐德言恐国破后不能相保，遂破一铜镜，每人执其一半，约定于他年正月望日卖破镜于都市，以此为凭，期能重逢。后果然破镜重圆，两人偕归江南终老，成为古今佳话。词人心念斯事，寄望这种奇缘也能发生在自己的身上，希望自己和去妾也能像徐德言和乐昌公主、范蠡大夫和西施一样，重逢同归，泛舟偕游五湖，情感十分鲜明。结句自指身在杭州，不能去吴地的越来溪，憔悴的故人，怕只能在遥远的梦中相见了。关于此词意旨，陈洵《海绡说词》谓："因浪翁客吴，而思在吴之人也。在吴之人，即其去姬。"杨铁夫《吴梦窗词笺释》亦云："此纯为忆姬而作。姬去归吴，今浪翁入吴，有所触，即思其人。或浪翁本为梦窗寻芳伴侣，姬又为浪翁所素识，故于翁行三致意焉。"皆以为是梦窗借酬赠之名而行自己忆姬之实。此词虽有寄托，但毫不晦涩，语言雅洁、风格疏淡，堪称佳作。

尾 犯

甲辰中秋

绀海掣微云①，金井暮凉，梧韵风急。何处楼高，想清光先得。江汜②冷、冰绡③乍洗，素娥忺④，菱花再拭。影留人去，忍向夜深，帘户照陈迹。　竹房苔径小，对日暮、数尽烟碧。露蓼香泾⑤，记年时相识。二十五⑥、声声秋点，梦不认、屏山⑦路窄。醉魂幽飏，满地桂阴无人惜。

【注释】

①绀海：即天空。掣(chè)：拉、扯动。 ②江汜：即江边。汜：同“涘”。 ③冰绡：薄而洁白的丝绸。 ④素娥：即嫦娥。忺(xiān)：高兴、适意。 ⑤露蓼香泾：长着白色和浅红色蓼花的水畔。 ⑥二十五：秋日报更的点声。唐李郢《宿杭州虚白堂》诗：“江风彻晓不得睡，二十五声秋点长。” ⑦屏山：屏风上的小山。

【品评】

此词为中秋佳节对月独酌怀旧之作，以景起笔，摹绘暮色，点出时令。以大海比天空，更用一个“掣”字写出秋风微云的动感，境界十分阔大，为不俗之笔。傍晚空中的色彩与状态，显得十分空灵清旷。“金井”、“梧韵”化用王昌龄“金井梧桐秋叶黄”的成句，用梧叶来表现秋天的韵味，而金井更为眼前之境增添了几许深秋的艳丽色彩，使得画面立刻鲜活起来，将读者带入到一个美妙境界的门前。次写高楼月色，人虽未登楼，但已将楼头先得的明月清辉写出，给人一种翘首企盼的感觉。继而具体描绘月光，明月倒映在江边浅水处，好像刚刚洗过的冰绸一样；水中如斯，天上更是欢乐祥和，连月宫中的美女素娥都高兴非常，将菱花宝镜一次又一次地擦拭拂净。将明月比作玉盘、宝镜，并不少见，但此处词人加入了素娥这一人物，并以动作掺入拂拭镜面的行动中，使词句充满了一股禅意，月色也显得更为清朗。面对美好的月色，茕茕孑立的词人不仅生出孤寂之感，用东坡《水调歌头》之叹来向明月发问。一个“忍”字，道出了内心的凄然和惆怅，追忆前事，睹物思人，开始浮想联翩，并由此将读者的视角带入到下片怀人的词句中。“竹房苔径”将人引入一个特定的场景中，日暮时节，徘徊幽径，将以前走过的地方一一检视，长时期地伫立于此，唯恐少看了一处，对去妾的怀念之深，尽透笔端。此时，词人忽然发现长着白色和浅红色蓼花的水畔，正是当年初次邂逅之处，“记”字表明在词人的内心深处，丝毫没有顷刻忘却。随着秋声愈急，风雨倏来，天凉心冷，词人不禁心烦意乱，全无心思再去赏月，更生出悲叹人生的情感来。朦胧的半梦半醒之间，像走进了屏风上的山水，开始像无头苍蝇一样寻人，结果当然是杳然无终的。在极度的无奈与愁苦郁闷之间，词人只有借酒浇愁，看着满地月影，无人怜惜，更增几许悲愁。词虽以天高月圆起头，却越转越悲，更有情感身世之叹，相思疾苦，全在字里行间，给人以凄恻哀婉之感。

金缕歌[①]

陪履斋先生沧浪看梅[②]

乔木[③]生云气。访中兴、英雄陈迹，暗追前事[④]。战舰东风悭借便[⑤]，梦断神州故里[⑥]。旋小筑、吴宫闲地[⑦]。华表月明归夜鹤[⑧]，叹当时、花竹今如此。枝上露，溅清泪。　　遨头小簇行春队[⑨]。步苍苔、寻幽别坞[⑩]，问梅开未。重唱梅边新度曲[⑪]，催发寒梢冻蕊。此心与、东君[⑫]同意。后不如今今非昔[⑬]，两无言、相对沧浪水[⑭]。怀此恨，寄残醉。

【注释】

①即《贺新郎》。　②履斋：即吴潜，字毅夫，官至左丞

相，能诗词。沧浪：即沧浪亭，苏州著名园林。 ③乔木：树干与树枝有明显区别的大树，此处暗喻魁伟高大的英雄。 ④访中兴三句：指韩世忠抗金的英雄事迹。沧浪亭曾为韩世忠别墅。 ⑤战舰句：指黄天荡韩世忠打败金兀术事，化用杜牧“东风不与周郎便”诗句，谓未能借来东风彻底剿灭金兵。 ⑥梦断句：指韩世忠未能取得最终的彻底胜利。 ⑦旋小筑二句：指韩世忠归隐沧浪亭。小筑：指规模小而比较雅致的住宅，多筑于幽静之处，此处指沧浪亭园林。吴宫：指苏州。 ⑧华表句：用《续搜神记》丁令威化鹤事：“辽东城门华表柱，忽有白鹤来集，人或欲射之，于空中歌曰：‘有鸟有鸟丁令威，去家千岁今来归。城郭犹是人民非，何不学仙冢累累。’” ⑨遨头：古代太守的别称，此处指吴潜。小簇：小队。 ⑩别坞：别墅。 ⑪新度曲：新创制的歌曲、辞章。 ⑫东君：司春之神，指吴潜。 ⑬后不如今句：王羲之《兰亭集序》：“后之视今，亦犹今之视昔。” ⑭沧浪水：沧浪园内的水池。《楚辞渔父》：“沧浪之水清兮，可以濯我缨。沧浪之水浊兮，可以濯我足。”

【品评】

首句横空突起，写高大的乔木直入云端，给人以英伟之气，如此起兴正是要写出如韩世忠等中兴名将的英雄豪气。词人从吊古写起，先把读者带入境地，渲染出一种肃穆高峻的环境气氛，再明写凭吊之事。“暗追”表达出词人的深切的反思，同时也隐含着家国之痛。“前事”二字，内涵丰富，即浓缩了历史的风云和英雄的业绩，也包括对朝政的不满，宋金议和之后，主战派一直被苟安的朝廷排斥，南宋朝政也一直被主和派把持，致使韩世忠等英雄气短，收复失地的希望破灭，来到沧浪亭，不免想到韩世忠，想到主战的英烈们，今昔比对，自然生出历史的喟叹。面对此情此景，词人想到战火烽烟的三国，那个英雄辈出的年代，如果周瑜没有东风助火计，也难以大破曹军百万雄师。杜牧的《赤壁》作出历史的假设，吴文英也灵活地化用杜牧的诗句，指出战舰东风悭吝得不愿予以帮助，以致中兴之梦遽成泡影，此处实际上还是对南宋朝廷表达深深的不满、鄙薄和愤怒，并对无用武之地的英杰表示了哀婉和叹息。眼前看到的沧浪亭小筑，是韩世忠将军的旧邸，他被夺去兵权之后，在此赋闲，而这一切都是软弱无能的朝廷所造成，一个"闲"字，并没有透出闲适、安定的意思，反而有种讽刺。接下来，词人又由实写史实转入虚笔，想象韩世忠在月明之夜，乘鹤归来。"叹当时"、"今如此"皆表现出历史的沧桑与荒凉，更用梅枝收束上片，虚实结合，笔意不俗。下片写与履斋来到沧浪看梅，游春的小队一起来到韩世忠的别墅凭吊，"问梅开未"一句十分灵动，化用了王维的《杂诗》:"君自故乡来，应知故乡事。来日绮窗前，寒梅著花未?"很有现场感、颇具生活化，既表现了游春人观游的兴味，也表达了对先贤的一种追念。词人陪游之际，自度新曲，为大家反复咏唱，虽在咏梅，但寄托遥远，盼望着寒冻消解、春回大地，国家能够中兴雄起，而寄托希望的对象就是在场的履斋。面对陈迹，吴文英忽然想到王羲之《兰亭集序》里的句子来，南宋国势衰微，今非昔比，后来无望，面对着门前沧浪之水，想到岁月与历史也这样不舍昼夜地逝去，感慨万端，不禁怀着一腔遗恨，用浊酒图醉。这首词感咏时事，发思古幽情，疏朗快意似辛词，与梦窗词的一般风格不符，为集中仅见。

夜合花[1]

黄钟商　自鹤江入京泊葑门外有感[2]

柳暝河桥，莺晴台苑，短策[3]频惹春香。当时夜泊，温柔便入深乡[4]。词韵窄[5]，酒杯长。翦烛花[6]、壶箭[6]催忙。共追游处，凌波翠陌，连棹横塘[8]。　十年一梦凄凉。似西湖燕去，吴馆[9]巢荒。重来万感，依前唤酒银罂[10]。溪雨急，岸花狂。趁[11]残鸦、飞过苍茫。故人楼上，凭谁指与，芳草斜阳。

【注释】

①调见《琴趣外编》，共五体。　②鹤江：朱祖谋《梦窗词集小笺》引卢熊《苏州府志》："白鹤江本松江之别派，在嘉定界与今上海合界。"疑即鹤江。葑门：即封门，苏州的东门。③短策：短鞭子。　④温柔句：即"便深入温柔乡"。温柔乡：谓美色迷人之境。旧题汉伶玄《飞燕外传》："帝幸合德，呼为温柔乡，曰：'吾老是乡矣，不能效武皇帝求访白云乡也。'"⑤词韵窄：指填词时限窄韵，选用的韵部字少且僻，难于取押，因此不易成吟，故文人唱和往往以此斗艺。　⑥翦烛花：蜡烛将灭，用剪子将燃尽的灯芯剪掉，使之更加明亮。⑦壶箭：刻有标度的铜壶中的浮箭，是古代用以计时的一种工具。　⑧横塘：在苏州南十馀里处，风景优美。　⑨吴馆：吴国的馆娃宫。　⑩银罂：银质的酒杯。　⑪趁：追赶。

【品评】

此词作于由嘉定赴临安途中，舟泊苏州时所作。起笔柳、莺等物，写出醉人的春景，浓密的柳树下，河桥都遮蔽于树荫之下，天朗气清时节，台苑中的黄莺声声，词人举起短鞭处处惹得春日的清芬，走马观花，却未直说“花”，让人在一片芳香中感悟和体会。莺歌燕舞、柳絮飘飞，春景无限，此时词人的“频惹”，不仅针对的是春花，更是惹动情思，景色密丽，面对眼前种种，不能不启幽思。词人开始追忆当年的情事，温柔乡一句，道尽未道之妙，旧题汉伶玄《飞燕外传》载，汉成帝得到赵合德后，日日缱绻，呼其为温柔乡：“吾老是乡矣，不能效武皇帝求访白云乡也。”为了珍重美人，求仙访药全不在心上了。当年的小河画舫之中，梦窗与佳人把酒言欢，时以诗词唱和，“窄”和“长”生动地体现了当时的情境，也把才子佳人的缠绵欢乐隐隐地表达出来，风情无限。良宵苦短，此处用剪灯之典，怨恨时间过得太快，漏壶的滴声简直就是催促。时间本来是看不见摸不着的，但此处用烛花、壶箭等具体的事物，且用拟人的手法，就使得这种痴怨光阴的情感表达得十分真实可感，也让读者的心情随着词笔起伏。由夜转昼，欢快的男女终日一起游玩，在郊野翠陌之上，追逐嬉戏，在词人的眼中，佳人就像曹植笔下的洛神一样，和仙子一起漫步、划船，这种乐趣真是美到极致。“凌波不过横塘路”，可惜的是，当年的欢乐成为旧梦，此处作为上片的结尾，也将回忆的快慰推向最高潮。下片开头一笔扫去温情快乐的气氛，十年一觉，往事如昨，人去楼空，美景不再，此时词人又回到现实，“重来”旧地，“万感”交集，词人以酒安慰自己，“依前”二字，透露出深深的情感，与前句“酒杯长”形成对照，前后呼应，从对饮到独酌，今昔之别如此之巨。放眼望去，细细的密雨急切地钻入溪流之中，岸上花舞正狂，这些眼前之境也正如词人复杂的心绪，平地起波澜，失落无比。词人要追赶“残鸦”飞过苍茫，显示出激荡不宁的心情和从惆怅到激动的内心波动。牢骚过后，词人长长地感慨悲叹，再次登上与故人曾同登的小楼，不仅又在发问：现在还有谁能和我一起凭栏，看遍芳草夕阳这些美景呢？前后巨大的落差给读者以深刻的印象，正如唐圭璋所评：“上片记旧游之乐，飞动已极，但下片陡转凄凉，诚有一落千丈之势。”这种惊心动魄的跌宕，不仅有着酣畅淋漓之美，更有回肠荡气的精魄。

踏莎行[1]

润玉笼绡[2]，檀樱倚扇[3]。绣圈犹带脂香浅[4]。榴心空叠舞裙红[5]，艾枝[6]应压愁鬟乱。　　午梦千山[7]，窗阴一箭[8]。香瘢[9]新褪红丝腕。隔江人在雨声中，晚风菰叶[10]生秋怨。

【注释】

①又名《平阳兴》、《江南曲》、《芳心苦》、《芳州泊》、《晕眉山》、《喜朝天》、《踏云行》、《思牛女》、《换巢鸾凤》、《柳长春》、《惜馀春》等。杨慎《词品》卷一云：“韩翃诗，踏莎行草过春溪。词名踏莎行本此。”　②润玉：润泽如玉，用以形容佳人的肌肤光洁细腻。笼绡：笼罩着薄纱，指女子身着轻纱。③檀樱倚扇：浅红色樱桃小口轻轻地抵在扇子上。檀樱：美女的香唇，樱即樱桃似的小口。　④绣圈：衣领、袖口绣有花边的圈饰。一说为端午时节妇女颈项上所戴之彩线。

⑤榴心句：指女子石榴花红色的裙子。 ⑥艾枝：端午节有佩艾草以避邪毒的习俗。或以艾剪成虎形佩戴，有虎食五毒之喻。 ⑦午梦千山：谓美人午睡，梦里跨过千山万水。 ⑧一箭：一刻。箭：古代计时用具漏壶中的尺度。 ⑨香瘢：指手腕上的印痕，为红丝系勒所留下。 ⑩菰叶：又名茭白叶，端午用来包粽子的材料。

【品评】

这是一首端午怀人的纪梦词，情意深挚。首三句描绘出一幅精妙细腻的美人图，女子着薄纱，手持轻盈的团扇，口唇微抵，虽未写面容眉目，但已让人感觉到传神。一个"笼"字给人无尽想象，极为形象地描绘出美人的婀娜与性感，甚至带有神秘的意味。"倚"字又写出美人的娇羞与含蓄，明月团扇与人脸相互照映，诱惑至极。眼中所看如此，更有鼻中所闻，美人的香气透过装饰华美的衣裳散逸出来，让人产生微眩之感。词人极尽所能，从肌肤、红唇和体香三个方面，着意刻画出美人的妖媚和香艳，动人无比。接下来的二句写美人之愁，五月榴花红如烈火，点出时令，但红艳如花的石榴裙没有被穿上，而是被空叠悬置。美人头发上的艾枝，也都把发鬟压得散乱了。艾叶又名香艾、蕲艾、艾蒿，性味苦、辛、温，能散寒除湿，温经止血。端午期间，时近夏至，正是寒气、暑气交互转换之时，多雨潮湿，毒虫滋生，瘟疫也易流行，因此端午在古人心目中是毒日、恶日，这个节日最早一直是作为祛除病疫、躲避兵鬼、驱邪禳灾的节日流传下来的。所以，在端午节悬挂艾草、菖蒲的做法并非完全出于盲目崇信，确实可以避毒虫、消病毒、除恶气。《荆楚岁时记》载："采艾以为人，悬门户上，以禳毒气。"除采艾扎作人外，也将艾扎作虎形，称为艾虎，《荆楚岁时记》注文云："以艾为虎形，或剪彩为小虎，帖以艾叶内人争取戴之。"所谓"女为悦己者容"，"榴心空叠舞裙红，艾枝应压愁鬟乱"正是因为心上人不在眼前，无心打扮跳舞，美人之愁因此而起，心绪杂乱非常。其实这些都在写梦，但此处不着一"梦"字，没有点破，反而把所见所梦写得异常真实可感，直到下片才言明是梦。随着梦醒，美好的经历成为泡影，不可即之，一股悲凉又生发出来。"香瘢"仍点出端午这一节令，指的是手腕上系彩丝以辟邪的习俗，而红丝系勒留下痕迹。一说古代男女离别有爇臂剪鬟的习俗，在此应不作如此之解读。最后两句写午梦醒来，独坐榻上的悲凉凄苦之情，眼前所见之景，杳渺萧飒。"隔江"，似在眼前，而苦无舟楫。即便是在盛夏，多愁善感的词人也产生了浓烈的秋怨，直接把详写的五月时令往后推进到了秋日，足见心内孤寂悲伤之怀。王国维非常欣赏结句，曾说："介存谓梦窗词之佳者，如'水光云影，摇荡绿波，抚玩无极，追寻已远。'余览《梦窗甲乙丙丁稿》中，实无足当此者。有之，其'隔江人在雨声中，晚风菰叶生秋怨'二语乎？"细细品味，馀韵丰沛，给人无尽的思虑。

六　丑[1]

壬寅岁吴门元夕风雨[2]

渐新鹅[3]映柳，茂苑[4]锁、东风初掣。馆娃[5]旧游，罗襦香未灭。玉夜花节[6]。记向留连处，看街临晚，放小帘低揭。星河潋艳[7]春云热[8]。笑靥敧梅[9]，仙衣舞缬[10]。澄澄素娥宫阙[11]。醉西楼十二[12]，铜漏催彻。红消翠歇[13]。叹霜簪练发[14]。过眼年光，旧情尽别。泥深厌听啼鴂[15]。恨愁霏润沁[16]，陌头尘袜。青鸾杳[17]、钿车音绝。却因甚、不把欢期，付与少年华月。残梅瘦、飞趁风雪。向夜永[18]，更说长安梦[19]，灯花正结。

【注释】

①周邦彦所创调，明人杨慎嫌其名不雅，改称“个侬”。《莲子居词话》：“六丑词，周邦彦所作。上问六丑之义。则曰：‘此犯六调，皆声之美者，然极难歌。’昔高阳氏有子六人，才而丑，故以比之。” ②壬寅：即宋理宗淳祐二年(1242)。吴门：今江苏苏州。 ③新鹅：小鹅，因其体色绒毛淡黄，故而用来比拟刚抽出的杨柳嫩芽。 ④茂苑：吴门，即苏州。⑤馆娃：即春秋时美女西施，吴王夫差曾为之建馆娃宫。⑥玉夜花节：指农历正月十五元宵节，此处照应词题中“元夕”。 ⑦潋艳：水波流动之态。 ⑧春云热：李贺《蝴蝶舞》：“杨花扑帐春云热。” ⑨笑靥攲梅：即梅靥斜攲。喻美人优美的妆扮。 ⑩舞缬：舞衣。 ⑪素娥宫阙：指天上宫阙、月宫，清虚广寒之府。 ⑫西楼十二：即西楼十二阑干，言宫苑中栏杆曲折，极言其多。 ⑬红消翠歇：谓荣华消歇。⑭练发：白发。 ⑮泥深句：化用苏轼“泥深厌听鸡头鹘”诗句。啼鴂：即杜鹃，啼声凄苦，似乎唤人归去。屈原《离骚》：“恐啼鴂之先鸣兮，使夫百草为之不芳。” ⑯愁霏润沁：喻阴雨。 ⑰青鸾杳：比喻音讯全无。 ⑱夜永：长夜。 ⑲长安梦：指旧日京城的繁华。

【品评】

农历正月十五，上元佳节，正是东风送暖、桃红柳绿的大好时节，吴门景象，一片生机。“映”、“锁”、“掣”三字用得十分形象，直入人心，将春日的萌动、破除冰封表现到位。此时此景，词人承茂苑写到昔日元夕光景，西施旧游之地，千百年前的馀香仿佛仍然存留，给人以恍惚迷离的感觉。元夕是一个盛大的节日，当晚美女如云、火树银花，夜色亮丽、浑如白昼，盛况难以尽言。词人想起昔日在吴门过节，临近黄昏时候，便已将小帘轻轻揭起，急切地等待看灯了。此处极具现场感，将读者随着词人的动作带入观灯现场，和词人的眼睛一起，寻觅美好的事物。接下来，用天上人间的热闹渲染灯节的盛况，银河星星点点地闪动，就像水波荡出纹样，“春云热”看似写天上暖风吹热祥云，实则暗指人间之热闹，男女比肩接踵，呵气成云，歌声动天，一片欢乐。在此，词人特地用梅靥的典故来详写观灯少女的妆扮，《太平御览》卷三十《时序部·十五·人日》引《杂五行书》载：“宋武帝女寿阳公主人日卧于含章殿檐下，梅花落公主额上，成五出花，拂之不去。皇后留之，看得几时，经三日，洗之乃落。宫女奇其异，竟效之，今梅花妆是也。”人如梅花、梅花如人，舞姿翩翩袅袅，罗绮如云，美不胜收。清澈澄明的夜空，月色照在人的笑靥上，真令出游的少女如天上的素娥一般洁净清纯，正如白乐天词：“江南忆，其次忆吴宫。吴酒一杯春竹叶，吴娃双舞醉芙蓉。早晚复相逢。”欢乐的聚会总是显得时间很短，随着铜漏催彻，元夕将竟，此时很自然地转到下片，开始感叹时光易逝，景色不在，人也转眼满头白霜，生发出凄凉的情意来。词人刚刚年届不惑，却头白气短，只因其内心过于敏感、情感丰富细腻所致，惟其如此，才能深入地表达出生活的况味和生命的脉动，元夕的风雨，给人无尽的哀愁，词人忽然听到杜鹃声声，烦恼更生。屈原《离骚》："恐啼鴂之先鸣兮，使夫百草为之不芳。"是说如不抓紧时间，杜鹃一啼，百草凋零，人已迟暮。此时耳边催归之声不断，词人怎能不生"厌听"之感。回首再看今日元夕，"钿车音绝"，更不要说有无当年的春云意暖了，面对风雨如晦、游人杳绝的情景，词人因愁生恨，于是质问青天，为何在如此佳节偏多风雨，更无明月相照，人生无奈如此，只能在雨雪交杂之夜，回想长安旧景，那如梦似幻的往事总是萦绕在人心头。词末突然出现与开头迥异的景象，是用以衬托瞬息万变的人生际遇，身世飘零的悲苦，由斯可见。前后对比强烈，触人心弦，给人以无尽的回味。

青 玉 案①

短亭芳草长亭柳。记桃叶，烟江口②。今日江村重载酒。残杯不到，乱红青冢，满地间春绣③。
翠阴曾摘梅枝嗅④。还忆秋千玉葱手⑤。红索⑥倦将春去后。蔷薇花落，故园胡蝶，粉薄残香瘦。

【注释】

①又名《一年春》、《带马行》、《客中忆》、《横塘路》、《谢师恩》、《西湖路》、《青莲池上客》等。 ②记桃叶：用晋王献之作《桃叶歌》催促其爱妾桃叶渡江的典故。 ③春绣：春日的芳草满地，如锦绣一般。 ④梅枝嗅：李清照《点绛唇》："和羞走，倚门回首，却把青梅嗅。" ⑤玉葱手：像玉一样洁白、细腻，像葱根一样纤细的手。 ⑥红索：绑系秋千的红色

绳索。

【品评】

这首伤春怀人词被认为是吴文英忆故妾及去姬之作，起句的长亭短亭，乃是指分别之地，芳草萋萋、杨柳依依，更平添离人杂乱难受之感。这里的桃叶，用的是晋代王献之《桃叶歌》的典故："桃叶复桃叶，渡江不用楫。但渡无所苦，我自迎接汝。"桃叶是王献之的爱妾名，后来也泛指渡口，有"桃叶渡"的语典。词人在此处含蓄地点出与爱妾分别的渡口，烟波雾霭，缠绵如情。到了今日，故地重游，不禁触景生情，周邦彦有词云："重载酒，细寻前迹"，"重"字透露出词人对往事的执着，"残"杯也说明词人此时的精神所系与心理状态是怎样的，让人想到崔护的人面桃花，而今不仅人已离去，春天也将过完，桃花也将凋谢，面对此情此景，如何不让人伤痛至极。下一句的"闲"字用得也极其传神，说明再好的美景，也形同虚设，不能打动感染词人的内心，想起爱妾已不能再和自己一起品美酒赏美景，怅然不已。下片详写往日的情事，记得初见之日，翠绿葱茏的树荫之中，爱妾轻摘梅枝，这种形象不仅给人印象深刻，更能引发想象、给人美的观感。荡秋千时，爱妾的玉手轻握吊索，明丽洁白，与红色的绳索相映而成，一派天真与美好。至此，词人笔锋一转，春日已去，离人不在，也懒得再扶秋千绳索了。蔷薇花已经凋谢，只有故园的蝴蝶飞来，而细看蝴蝶，竟然也粉薄香残，与人一样消瘦了。这里的"蔷薇花落"，反用杜牧的《留赠》诗："不用镜前空有泪，蔷薇花谢即归来"句意。周邦彦亦有词意近似："不须红雨洗香腮，待得蔷薇花谢，便归来。""也知人、悬望久，蔷薇谢、归来一笑。"然而与杜牧和周邦彦不同的是，爱妾已亡，无论吴文英如何等候，想再见到她都是不可能的事情了，因而词句和词境显得尤为凄苦。全词感情丰沛，遣词精炼严整，造境幽婉，伤春怀人的意脉十分清晰，蕴藉与晓畅融合，感人至深，正如陈洵所评："词极凄艳，却具大起大落之势，大家之异人如此。"

唐多令①

惜别

何处合成愁。离人心上秋②。纵芭蕉、不雨也飕飕③。都道晚凉④天气好，有明月、怕登楼。 年事⑤梦中休。花空烟水流。燕辞归、客尚淹留⑥。垂柳不萦裙带住。漫长是、系行舟。

【注释】

①唐多令：又名《箜篌曲》、《南楼令》等，《填词名解》卷二云："唐多令仙宫曲也。" ②心上秋：即"愁"字。 ③飕飕：象声词，形容风声或雨声。 ④晚凉：秋天傍晚凉爽的天气。 ⑤年事：往年的旧事。 ⑥淹留：作长期的逗留、羁留。

【品评】

秋天是怀念的季节，恰好"愁"字正是心上一秋，词人用一个拆字句起兴，道出离别在两地的人，到了伤感的秋季便极其自然地产生了愁绪，这里的"合"字用得特别妙，不仅是在写文字，也在写人，更在写人与自然（季节）的"合"，这都是一种因缘和际遇。雨中的芭蕉，是诗词中常见的意象，透过雨打在芭蕉叶上的滴答声，作者表达出一种厌憎长夜的寂寞之感。但是此处吴文英反用熟语熟境，写出芭蕉虽然未经雨打，仍飕飕作响，在风中凄凉孤立，于是将读者已经感受到的寒冷凄苦更深化了一层，离人之愁也愈加浓烈了。与他人都说晚间凉爽不同，词人看着象征着团圆的明月，竟然害怕登楼、不敢登楼，正是因为对着圆月，不能不想到以往欢聚团圆的旧事，一个“怕”字，鲜明地表达出了词人的这种特殊的感情，露而不失其婉，十分耐人寻味。正是因为不敢登楼望月，所以往事不堪回首，背对着小楼和明月，如梦似幻的旧日情事却不由自主地涌上心头，又像水流一样漂走逝去。当燕子辞别旧巢回到南方之时，客居的游子却还在异乡羁留，“慊慊思归恋故乡，君何淹留寄他方?”燕子归去、时光流转、故人不在，独留词人长坐太息，个中滋味实在难以言明。在全词的最后，又出现了象征留别的垂柳，长长的柳枝尚且缠不住归人的裙带，我又有什么办法呢？不该走的走了，该走的行舟却没有走，而是被垂柳系住，正如杨铁夫所言：“柳不系姬之裙带而使留，乃反系客之行舟而使住，何其颠倒耶?!”历来梦窗词被讥为质实，但此作却被张炎肯定为清空：“词要清空，不要质实；清空则古雅峭拔，质实则凝涩晦昧。姜白石词如野云孤飞，去留无迹。吴梦窗词如七宝楼台，眩人眼目，碎拆下来，不成片断。此清空质实之说。……如《唐多令》，此词疏快，却不质实。”虽然这首词不是梦窗的本色，但其平白疏朗、意境优美，亦可视作一件梦窗的优雅“别调”。

忆旧游①

别黄澹翁

送人犹未苦，苦送春、随人去天涯。片红都飞尽，正阴阴润绿，暗里啼鸦。赋情顿雪双鬓，飞梦逐尘沙。叹病渴凄凉，分香瘦减，两地看花。　西湖断桥路，想系马垂杨。依旧敧斜。葵麦迷烟处②，问离巢孤燕，飞过谁家。故人为写深怨，空壁扫秋蛇。但醉上吴台，残阳草色归思赊③。

【注释】

①忆旧游：又名《忆旧游慢》。　②葵麦句：形容景象荒凉。刘禹锡《再游玄都观·引》："重游玄都，荡然无复一树，唯有兔葵燕麦动摇于春风耳。"　③秋蛇：题壁的诗文书法笔迹。　④归思赊：即归思十分强烈。

【品评】

这是一首送别之作，词人在送别好友黄澹翁的时候，亦触发了忆姬思归之情。起笔两个"苦"字，点出送别的悲伤：不仅是送别友人，而且时间还在暮春这样特别的季节，友人和春天一起离去，使得愁苦愈甚。天涯远望，心中顿时生出复杂的、莫名的、沉重的悲凉来。在这个开门见山点透心情的起句之后，词人开始描摹暮春的景色，片红飞尽、万花凋零，绿叶浓密成阴，暮鸦藏身其间不断鸣啼。所谓一切景语皆情语，特殊的场景照映出词人特别的心境。伤春复伤别，此时词人想起在杭州的去姬，黯然神伤，双鬓忽然变得雪白，名词“雪”字在此活用作动词，更增添了一种动感和速度感。接下来词人写到自己和杭姬具体的分别之苦，哀叹自己因患消渴病而处境凄凉，杭姬也因别离之苦而朱颜瘦损，二人分居两地而想象对方看花送春归，显得情深意远，相思之情甚笃。下片词人开始回忆往事，在西湖断桥这一名胜处，那系马的垂杨，依旧在春风中摇曳舞动，这一片春光，是典型的江南。湖光山色之间，美人与美景互相映衬，美不胜收。而今的烟柳画桥之畔，已是物是人非，词人化用刘禹锡的“旧时王谢堂前燕，飞入寻常百姓家”来表达对故人的思念与问候，履迹微茫，不知下落如何。在告别的酒宴上，词人新潮起伏，取来笔墨在空壁上游走龙蛇，留下词翰，兴之所至，也是寄托情怀。当友人被送走之后，空留词人自己，接着残酒的微醉登上姑苏台，看着眼前一片惨淡荒凉的残阳，愁苦也如夕阳下的草一样，渐行渐远还生，不禁长叹一声，生出了不尽的归思。全词哀而不伤、淡雅脱俗，营造出一种清婉悠远的景色与氛围，引人遐思。

王沂孙词选

天　香

龙涎香①

孤峤蟠烟②，层涛蜕月③，骊宫夜采铅水④。讯远槎风⑤，梦深薇露⑥，化作断魂心字⑦。红瓷候火⑧，还乍识、冰环玉指⑨。一缕萦帘翠影，依稀海天云气。

几回殢娇半醉⑩。翦春灯、夜寒花碎⑪。更好故溪⑫飞雪，小窗深闭⑬。荀令⑭如今顿老，总忘却、樽前旧风味⑮。谩惜馀熏⑯，空篝素被⑰。

【注释】

①龙涎香：一种名贵的香料，传说出自大食国，近海旁有龙睡在云气之下，当地土人往往须要守候一两年，等云散龙去，采其唾液涎沫，存放一段时间，自然坚固，气味也由原来的腥臭而变为芬芳。实为抹香鲸消化系统内部的分泌物，经海水浸泡，漂去杂质而形成的。　②孤峤：山锐险高峻称为峤，此处指骊龙蛰伏其上的礁石。蟠烟：烟雾盘曲旋绕。③蜕月：新月犹如蝉蜕新生，清辉分明。　④骊宫：即骊龙的宫殿。铅水：即龙涎。　⑤讯远槎风：采得龙涎之后，赶紧乘着小舟借潮汛而去。讯：即汛，一作“泛”。槎：木筏。　⑥薇

露：旧说即蔷薇水，以白金为甑，采集蔷薇花蒸气为水，积而成香。制作龙涎香不仅需要采集龙涎为原料，还要与蔷薇水研和一处。 ⑦心字：龙涎被制成香粉，用铜香篆打成“心”字形状点燃。 ⑧红瓷：红色的瓷制香炉。候火：恰到好处的火。 ⑨冰环玉指：龙涎香燃后散逸出的白色烟霭从香炉盖中腾起，像白玉的环佩与手指。 ⑩殢娇半醉：娇憨困倦之态。殢（tì）：因酒而困倦的样子。 ⑪“翦春灯”二句：即“剪春灯”。烛灯之芯经过燃烧过后，灰烬留在其上，在红光掩映之下犹如花朵，剪碎灯花是为了让烛火更加明艳。 ⑫故溪：故居附近的小溪。 ⑬小窗深闭：在无风的密室之内焚熏龙涎香，效果最好。 ⑭荀令：即曹操谋士荀彧，因其担任尚书令，故称“荀令”，为美男子之代称，相传他极喜爱香。 ⑮樽前旧风味：昔日种种愉快美好的事情。 ⑯谩惜馀熏：徒自怜惜残馀的馨香。 ⑰篝：用以熏衣服被褥的焚香之笼。素被：洁净素白的被子。

【品评】

此词先从传说叙及龙涎香生成的奇诡和采集的艰难，对于前人旧说进行发散式的想象，熟用典故，营造出海天之间波光月影的苍茫气象。这里有骊龙卧睡的静态描绘，也有对采香人星夜摇橹盗取龙涎的动态想象，让读者随着词句的变化产生不同的心理状态，时为之惊叹，时为之紧张。第二层言及采得龙涎后，是如何加工制作、研和成香的，蔷薇花的露水加上所谓的龙涎，这样的结合给人无尽的想象，“梦深”和“夜采”也形成了一定的对应关系，最终形成了“断魂心字”。很多诗词选本将“心字”解释为心形的龙涎香，实则不确。香道一途，有“打香篆”之法，即将铜制的香篆放在香炉底部铺平的香灰上，然后用香勺把香粉填进香粉槽，再将香篆轻轻提起，这时香粉的形状就和香篆上镂刻的形状一致了，此即明人杨慎《词品·心字香》中所言："所谓心字香者，以香末萦篆成心字也。"而词中所说的"心字"，指的就是铜香篆上镂刻的是一笔贯通到底的"心"字形，香粉也因势成形为"心"。打香篆并不简单，若是生手，往往容易在提起香篆的那一刹将聚积起来的香形碰断，破坏了香粉连贯的形状。因此，句中的"断魂"有双关之意，既实指香形，又虚指心理感受，可谓妙笔。接后写到焚香的情景，红色的瓷炉燃着龙涎名香，轻烟的形状竟照出了美丽女子的纤指和玉环，这就将飘渺无形的香烟化之成实，让读者有更切近的感受。"一缕萦帘翠影，依稀海天云气"则与"孤峤蟠烟，层涛蜕月"产生呼应，从海上的水气茫茫到屋中的香霭氤氲，引人生发遐想。面对着香雾重重，词人在下片转笔写人，往事"几回"，重现脑海，女子娇憨困倦之态亲切逼人，寒夜剪灯的具体动作使得幻境中人更加真实可感，其后"故溪"其实是说"故人"，"小窗深闭"则明写静室烧香，暗写温馨的日常生活，人香俱馨，生动感人。末二句有所寄托，抒发的是沉郁的感伤之衷，今昔对比，追念当时的风华旖旎，反衬出当下的凄清哀惋。结句八字更有曲终而意续的馀音绕梁之效，十分耐人寻味。作为碧山最著名的一首咏物词，该作不仅写焚香琐事，更道儿女痴情，且寄身世之感，虚实相生，脉络分明，寄意高远，的为佳制。

花 犯

苔 梅①

古婵娟②，苍鬟素靥③，盈盈瞰流水④。断魂⑤十里。叹绀缕⑥飘零，难系离思。故山岁晚谁堪寄⑦。琅玕⑧聊自倚。谩记我、绿蓑冲雪⑨，孤舟寒浪里。
三花两蕊破蒙茸⑩，依依似有恨⑪，明珠轻委⑫。云卧⑬稳，蓝衣⑭正、护春憔悴。罗浮梦⑮、半蟾挂晓⑯，么凤⑰冷、山中人乍起。又唤取、玉奴⑱归去，馀香空翠被⑲。

【注释】

①苔梅：即枝干上长满苔藓的古梅。　②婵娟：美好优雅的样子。　③苍鬟素靥：乌黑色的鬟发和白净的面庞。④盈盈：安详优美的仪态。瞰：自上而下地俯视。　⑤断魂：形容梅香清幽销魂。　⑥绀缕：指梅身上的苔丝。绀：天青中略带红色。　⑦堪：可。寄：寄表心意。　⑧琅玕：碧玉一般的仙枝，在山为翠竹，在水为珊瑚，此为美树之代称。⑨绿蓑冲雪：穿戴着青绿色的蓑衣顶风冒雪。　⑩蒙茸：此处形容苔丝蓬乱杂芜的样子。　⑪依依：轻柔摇摆之貌。此处化用周邦彦《花犯》词句："相逢似有恨，依依愁悴。"⑫委：梅朵掉落。　⑬云卧：优雅闲逸地倚卧。　⑭蓝衣：褴褛之衣。　⑮罗浮梦：用赵师雄遇梅花仙事。唐柳宗元《龙城录》："隋开皇中，赵师雄迁罗浮。一日，天寒日暮，在醉醒

间，因憩仆车于松林间酒肆旁舍。见一女子，淡妆素服，出迓师雄。时已昏黑，残雪对月色微明。师雄喜之，与之语，但觉芳香袭人，语言极清丽。因与之扣酒家门，得数杯，相与饮。少顷，有一绿衣童子来，笑歌戏舞，亦自可观。顷醉寝，师雄亦懵然，但觉风寒相袭。久之，东方已白，师雄起视，乃在大梅花树下，上有翠羽啾嘈相顾。月落参横，但惆怅而已。”⑯半蟾挂晓：弯月挂在夜空，天色将明。蟾：古人常以蟾宫代指月亮。⑰么凤：一种体型较小的鸟，因常栖于桐树之上，又称为桐花凤、倒挂子。⑱玉奴：此处借指梅花，谓其冰清玉洁。⑲馀香空翠被：此处化用李商隐《夜冷》诗句：“西亭翠被馀香薄。”

【品评】

词以“古婵娟”起头，营造出一种古朴高洁的意境和氛围，把人带入现实之境，如同见到了一株株遍身长满苔藓的古梅。虽然苔梅高古，但也有美好的仪态，并非老病萎顿，词人点出她乌黑色的鬟发和白净的面庞，就像描摹美人一样，更有盈盈的优雅姿态，通过俯瞰流水的形象把苔梅写活了，丰神俊逸，空灵安详，有一种迥出尘寰的悠然、优美仪态。其后“断魂”几句，把苔梅的清幽之馨香表现得十分传神，梅花的香气本来就很疏淡、并不浓郁，如非静心，实难领受到这种香气的清幽淡雅之美，“断魂十里”不仅是在写苔梅的芬馥，更在写词人自己的心境：漂泊无依的状态正如风中的苔丝，词人由此及彼，借苔梅道出家国桑梓之思，身世浮沉零落之叹。“故山岁晚”，无人寄意，寥落岑寂之感，拨人心弦。“聊”、“自倚”更表现出词人孤身一人的忧伤与哀惋，这种忧伤与哀惋更因无人可诉而愈加伤人。在这种愁绪中，词人开始"谩记",昔日的美好游历今已成空,只能作为回忆深藏心底,"孤寒"二字更进一步地增添了寂寞无奈的冷清。下片换头处词人从回忆中返回眼前之景,苔梅虽老,能著新花,蒙茸是初生的蓬松苔丝,一个"破"字,精准生动地传递出新生的萌动之感,让人心头一喜。接着又来了一个转折,"依依似有恨"的背后有一个潜在的提问:是什么让苔梅有恨?答案就在其后,明珠轻轻落地,香消玉殒,怎不令人生恨?词人由此寄托,感怀山河破碎金瓯缺坏,自叹自悲,面对着散落飘零的落花,恨意顿生。虽则如此,仍不减自身的高洁,这种文化人的守候不仅有政治遗民的家国情感,更有文化遗民的自我认知。词人面对着苔梅,不仅产生联想,用赵师雄的典故写出了惆怅的清梦,在半梦半醒之间,似乎感到尘世的虚无缥缈,于是在词的结尾表现出空净无着的境象。梅花魂归,梦醒时分,空留馀馥,哀怨凄楚之情,不绝如缕。此词睹物思人,兼怀寄托,被陈廷焯评为"笔意幽索,得屈宋遗意",堪称写梅的名作。

露　华[①]

碧　桃[②]

绀葩乍坼[③]。笑烂漫娇红[④],不是春色。换了素妆,重把青螺[⑤]轻拂。旧歌共渡烟江[⑥],却占玉奴标格[⑦]。风霜峭、瑶台[⑧]种时,付与仙骨。　　闲门昼掩凄恻。似淡月梨花[⑨],重化清魄。尚带唾痕香凝[⑩],怎忍攀摘。嫩绿渐满溪阴,蔌蔌粉云飞出。芳艳冷、刘郎未应认得⑪。

【注释】

①露华：又名《露华慢》、《露华忆》。 ②碧桃：重瓣的桃花，一名千叶桃。 ③绀葩乍坼：碧桃的花朵刚刚绽放。葩：花。坼：裂开。 ④烂漫娇红：化用吴融《桃花》诗句："满树如娇烂漫红。" ⑤青螺：本指螺的一种，此处应指螺子黛，即古代女子用青黑色墨画成的圆形眉黛。 ⑥烟江：烟雾笼漫的大江。 ⑦标格：风致、品格。 ⑧瑶台：美玉砌的楼台，传说中的神仙居所，泛指雕饰华丽的楼台。 ⑨淡月梨花：化用晏殊《无题》诗句："梨花院落溶溶月。" ⑩唾痕香凝：形容桃瓣凝结珠露、清芬幽香。 ⑪刘郎：用刘晨、阮肇入天台事。也可指唐诗人刘禹锡，刘因参与王叔文等人领导的永贞革新被贬朗州司马，十年后"以恩召还"，回到长安后在京郊玄都观赏桃花，写下了《玄都观桃花》诗："紫陌红尘拂面来，无人不道看花回。玄都观里桃千树，尽是刘郎去后栽。"因"语涉讥刺"再度遭贬，十馀年后故地重游，又写下《再游玄都观》诗："百亩庭中半是苔，桃花净尽菜花开。种桃道士归何处，前度刘郎今又来。"

【品评】

词以碧桃绽放时的动人景象开头，"乍"言其初放，充满了新生的意味，春风和畅，"笑"字更显现出动人的精神状态，画面灵动起来。词人用衬托的手法写出桃花的颜色，并以比拟的手法，用女子以青黑色墨画成的圆形眉黛来与之相媲美，让人从眼前桃花想到朦胧缥缈中的美女，引发了层层联想。烟雾笼漫的大江之上，渡者清歌一曲，犹如图画一般，尽呈读者眼前，烟水迷蒙，体现出的是江南的风韵。此处用两处典故，一为王献之临渡作歌，促爱妾桃叶渡江："桃叶复桃叶，渡江不用楫。但渡无所苦，我自迎接汝"；玉奴则为齐东昏侯的宠妃潘玉儿，自苏轼以诗称之为玉奴后，亦成为典。"所谓伊人，在水一方"，女子与碧桃互相照映，氤氲朦胧，令人遐思无限。接下来从烟江写到天上，瑶台是神仙的居所，突出地显示了碧桃的清骨、仙气和超凡脱俗的姿态。下片用唐人崔护的诗意起头："去年今日此门中，人面桃花相映红。"昼掩是凄恻的原因，冷清的场景给人孤寂的感觉，人已不在面前，唯有桃花可看。疏淡清雅的风神，不仅有脱离俗尘之气，更使人想到与桃花相衬的仙子和丽人。紧接着又以女子的咳唾之痕来写碧桃着露之状，立刻使得桃花得了人气之助，仙气与人气时相转换，天上人间，都有碧桃的影子。玉人的痕迹，或许唤起词人对于美好往事的追忆，这也是"不忍攀摘"的缘由，"不忍"背后的深挚感情，尤其值得体会与玩味。"嫩绿"二句转写花落飘零，颇具身世之慨，落花"渐满溪阴"、"蔌蔌粉云飞出"，让人为之动容：花开得美，花落得也这样动人。落花与流水（溪）构成了动人的意境，对之不能不发出感怀美好与生命的叹惋。"刘郎"应为词人自谓，或指汉明帝时刘、阮二人入山遇仙女事，或以刘禹锡故地重游咏桃花事，均可寄托。中国古代文化传统中，常常将君臣比拟为夫妻关系，贬官犹如弃妇，女子对爱情的忠贞往往与臣子对帝君的忠诚互为隐喻，宋人有许多关于爱情忠贞的诗画，均暗含政治隐喻，因而此处刘郎有着双重典故，寄意主旨相近。词中"未应"二字，则把典故背后的情感重新发掘出来，深化了无奈、怅惋、幽怨的主题，是一个不俗的结尾。

露 华

碧 桃

晚寒伫立[1]，记铅轻黛浅[2]，初认冰魂[3]。绀罗衬玉，犹凝茸唾香痕[4]。净洗妒春颜色，胜小红[5]、临水湔裙[7]。烟渡远，应怜旧曲，换叶移根[8]。　山中去年人到，怪月悄风轻，闲掩重门[9]。琼肌瘦损，那堪燕子黄昏[10]。几片故溪浮玉，似夜归、深雪前村[11]。芳梦冷，双禽误宿粉云[12]。

【注释】

①伫立：长时间地站立。　②铅：女子化妆用的铅粉。③冰魂：形容碧桃的高洁，用苏轼《松风亭下梅花盛开再用前韵》诗句："玉雪为骨冰为魂。"　④"犹凝"句：看见桃瓣凝珠含露的样子，想到当时情侣间嬉戏的场面，用李煜《一斛珠》词之典："烂嚼红茸，笑向檀郎唾。"　⑤小红：此处指桃花。⑦湔裙：古代的一种风俗，农历正月元日至月晦，男女酹酒、洗衣于水边，以祈福辟灾。湔(jiān)：洗涤。　⑧烟渡三句：用晋王献之作《桃叶歌》催促其爱妾桃叶渡江的典故，桃叶之妹名桃根。此处有追忆自己与相爱佳人惜别之意。　⑨山中三句：用刘晨、阮肇入天台山和崔护《题城南庄》诗意。南朝刘义庆《幽明录》载，汉明帝永平五年，剡县刘晨、阮肇共入天台山取谷皮，迷不得返，饥馁殆死，遥望山上有一桃树，大有子实，于是攀岩直上，各啖数枚，后逆流二三里，出一大溪，

见二女子,被邀还家中,盘桓半年有馀,等到二人出山,亲旧零落,邑屋改异,已是七世子孙当家了。博陵人崔护,清明日出城独游,于桃花树下,向一女子讨水,双方一见钟情。崔护《题城南庄》诗:“去年今日此门中,人面桃花相映红。人面不知何处去,桃花依旧笑春风。” ⑩燕子黄昏:燕子在黄昏时就会飞得很低。唐韩偓《宫词》:“燕子不来花著雨,春风应自怨黄昏。” ⑪深雪前村:唐齐己《早梅》:“前村深雪里,昨夜一枝开。” ⑫芳梦冷二句:见《花犯·苔梅》注⑮。

【品评】

这也是一首咏碧桃的伤春怀旧之作,首句写赏花人的情态,交代了时间、环境。长时间的伫立,使人感觉到词人有很深的心思和情感,爱花惜花之情在字里行间透出。接下来由赏花人写到所咏的碧桃,“记”字表明词人已经开始回忆往事,“忆昔花间初识面”,此处写第一次见到碧桃的感觉,以极为感性的方式认知,“冰魂”是词人对碧桃的第一印象,深刻而生动,并未写形,专写其神。轻灵疏淡的风神既像是在形容花,也像是在写人,高洁的风姿摄人心魂。绀罗是指碧桃的枝叶,绿叶衬花,相互辉映,让人联想情侣间嬉戏的场面,旖旎情形如在眼前,此举可证词人虽写碧桃,仍有情感上的寄托。词人又以色彩着手,“小红”二字一语双关,桃花红人面亦红,两相照应,读者自知。在美好的春日,青年男女一起酾酒、洗衣,祈福辟灾,情景动人。上片结尾再次用到王献之《桃叶歌》的典故,并以“应怜旧曲”和“换叶移根”来表明别后的人事变迁,为下片叙述进行了铺垫。“去年”二字照应前面的回忆字眼,用刘、阮遇仙的轶事和崔护诗意来表达对当年旧事的追忆,春风无限,美好的往事都在其中,虽然不会被吹散，但也难以重现。“怪月悄风”转写到当下的凄寒夜景，风月已经不是和暖融融的了，却是怪而悄的，“闲”字透露出词人的孤独无奈，倍增惆怅之情。“琼肌瘦损”、“燕子黄昏”写出了词人自己的思念，也在代对方设想，所谓“诗从对面飞来”，让词句增添了神思飞动的清空灵妙。佳人因为思念而衣带渐宽，燕子飞来人未归，怎不叫人愁肠损。“那堪”二字，情感深刻，有深深的不忍、无奈、悲苦之感。末二句回叙碧桃，言几片桃花落在故乡小溪的水面上，有如白雪，似为幻境，因此“夜归深雪前村”来得就不那么突兀了，梅花桃花双清双洁，更与冰雪相合。结尾再度用到赵师雄罗浮梦事，雪中万树均在梦中盛开，情景交融，合作一处，让人在奇妙迷幻的场景中有身临其境之感，手法极为高超。

南　浦[1]

春　水

柳下碧粼粼[2]，认曲尘[3]乍生，色嫩如染。清溜满银塘[4]，东风细、参差縠纹[5]初遍。别君南浦[6]，翠眉[7]曾照波痕浅。再来涨绿[8]迷旧处，添却残红几片。

葡萄[9]过雨新痕，正拍拍[10]轻鸥，翩翩小燕。帘影[11]蘸楼阴，芳流[12]去，应有泪珠千点。沧浪一舸[13]，断魂重唱蘋花怨[14]。采香幽径[15]鸳鸯睡，谁道湔裙人远。

【注释】

①南浦：词牌名，《钦定词谱》卷三十三：“按唐《教坊记》

有南浦子曲，宋词盖旧曲名，另倚新声也。”　②粼粼：清澈的样子。　③曲尘：一作“麴尘”，酒曲上所生菌，因其色淡黄如尘，故称为曲尘。　④清溜句：化用梁简文帝《和武帝宴》诗：“银塘泻清溜。”　⑤縠(hú)纹：绉纱似的水纹，风平浪静时水纹细密如轻薄的绉纱。　⑥别君南浦：《楚辞·九歌·河伯》：“送美人兮南浦。”江淹《别赋》：“送君南浦，伤如之何？”南浦：水的南岸，泛指送别的地方。　⑦翠眉：古代女子以翠螺画成的眉饰，亦喻新柳。唐张祜《折杨柳枝》诗：“伤心日暮烟霞起，无限春愁生翠眉。”　⑧涨绿：指碧绿的春水涨涌。⑨葡萄：此处指像葡萄酒色一样碧绿的春水。苏轼《武昌西山》诗：“春江渌涨蒲萄醅，武昌官柳知谁栽。”　⑩拍拍：鸟翅扑打的样子。　⑪帘影句：小楼的倒影浸在春水之中。⑫芳流：懿美的风范。北魏郦道元《水经注》：“武阳龙尾山，有仙人遗咏：‘神栖白云，属想芳流。览其馀诵，依然息远。’”⑬舸(gě)：船。　⑭蘋花怨：即闺中女子之怨。柳恽《江南曲》：“汀洲采白蘋，日落江南春。洞庭有归客，潇湘逢故人。故人何不返，春华复应晚。不道新知乐，只言行路远。”⑮采香幽径：古迹名，在今江苏省苏州市西南灵岩山前。《智积记》载：“砚石山在吴县西，阖闾置宫苑、琴台、响屧廊、馆娃宫，山前十里采香径。”《江阴县志》载：“……由麓而上，曲磴盘行，攀萝扪石，足底云生，相传吴王尝遣美人采香其上，曰采香径。”此泛指女子采蘋之处。

【品评】

起句“柳下碧粼粼”写出春水及周遭的自然环境，杨柳轻垂，春风拂过，水面泛起阵阵涟漪，给人以畅然、清明之感。水中的柳色，新如酒曲上的淡黄之尘，似为染就。此处词人不直接写眼中看到的柳梢柳枝，却通过临水观影的方式来写水中倒映之柳，照应并点出了词题，紧扣“春水”，未有偏失。接下来写风行水上，春水呈现出一种撩人的动态之美，“清溜”、“参差”等词形象地表现出水面风来的情态，縠纹“初”遍，也和东风“细”互相照应，更与开头“碧粼粼”形成呼应。吹水荡漾，使人想起前人的成句：“春草碧色，春水绿波，送君南浦，伤如之何？”柳树、春水都是送别的代表性意象，词人在这里再次运用这些已经在人们心中留下深刻印象的符号，来引起追溯往昔离别情事的叙述。“翠眉”一词双关，表面是写如女子的眉黛一般的杨柳，临水自照，其实是写人，“照影”是一个极其美丽的女性化的动作，陆放翁诗有“伤心桥下春波绿，曾是惊鸿照影来”之句，水畔送别，伤心照影，营造出一种有着淡淡哀怨和悲伤的送别场景。“重来”写别后相思难耐，故地重游，希望能寻觅一些旧迹，可惜眼见前迹全无，“残红几片”更增添了几许落寞、凄清的意味。下片以“葡萄”之色点明春水如碧、醉人心眼，“拍拍轻鸥”、“翩翩小燕”更使得画面灵动、轻盈、可感起来，选取几个视点，便把春日的生机和多彩表现得淋漓尽致。词人用一个“蘸”字，把小楼倒影浸在春水之中的画面生动地描画出来，“帘影”实则把话题引向楼上的女子，千点相思之泪，随着芳流远去。这种伤情与无奈感通过春水的无言、流逝不断而渲染得更加强烈。“沧浪一舸”与上片的离别之景构成回环，仍写送别情事，“沧浪”的阔大与“一舸”的微渺形成了巨大的对比和反差，表现出遥不可及的远景，水天一色，去人难见。“蘋花怨”指的是闺怨，蘋花也引出末句采香径的典故，“湔裙”则继续点明“春水”的词题，清丽婉转，一往情深而有寄意，可谓雅正。

南 浦

前 题

柳外碧连天，漾翠纹渐平，低蘸云影①。应是雪初消，巴山路、蛾眉乍窥清镜②。绿痕无际，几番漂荡江南恨。弄波素袜③知甚处，空把落红流尽。　何时橘里莼乡④，泛一舸翩翩，东风归兴。孤梦绕沧浪，蘋花岸、漠漠雨昏烟暝⑤。连筒接缕，故溪深掩柴门静⑥。只愁双燕衔芳去，拂破蓝光⑦千顷。

【注释】

①低蘸云影：指天空中云彩的倒影映在水中，犹如实物浸泡在水里。　②应是二句：化用许浑《凌歌台》诗："湘潭云尽暮山出，巴蜀雪消春水东。"蛾眉：此处借指柳枝。乍：初、刚刚。清镜：平静清澈的水面，就像镜子一样。　③弄波素袜：曹植《洛神赋》："体迅飞凫，飘忽若神。凌波微步，罗袜生尘。动无常则，若危若安。进止难期，若往若还。"知甚处：即知何处。　④橘里莼乡：指故乡。《玉隐记》："洞庭有橘里。"莼(chún)乡：莼为多年生水草，浮在水面，生于南方水乡湖泽之中，可食。《晋书·张翰传》："翰因见秋风起，乃思吴中菰菜、莼羹、鲈鱼脍，曰：'人生贵得适志，何能羁官数千里以要名爵乎？'遂命驾而归。"归兴：归乡的兴致。　⑤雨昏烟暝：烟雨弥漫朦胧之貌。暝：幽暗。　⑥连筒二句：指灌园、垂钓等幽居生活。连筒：用以接引的竹制汲水工具，类似于今天

的自来水管。 ⑦蓝光：指春水。杜牧《丹水》诗：“沉定蓝光彻，喧盘粉浪开。”

【品评】

此词亦写春水，借之抒归乡之情，起头也用柳树点题，描绘出一番阔大的境象，天光云影，倒映水中，将柳色、天色、水色悄然而自然地联系在了一起，由远及近地描绘出一幅春日的全图来，动态、静态均被表现出来。下一句词人发挥想象力，用一种揣测、提问的语气想象巴山积雪此时消融，而导致春水涨绿，因此才有鹅黄色的新柳临水自鉴的美景。就眼前春景而想象冬日所积的冰雪消融，更增添了暖意和动感，手法非常独特。“绿痕无际”是触发词人乡思的媒介，看到春水新柳，想到水的源头和彼端和故乡的花木，顿生漂泊之恨，“几番飘荡”是自嘲事无所成，“江南恨”则是羁旅的无奈与辛酸。“弄波素袜”用了曹植《洛神赋》的语典，借其描绘洛神的轻盈步态来表现当日游水的情态，“知甚处”说明这种追忆无迹可寻，复着一“空”字留下许多叹惋与哀怨。下片起头发问，用张翰的典故来说明思乡之情，《晋书·张翰传》载其在洛阳为官，秋风起时，想起家乡的莼羹鲈鱼，于是弃官归隐。张翰为求功名而为官，却因为莼羹鲈鱼之思而青史留名，实在是历史的谲诡。词人以张翰为效法，希望自己也能够结束倦旅生涯，赶紧回到家乡，享受归隐的乐趣，但“何时”二字，似乎表明这种愿望变得难以实现。归家的情感化为“孤梦”，梦中还乡，是词人唯一可做之事，梦绕沧浪之水，蘋花岸边，雨昏烟暝，切实地状摹了梦中的幽暗景象，漠漠如织的水气，氤氲朦胧，正是魂牵梦绕的故园所在。词人接着对隐居生活进行了美好的想象：“三月桃花浪，江流复旧痕。朝来没沙尾，碧色动柴门。接缕垂芳饵，连筒灌小园。已添无数鸟，争浴故相喧。”一片浪漫恬适，正是词人朝思暮想的生活。可惜接下来的“只愁”二句，将好梦转入另一境地，燕子携春归去，人不能留。这里似有寄托，前朝如梦般逝去，新朝不是词人事奉的对象，故而一心归隐，要从这个不如意的世界中逃逸出去。联系词人身世，可做这样的理解，词中却全以景语言之，风行水上，不留痕迹，值得读者玩味。

声声慢

催　雪

风声从臾[1]，云意商量[2]，连朝滕六迟疑[3]。茸帽[4]貂裘，兔园[5]准拟吟诗。红炉旋添[6]兽炭[7]，办金船[8]、羔酒镕脂[9]。问翦水[10]，恁工夫犹未，还待何时。

休被梅花争白[11]，好夸奇斗巧，早遍琼枝[12]。彩索金铃[13]，佳人等塑狮儿。怕寒绣帏慵起[14]，梦梨云[15]、说与春知。莫误了，约王猷、船过剡溪[16]。

【注释】

①从臾：即怂恿。　②商量：准备。　③连朝句：雪一连数日迟疑不落。滕六：传说中的雪神。《幼学琼林》：“云师系是丰隆，雪神乃是滕六。”《韩诗外传》：“凡草木花多五出，雪花独六出。”故称之为“六”。　④茸帽：即绒帽。　⑤兔园：汉梁孝王刘武营建的游赏廷宾之所，即梁园，故址在今商丘市梁园区。南朝宋谢惠连《雪赋》：“岁将暮，时即昏；寒风积，

愁云繁。梁王不悦，游于兔园。乃置旨酒，命宾友，召邹生，延枚叟。相如末至，居客之右。俄而微霰零，密雪下。王乃歌北风于《卫诗》，咏南山于《周雅》，授简于司马大夫，曰：'抽子秘思，骋子妍辞，侔色揣称，为寡人赋之。'" ⑥旋添：频频添加。 ⑦兽炭：用木炭和香料做成兽形的炭。《晋书·羊琇传》："琇性豪侈，费用无复齐限，而和屑炭作兽形以温酒，洛下豪贵咸竞效之。" ⑧金船：一种比较大的酒器。 ⑨羔酒镕脂：色泽洁白温润的羊羔美酒，像脂一样。 ⑩翦水：即雪，古人巧将雪比喻为仙人翦（剪）水成花。 ⑪梅花争白：白梅与雪皆为白色，好像在争着比谁者更洁白。卢梅坡《雪梅》："梅雪争春未肯降，骚人搁笔费评章。梅须逊雪三分白，雪却输梅一段香。" ⑫琼枝：长满梅花的枝条犹如琼玉琢成。 ⑬彩索金铃：用以装饰雪堆成的狮子之物。 ⑭慵起：懒起。 ⑮梦梨云：化用王建《梦看梨花云》诗意："落落漠漠路不分，梦中唤作梨花云。"谓雪像如云的梨花一样。 ⑯约王猷句：王猷即王徽之，字子猷。《世说新语》："王子猷居山阴。夜大雪，眠觉，开室，命酌酒，四望皎然。因起彷徨，咏左思《招隐诗》，忽忆戴安道。时戴在剡，即便夜乘小船就之，经宿方至，造门不前而返。人问其故，王曰：'吾本乘兴而行，兴尽而返，何必见戴？'"此处指词人雪中访友。

【品评】

此为词人咏雪之作，题一"催"字，顿时凸显了作品的主体意识，面对雪景，词人不仅是一个欣赏者和观察者，更是一个富有感情和洞察力的记录者和行动者。"风声从臾，云意商量"，紧扣"催"字题意，使得风云被拟人化，怂恿和商量都表现出风云的意念，迫切可感，十分有趣，接着又写到一个名叫“滕六”的雪神，他的“迟疑”与“催”形成一种暗里的照应：正是有人“催”，才会有人“迟疑”，这种矛盾是“催雪”的重点情感和事件中心。写过天上，转笔至凡间，用梁园吟诗的典故来写出人间盼雪的心情，“准拟”二字把这种心境表现得十分透彻，而具体行动上的“红炉旋添兽炭，办金船、羔酒镕脂”，更说明“万事齐备，唯欠一雪”，只要雪落，诗酒嘉会便立时开始。这种全世界都在急切地企盼雪落的情感，在上片最后一句中，以一个问句被推向高潮：“问翦水，恁工夫犹未，还待何时！”读者面对这种明白的词句，也不禁为之感染，似乎也在静待白雪飘落。下片避开写雪，而以梅花消息透露“催”意。花如此，人更加按捺不住，佳人已经“等”着要堆塑雪人雪狮了。这几句均从侧面把万事万物和人们翘首期待降雪的情形写得灵动、具体，而且含有深挚的情感与不俗的趣味。“怕寒绣帏慵起，梦梨云、说与春知”一句，似将前述的热情浇上一盆冷水，雪并未因人间的情意感动，她害怕寒凉而懒起，正做着梨花美梦：“落落漠漠路不分，梦中唤作梨花云。”慵懒的雪如美丽佳人，千呼万唤，仍未露面。此时词人终于说出自己待雪的理由来：“莫误了，约王猷、船过剡溪。”词人是想效仿王子猷雪中访友，以此寄归隐之意。王子猷当年雪中访戴，被传为一时佳话：某夜大雪之后，子猷睡醒了，开窗看见冰雪世界，心为之动，于是自斟自饮，吟咏左思的《招隐诗》，忽然想到好友戴安道，马上夜乘小船到剡溪去找戴，经过一夜才到，到了戴宅门口，子猷没有上前敲门便返回了，人们不解地问这是为什么，子猷说：“我是乘兴而行，兴尽就返回，不一定要见到戴先生的。”此处词人借王戴的君子之交和左思《招隐诗》的意蕴，表达的是自己如清雪般高洁的情操，一句“莫误了”，最能传心志笃定之神，也使得词意在末尾得到了升华。

高阳台

纸 被①

霜楮刳皮，冰花擘茧，满腔絮湿湘帘②。抱瓮工夫③，何须待吐吴蚕④。水香玉色⑤难裁翦，更绣针、茸线休拈。伴梅花⑥，暗卷春风，斗帐⑦孤眠。 篝熏鹊锦熊毡⑧。任粉融脂涴⑨，犹怯痴寒⑩。我睡方浓，笑他欠此清缘。揉来细软烘烘暖，尽何妨、挟纩装绵⑪。酒魂醒，半榻梨云⑫，起坐诗禅。

【注释】

①纸被：即纸做的被子，产于闽、浙等地，宋人习用之，又名纸衾。 ②霜楮三句：写制作纸被的材料。楮(chǔ)：一种落叶乔木，皮是制造桑皮纸和宣纸的原料，常作为纸的代称。刳(kū)：挖开掏空。擘：分剖。茧：即茧纸。湘帘：用湘妃竹制成的帘子。古人造纸以帘取浆。 ③抱瓮工夫：指淳朴简约的生活。《庄子·天地》："子贡南游于楚，反于晋，过汉阴，见一丈人方将为圃畦，凿隧而入井，抱瓮而出灌，愲然用力甚多而见功寡。子贡曰：'有械于此，一日浸百畦，用力甚寡而见功多，夫子不欲乎？'为圃者仰而视之曰：'奈何？'曰：'凿木为机，后重前轻，挈水若抽，数如泆汤，其名为槔。'为圃者忿然作色而笑曰：'吾闻之吾师，有机械者必有机事，有机事者必有机心。机心存于胸中则纯白不备。纯白不备则神生不定，神生不定者，道之所不载也。吾非不知，羞而不为也。'子

贡瞒然惭，俯而不对。” ④吴蚕：吴地盛产的桑蚕。 ⑤水香玉色：香皮纸、玉版笺，均为质地优良之纸。 ⑥伴梅花：《遵生八笺》：“纸帐，用藤皮茧纸缠于木上，以索缠紧，勒作皱纹，不用糊，以线折缝缝之。顶不用纸，以稀布为顶，取其透气。或画以梅花，或画以蝴蝶，自是分外精致。”“即榻床外立四柱，各柱挂以铜瓶，插梅数枝。后设木板约二尺，自地及顶，欲靠以清坐。左右设横木，可以挂衣。” ⑦斗帐：帐子像覆斗一样，故名。 ⑧篝熏句：熏笼内燃香料以熏香鹊锦和熊毡。鹊锦：装饰有鹊鸟的锦被。熊毡：即熊的皮毛做成的坐席或毡子。《西京杂记》：“绿熊席，席毛长二尺馀，人眠而拥毛自蔽，望之不能见，坐则没膝其中。” ⑨涴（wò）：污染、弄脏。 ⑩痴寒：严寒。 ⑪挟纩装绵：在纸被中装入丝绵。纩（kuàng）：新丝绵絮，可装入衣被之中。 ⑫梨云：指洁白的纸被。 ⑬起坐诗禅：化用陆游《谢朱元晦寄纸被》诗句：“纸被围身度雪天，白于狐腋软于绵。放翁用处君知否？绝胜蒲团夜坐禅。”

【品评】

此词从纸被的制作材料开始写起，明确指出其质素，“霜”、“冰”二字暗暗点出纸色的洁白晶莹。湘帘是指用湘妃竹制成的帘子，但不必过于坐实，只需知道古人造纸以帘取浆，词人用“湘帘”这一名物，为的是营造出灵动之气，范成大《夜宴曲》诗云：“明琼翠带湘帘斑，风帏绣浪千飞鸾。”翠色斑纹，风来轻响，在声色之中将本无声色的纸被渲染得更加轻灵华贵。“抱瓮工夫”典出《庄子》，指淳朴简约的生活，表达词人此时的心境，《庄子·天地》中讲了这样一个故事，子贡过汉阴的时候，看见一位老人正要取水浇地，在水井旁挖了个隧道进到井里，然后抱着一坛子的水出来浇地，来来去去地折腾，费了很多力气，然而收效却很小。子贡上前说："我曾见过一种机械，使用它的话一天可以浇灌一百亩地，不费多大的力气，收效却很大，您想不想用它呢?"这个老人却说："我的老师说过，凡是想要使用机械的人，他的心术一定很巧诈，机巧的心术存在于胸中，那么他纯洁的灵性就不会完整，纯洁的灵性不完整，那么他心神就常常不能安定，不能安定的心神就会使他偏离天地间的大道，偏离大道的人是不会被天地间的大道所承载的。你所说的机械我并不是不知道，我只是对使用它感到羞耻因而没有使用罢了。"词人借此典故，说明自己现在忘掉机心、寄情山水、闲适自得的生活状态。接下来写纸被的裁制，仍言其洁净脱俗，在梅花卷春风的环境中，伴着词人"孤眠"，显得十分高洁清雅。下片开始由物及人，写词人拥被而眠的感觉，依旧表达的是个人的清兴与自乐，这种快乐、安然与外界无关，属于自己的内心世界。末尾诗、禅，是宋人常见的论说方式，两者常常互证，诗歌即禅意、禅意也蕴于诗歌之中，由此拔高主题，将物质层面、生活层面、心理层面的意蕴提升到精神层面来，为全词增添了书卷气和学问气。这种将生活中常见的物质咏怀出别样的意味来，正是宋人的高超之处，他们以此来完成生活的艺术化、生活的思想化，也以此来得到精神与文化的自我认同。

疏　影①

咏梅影

琼妃卧月②。任素裳瘦损③，罗带重结④。石径春寒，碧藓参差，相思曾步芳屧⑤。离魂分破东风恨，又梦入、水孤云阔⑥。算如今，也厌娉婷⑦，带了一痕残雪。　　犹记冰奁⑧半掩，冷枝画未就，归棹⑨轻折。几度黄昏，忽到窗前，重想故人初别。苍虬⑩欲卷涟漪⑪去，慢蜕却、连环香骨⑫。早又是，翠荫蒙茸⑬，不似一枝清绝。

【注释】

①疏影：又名《疏影慢》、《绿影》、《绿意》、《暗绿》、《解佩环》等，宋姜夔自度曲。　②琼妃卧月：状月下梅树的倩影。③素裳瘦损：指梅花凋谢。素裳：素净洁白的上衣。　④罗带重结：状梅树上的树瘿苔藓。　⑤芳屧（xiè）：鞋的美称，这里也指走过的足迹。　⑥离魂二句：梅花被风吹凋零落尽，漂浮于水面。张炎《疏影》词："依稀倩女离魂，缓步出、前村时节。"李贺《冯小怜》诗："破得东风恨，今朝值几钱。"　⑦娉婷：女子娴静美好的样子，此处指梅树。　⑧冰奁（lián）：即梳妆镜，此处用以喻镜子一样的水面。　⑨棹（zhào）：船桨，指代船只。　⑩苍虬：青色的虬龙，用以指代树木盘曲的枝干，此处指虬曲的梅树及树影。虬（qiú）：有角的龙，常用来比喻一些蟠曲蜷曲之物。　⑪涟漪：水纹。　⑫连环香骨：美

女的遗骨，此处指落尽的梅花。或用锁骨菩萨事。 ⑬蒙茸：蓬松而杂乱的样子。

【品评】

清人陈廷焯在《词则》中评曰："碧山咏梅之作最多，篇篇皆有寓意。出入风骚，高不可及。"此首咏梅花之作，惜花兼惜别，感怀至深，是碧山名作。首句以"琼妃"为喻，以人拟花，更用"卧月"一词翻出新意，将天上月影和人间梅影形成一个对比，"任素裳瘦损"则将梅花清空淡雅、疏朗简淡的风神烘托出来，"任"字不仅写出了梅的闲适、从容，也表达出词人的爱惜怜悯之情，接下三句写出梅花清魂，梅如佳人一般，轻步闲行，点点履痕照出轻缓的步态和身姿。"离魂"二句颇传神，水中落梅虽仅点点，却由此观照出落花流水春去和江南水气迷蒙的景象，"梦入水云"加深了这种迷蒙之感，清雅之中带有灵动。"厌"即厌厌，点出梅花的娴雅安静，"带了一痕残雪"则为后文做出铺垫。下片以"犹记"领起回忆，昔日水上游踪，赏梅折枝，欢乐无比，词人为我们提供了一幅画面，梅花照水，水上泛舟，舟上坐人，人折梅枝，正当我们进入这美好画面之时，词人写道："几度黄昏，忽到窗前，重想故人初别"，转笔处，由景转写人，开始思忆故人。"几度"极言思念次数之夥，"重想"则照应"犹记"。下句复状梅枝逸态，"慢蜕却、连环香骨"再次将梅枝的神采传递出来。此处或借用锁骨菩萨之典故，《续玄怪录》载："昔延州有妇人，白皙，颇有姿貌，年可二十四五。孤行城市，年少之子悉与之游，狎昵荐枕，一无所却。数年而殁，州人莫不悲惜，共醵丧具，为之葬焉。以其无家，瘗于道左。大历中，忽有胡僧自西来，见墓遂趺坐，具敬礼焚香，围绕赞叹数日。人见谓曰：'此一纵女子，人尽夫也，以其无属，故瘗于此，和尚何敬邪？'僧曰：'非檀越所知，斯乃大圣，慈悲喜舍，世俗之欲，无不徇焉，此即锁骨菩萨，顺缘已尽，圣者云耳，不信，即启以验之。'众人即开墓，视遍身之骨，钩结如锁状，果如僧言。州人异之，为设大斋，起塔焉。"所谓"多情即佛心"，碧山此处用锁骨菩萨的传说，也为嶙峋遒劲的梅花罩上一层神秘的面纱。结尾三句，写出花落之后的梅树形象，将惜春惜时的情感推至高潮，忽然收束，"一枝清绝"，馀音袅袅。俞陛云《唐五代两宋词选释》言："宋词中咏梅诸作，各有思致，此作清超而兼回曲之趣。起首'琼妃'四字殊新颖。'芳靨'句有陈思王'凌波罗袜'之思，未必有其人，而文人每有此托想。下阕由折花归去而忆及故人，旋见翠叶成阴，叹芳时之易逝，既惜别而又惜花，可以兴，可以怨矣。"可谓的评。

无闷

雪意

阴积龙荒①，寒度雁门②，西北高楼③独倚。怅短景④无多，乱山如此。欲唤飞琼起舞⑤，怕搅碎、纷纷银河⑥水。冻云⑦一片，藏花护玉，未教轻坠。　清致。悄无似。有照水一枝⑧，已挽春意。误几度凭栏，莫愁凝睇⑨。应是梨花梦好，未肯放、东风来人世。待翠管⑩、吹破苍茫⑪，看取玉壶天地⑫。

【注释】

①阴积龙荒：下雪前，天空就像西北龙沙荒地之处聚会

阴寒的样子。 ②雁门：这里指雁门山。在山西省代县北部，因山势险峻陡峭，雁过“必由此径”，故名。虞世南《结客少年行》：“云起龙沙暗，木落雁门秋。” ③西北高楼：登高看雪之处。《古诗十九首》：“西北有高楼，上与浮云齐。” ④短景：冬日白昼短于黑夜，故名短景。 ⑤飞琼起舞：飞雪在天空飞舞。飞琼：仙女名，《汉武帝内传》：“王母乃命诸侍女……许飞琼鼓震灵之簧。” ⑥银河：天文学上将夜空中环绕北半天球伸展的一条宽窄不一、带有微光的带称为银河，只在晴天夜晚可见，银河之光实际是组成它的无数恒星的光亮。古代中国亦称之为天河、银汉、星河、河汉。 ⑦冻云：雪前凝积的寒云犹如冻住一般。 ⑧照水一枝：即梅花。周邦彦《玉烛新》：“终不似、照水一枝清瘦。” ⑨莫愁：古代传说中的女子，此处指凭栏待雪的佳人。凝睇(dì)：凝视、注目斜望。 ⑩翠管：笛子。 ⑪吹破苍茫：《唐国史补》：“(李)牟吹笛天下第一，月夜泛江，维舟吹之，寥亮逸发，上彻云表。俄有客独立于岸，呼船请载。既至，请笛而吹，甚为精壮，山河可裂。牟平生未尝见。及入破，呼吸盘擗，其笛应声粉碎，客散不知所之。舟著记，疑其蛟龙也。” ⑫玉壶天地：冰雪装裹的天地，犹如一个洁白晶莹的冰壶。

【品评】

此词题为雪意，即是咏雪将至未至之时，非实有雪。开头“阴积龙荒，寒度雁门”是以想象之词摹写阴寒之气积聚已久，为其后蓄势，笔触颇见苍老。随后笔墨转移到词人自身。在这一片凶荒之中，有人孤独地倚栏远望，于是引出了随后的“怅”字。冬季的白天是短暂的，而在这大雪将至的时刻，天地之间更显得阴沉肃杀。眼前“乱山如此”，也是词人感时伤乱而融情入景，此时的词人“欲唤飞琼起舞”，期盼上天能尽快降下一场瑞雪，来排解一点孤寂。然而作者之旨却是柔厚的，虽然盼雪到来，却又怕猛烈的风雪造成巨大的破坏，这正是婉约词人的典型特征。与那种豪气干云的倜傥之辈不同，他们的内心温柔甚至可以说是有些懦弱，对激烈的事物有种灵魂深处的恐惧。故而他们的笔触是纤美的，纵然此词的题材有很浓重的悲壮色彩，也掩盖不住词人自然流露出的那份细腻敏感。随后作者写到“冻云一片”，冻云是酷寒中的产物，显得冰冷无情，然而作者却祈祷它能温柔地孕育着雪花，并且在雪成之后要缓慢而温柔而非不负责任地落下（轻坠），尤可见其婉约情怀。后片写雪的高洁，“清致，悄无似”，词人行笔到此，已消尽了前篇写景中带有的残酷色彩。雪是那样的清雅，在作者心目中是高洁无比的象征，而雪与梅是一对双清之侣，引出写梅的“有照水一枝，已搀春意”也就顺理成章。梅已经开了，而雪却未能应时而至为梅增韵，辜负了凝望的佳人，其中有浅浅的嗔恨，添出几许幽怨。而温婉的词人却不愿太去苛责，转而为迟迟不降的雪“开脱”，想象雪也许正陶醉在像梨花一样轻轻的梦中，因而不肯放任东风吹拂而来打破她的美梦。如此细腻的情怀，正说明碧山有一颗绝妙的词心。在结尾，词人忽又振起精神，用蛟龙吹笛的典故，期待能唤醒雪的沉梦，令其纷纷落下，以成“玉壶天地”，又从之前若干句的婉雅转入清刚，遂成顿挫之妙。通观全词，词人的笔触经历了悲壮——婉雅——清刚的变化过程，不仅写出了雪的清真绰约，也寄托了词人自己忠贞的情怀。由于词人咏的是雪意而非咏雪，出来的效果既未落于空洞，又避免了平实少变化，手法高妙，令人叹赏无尽。前人评此词谓是“为碧山之清刚也”，甚至评之为“稍粗”，就显得重了些。不如陈廷焯谓:“无限怨情,皆出之以浑厚之笔”为知言。以碧山的温婉,怎么可能仅仅因为存有怨情就要做出激烈的举动呢?

眉 妩[1]

新 月

渐新痕悬柳[2],淡彩穿花[3],依约破初暝[4]。便有团圆意[5],深深拜,相逢谁在香径[6]。画眉未稳[7],料素娥[8]、犹带离恨[9]。最堪爱、一曲银钩[10]小,宝帘[11]挂秋冷。 千古盈亏[12]休问。叹慢磨玉斧[13],难补金镜[14]。太液池[15]犹在,凄凉处、何人重赋清景。故山夜永。试待他、窥户[16]端正。看云外山河[17],还老尽、桂花影[18]。

【注释】

①眉妩:又名《眉抚》、《百宜娇》。 ②新痕:新月像新画的眉痕一样。悬柳:悬挂在柳树的梢头。 ③穿花:月光穿透花丛。 ④依约:隐约、依稀、朦胧的样子。破初暝:映亮天空,把昏暗照亮。 ⑤团圆意:指月亮将圆。 ⑥深深句:中国自周代起就有拜月的习俗,向月神示敬、祈求平安。香径:两旁丛生香花的小径。 ⑦画眉未稳:将新月比作未画完成的蛾眉。画眉:《汉书·张敞传》:“(京兆尹张敞)常为妇画眉,长安中传张京兆画眉妩。有司以奏敞,上问之,对曰:‘臣闻闺房之内,夫妇之私,有过于画眉者。’上爱其能,弗备责也。” ⑧素娥:即嫦娥,月中的仙女。本作姮娥,西汉时为

避文帝刘恒讳，改称常娥，一作嫦娥。《淮南子·览冥训》："羿请不死之药于西王母，姮娥窃以奔月，怅然有丧，无以续之。"高诱注云："姮娥，羿妻；羿请不死药于西王母，未及服食之，姮娥盗食之，得仙，奔入月中为月精也。" ⑨离恨：离别的愁苦。 ⑩银钩：喻指月亮。 ⑪宝帘：喻指天幕。 ⑫盈亏：月圆和月缺。 ⑬玉斧：用玉斧修月的典故。段成式《酉阳杂俎》："太和中，郑仁本表弟，不记姓名，尝与一王秀才游嵩山，扪萝越涧，境极幽后，遂迷归路。将暮，不知所之。徙倚间，忽觉丛中鼾睡声，披榛窥之，见一人布衣，甚洁白，枕一幞物，方眠熟。即呼之，曰：'某偶入此径，迷路，君知向官道否？'其人举首略视，不应，复寝。又再三呼之，乃起坐，顾曰：'来此。'二人因就之，且问其所自。其人笑曰：'君知月乃七宝合成乎？月势如丸，其彰，日烁其凸处也。常有八万二千户修之，予即一数。'因开幞，有斤凿数事，玉屑饭两裹，授与二人曰：'分食此。虽不足长生，可一生无疾耳。'" ⑭金镜：月亮。 ⑮太液池：此处指宋朝宫苑。 ⑯窥户：月光照入门户之中。 ⑰云外山河：用曾觌《壶中天慢》词意："云海尘清，山河影满，桂冷吹香雪。何劳玉斧，金瓯千古无缺。"段成式《酉阳杂俎》："佛氏谓月中所有，乃大地山河影也。" ⑱桂花影：段成式《酉阳杂俎》："旧言月中有桂，有蟾蜍，故异书言，月桂高五百丈，下有一人常斫之，树创随合。人姓吴名刚，西河人，学仙有过，谪令伐树。"后常以桂影作为月及月光、月影的代称。

【品评】

新月初升，着一"渐"字，将其动态表现得十分生动，新月就像新画的女子眉痕一样，缓慢地升到天空，悬挂在柳树的梢头。月色不是强烈刺眼的，而是淡素如水，轻轻地穿过花丛，好似流淌一般。夜间的冥蒙，被这样轻柔的月光划破，此情此景，十分美妙，不能不令人引起遐想。古人对月感怀，产生过许多想象和疑问，如张若虚的“江畔何人初见月，江月何年初照人”，李白的“举头望明月，低头思故乡”，苏轼的“明月几时有，把酒问青天”等等，碧山在此也生出了“团圆意”，面对着好花欲绽月将圆的景致，不得不想到人间的团聚、圆满，因此深深下拜，即表现了祈祷的虔诚，又有现实与愿望不符的哀婉，“相逢谁在香径”虽是问句，但已让人感知到这提问背后的淡淡忧伤和无奈。“画眉”照应开头的“新痕”，仍写新月的婉约素洁，看着女子的新眉，不由想到“犹带离恨”的月中嫦娥，因为心情惆怅而懒于梳妆。下句人境合一、情景合一，一个“爱”字把词人的心情带入，情感遥寄夜空，“银钩小”突出地表现出词人的怜爱之情，新月的娇小、素雅、皎洁、纤巧，跃然纸上。词的下片，开头就发抒古今之思，但此处并不设问，而是用“休问”二字把月的深沉、永恒彰显出来，同时也表达出词人对王朝、家国、历史的悲慨。接下来用修月之斧的典故，“叹慢磨玉斧，难补金镜”一句寄托深远，“是重整金瓯之意，而不作激愤之词”。（陈匪石《宋词举》）碧山惯于咏物词中寄托往往别有怀抱，此处用文人对于自身无用的慨叹，所谓“空悲切”者。“太液池”句，写的是宋室宫苑，据陈师道《后山诗话》载：北宋太祖时宰相卢多逊奉诏作《咏月》诗：“太液池边看月时，好风吹动万年枝。谁家玉匣开新镜，露出清光些子儿。”昔日胜景还在，物是人非，“何人重赋清景”才是寄意所在。“故山夜永”、“故山岁晚”等句，更明晰地表明遗民的亡国之痛。“试待他”一句激情迭起，如岳武穆《满江红》之“待从头”，写出满心的期待和愿景，但“试”字又隐含了不自信和无奈何之情。末句回归主题，看新月即将重圆，破碎的山河却难恢复，感伤不尽，令人生恨。陶尔夫等《南宋词史》云："此词作时有宋亡前与南宋灭亡后两种不同说法。但不论其作于何时，均寄托了作者因痛感山河破碎、难得重圆的痛惋。又：就全篇来看，虽可解作南宋灭亡前或灭亡之后所作，但似以解作临安被攻陷的当年(1276)为佳。元军攻破临安以后，宰相陈宜中等出逃，拥立端宗于福州，后又逃往南海抗元。作者对此仍报一线希望，故结拍四句中有'试待他、窥户端正'之句，期待国土重光。"该论可作此词本事之一说观之。

水龙吟

牡　丹

晓寒慵揭珠帘，牡丹院落花开未。玉栏干畔，柳丝一把，和风半倚①。国色微酣，天香乍染②，扶春不起③。自真妃④舞罢，谪仙赋后⑤，繁华梦、如流水。

池馆家家芳事⑥。记当时、买栽无地⑦。争如一朵，幽人⑧独对，水边竹际。把酒花前，剩拼醉了，醒来还醉。怕洛中、春色匆匆，又入杜鹃声里⑨。

【注释】

①"晓寒"五句：檗栝徐仲雅《宫词》："内人晓起怯春寒，轻揭珠帘看牡丹。一把柳丝收不得，和风搭在玉栏干。"

②国色微酣，天香乍染：皆谓牡丹初开。李濬《松窗杂录》：

“大和、开成中，有程修己者，以善画得进谒。修己始以孝廉召入籍，故上不甚以画者流视之。会春暮内殿赏牡丹花，上颇好诗，因问修己曰：‘今京邑传唱牡丹花诗，谁为首出？’修己对曰：‘臣尝闻公卿间多吟赏，中书舍人李正封诗曰，天香夜染衣，国色朝酣酒。’上闻之，嗟赏移时。” ③扶春不起：牡丹开时已是暮春。扶春：扶植培护春色。 ④真妃：即杨贵妃，号太真。《杨太真外传》：“开元中，禁中重木芍药，即今牡丹也。得数本红紫浅红通白者，上因移植于兴庆池东沉香亭前。会花方繁开，上乘照夜白，妃以步辇从。诏选梨园弟子中尤者，得乐十六色。李龟年以歌擅一时之名，手捧檀板，押众乐前，将欲歌之。上曰：‘赏名花，对妃子，焉用旧乐词为。’遽命龟年持金花笺，宣赐翰林学士李白立进《清平调》辞三章。白欣承诏旨，犹苦宿酲未解，援笔赋云：‘云想衣裳花想容，春风拂槛露华浓。若非群玉山头见，会向瑶台月下逢。’‘一枝红艳露凝香，云雨巫山枉断肠。’‘借问汉宫谁得似？可怜飞燕倚新妆。’‘名花倾国两相欢，长得君王带笑看。解释春风无限恨，沉香亭北倚阑干。’龟年捧词进，上命梨园弟子略约词调，抚丝竹，遂促龟年以歌。妃持颇黎七宝杯，酌西凉州葡萄酒，笑领歌，意甚厚。”舞罢：指唐玄宗因耽于女色声乐而丢掉江山。白居易《长恨歌》：“渔阳鼙鼓动地来，惊破霓裳羽衣曲。” ⑤谪仙：从天上被贬谪到人间的仙人。此处专指李白。孟棨《本事诗·高逸》：“李太白初自蜀至京师，舍于逆旅。贺监知章闻其名，首访之。既奇其姿，复请所为文。出《蜀道难》以示之。读未竟，称叹者数四，号为‘谪仙’。”赋：即上注《清平调》辞三篇。 ⑥芳事：种植牡丹之事。 ⑦买栽无地：极言当时遍种牡丹之盛况。遍地种植牡丹，再无地面可栽种。 ⑧幽人：幽居的高人。 ⑨杜鹃声里：杜鹃啼于暮春三月，此处喻洛阳的沦落。

【品评】

牡丹为富贵之花，词人借此吟咏牡丹之机，以唐喻宋，寄寓家国身世之慨。起笔以人物比拟牡丹，令人想到女词人李易安的《如梦令》："昨夜雨疏风骤，浓睡不消残酒"，"慵揭珠帘"即探看牡丹，"慵"字最为传神。"玉栏干畔，柳丝一把，和风半倚"则写出牡丹的生长环境，闲适的情形被"一把"、"半倚"表现得十分生动，由此引出牡丹的美艳姿容，"国色微酣，天香乍染，扶春不起"也是以写美人的手法来写花，香风拂暖，美人微酣未起，娇媚动人。白居易《长恨歌》有名句："春寒赐浴华清池，温泉水滑洗凝脂。侍儿扶起娇无力，始是新承恩泽时。"与之对照，可以想象出牡丹与杨妃的妩媚软腻之态。此后进入感慨的部分，天宝遗事，历历在目，"繁华梦、如流水"则把往事一笔带过，是将唐玄宗杨玉环与"安史之乱"的突然爆发寄寓南宋的败亡，用意十分明显。下片因事生感，以"家家芳事"、"买栽无地"等正语、反语来描绘出当年洛阳买花、种花的盛况；盛况以外，词人更为欣赏和享受的是"幽人独对，水边竹际"的美好，在喧嚣的尘世之外，尚有一片净土，确是值得高兴的事。此层意思之外，许多评家另有其它解读，如钱基博曰："借宾定主，而形谢枋得之幽贞，以愧留梦炎之富贵焉。"这种心系家国危亡的情感，却在独处的幽人身上体现得最为深刻。但诗词终究于事无补，词人只有"把酒花前，剩拚醉了，醒来还醉"。在这种借酒浇愁愁更愁的循环中麻醉自我，结句"怕洛中、春色匆匆，又入杜鹃声里"则透露出无尽的无奈与哀伤。俞陛云《唐五代两宋词选释》评曰："下阕言众醉盈廷，独醒何补，咏花亦自以悼。结句言京洛春光虽好，北雁南来，帝业共春光俱逝，但微旨及之，不说尽耳。”

水龙吟

海 棠

世间无此娉婷，玉环未破东风睡①。将开半敛②，似红还白，馀花怎比。偏占年华，禁烟③才过，夹衣初试。叹黄州一梦④，燕宫绝笔⑤，无人解、看花意。

犹记花阴同醉。小阑干、月高人起。千枝媚色，一庭⑥芳景，清寒似水。银烛延娇⑦，绿房⑧留艳，夜深花底。怕明朝、小雨濛濛，便化作燕支泪⑨。

【注释】

①玉环句：以杨贵妃的美丽和海棠相比。 ②将开半敛：海棠初开之貌。 ③禁烟：即寒食节，在农历清明前后，为纪念介子推，每年此节禁止煮食，只吃冷食。 ④黄州一梦：用苏轼贬官黄州时咏海棠诗事，诗中有“海棠真一梦”句。 ⑤燕宫：陆游咏海棠诗有“西来始见海棠盛，成都第一推燕宫。”绝笔：绝妙的文笔。 ⑥一庭：即满庭。 ⑦银烛延娇：苏轼《海棠》诗：“只恐夜深花睡去，故烧银烛照红妆。” ⑧绿房：指绿色的花苞。 ⑨燕支泪：即胭脂泪，谓海棠在风雨中凋零。

【品评】

据《杨太真外传》载，唐玄宗以“海棠春睡未足”来称美杨贵妃的残妆醉酒之貌，词人遂用此典发端，首先点明海棠之美超拔群类，之后描绘海棠将开未开之貌。海棠之花蕾为赤色，初开时有如胭脂，盛开时则成一片缬晕明霞，而最动人的当属半开。其时花朵半开半敛，颜色似红还白，娇羞若处子，显得无比楚楚动人。“馀花怎比”是断语，也是一并呼应开头“世间无此娉婷”。接下来“偏占年华，禁烟才过，夹衣初试”是说海棠花开正值大好春光，是在寒食过后、天气渐暖，人们刚刚开始换上夹衣的时节——通过写人的衣着变化而非直接描写天气来衬托出天气的变暖，极见婉雅之致。“叹黄州一梦，燕宫绝笔，无人解、看花意。”笔调忽转，感叹前贤旧事和文笔的绝妙，后人才思不及。俊赏无人、空负名花，遂成绝响，其中暗含的是对宋室日渐衰微、国无才士以重振朝纲的隐喻，陈廷焯在《白雨斋词话》中评之为“感遇中出之以骚雅之笔，人人自深”，可谓知言。在此前词人纯咏海棠，极言其美，也是为了给此处包含的寄托做好铺垫，一首咏物词到了这里方显示出它的深沉。而先前的不说破，正绝好表现了词人情思的深婉。下片词人开始回忆旧日赏花的景象，写为了赏花尽兴，醉酒花阴，直到月亮高升。而月下的海棠，在庭中花影和月光的映衬下，更有一种日间看不到的清峭风致，这里作者用了一个“寒”字，隐然是词人孤寂心境的流露。然而，这种流露在此处却仅仅是以伏笔的形式轻轻带过，之后作者又写自己恐怕美景易失，以致深夜秉烛映花，延芳留艳。词人为什么如此害怕？接下来的词句告诉了我们答案，原来只怕第二天无情地下起雨来，眼前的一切美好，便都要化作乌有。落花飘零，必然会让这位敏感的词人黯然神伤，其中暗含的家国之悲，读来令人凄楚不已。赏花之作，本该是雅逸之事，但面对好花，想到花盛易衰，狂风不折亦春残，念及海棠红雨，顿生凄然，因此将此作带入老境。此词前后两片，皆是先摹景或写人。再以寄托之语作结，却没有一语道及亡国的现实，通读起来却又感觉作者的那种深情无处不在，言近而旨远，正如王筱芸所言：“昔日海棠细雨，果成今日亡国血泪……这种对比强烈、顿挫沉郁的意象形态，使王沂孙虽未著一语亡国现实，其‘黯然家国之悲，音在弦外花香细雨间’，具有言近旨远，咫尺千里的艺术张力。”

水龙吟

落　叶

晓霜初著①青林，望中②故国凄凉早。萧萧渐积，纷纷犹坠，门荒径悄③。渭水风生④，洞庭波起⑤，几番秋杪⑥。想重厓半没⑦，千峰尽出，山中路、无人到。
前度题红⑧杳杳。溯宫沟、暗流空绕。啼螿⑨未歇，飞鸿⑩欲过，此时怀抱。乱影翻窗⑪，碎声敲砌⑫，愁人多少。望吾庐甚处，只应⑬今夜，满庭谁扫。

【注释】

①著：附着于某物之上。　②望中：想象之中。　③门荒径悄：落叶铺满了门前小径，看起来十分荒凉。　④渭水风生：贾岛：《忆江上吴处士》：“秋风吹渭水，落叶满长安。”　⑤洞庭波起：屈原《楚辞・湘夫人》：“袅袅兮秋风，洞庭波兮木叶下。”　⑥秋杪：即深秋。杪(miǎo)：树枝的细梢末端，引申为年岁之末。　⑦重厓半没：极言落叶之多之厚。　⑧题

红:用红叶题诗的典故。《云溪友议》:“卢渥舍人应举之岁,偶临御沟,见一红叶,命仆搴来。叶上乃有一绝句,置于巾箱,或呈于同志。及宣宗既省宫人,初下诏,许从百官司吏,独不许贡举人。渥后亦一任范阳,获其退宫人,宫人睹红叶而吁怨久之,曰:‘当时偶题随流,不谓郎君收藏巾箧。’验其书,无不讶焉。诗曰:‘水流何太急,深宫尽日闲。殷勤谢红叶,好去到人间。’” ⑨啼螀(jiāng):一种鸣叫的蝉。 ⑩飞鸿:即南飞的北雁。 ⑪乱影翻窗:窗前投映着乱落树叶的翻飞之影。 ⑫碎声敲砌:落叶飘落台阶,似乎有敲打之声。⑬只应:只是。

【品评】

这是一首通过咏落叶来寄托亡国深哀的词。开头写“晓霜初著青林”,这是作者在题前著笔。先从追忆尚是青葱的树林写起,虽然树林仍满是绿色,但寒霜的到来,已经注定了那个凄凉的景象很快就会来临。在词人的思绪中,眼下整个故国应该已经都笼罩在凄凉萧杀之中了。从青翠发展到眼前的纷纷飘零之景,竟是如此快、如此令人神伤。落叶在地上一层层地堆积,树上剩下的也在不断纷纷落下,渐渐堆满了作者所在的庭院,埋没了庭院中本已很荒芜的小径。词人悲凉的心境在景色中若隐若现,也同时象征着南宋故国的衰亡。之后“渭水风生,洞庭波起,几番秋杪”化用贾岛和屈原的诗句,把思绪延伸到更远处。选取渭水风(北方秋时)和洞庭波(南方秋时)这两个典型意象,令我们仿佛看到自北向南无处不在的一片残秋景象。“想重厓半没,千峰尽出,山中路、无人到”句,继续用想象之笔,言峰峦因落叶厚积被埋,又因万木凋零而不复能被草木的颜色覆盖,此时无限萧条的山中，应是没有游人有兴致来玩赏的吧。词人在下片，先借用了红叶题诗的典故。历史上的红叶题诗有一个诗人与题诗宫女结为眷属的美满结局，而对于眼前的词人，那些美好却无不杳杳难觅。沿着御沟上溯，见不到任何红叶的影子，想来只有那回环的流水寂寞地日复一日地绕过宫墙。这是反用典故。用“暗”字、“空”字，深刻地显示出词人哀愁的绵绵不绝和不可阻挡。词人在这里特意写到“前度题红”以及宫墙，也是怀念前朝的一种隐喻，而现在“啼螀未歇，飞鸿欲过”，再次惹动了词人的敏感的心灵，以至于像“乱影翻窗。碎声敲砌”这样的细小琐碎之事，在词人眼中无不是惊心动魄、“愁人多少”，悲凉之感在此刻已经令人感觉充塞全部，避无可避、逃无可逃。最后“望吾庐甚处”点明词人此刻正在异乡，想象到今夜故乡的庭院落叶层层堆积，再也无人打扫，就在前面已有的悲凉之外更添了一层漂泊无依之慨，同时也呼应了上片的“望中故国”，构成了一种回环往复的情味。然而在这种幽冷寂寞的笔调中，“吾庐”一词的运用却是借用了陶渊明的诗典，表明了词人虽然情绪悲苦，但在内心深处却又有着一份对于前朝忠贞的情怀。此外，詹安泰先生据此断为宋朝军民死守厓山时作，可为探索词中的深层次寄托提供一个参考。

水龙吟[①]

白 莲

淡妆不扫蛾眉[②]，为谁伫立羞明镜[③]。真妃解语[④]，西施净洗，娉婷顾影[⑤]。薄露初匀，纤尘不染，移根[6]玉井。想飘然一叶，飕飕短发[7]，中流卧、浮烟艇[8]。　　可惜瑶台[9]路迥。抱凄凉、月中难认。相逢还是，冰壶[10]浴罢，牙床[11]酒醒。步袜[12]空留，舞裳微褪，粉残香冷。望海山[13]依约，时时梦想，素波[14]千顷。

【注释】

①此首《历代诗馀》卷七十五误作赵汝讷词。　②蛾眉：蚕蛾的触须细长弯曲，因以喻女子秀美的眉毛。　③明镜：指白莲生长之地的水面。　④解语：用王仁裕《开元天宝遗事·解语花》典故：“明皇秋八月，太液池有千叶白莲数枝盛开，帝与贵戚宴赏焉。左右皆叹羡久之，帝指贵妃示于左右曰：‘争如我解语花？’”　⑤顾影：指白莲花垂头向水，犹如美人低头自顾其影。　⑥移根：指白莲被移离开原来生长的地方。玉井：星官名，参宿下方四星，形如井状，故名。此处指仙境。　⑦飕飕短发：陆游《秋夜池上作》诗：“短发飕飕病骨轻，临池闲看露荷倾。”　⑧烟艇：烟波中快驶的小舟。⑨瑶台：见前注。迥：远。　⑩冰壶：此处用以喻指湖水的清净。　⑪牙床：白色象牙雕的床，此处指白净的莲花。赵彦端《鹊桥仙·二色莲》：“夜深风露逼人怀，问谁在、牙床酒醒。”　⑫步袜：用甄姬和杨贵妃事，暗指白莲的凋残。曹植《洛神赋》：“凌波微步，罗袜生尘。”冯贽《记事珠》：“杨贵妃死之日，马嵬媪得锦袎袜一只。”　⑬望海山：用杨贵妃死后入仙山事，白居易《长恨歌》：“忽闻海上有仙山，山在虚无缥缈间。楼阁玲珑五云起，其中绰约多仙子。中有一人字太真，雪肤花貌参差是。”指杨贵妃所居的仙境。依约：依稀、隐约。⑭素波：素洁清净的水波。

【品评】

起句以人比花，“淡妆”、“蛾眉”写出娇羞之态，“为谁伫立”将这种娇羞更加深一层，“羞明镜”则明确表出。以人喻花为常用之法，此处碧山以杨太真、西施的娇媚之态比拟白莲，《开元天宝遗事·解语花》载：“明皇秋八月，太液池有千叶白莲数枝盛开，帝与贵戚宴赏焉。左右皆叹羡久之，帝指贵妃示于左右曰：‘争如我解语花？’”解语既是花之喻，也是人之喻。“顾影”则是西施浣纱之谓，白莲照水，犹如美人临水，别有风致。后三句转折，开始写白莲之遭遇，移根仙阙、不染微尘，更显得脱俗清雅。其后“想”字领出忆念，人与花交融于一，“中流卧、浮烟艇”则以景语状摹出浑成之境。从瑶台归来的路漫漫无际，漂流无根的白莲多么希望能回到故土，然而终究是梦一场，在这种情境之下，白莲满怀相思的凄楚，“月中难认”道出辛酸和无奈之情。“相逢还是”即“相逢可是”之意，白莲花容渐损，非复当年，因而“步袜空留，舞裳微褪，粉残香冷”则作为答案出现，总结白莲的遭遇。下片句句写白莲，也似句句写杨妃，让人在花与人之间，产生迷幻之感。“布袜”既是用曹植《洛神赋》中名句：“凌波微步，罗袜生尘。”又用冯贽《记事珠》中传说：“杨贵妃死之日，马嵬媪得锦袎袜一只。”皆暗指白莲的凋残，此处又是以人喻花，红颜薄命，花亦如是。结末“望海山依约，时时梦想，素波千顷”，令人联想到白居易的名篇《长恨歌》：“忽闻海上有仙山，山在虚无缥缈间。楼阁玲珑五云起，其中绰约多仙子。中有一人字太真，雪肤花貌参差是。”“时时梦想”，分明有寄托存在，更以苍茫一片的缥缈水境将读者引向渺茫的远处，而“素波千顷”四字则为我们留下了巨大的想象空间。

绮罗香[①]

秋 思

屋角疏星，庭阴暗水[②]，犹记藏鸦[③]新树。试折梨花，行入小阑深处。听粉片[④]、簌簌飘阶，有人在、夜窗无语。料如今，门掩孤灯，画屏尘满断肠句[⑤]。

佳期浑似流水[⑥]，还见梧桐几叶，轻敲朱户。一片秋声，应做两边愁绪。江路远、归雁无凭，写绣笺[⑦]、倩[⑧]谁将去。谩[⑨]无聊，犹掩芳樽[⑩]，醉听深夜雨。

【注释】

①绮罗香：又名《绮罗春》。 ②暗水：潜藏不露的沟中水流。 ③藏鸦：梁简文帝《金乐歌》诗：“槐香欲覆井，杨柳正藏鸦。”言杨柳新生。 ④粉片：梨花飘落的花瓣。 ⑤画屏句：指写满了相思悲苦的诗句的画屏，已经布满灰尘。 ⑥佳期：相见的欢愉之日。浑：还。 ⑦绣笺：精致而华美的信纸。 ⑧倩：请、拜托。 ⑨谩：徒、空，任由。 ⑩芳樽：盛美酒的杯子。

【品评】

“自古逢秋悲寂寥”，西风乍起，草木摇落，人们常常会感于外物而应于己心，遂亦起寂寥之意。尤其是身处异乡、沉沦漂泊之人，天涯之感往往倍于常人。念亲思友，表面上可以聊解惆怅，其实是倍增惆怅。此词以“秋思”为题，感时伤物，沉痛百般。开首以“屋角疏星，庭阴暗水”渲染出一袭凄清的画面，笼罩全篇，楼层一角，只看见稀疏的几颗星星，“暗水”隐喻词人心思潜流，此时尚隐而不彰。接下来以“犹记”二字，领至“夜窗无语”，回忆旧日春时新树藏鸦，梨花缀粉，夜窗凝望，点出这是词人心中难以忘怀的春日胜景，并为接下来的抒情奠定基础。“试折梨花，行入小阑深处”，以动作的细节，描画出一幅生活场景，那种静悄悄的感觉，让人如临其境。梨花小院、阑干深处，正是怀人的典型环境，一幅淡雅疏朗的图画，给人无尽的想象，更在“听粉片、簌簌飘阶，有人在、夜窗无语”的声音环境中，进入词人构设的特殊氛围。接下以“料如今”三字领至结尾，缓缓地道出今日的寥落、孤独、怅惘。“秋思”这一思绪，从宋玉的“悲哉秋之为气也，萧瑟兮草木摇落而变衰”开始，已成中国古代传统士人的“集体无意识”，历历千载，字积句累，满帙盈箱，欲从这里面脱颖而出，实属不易。碧山这首词思绪的低沉与众多秋思主题诗词大同小异，但在手法上却可看出别一特色：从整首词来看，有今昔对比——“犹记”与“料如今”，从具体处着眼，有比喻——“佳期浑似流水”；有拟人——“梧桐几叶，轻敲朱户”；有通感——“一片秋声，应做两边愁绪”。碧山善于融化前人诗句于无痕，比况寄意正如水中着盐，就像清人周济所评价的：“浑化无痕，碧山胜场也。”碧山词情虽低婉，词亦敛俭，然读来令人不无唏嘘，能使得今之读者的心意顿时与千载而上的古人相接绍。词发展到了南宋后期，已成落日黄昏，正如王国维《人间词话》曰：“梅溪、梦窗、玉田、草窗、西麓诸家，词虽不同，然同失之肤浅。虽时代使然，亦其才分有限也。”身处宋末元初的王沂孙，以“才分”论，确是“有限”，北宋词之“优雅之性情和要眇之表达”虽项背难望，但与众多南宋词人一样，并非“肤浅”无聊。此词写景手法高妙，今昔之景不断变换交替，使人如在梦中，春秋迭变，更为情感的起伏变化做了衬托，精致的环境、事物，都是作为全词的情景设计，将读者引入佳境。登楼之唱秋思，漂泊之诵家国，都是人心的最真音，而承继先人衣钵，为来者导夫先路，亦是功在千秋词史的。清初“北宋以来，一人而已”的纳兰容若，其“萧萧几叶风兼雨，离人偏识长更苦”，碧山于此《绮罗香》一阕似已着先鞭矣，那便是“谩无聊，犹掩芳樽，醉听深夜雨”，曲终韵远，感慨系之，令人怅惋。

绮罗香

红　叶

玉杵馀丹①，金刀剩彩②，重染吴江③孤树。几点朱铅④，几度怨啼秋暮。惊旧梦、绿鬓轻凋，诉新恨、绛唇微注⑤。最堪怜，同拂新霜，绣蓉⑥一镜晚妆妒。

千林摇落⑦渐少，何事西风老色⑧，争妍如许。二月残花，空误小车山路⑨。重认取，流水荒沟，怕犹有、寄情芳语。但凄凉、秋苑⑩斜阳，冷枝留醉舞。

【注释】

①玉杵馀丹：红叶就像是玉杵捣丹砂染红的一样。用唐传奇裴航典故。裴铏《传奇·裴航》：“（裴航）经蓝桥驿侧近，因渴甚，遂下道求浆而饮。见茅屋三四间，低而复隘。有老妪缉麻苎。航揖之，求浆。妪咄曰：‘云英，擎一瓯浆来，郎君

要饮。’航讶之，忆樊夫人诗有云英之句，深不自会。……良久，谓妪曰：‘向睹小娘子，艳丽惊人，姿容擢世，所以踌躕而不能适，愿纳厚礼而娶之，可乎？’妪曰：‘渠已许嫁一人，但时未就耳。我今老病；只有此女孙。昨有神仙遗灵丹一刀圭，但须玉杵臼，捧之百日，方可就吞，当得后天而老。君约取此女者，得玉杵臼，吾当与之也。其余金帛，吾无用处耳。’航拜谢曰：‘愿以百日为期，必携杵臼而至，更无他许人。’” ②金刀剩彩：红叶犹如剪裁馀下的红绡。 ③吴江：唐人崔信明有散句“枫落吴江冷”传世，此处咏红叶而用之。 ④朱铅：用妇女面上所敷脂粉以喻红叶。 ⑤绛唇：深红色的口唇。注：有涂染颜色之意。 ⑥绣蓉：美丽的木芙蓉。 ⑦摇落：秋天草木凋零。 ⑧西风：即秋风。老色：枫叶的深红色。⑨二月二句：用杜牧《山行》诗句：“停车坐爱枫林晚，霜叶红于二月花。” ⑩秋苑：草木凋零的林苑。

【品评】

此词上片以玉杵金刀二典发端。玉杵是仙家名物，词人暗用裴航一典，形容红叶犹如其下残馀的丹砂染成。金刀是剪刀的美称，据《资治通鉴》所载，隋炀帝时，“宫树秋冬凋落，则剪彩为花叶缀于枝条。”词人遂以此典写红叶犹如剪彩馀下的红梢点缀枝头，馀、剩二字都有稀少的意味，也同时提起了之后的“重染江东孤树"。试想，玉杵和金刀所含色彩的量都是相当少的，然而词人却用了一个“重”字来点明红色之厚重，然而这很少的色彩又何以能重重地染红树叶呢？原因是红叶的数量本已非常稀少了，加上是“孤树”，这样凄清的景象又怎能不让人动容。之后的“几点朱铅，几度怨啼秋暮”便是这种悲凉情绪的灌注，枫叶的红是绚丽的，但却预示着生命的结束,“树犹如此,人何以堪”。接着词人将树叶的一生比喻成由青春而老去的美人,春夏浓浓的绿意正如旧日风华正茂的美人,青春是她已经飘逝的美丽旧梦,而今日的红叶,虽然仍有风韵,但毕竟已经是美人迟暮,便有无限新恨欲诉。这一比喻韵致深厚而不落俗套,接下来的“最堪怜,同拂新霜,绣蓉一镜晚妆妒”则是作者感情的直接流露,并用耐寒不凋的木芙蓉来反衬红叶处境之凄苦。我们彷佛看到了多愁善感的词人在此刻终于宣泄出了一点积压很久的愁闷。

下片,词人铺展笔墨,推“孤树”而及“千林”,词境因之而变得阔大。然而词人接着呈现给我们的却是触目惊心的“西风老色争妍如许”,生命已到垂暮,何以万千林木却有争妍之态?其中似乎暗含着对南宋后期朝廷日益荒淫却不励精图治的讽刺。陈廷焯《白雨斋词话》所评:“此词亦有所刺”大概即是就此而言。“二月”两句,反用杜牧诗意,词人欲赏红叶,却终究明白红叶也像二月的残花一样很快就要完全凋落。接下来“重认取,流水荒沟,怕犹有、寄情芳语”,虽使用了熟典,却变很有富丽意味的“御水”为芜废的“荒沟”,正是隐晦地在表现作者对于故国的眷恋,则此中的“寄情芳语”便是王沂孙对故宋忠贞情怀的代表了。最后,词人以“但凄凉、秋苑斜阳,冷枝留醉舞”作结,写红叶落尽之景,残馀的几片红叶已经落下,正在空中做最后的飘荡,此外只剩下冷枝孤独地伫立在那里。这是深秋红叶的宿命,衰飒之景,令人黯然。全词抒情深婉,力避浅直,深沉的寄托若隐若现,正如陈廷焯所说:“结亦有所寓。”但作为读者也不必求之过深,太过穿凿而具体的去试图理解这一类咏物词,是会大大损害我们对其美感的欣赏的。

齐天乐

萤[1]

碧痕初化池塘草[2]，荧荧野光相趁[3]。扇薄星流[4]，盘明露滴[5]，零落秋原飞磷[6]。练裳[7]暗近。记穿柳生凉，度荷分暝[8]。误我残编[9]，翠囊[10]空叹梦无准。　楼阴[11]时过数点，倚阑人未睡，曾赋幽恨。汉苑[12]飘苔，秦陵坠叶，千古凄凉不尽。何人为省[13]。但隔水馀晖，傍林残影。已觉萧疏[14]，更堪秋夜永[15]。

【注释】

①萤：即萤火虫。　②碧痕句：古人以为萤火虫为腐草所化。《礼记·月令》："季夏之月，腐草为萤。"碧痕：指萤火虫。　③趁：追逐。　④扇薄星流：化用杜牧"轻罗小扇扑流萤"句。薄：迫近。　⑤盘明露滴：用汉武帝置金人承露盘的典故，将盘内明亮的露珠比作萤火虫。　⑥秋原：秋天的原野。磷：一种非金属元素，骨骸中所含磷氧化后会发出淡绿色的光，俗称"鬼火"。　⑦练裳：白色的上衣。指代穿着白色罗衣的人。　⑧分暝：划破昏暗的夜色。　⑨误我残编：反用车胤囊萤事，自叹读书无用，难以报国。　⑩翠囊：装有发出青黄色光亮萤火虫的布囊。《晋书·车胤传》："胤恭勤不倦，博学多通。家贫，不常得油。夏月，则练囊盛数十萤火以照书，以夜继日焉。"　⑪楼阴：楼房的影子。　⑫汉苑二句：刘禹锡《秋萤引》："汉陵秦苑遥苍苍，陈根腐叶秋萤光。"

⑬省:知道、懂得。　⑭萧疏:荒疏萧条。　⑮秋夜永:极言秋夜漫长难度。

【品评】

若说王沂孙咏蝉之作难超前人,此咏萤之作,却足以独拔一筹了。此词首句应是“池塘草初化碧痕”之倒装,“碧痕”代指萤火虫。《艺文类聚》引《周书时训》及《礼记》谓:“腐草化为萤。”杜甫《萤火》谓“幸因腐草出”,李商隐《隋宫》亦谓“于今腐草无萤火”。“荧荧野光相趁”写出萤火虫互相追逐的样子,接下来写人们在月下追逐萤火虫,以及野外萤火虫踽踽独飞的情况,我们即可将之视作实写,也可视之为想象之词。“扇薄”即杜牧“轻罗小扇扑流萤”;“盘明”,盘为月之喻,明即月光,苏轼有谓“河汉无声转玉盘”。“飞燐”,即磷火,此即萤火虫之光。这是写野外之萤火虫。“练裳”为素绢之衣。一“暗”字写出萤火虫悄悄靠近人之态。杜甫《见萤火》谓“疏帘巧入坐人衣”,后世卢元昌《留萤》亦谓“我今老伴谁依依,秋来尔还坐我衣”。此句写萤火虫伴人飞,接下来写其于夜色下乱飞,更具夜间的现场之感。“荷”之“度”当是周邦彦“飞萤度暗草”之“度”意,意谓萤火虫掠过荷花。“暝”是夜色,“分暝”即萤火虫于夜下乱飞,所到之处,其身体发出的微光好像在暗夜中划过一样,顿时把夜色分开了。“误我残编”用车胤萤囊映雪之典,卢元昌《遣萤》亦谓“畴昔为囊照篇卷”,因此处萤少,故曰“误我”。过片承上赋萤火,转下念身世、寓深意。谭献谓此过片“拓成远势,过变中又一法”。倚楼之人,深夜无眠,独望之中,不胜唏嘘。刘禹锡《秋萤引》有句:“汉陵秦苑遥苍苍,陈根腐叶秋萤光。”碧山此处之“汉苑秦陵”、“飘苔坠叶”,应该就是从此化出,以之暗寓“铁马铜驼”之恨。但此种“不尽凄凉”却无人省识。疏林的残辉尚且难以徘徊，更何况无绵无尽的秋夜？此言萤之漂泊无归宿，或谓寓南宋末帝赵昺之流寓（陈廷焯《白雨斋词话》曰：“‘隔水’二句，意者其指帝昺乎？”）。其实，若以此暗寓王沂孙于鼎革之后心无所归，亦无不可。正如陈廷焯评语：“碧山《齐天乐》诸阕，哀怨无穷，都归忠厚，是词中最上乘。”（《白雨斋词话》）碧山不止《齐天乐》诸阕“哀怨无穷，都归忠厚”，其词大多都当得起亦峰此评价。

齐天乐

蝉

一襟馀恨[①]宫魂断，年年翠阴庭树。乍咽凉柯[②]，还移暗叶[③]，重把离愁深诉。西窗过雨。怪瑶珮流空，玉筝调柱[④]。镜暗妆残，为谁娇鬓[⑤]尚如许。
铜仙铅泪似洗，叹携盘去远，难贮零露[⑥]。病翼惊秋，枯形[⑦]阅世，消得[⑧]斜阳几度。馀音更苦。甚独抱清高[⑨]，顿成凄楚。谩想薰风[⑩]，柳丝千万缕。

【注释】

①一襟馀恨：马缟《中华古今注》：“齐后忿而死，尸变为蝉，登庭树嘒唳而鸣，王悔恨。故世名蝉为齐女焉。” ②凉柯：秋天的树木。 ③暗叶：重叠繁茂的树荫处。 ④怪瑶珮二句：指蝉鸣犹如玉佩、玉筝撞响和弹奏起的声音。⑤娇鬓：用美女的鬓丝来形容蝉翼的轻柔纤薄。崔豹《古今

注·杂注》:"魏文帝宫人绝所宠者,有莫琼树、薛夜来、田尚衣、段巧笑,日夕在侧,琼树乃制蝉鬓。缥眇如蝉翼,故曰蝉鬓。" ⑥铜仙三句:用汉武帝置金人承露盘的典故。 ⑦枯形:蝉蜕。 ⑧消得:禁受得住。 ⑨独抱清高:因蝉居高处,以清露为饮食,故而诗词多称赞其高洁。 ⑩谩想薰风:指蝉在空想舒适的盛夏。薰风:初夏时和暖的东南风。

【品评】

沈祥龙《论词随笔》云:"咏物之作,在借物以寓性情。凡身世之感,君国之忧,隐然蕴于其内,斯寄托遥深,非沾沾焉咏一物矣。"谢章铤亦谓咏物之作"高者摹神,次者赋形",于"题中有寄托,题外有感慨"(《赌棋山庄词话》)。碧山这首咏蝉之作,即沈祥龙所谓"非沾沾焉咏一物",亦谢章铤所谓"高者",咏蝉是有所寄托。至元十五年(1278),胡僧盗发高宗以下六代皇陵,发冢戮尸,帝妃尸骨遍掷于地。唐珏、谢翱、郑思肖等南宋遗民写诗悼念,第二年,王沂孙、周密、张炎、唐珏等十四人又以《天香·龙涎香》、《水龙吟·白莲》、《齐天乐·蝉》、《摸鱼儿·莼》、《桂枝香·蟹》等五题写词纪之,抒以家国之念。碧山这首咏蝉词,历来为人称颂。首句"一襟馀恨宫魂断",使齐后尸变为蝉之典,既寓宋室江山覆亡之痛,又可使人联想到后妃陵寝被掘之惨,浑融无间。吴梅《词学通论》云:"意之曲者词贵直,事之顺者语宜逆,此诗家一定之理。"这句"一襟馀恨宫魂断"正是"事之顺者语宜逆"之体现。次句点出蝉之栖息处:翠阴庭树。但是,这里要么"咽凉柯",要么"移暗叶",都是离愁不断,也可想见尸骨弃野、不得安所之意,即所谓"意之曲者词贵直"。下两句用"瑶佩"、"玉筝"来形容蝉之鸣叫,与虞世南《蝉》中的"流响出疏桐"之意同。

“娇鬓”即“蝉翼”，“镜暗妆残，为谁娇鬓尚如许”，意即骆宾王《在狱咏蝉》之“那堪玄鬓影，来对白头吟”，又切后妃之事。过片用金铜仙人辞汉宫之典，寓故国不堪回首之意。“翼”着一“病”字，写出其生命之奄奄，秋将尽，无奈此生，遂只得以枯形阅尽世间沧桑。此可见出碧山的遗民悲歌心态，以及在追念与无奈中老此馀生之念。虞世南所谓“居高声自远，非是藉秋风”，碧山即化此成“独抱清高”，然指顾之间，此清高之音转成“凄楚”。谩想夏日之熏风习习，顾此秋日之落落，可谓重翻“天上人间”之意。吴梅《词学通论》谓：“咏物之作，最要在寄托。所谓寄托者，盖借物言志，以抒其钟爱绸缪之旨，三百篇之比兴，《离骚》之香草美人，皆此意也。”王沂孙此词深得“香草美人”之旨，又浑化“黍离”之感，的为佳制。

齐天乐

赠秋崖道人西归

冷烟残水山阴道①，家家拥门②黄叶。故里鱼肥③，初寒雁落，孤艇将归时节。江南恨切。问还与何人，共歌新阕④。换尽秋芳，想渠西子更愁绝⑤。
当时无限旧事，叹繁华似梦，如今休说。短褐临流⑥，幽怀⑦倚石，山色重逢都别⑧。江云冻结。算只有梅花，尚堪攀折⑨。寄取相思，一枝和夜雪。

【注释】

①山阴道：今绍兴西南郊一带。《世说新语》：“从山阴道

上行,山川自相映发,使人应接不暇,秋冬之际,尤难为怀。” ②拥门:门户填堵。 ③故里鱼肥:用张翰秋风鲈鱼之思的典故。 ④新阕:新填词的歌曲。 ⑤渠:他。西子:西子湖,在今杭州。 ⑥短褐(hè):平民所穿的黑黄色的粗布衣。临流:对着水流。 ⑦幽怀:优雅的情怀。 ⑧别:与原来不一样。 ⑨尚堪攀折:古人有折梅相赠,表达思念的习俗。

【品评】

黄子云《野鸿诗的》云:“凡题赠、送别、贺庆、哀挽之题,无一非诗,人皆目为酬应,不过捃摭套语以塞责。试问有唐各家集中,此等题十有七八,而偏有拔萃超群之什者何也?其法要如昌黎作文,寻题之间隙而入于中,自有至理存焉。”离愁别恨,自古就一直溢于士人心间而荡于书卷,送别的诗词虽有逢场之嫌,但也有很多是人心之真诚流露。黄子云所谓“如昌黎作文”而“寻题之间隙而入于中”,其实是没有道出送别诸体成为“诗”之本真,“诗言志”、“诗缘情”,志也好,情也罢,一切都是人心。所以,送别主题诗词之感人,虽世殊时异而人口皆传,乃是因为人心的感应,其理法的高明与否,倒在其次了。举凡《送元二使安西》、《芙蓉楼送辛渐》、《送杜少府之任蜀州》、《黄鹤楼送孟浩然之广陵》、《白雪歌送武判官归京》等作,“拔萃超群”,但细绎诗法,有时倒伤其真美了。碧山身逢末世,词也属婉约一路,所以多哀婉沉吟,此作又是送别友人,所以更加哀婉凄绝。首句“冷烟残水山阴道,家家拥门黄叶”,正与《世说新语》“从山阴道上行,山川自相映发,使人应接不暇,秋冬之际,尤难为怀”互证,“故里鱼肥,初寒雁落”用典贴切,点出友人归来之时是在秋末冬初。友人离去,独剩自己一人伶仃岁月、辗转春秋,吟诵之际,却无人“共歌新阕”。一个沉沦山阴，一个逍遥西子，其实正如其《绮罗香·秋思》所谓“一片秋声，应做两边愁绪”。过片今昔对比，昔日如梦之繁华，于今无须再言，今日之山水依旧是旧日之山水，只是觞咏不似往日，孤身更难堪昔时俦侣。古人在送别之际，常折柳作别，亦有折兰相赠和折梅相赠的习俗，古人的分别要比今人的分别更容易让人下泪，因为常常是后会遥遥无期。远戍的征人、漂泊的游子、孤独的闺人、倚门的慈母，在面对离别的那一刻，都会忍不住“涕泪满衣裳”。杨柳的依依、浊酒的苦涩、芳草的凄凄、斜阳的冷落，和送别的人、送别的心，是一种天衣无缝的碰撞与共鸣。“长安陌上无穷树，唯有垂柳管别离”（刘禹锡《杨柳枝词九首》）、“劝君更尽一杯酒，西出阳关无故人”（王维《送元二使安西》），缠绵的情怀，悱恻的心绪，伤了离别的人，也感染了隔代的知音的心。刘禹锡《视刀环歌》言：“常恨言语浅，不如人意深。”碧山这首送别词，享有千秋之名，原因即在于此。

一萼红[①]

石屋探梅

思飘飘。拥仙姝[②]独步，明月照苍翘[③]。花候[④]犹迟，庭阴不扫，门掩山意萧条。抱芳恨、佳人分薄，似未许、芳魄化春娇[⑤]。雨涩风悭[⑥]，雾轻波细，湘梦[⑦]迢迢。　　谁伴碧樽雕俎[⑧]，笑琼肌[⑨]皎皎，绿鬓[⑩]萧萧。青凤啼空，玉龙舞夜[⑪]，遥睇[⑫]河叹光摇。未须赋、疏香淡影，且同倚、枯藓[⑬]听吹箫。听久馀音欲绝，寒透鲛绡[14]。

【注释】

①一萼红:《填词名解》卷三:"一萼红,太真初妆,宫女进白牡丹,妃捻之,手脂未洗,适染其瓣,次年开花俱绛其一瓣。明皇为制一捻红曲,词名沿之曰一萼红。" ②仙姝:指梅花。姝:美丽的女子。 ③苍翘:本指鸟的尾羽,此处指蟠曲的梅枝。 ④花候:植物开花之信。 ⑤春娇:春日开放的梅花。 ⑥悭:缺欠。 ⑦湘梦:湘娥之梦,传说娥皇、女英死于湘水之中,化为湘水之神。 ⑧碧樽雕俎:碧玉制成的酒杯和雕花的酒桌。 ⑨琼肌:琼玉一般的肌肤。极言其柔嫩白皙。 ⑩绿鬓:梅树上的苔丝。 ⑪玉龙舞夜:用李牟吹笛之典故,见《无闷·雪意》注⑪。 ⑫睇(dì):看。 ⑬枯藓:一种长满苔藓的梅。 ⑭鲛绡:传说中鲛人所织的绡。任昉《述异记》:"南海出鲛绡纱,泉室潜织,一名龙纱。其价百余金。以为服,入水不濡。"此处指词人所穿纱衫。

【品评】

词之发展经历五代,渐次成为"佐歌侑酒"的代名词,所以为宋初的士人看不起,谓之不登大雅之堂。因此,用词这种文体来抒写怀抱,像诗一样,咏史怀古、咏物寄情等,是直到苏轼出,才大大方方地走上了这一途径。纵观整个宋词史,咏物词的发展,以苏轼为一注目之处。王国维曾说:"咏物之词,自以东坡《水龙吟》为最工","和韵而似原唱"。到了周邦彦,又将咏物词推进了一步,从苏轼式的着重描摹所咏对象的神态到寓自己的身世于其中,像我们熟知的《六丑·蔷薇谢后作》等等。处在宋末元初的王沂孙,又为咏物词的发展推了一把力。神州陆沉，宋室丘墟，碧山将深挚的家国之念全都如水着盐般化在了词里，熟练地运用比兴象征的手法，曲折含蓄地表达了亡国痛楚和个人的潦倒凄怆。龙榆生评价碧山时就说："集咏物词之大成，而能提高斯体之地位者，厥惟王沂孙氏。"碧山此词，开头写出词人自己漫步花间，遗憾的是梅花还没开——"花候犹迟"。虚掩的门透出"山意萧条"，一个"抱"字写出了内心的无奈，一个"似"字从猜测中更透出寻梅却不得亲见的失落。"雨涩风悭，雾轻波细"是虚写，都是为衬出"湘梦"的不易得。相传有一种叫"潭州红"的红梅，是湘江所产。所以，这里"湘梦"是词人的思念，思念的是红梅，也可以作思念昔时的某个好友讲，抑或是对故国的思念，也可以说得过去。过片以一句疑问承上阕之思念，启下阕之孤独。"谁伴碧樽雕俎"，意即为无人陪伴共酌。词人看到梅花树上挂满了苔丝，一个"笑"字写出词人对此地无人光顾的感慨。这时，不知何处传来低沉的吹箫声，"青凤啼空，玉龙舞夜"，当是形容箫声的空灵、渺远、优美。无人陪伴，亦无人共己听此箫声，于是，就暂且与梅"同倚"。不知不觉已沉醉其间，却忘了更深夜寒。整首词写出了石屋之梅的孤单，词人访梅的无奈，暗寓旧日的繁华难以追怀。由梅我们看到了词人自己，也看到了梓泽丘墟后的"旧时王谢堂前燕，飞入寻常百姓家"，结句馀音袅袅，给人无尽遐想，哀而不伤的处理手法，也符合儒家传统思想的艺术审美。

一萼红

丙午春赤城山中题花光卷

玉婵娟。甚春馀雪尽，犹未跨青鸾[1]。疏萼[2]无香，柔条独秀，应恨流落人间。记曾照、黄昏淡月[3]，渐瘦影、移上小阑干[4]。一点清魂，半枝空色，芳意班班[5]。　　重省嫩寒清晓[6]，过断桥[7]流水，问信孤山[8]。冰粟[9]微销，尘衣不浣[10]，相见还误轻攀。未须讶[11]、东南倦客，掩铅泪、看了又重看。故国吴天[12]树老，雨过风残。

【注释】

①青鸾：传说中一种青色的神鸟，常伴西王母左右。②疏萼：稀疏的花萼。　③黄昏淡月：林逋《山园小梅》："疏影横斜水清浅，暗香浮动月黄昏。"　④移上小阑干：王安石《夜直》："春色恼人眠不得，月移花影上阑干。"　⑤芳意班班：无限美好的情意。班班：多而显著。　⑥嫩寒清晓：辛弃疾《念奴娇·赠妓善作墨梅》："还似篱落孤山，嫩寒清晓，只欠香沾袖。"　⑦断桥：在今杭州，断桥残雪为西湖十景之一。⑧孤山：在今杭州西湖西北角，四面环水，一山独峙，因位于西湖的里湖与外湖之间，故名孤山。　⑨冰粟：即雪。⑩浣（huàn）：洗涤。　⑪讶：感到惊异、意外。　⑫吴天：指南宋故地。树老：《世说新语》："桓温北征，经金城，见前为琅琊时所种柳皆已十围，慨然曰：'木犹如此，人何以堪！'攀枝

执条，泫然流泪。”

【品评】

此词题“丙午春赤城山中题花光卷”，花光即华光长老仲仁，善作墨梅，扬无咎为入室弟子，传其画法，名声尤著；“丙午”，或为1246年，或为1306年。王沂孙生卒年皆无确考。夏承焘《周草窗年谱》云：“沂孙殆少于草窗，长于仇远，若生于淳祐、宝祐间，卒年才四十左右耳。”若王沂孙果生于淳祐、宝祐间，那么可知这首词不可能作于1246年，只能是作于1306年了。然以夏氏之推论，王沂孙卒年应在1292年之前（有人说王沂孙卒于1291年），那么这首作于丙午年的词就产生作者归属的问题了。吴则虞《词人王沂孙事迹考略》认为此词不可能作于大德十年（即1306），丙午当是丙子形近而误。若真如吴先生所推论，这首词作于丙子年（即1276），“故国吴天树老”则难以解释。《绝妙好词笺》卷七载：“至元中，王沂孙庆元路学正。”至元乃元世祖年号，从这条记载也可知夏氏推论之不确了。由此可见，王沂孙不止活了四十多岁。再由这首词，可知其在1306年还在世。1279年距1306年有27年，黍离麦秀之感定仍萦绕心间，尤其是王沂孙这样的虽仕于异族，其心里却是“故国平居有所思”，与蒙古人实是同床异梦。此词与他的《齐天乐・萤》、《天香・龙涎香》等一样，“汉苑飘苔，秦陵坠叶，千古凄凉不尽”、“讯远槎风，梦深薇露，化作断魂心字”与“故国吴天树老，雨过风残”同一意思，寄寓的都是对故国的怀念，正如其《水龙吟・落叶》所谓“望中故国凄凉早”。以“玉婵娟”开篇，点出梅花的美好。春回大地，馀雪消融，只是青鸟还没有报春信，梅花尚未开放。稀疏的花萼，轻柔的柳条，词人为它们的孤独而感到遗憾。

一个“记”字，领起今昔对比，见出此时之无奈。过片由眼前之花卷引到回想昔时游览西湖情景：省嫩寒，过断桥，问孤山。接着又由回忆回到花卷上，写画上一个风尘仆仆的人不及梳洗，便去看梅。流落东南的人，掩饰泪眼，一遍又一遍看故国之梅。时光来回穿越，倍增扑朔迷离之感，无怪有人谓王沂孙似晚唐之李义山。结句将郁结心中的故国之思倾倒而出，却又给人以萦绕之感。似老杜之沉郁顿挫，想吐却又难以尽吐。陈廷焯评此词“身世之感，君国之恨，一一可见”，其实此词除了尾句直白外，并不是一味的倾泻。通过这首词更让我们感受到了郁积于词人心中的对故国的深情。

一萼红

初春怀旧

小庭深。有苍苔老树，风物①似山林。侵户清寒，捎池急雨②，时听飞过啼禽。扫荒径、残梅似雪，甚过了、人日③更多阴。压酒④人家，试灯⑤天气，相次⑥登临。　犹记旧游亭馆，正垂杨引缕⑦，嫩草抽簪⑧。罗带同心⑨，泥金半臂⑩，花畔低唱轻斟。又争信、风流一别，念前事、空惹恨沈沈。野服山筇⑪醉赏，不似如今。

【注释】

①风物：风光与景物。　②捎池急雨：迅猛掠过池塘水面的急雨。　③人日：农历正月初七称为人日。　④压酒：

酿制的米酒将熟之时，压榨以取饮。 ⑤试灯：正月十五为元宵灯节，前一日则为试灯日。 ⑥相次：陆陆续续的。 ⑦垂杨引缕：指春日垂柳长出新丝。 ⑧嫩草抽簪：春日嫩草抽出新芽。 ⑨罗带同心：女子衣带上的同心结。 ⑩泥金：涂金，用植物汁液调和天然金粒，涂抹在装饰对象的表面，今尚有用于造纸制笺的泥金工艺。半臂：短袖衣衫。 ⑪筇(qióng)：一种竹子，实心高节，多用于制作拐杖。

【品评】

词在一开头即点明地点为"小庭"，庭院虽小，但却显得很深，其原因就在于"有苍苔老树，风物似山林"。郁郁葱葱的花木，将小院妆点似山林，幽深苍茫，顿时给全词笼罩了一层昏冥的色调和氛围，"深"、"苍"、"老"三字互相照应，是客观景象，也是主观感受。远景状摹完毕后，复写近景，"侵户清寒，捎池急雨，时听飞过啼禽"，三句分别从身体的触觉、视觉、听觉入手，具体地写出真实的感受，"侵"字把清寒入户时的无声无色无形表现得非常精准，"捎"字则把急雨掠过池面的快速迅猛表现得非常具体可感，"时听"则与前句"深"相呼应，表现的是庭院的幽深、树木的茂密，这种侧面烘托的手法非常高妙，令人有所感而无所察。后句继而写春日景象，"扫荒径、残梅似雪"，都是初春的场景，既有人迹，也有自然，残梅衰败，花朵如雪般纷纷飘落，词人面对此景，发出疑问："甚过了、人日更多阴"？"甚"在此处为"缘何"、"为什么"之意，"人日"则指农历的正月初七，其实人日前后正是多阴少晴的时节，如杜甫诗《人日》就明确地说："元日至人日，未有不阴时。"词人并非不知道这一节令的气候，但一定要用这种充满惆怅情感的问句表达不满，"更"字极言面对此景之不堪，极为传神。下句转笔，通过正月十四试灯时酒家灯火辉映的场景来写出人间的热闹非常，在“相次登临”的一片欢歌笑语中，词人自己却仍然是孤寂的，这就是所谓的“以乐景写哀”，能够“一倍增其哀乐”。下片开头以“犹记”二字领起，追述昔日风光，一片春情，引人遐思。有美景亦有美人，“罗带同心，泥金半臂”写女子穿着精美华贵，盛装出游，在花木丛边，伴酒吟唱。景与人的交融，使得读者如临其境，似乎走入美景中直面美人。“又争信、风流一别，念前事、空惹恨沈沈”二句，将全词的感情升华，“空”字不仅是环境实写，也是心境的写实，从当年到如今，从欢游到岑寂，分界点就在“风流一别”之后，而今物是人非、人面桃花，实伤人心。结尾处词人再将情感深化，野服山笻、故地重游，更以“醉赏”来追忆往事，今昔对比，让人内心充满哀惋、郁闷，一句“不似如今”更使得全词馀韵不绝。怀旧词容易写得浅显，但碧山此作以乐写哀，通过眼前景境触发情思，回忆点点俱在面前而又遥不可及，深情绵邈，可谓佳制。

三姝媚

樱　桃

红缨[①]悬翠葆。渐金铃[②]枝深，瑶阶花少。万颗燕支[③]，赠旧情、争奈弄珠人老[④]。扇底清歌，还记得、樊姬[⑤]娇小。几度相思，红豆都销，碧丝空袅[⑥]。　　芳意荼蘼[⑦]开早。正夜色瑛盘[⑧]，素蟾[⑨]低照。荐笋同时[⑩]，叹故园春事，已无多了。赠满筠笼[⑪]，偏暗触、天涯怀抱。谩想青衣初见,花阴梦好⑫。

【注释】

①红缨:红色的丝穗。翠葆:以翠绿色的车盖,比繁盛的枝叶。 ②金铃:指樱桃。 ③燕支:即胭脂,仍指樱桃。④弄珠人老:用汉皋二女事。张衡《南都赋》:"耕父扬光于清泠之渊,游女弄珠于汉皋之曲。"《韩诗外传》:"郑交甫将南适楚,遵彼汉皋台下,乃遇二女,佩两珠,大如荆鸡之卵。"⑤樊姬:白居易妾樊素。孟棨《本事诗·事感》:"白尚书姬人樊素善歌,妓人小蛮善舞,尝为诗曰:樱桃樊素口,杨柳小蛮腰。" ⑥袅:草叶细而柔靡之态。 ⑦荼(tú)蘼(mí):花名,白色,有香气。也作"酴醿"。荼蘼开早是指事情结局并没想象的那样完美,往往指情事以伤心散场。 ⑧瑛盘:玉盘。⑨素蟾:白洁的月光。 ⑩荐笋同时:樱桃与春笋为同时上市,此指季节时令。 ⑪筠笼:竹篮。 ⑫谩想句:《梦游录》:"天宝初,有范阳卢子在都应举,频年不第,渐窘迫。尝暮乘驴游行,见一精舍中有僧开讲,听徒甚众。卢子方诣讲筵,倦寝。梦至精舍门,见一青衣携一篮樱桃在下坐。卢子访其谁家,因与青衣同餐樱桃。青衣云:'娘子姓卢,嫁崔家,今孀居在城。'因访近属,即卢子再从姑也。……后因出行,却到昔年逢携樱桃青衣精舍,复见其中有讲筵,遂下马礼谒。以故相之尊,处端揆居守之重,前后导从,颇极贵盛,高自简贵,辉映左右。升殿礼佛,忽然昏醉,良久不起。耳中闻讲僧唱云:'檀越何久不起?'忽然梦觉,乃见著白衫服饰如故,前后官吏一人亦无。彷徨迷惑,徐徐出门。乃见小竖捉驴执帽在门外立,谓卢曰:'人饿驴饥,郎君何久不出?'卢访其时,奴曰:'日向午矣。'卢子罔然叹曰:'人世荣华穷达,富贵贫贱,

亦当然也。而今而后，不更求宦达矣。’遂寻仙访道，绝迹人世焉。”

【品评】

此词借咏樱桃，回忆前事，抒发内心对往昔恋情的隐恨，只叙私情，而非“并有君国之忧”。首句开门见山，以鲜明的色彩语言，描绘了樱桃结满枝头的胜景，“红”、“翠”交相辉映，令人眼前大亮，“悬”字更体现了一种动感。“渐”字则把枝叶越生越密、越生越浓的过程精准地表达出来，使人能够具体地感知到樱桃生长、成熟的生命历程，“金铃”则表达了词人对樱桃的喜爱，其精巧的形状也跃然纸上。下句由物及人，“燕支”即胭脂，以此为媒介，从樱桃之红过渡到人面之红，“旧情”点明将咏过往情事，“弄珠”巧用典故，以汉皋二女事隐喻当年的美好旧情。“扇底清歌”一句，从李煜《一斛珠》中“一曲清歌，暂引樱桃破”词句化出，并联系白居易诗句“樱桃樊素口，杨柳小蛮腰”来写往昔与佳人共度的美好岁月，句句写樱桃而意不限于樱桃，手法高妙，直到结句才以“红豆”点出“几度相思”之情。下片描摹春日美景，因荼蘼与樱桃同时开放，故而明写荼蘼，暗写樱桃。荼蘼开放之时，正是春尽花残，因而此处是有着深深的伤春惜春之感。后二句点出夜晚的时间，营造出一种对月感怀的场景。接下来再以“荐笋同时”“叹故园春事，已无多了”，春去了无痕，发人深慨。“赠满筠笼”又借用杜甫诗句“西蜀樱桃也自红，野人相赠满筠笼”，面对红艳的樱桃，词人“暗触天涯怀抱”，一个“偏”字，道出了心理之复杂。末句“谩想青衣初见，花阴梦好”仍以追忆前梦收尾，用范阳卢子游僧舍梦青衣携樱桃同餐事，既卒章点题，又续言情事，且以景语代言，因而显得含蓄、委婉而有馀韵。词作人事景物交融、情感深挚，哀而不伤，生动感人，正如清人吴衡照在《莲子居词话》中所评："咏物虽小题，然极难作，贵有不粘不脱之妙，(碧山樱桃词)数语刻画精巧，运用生动，所谓空前绝后矣。"

庆清朝[1]

榴 花

玉局歌残，金陵句绝[2]，年年负却薰风[3]。西邻窈窕，独怜入户飞红。前度绿荫载酒，枝头色比舞裙同。何须拟，蜡珠作蒂，缃彩[4]成丛。　　谁在旧家殿阁，自太真仙去，扫地春空。朱幡[5]护取，如今应误花工。颠倒绛英满径，想无车马到山中。西风后，尚馀数点，还胜春浓[6]。

【注释】

①庆清朝：又名《庆清朝慢》。　②玉局：指苏轼，苏曾提举玉局观。金陵：指王安石，王曾居金陵。二人皆有吟咏榴花的诗词。　③薰风：南风、夏日之风，石榴开花于五六月间，正在夏日。　④缃彩：缃锦中的榴红棉。　⑤朱幡：段成式《酉阳杂俎·支诺皋下》："天宝中，处士崔玄微洛东有宅……阿措来言曰：'诸女伴皆住苑中，每岁多被恶风所挠，居止不安，常求十八姨相庇。昨阿措不能依回，应难取力。处士倘不阻见庇，亦有微报耳。'玄微曰：'某有何力得及诸女？'阿措曰：'但求处士每岁岁日与作一朱幡，上图日月五星

之文，于苑东立之，则免难矣。今岁已过，但请至此月二十一日平旦，微有东风，即立之，庶可免也。’玄徽许之……乃依其言，至此日立幡。是日东风振地，自洛南折树飞沙，而苑中繁花不动。玄徽乃悟诸女曰姓杨、姓李及颜色衣服之异，皆众花之精也。绯衣名阿措，即安石榴也。” ⑥春浓：浓郁的春意。

【品评】

五月正是榴花似火的时节，此词为碧山描绘石榴花开的胜景。起句以苏轼、王安石的语典点题，苏王二人皆有吟咏榴花的佳作，而玉局、金陵也恰成一对。当时俊彦文采风流，而今无人续和佳篇，在词人看来，这种情形无疑是对榴花盛开美景的辜负，“年年负却薰风”一句已为全词定下了感怀慨叹的基调。“西邻窈窕，独怜入户飞红”化用了朱熹的诗句：“窈窕安石榴，乃是西邻树。坠萼可怜人，风吹入幽户。”“独”字透露出情感的无奈，“怜”字更加深了感伤的程度，再次与基调共鸣。下句“前度”引发对旧事的回想，由今入昔，当日石榴树下欢聚，仰头见到枝上红色与树下舞裙红艳相当，这种明艳夺目的颜色很自然地引起对往事的追怀。“何须拟”三字，通过对比让读者对“不可感知”的这种特出的红艳进行感知，将榴花明丽的色彩带到人们的想象之外，缃彩也为之失色。下片起句写到太真旧事，愈增感伤之情，“旧家殿阁”、“太真仙去”以唐喻宋，实写宋室之亡，寄托遥深。“朱幡”用段成式《酉阳杂俎》中载崔玄徽护花事，既有对榴花的拟人化的美好想象，又有对昔日护花人的追念。“颠倒绛英满径”则写出落花的情态，“颠倒”二字，极为传神，表达的是词人对花落的惊诧、叹惋和不能接受，纵使爱花惜花，也不能阻止落花满径，这里化用韩愈的《榴花》诗："可怜此地无车马，颠倒青苔满绛英。"无人来到山中观赏花树，榴花自然开落，却全在词人眼中，可见词人对寂寞事物的敏感和同情。末三句体现了词人强烈的主观情感，西风即秋风，秋风来到的时候，本该是榴花花褪色败之时，但碧山一片词心，从"数点"之中，仍然感受到了浓郁的春意，甚至说这几点残红比盛开的大片花林还要动人——这种与众不同的审美和独立思想正是词中闪耀的亮点，从而将前人多次吟咏的旧题翻出新意。作为结尾，这三句也引发读者的不尽思索，词人心事，跃然纸上。

庆宫春[①]

水仙花

明玉擎金[②]，纤罗飘带，为君起舞回雪[③]。柔影参差，幽芳零乱，翠围腰瘦一捻[④]。岁华相误，记前度、湘皋怨别[⑤]。哀弦重听，都是凄凉，未须弹彻[⑥]。

国香到此谁怜，烟冷沙昏，顿成愁绝。花恼[⑦]难禁，酒销欲尽，门外冰澌[⑧]初结。试招仙魄，怕今夜、瑶簪冻折。携盘[⑩]独出，空想咸阳，故宫落月。

【注释】

①庆宫春：即《庆春宫》。 ②明玉擎金：水仙花瓣为白色，花蕊为黄色，故有金玉之谓。 ③起舞回雪：形容微风吹动水仙，惹出柔美的姿态。曹植《洛神赋》："仿佛兮若轻云之蔽月，飘飖兮若流风之回雪。" ④捻：一捏、一把。 ⑤湘皋

怨别：用湘水女神怨啼湘岸事，指水仙被移植到别处。⑥未须弹彻：不必要将琴曲弹完。 ⑦花恼：为花而生的爱怜、烦恼。 ⑧冰澌：比冰块略薄的冰片，里面尚未完全结冰，有部分仍为液态。 ⑨瑶簪冻折：指水仙花因受冻而枯萎凋落。 ⑩携盘：用汉武帝置金人承露盘的典故。李贺《金铜仙人辞汉歌》："魏官牵车走千里，东关酸风射眸子。空将汉月出宫门，忆君情泪如铅水。衰兰送客咸阳道，天若有情天亦老。携盘独出月荒凉，渭城已远波声小。"

【品评】

水仙是一种养在水中的植物，亭亭玉立，高洁不凡，香气幽然，此词以水仙为咏题，描绘出其凄清素雅的风神，参以词人的故国之悲，曲折哀怨之情，表达得恰到好处。起句以金玉相喻，极言水仙高贵典雅，因其花瓣为白色、花蕊为黄色，故被词人视之为金玉。水仙花丛丛柔细的绿叶，则被比拟为女子的轻衣飘带，"为君"二字写出了其中的情感，更以洛神为比，将水中的水仙描绘成翩跹起舞的动人女神。诵曹植《洛神赋》中"仿佛兮若轻云之蔽月，飘飖兮若流风之回雪"一句，对比目前的水仙，确能产生联系和联想，微风轻轻拂过，水仙慢摇轻颤，动感十足。"柔影参差，幽芳零乱"写出水仙因高耸而摇摆的样子，绿叶交错参差，极为形象；"翠围腰瘦一捻"写出水仙的孱弱，有一种西子捧心的病态美，"一捻"则极为形象地表现出水仙不堪盈握之态，使人大生怜爱之情。日本汉学家荻原正树指出，碧山笔下的水仙花既是翩翩起舞的舞女，也是害怕寒冷时节的可怜的亡国之妓，词人在此所追求的，也只是在水仙花中所看出的幻想中的女性形象，在词人心中，水仙花已经成为了另外一种东西，而非现实中的东西了。因而，王沂孙在描摹完水仙花的形貌风神之后，开始进一步地借之以抒发哀思。“岁华相误”作为引首，倾吐湘水女神的哀情。宋人往往以湘女望夫的主题来作为诗歌与绘画的表现内容，实际上存在着一种政治隐喻，这种隐喻继承了屈原《离骚》的传统，志不忘君、不忘家国，并借男女情事抒发之。“记前度、湘皋怨别。哀弦重听，都是凄凉，未须弹彻”数句，十分明晰地点出南宋败亡于元军铁蹄，三宫北上；水仙在辞家去国、飘零无依后，凄凉哀怨的情感正反映了词人的心理与精神感受。下片进一步抒咏家国之悲，“到此谁怜”道出迁移别地的哀情，孤寂落寞，惹人怜惜。“烟冷沙昏，顿成愁绝”更形象地描绘出水仙的生存环境，“愁绝”二字将词人怜花惜花的悲悯情怀深刻地表露出来。这种愁闷的心情需要靠酒来消解，可惜举杯消愁愁更愁，这层愁情通过“门外冰澌初结”的景象来进行进一层的渲染，水仙遇冰与人失家国，成为一对隐喻，人与花的情感互相加深，使之愈加沉重。“试招仙魄，怕今夜、瑶簪冻折”再度写词人惜花，“怕”字十分明显，“瑶簪冻折”以形象的语言表达这种担心。结句用汉武帝置金人承露盘的典故，以汉喻宋，抒发去国之思，月色清冷的景象，把词人心中未尽的言语全部照映出来，以景语作情语，收束不凡。俞陛云评曰：“满纸皆凄寒之韵也。”碧山正是善于用合适的典故吟咏合适的事物，以达到浑成的词境。

醉蓬莱[①]

归故山

扫西风门径，黄叶凋零，白云萧散[②]。柳换枯阴，赋归来何晚③。爽气霏霏，翠蛾眉妩，聊慰登临眼④。故国如尘，故人如梦，登高还懒⑤。　数点寒英，为谁零落⑥，楚魄难招，暮寒堪揽⑦。步屧荒篱，谁念幽芳远⑧。一室秋灯，一庭秋雨，更一声秋雁。试引芳樽⑨，不知消得，几多依黯⑩。

【注释】

①醉蓬莱：又名《醉蓬莱慢》、《冰玉风月》、《雪月交光》、《玉宇无尘》。　②“扫西风”三句：摹写满目萧条的故山秋景。门径：门前的小路。萧散：此状白云随风飘荡寂寥、凄凉的样子。　③“柳换”二句：陶渊明辞官归隐，赋《归去来兮辞》，此用其典。柳：陶渊明《五柳先生传》：“先生不知何许人也，亦不详其姓字。宅边有五柳树，因以为号焉。闲静少言，不慕荣利……”此以陶渊明自比。柳换枯阴，亦指代年华偷换，春去秋来。　④爽气：清朗之气。霏霏：山间云气浓密盛多貌。翠蛾：以蛾眉喻远山。蛾：蛾眉，形容女子细长而弯曲的眉毛。　⑤“故国”三句：指国破家亡，往事如烟尘消散，登高了无兴致。　⑥寒英：菊花。唐李山甫《刘员外寄移菊》：“露拆寒英次第黄。”零落：凋谢。　⑦楚魄：屈原的魂魄。招：招魂。此指招故人魂魄。揽：采撷、收取。唐李白《愁阳春赋》：“若使春光可揽而不灭兮，吾将赠天涯之佳人。”　⑧屧(xiè)：木屐，此指步行、漫步。幽芳：菊花。　⑨引：举。芳樽：美酒。唐杜甫《赠虞十五司马》诗：“过逢连客位，日夜倒芳樽。”　⑩消：消解、排遣。几多：多少。依黯：依恋惆怅之情。韩偓《离家第二日却寄诸兄弟》：“却望山川空黯黯，回看僮仆亦依依。”

【品评】

此词为碧山辞去元朝庆元路学正一职，隐居故里会稽(今浙江绍兴)时所作，时碧山约三十余岁。全词以陶渊明《归去来兮辞》的意境为对比，抒发怀念故国、归来恨晚的悔疚之情。

起句萧飒，写故园荒芜的景色。西风黄叶，虽写秋景，也是作者心境的投射。白云苍狗，也见出萧散之态。“柳荒”二句，宅边的柳叶枯黄，又是一秋，联想起“五柳先生”陶渊明。仕元朝本非词人本意，故而叹息“归来何晚”。“爽气”三句，写词人得归，倍感解脱和轻松的心情。山间润泽的和风，令人神清气爽。遥望远山，苍翠绵连，如女子眉黛，妩媚秀丽，聊可排遣这满腹的忧愁。“故国”三句，发今昔之叹。国破家亡，前尘往事，已如梦中，无心登高游览。

过片承上写凄怆孤清之景。菊花点点在风中飘散，不知为谁零落。我茕茕于此，难招故人魂魄。屈原《离骚》：“夕餐秋菊之落英”，落英至楚魄，由此而贯联起来。这暮色中凝结的浓浓寒意，似乎随手可采。难招者，魂魄；堪揽者，寒意，呈现出一幅幽冷凄清的画面。“步屧”二句，勉强排遣心中的愁绪，漫步在篱边。可叹昔日陶渊明采菊东篱下，如今我却只能是在荒篱下，见这点点零落的花瓣，不禁心生悲戚。秋灯秋雨，满目的秋色秋影，“更一声秋雁”，使得全词显得凄厉凌然，令人心惊目移。也想模仿陶渊明“引壶觞以自酌”，却只能是借酒浇愁而已，终难排遣心中怀念故国、故人的悲伤之情。

全词除了“扫”、“赋”、“聊”、“谁”、“更”等五个领字外，其余均为四字句。四字句调短音促，有整肃有馀、灵气不足之弊。但此词读来并不觉滞涩，反而若有清气贯注其中。词人不仅擅用虚词，而且擅于运用相近句式来增强短句的延续感，如“故国如尘”、“故人如梦”，叠用“故”、“如”；“一室秋灯”、“一夜秋雨”、“更一声秋雁”，叠用“一”、“秋”，句式相近，如乐曲之叠，回旋往复，故而字面上读来并不觉急促，情感意脉却愈转愈深，有一唱三叹之妙。“一室秋灯”三句，清愁叠复而来，流丽婉转，犹如明珠一串，历来备受词家推崇，有“玉笛天津，锦囊昌谷”（周密语）之誉。

踏莎行

题草窗词卷①

白石飞仙，紫霞凄调②。断歌人听知音少③。几番幽梦欲回时，旧家池馆生青草④。　风月交游，山川怀抱。凭谁说与春知道。空留离恨满江南⑤，相思一夜蘋花老。

【注释】

①草窗词卷：南宋周密的词集《蘋洲渔笛谱》，共二卷。草窗：周密，字公谨，号草窗。　②白石：姜夔，南宋词人，自号白石道人。飞仙：形容姜夔词清空如飞仙。宋沈义父《乐府指迷》：“白石词如野云孤飞，去留无迹。”仇远序《山中白云词》：“尝与白石老仙相鼓吹。”紫霞：杨缵，号守斋，又号紫霞翁，善琴，倚调制曲。有《紫霞词谱》传世。周密曾从紫霞翁学诗词音律。凄调：指紫霞词音凄调婉。杨缵逝后，周密作《徵召·九日登高》以悼：“肠断，紫霞深，知音远，寂寂怨琴凄

调。” ③断歌：歌声杳绝，一说指断肠悲苦之歌。知音少：岳飞《小重山》：“知音少，弦断有谁听。” ④幽梦：惝怳隐约的梦境。苏轼《江城子》：“夜来幽梦忽还乡。”池馆生春草：谢灵运《登池上楼》：“池塘生春草，园柳变鸣禽。” ⑤离恨过江南：郑文宝《柳枝词》：“不管烟波与风月，载将离恨过江南。” ⑥蘋：水草名，即四叶菜。秋天开白花，如人之白头，故言“蘋花老”。此亦暗合周密词集《蘋州渔笛谱》。

【品评】

此词为题周密词集《蘋洲鱼笛谱》所作。褒扬友人词作清丽妍雅，同时也抒发了对友人的思念之情。

起句以“白石飞仙”、“紫霞凄调”来总结周密词的特色。既有姜夔词的“野云孤飞、去留无迹”的清空，又有杨缵词凄婉的情韵。周密词学姜夔，又曾学音律于杨缵，兼有清刚峭拔、凄恻缠绵的风格。但“断歌人听知音少”，白石、紫霞皆往矣，又有谁是真正的赏音知音之人。“几番”二句，为对面写法。南宋亡国后，两人一别经年，几次在惝怳的梦境中欲回故乡，却终究梦不到家，令人怅惘。想见旧居的池沼，在这春日，也应已是一池绿水，生满了春草。此句化用谢灵运《登池上楼》诗意，实有褒扬周密词句清丽别致之意。

下阕“风月”二句，总括周密词的内容与内涵，“凝重而倜傥”(俞陛云评)。“风月”句，重在“交游”。既指周密词中描写清风明月、山川美景的词作，也借词回忆了二人昔日共赏春风秋月的往事。“山川”句，重在“怀抱”。王沂孙与周密词作唱和甚多，故而不仅是交游而已，对彼此的性情、怀抱亦是极为相知。二人共同经历了国破家亡之痛，词也多是悼怀故国之作。周密在宋亡后隐居不仕，归隐山林，王沂孙虽曾任元职，旋即辞归，故词中所言“山川怀抱”，不仅是指对方，亦自抒己志。“凭谁说与”对应上阕的“知音少”，由侧面落笔，“凭谁说”，仅一二知己而已，非至交好友不得出此言，更倍见彼此知重之意。结拍“空留”二句，表达思念之情，凄婉之至。不徒写作者思念友人，也指草窗词中满含故乡、故国之思。“空留”者，徒然也；“满”者，恨深也。“蘋花老”暗合词集名《蘋洲鱼笛谱》，熨合无痕，“一夜”而“老”，相思情重也。

此词将对友人的思念、牵挂，融合在对其词集的总结和评价中。知其人，论其词，沉郁清刚，无虚饰之语，知其苦痛，言其心志，亦隐以自道，正如俞陛云所评：“以浑朴之笔，发凄恋之音，可见交谊深挚。……令人增朋友之重。”

长亭怨[1]

重过中庵故园[2]

泛孤艇、东皋过遍[3]。尚记当日，绿荫门掩。屐齿莓阶，酒痕罗袖、事何限[4]。欲寻前迹，空惆怅、成秋苑[5]。自约赏花人，别后总、风流云散[6]。　水远。怎知流水外，却是乱山尤远[7]。天涯梦短。想忘了、绮疏雕槛[8]。望不尽、苒苒斜阳，抚乔木、年华将晚[9]。但数点红英，犹识西园凄婉[10]。

【注释】

①长亭怨：即《长亭怨慢》，宋姜夔自度曲。　②中庵：王沂孙友人，名不详。一说即元代散曲家刘敏中，号中庵。俟

考。 ③艇:小船。东皋:水岸。一说指东山。 ④“屐齿”二句:回忆昔日园中游赏宴饮的情景。屐齿:木屐底如齿状的花纹,用以防滑。霉阶:因潮湿长有青苔的台阶。罗袖:指代歌伎舞女。何限:几何,多少。 ⑤秋苑:秋天的庭苑。此指荒废的庭苑。 ⑥赏花人:昔日同游赏园中花卉之人。风流云散:指分别后各奔东西。王粲《赠蔡子笃诗》:“风流云散,一别如雨。” ⑦“水远”三句:故人一别,山水迢迢,相隔千里,无缘相聚。 ⑧天涯梦短:叹天涯人远,梦不到故乡。孟郊《再下第》:“一夕九起嗟,梦短不到家。”绮疏:镂成空心花纹的窗户。雕栏:雕花和彩饰的栏杆。 ⑨苒苒斜阳:渐渐西沉的斜阳。乔木:高大的树木,树以纪年,常用以作为故国、故乡的象征。《孟子·梁惠王章句下》:“所谓故国者,非谓有乔木之谓也,有世臣之谓也。” ⑩红英:红花。西园:原指洛阳的上林园,此指代中庵故园。

【品评】

此词为作者故地重游,缅怀故国、故人之作。

“泛孤艇”二句,为直起。泛孤舟,过故人庭院。“过遍”,徜徉久也。“尚记”二句逆入,道出盘桓不去的原因。“记当日”把记忆深处的往事,顿时推回到眼前。绿荫浓密的庭户中,满是青苔的石阶上,曾留有屐齿的印迹。昔日游宴畅饮,良辰美景,歌舞不休,酒痕沾污罗袖,多少悲欢无限事,都在其中。此以乐景写哀。“欲寻”二句,意转悲凉,花谢园空,徒留词人在这颓垣废苑间惆怅。“秋苑”,非定指秋天的庭苑,而是指园荒景败,主要突出词人内心的感受。“自约”二句,由“前迹”转写“赏花人”,因今日之秋苑,更忆昔日游春赏花之人。但景色已改,人事已非,赏花人远,一切皆为陈迹,如风流云散去，杳无踪影。

换头宕开。“水远”三句，写山长水远之意。先说“水远”，又以“怎知”、“却是”转折，说怎知在流水之外，却是乱山更远。水已远，水外还有乱山。那么，赏花人呢，如“风流云散”，其远更在山水之外了。正是极尽婉转之致，道尽绵绵离愁别绪，化用欧阳修《踏莎行》“平芜尽处是春山，行人更在春山外”的句意。碧山此数句妙在并不说破，只是略加点染而已。“天涯梦短”，人在天涯未归，梦短不到家。想必是已淡忘了故园的亭台楼阁。我在这故园怀念故人，却不知故人是否还记得故园。以无情语写深情，以怨语写感慨，更觉真挚。暮色渐浓，望着渐渐西下的斜阳。“望不尽”者，只因“芳草无情，更在斜阳外”，无限感慨，寓于其中。抚着熟悉的乔木，叹息年华已逝，繁华转瞬成空，国破家亡，只有数点残花，还记得当年故园的热闹和华美，傍我在此静静凭吊。下阕纯为虚写，由水远山远写人之远，结句由忆故人转入故国之思，以乔木、红英相映衬，更见凄婉，“如闻江上琵琶，声声掩抑也。”（俞陛云语）

法曲献仙音

聚景亭梅次草窗韵[1]

层绿峨峨，纤琼皎皎，倒压波痕清浅[2]。过眼年华，动人幽意，相逢几番春换[3]。记唤酒寻芳处，盈盈褪妆晚[4]。　　已销黯[5]。况凄凉、近来离思，应忘却、明月夜深归辇[6]。荏苒一枝春[7]，恨东风、人似天远。纵有残花，洒征衣、铅泪都满[8]。但殷勤折取，自遣一襟幽怨。

【注释】

①聚景亭：在杭州清波门外的聚景园内，宋末园圃荒废，仅存柳浪桥、花光亭。宋董嗣杲《西湖百咏·聚景园》："在清波门外，阜陵致养北宫，拓圃西湖之东，斥浮屠之庐九，曾经四朝临幸，继以谏官陈言，出郊之令遂绝。"草窗：周密。草窗原题为"吊雪香亭梅"。 ②"层绿"三句：摹写聚景园官梅盛开的情景。层绿：指绿萼梅。梅花花萼多为绛紫色，惟此种梅花为绿色，枝梗亦为绿色，为梅花中的珍稀品种。（范成大《范村梅谱》）峨峨：花开盛美貌。纤琼：形容梅花白如琼玉。倒压波痕清浅：花盛叶密，倒映水面如倾。林逋《山园小梅》："疏影横斜水清浅。" ③"过眼"三句：曾几度园中寻芳赏梅。几番春换：春去秋来已是数载。 ④盈盈：形容梅花姿态美好。褪妆：指花谢。 ⑤销黯：花落妆残，令人黯然销魂。江淹《别赋》："黯然销魂者，唯别而已矣。" ⑥夜深归辇：帝后车驾宸游，深夜方归。 ⑦荏苒：柔美貌。一枝春：折梅寄远。陆凯《赠范晔诗》："江南无所有，聊赠一枝春。" ⑧征衣：旅人、行客之衣。铅泪：清泪，感怀故国之泪。李贺《金铜仙人辞汉歌》："空将汉月出宫门，忆君清泪如铅水。"

【品评】

此词和草窗韵，咏聚景园梅花，寄托故国之思。

首句正面写梅。"层绿峨峨"，摹写"特为清高"（范成大《范村梅谱》）的绿萼梅花，突出聚景梅林的不同凡俗。姜夔《卜算子》跋云："聚景官梅，皆植之高松之下，庇荫岁久，萼尽绿。”绿萼梅较为罕见，为聚景园梅林之胜景。层绿、纤琼，写近观花萼、花瓣，精美剔透，纤丽如玉。“峨峨”、“皎皎”，从梅花盛开的远景落笔。“倒压波痕清浅”，临水照影，繁花压树。写出聚景园梅树花繁枝密、丰腴瑰丽之美。“过眼”三句，由今而昔，词人曾屡次来此赏梅，春来相逢，转眼已是年华几度。记得往日与故人饮酒赏梅于斯，而花亦“盈盈褪妆晚”。因此地梅花花期较长，故言“褪妆晚”。却将花之解人意、人与花两相珍惜的情谊写得极为细腻生动。

过片“已销黯”承上“褪妆”。以梅落引入离别之悲，写花谢人去后的凄凉景色。宋代四朝帝王曾先后游览此园，流连于园亭花木，夜深方归，以宸游之乐写眼前之悲。而今国破家亡，园圃荒芜。“应忘却”，其实难忘却，正是深人无浅语。“荏苒”二句，写出满腔的悲情愁绪。想要折一枝梅赠远报春，只恨东风无情，不到天涯，离人也似天远，此一可悲也；纵使折梅，也无处可寄；此二可悲也；纵使能寄到，也恐怕只剩残花，洒落在游子的征衣上，怀想故国，令人清泪如注。此三可悲也。词人由眼前的层绿峨峨、纤琼皎皎，转而想见其残花飘零之貌，借花的命运抒写悼怀故国的哀思。“但殷勤”二句，强作解语。词人用了许多的笔墨，来说明不必折梅的理由，“但”字陡转，既然无由可寄，但仍要折梅，留取春意，聊以排遣我这满怀的幽思和愁怨。梅林的幽寒清绝，词人的孤苦凄惋相映衬，尽于“殷勤折取”四字中。陈廷焯评此词“凄婉”，更胜高似孙《聚景园》诗：“翠华不向苑中来，可是年年惜露台。水际春风寒漠漠，官梅却作野梅开”之凄怨。